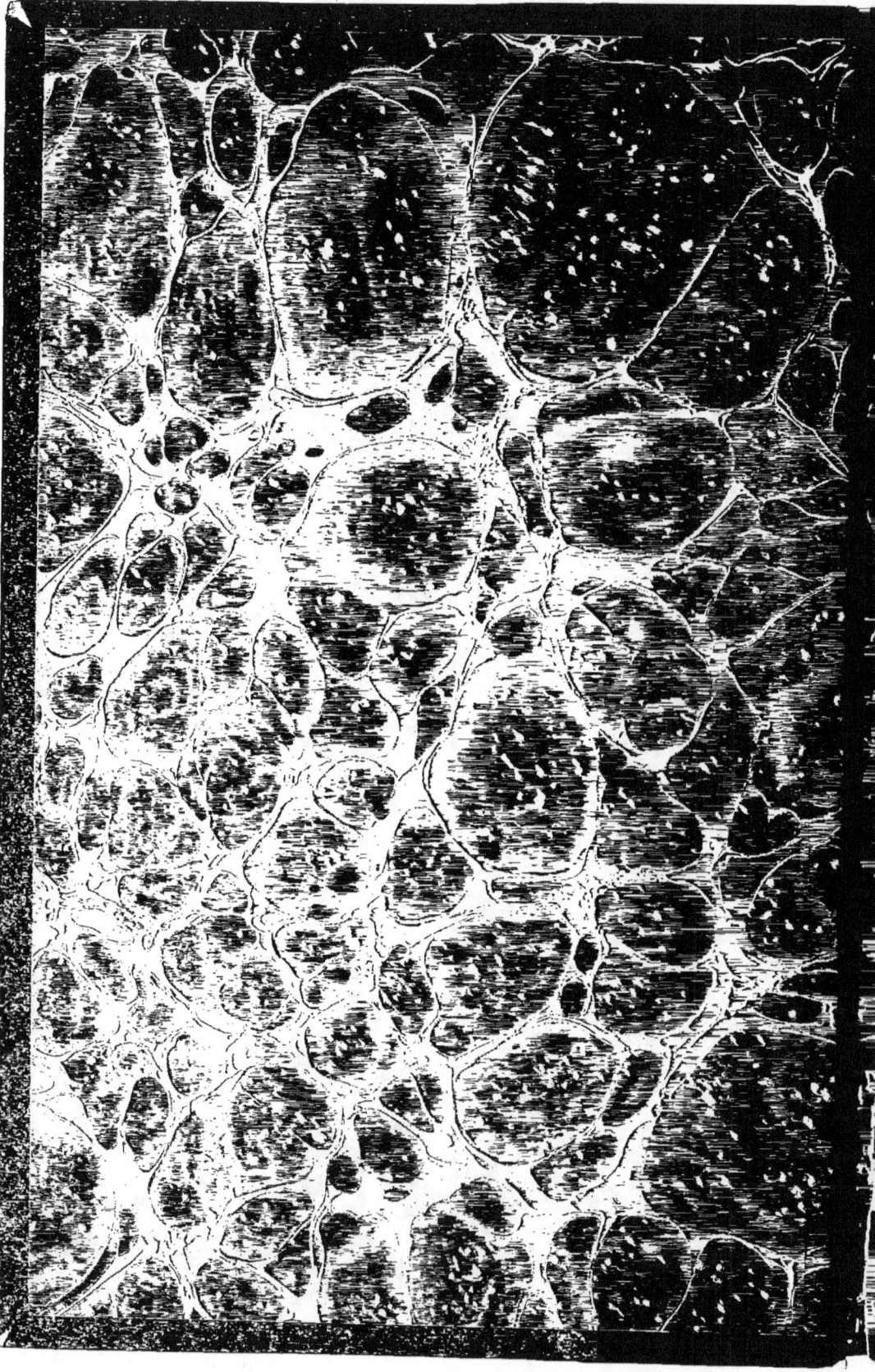

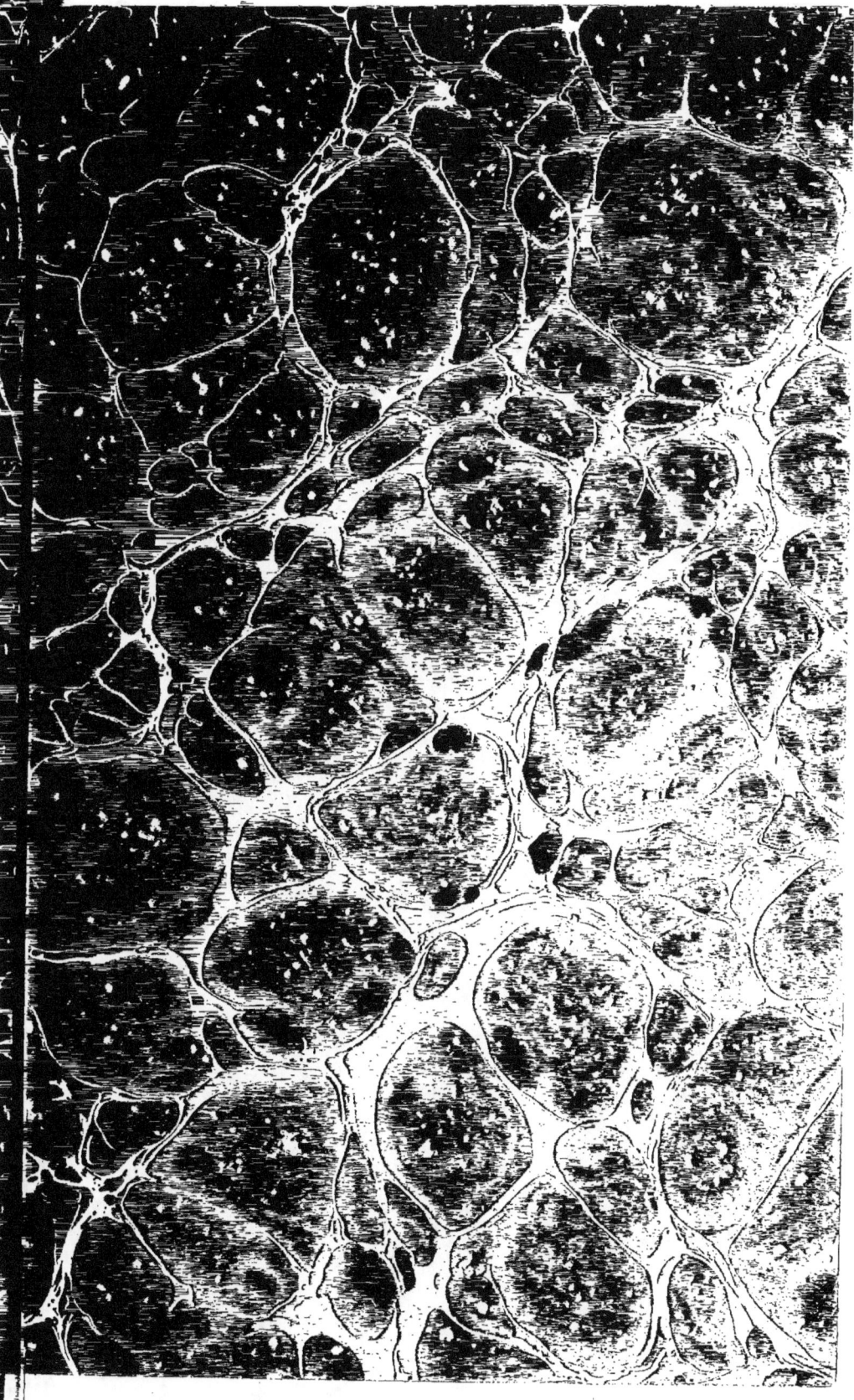

C.

A conserver

24297

OEUVRES

DE

BLAISE PASCAL.

DE L'IMPRIMERIE DE CRAPELET.

OEUVRES

DE

BLAISE PASCAL.

NOUVELLE ÉDITION.

TOME TROISIÈME.

A PARIS,

CHEZ LEFÈVRE, LIBRAIRE,

RUE DE L'ÉPERON, N° 6.

1819.

AVERTISSEMENT

DE L'ÉDITION DE 1779.

LES pièces qui composent ce volume sont attribuées
à Pascal, en ce sens qu'il en est réellement l'auteur,
quoiqu'il ne les ait pas avouées, ou que du moins il y
a travaillé conjointement avec d'autres écrivains. Il se
peut cependant (et nous sommes même portés à le
croire d'après le style) que, parmi ces pièces, il s'en
trouve auxquelles Pascal n'a point eu de part ; mais,
pour tâcher de contenter tout le monde, nous ne nous
sommes permis d'en retrancher aucune.

L'auteur des *Annales des soi-disant Jésuites* attribue
à Pascal (d'après M. Dupin, dans son ouvrage des
Auteurs ecclésiastiques, et d'après Godefroy Hermant,
chanoine de Beauvais, contemporain de Pascal, dans
son Histoire manuscrite du dix-septième siècle) le cinquième et le sixième Factum pour les curés de Paris,
c'est-à-dire, le quatrième et le cinquième, suivant la
présente édition.

Selon le même auteur et les mêmes historiens, Pascal
a travaillé au premier Avis des Curés de Paris, au premier, au second, au troisième et au septième (ou, suivant nous, *sixième*) Factum pour ces curés, de concert
avec MM. Arnauld, Nicole, Hermant et Périer.

De semblables autorités et la tradition présentent les

III.   y

autres pièces de ce recueil comme émanées également, au moins en partie, de la plume de Pascal.

Le *Projet de Mandement contre l'Apologie pour les Casuistes* fut trouvé écrit de sa main même, avec des ratures et des corrections, parmi ses papiers.

On croit que Nicole et Arnauld fournissoient ordinairement les matériaux de ces différents ouvrages, et que Pascal en dirigeoit la forme et l'exécution.

OUVRAGES

ATTRIBUÉS A PASCAL.

AVIS

De MM. les Curés de Paris à MM. les Curés des autres diocèses
de France, sur le sujet des mauvaises maximes de quelques
nouveaux casuistes.

Messieurs,

Si tous les vrais chrétiens sont unis ensemble
par un même esprit et un même cœur, et sont
obligés, par les devoirs de la charité divine,
de prendre part aux intérêts spirituels les uns
des autres dans les occasions que Dieu leur en
présente, tous les pasteurs de l'Église catholique
le sont encore davantage ; et leur charité devant
être plus grande que celle des particuliers, puisqu'elle en est l'exemple et le modèle, elle les lie
aussi plus étroitement ensemble, et les engage
beaucoup plus à s'aider mutuellement pour le
bien des âmes que Dieu a commises à leur conduite. C'est ce qui nous a portés à écouter favorablement ce qui nous a été représenté de la
part de nos vénérables confrères MM. les curés

de Rouen, dans nos dernières assemblées : savoir, que M. le curé de Saint-Maclou, l'un des
plus considérables d'entre eux, s'étant cru obligé
de parler dans un sermon synodal, en présence
de M. l'archevêque de Rouen, de plus de huit
cents curés, et de plusieurs autres personnes
de condition, contre les mauvaises maximes de
quelques casuistes, qui troublent l'ordre de la
hiérarchie, et corrompent la morale chrétienne ;
et ayant depuis déclaré, dans un autre sermon
fait en sa paroisse, qu'en prêchant contre ces
pernicieuses maximes, il ne les attribuoit à
aucun ordre, ni à aucun corps, mais les com-
battoit seulement en elles-mêmes : les jésuites
de la ville de Rouen n'ont pas laissé de se tenir
tellement offensés du décri de cette doctrine,
qu'ils ont présenté à M. l'archevêque de Rouen,
au nom de frère Jean Brisacier, recteur de leur
collége en ladite ville, une requête remplie d'injures et de calomnies contre la personne dudit
sieur curé de Saint-Maclou, afin que, l'ayant
ruiné d'honneur et de crédit, il ne se trouvât
plus personne qui osât entreprendre de décrier
publiquement ce que ces auteurs scandaleux
osent soutenir et écrire publiquement : que ce
traitement si injurieux qu'on faisoit à leur confrère, les avoit obligés de s'assembler pour examiner les points touchant les mœurs qui avoient
donné lieu à ce différend : que pour cela ils
avoient lu les livres desquels ils ont été tirés,
et qu'en ayant fait des extraits fidèles, ils y

avoient trouvé des propositions si étranges et si capables de corrompre les âmes, que cela les avoit encore plus engagés à se joindre à leur confrère, pour en demander tous ensemble la condamnation : qu'à cette fin ils avoient présenté une requête à M. l'archevêque de Rouen, qui, leur ayant dit que cette affaire étoit commune et regardoit toute l'Église, leur témoigna vouloir la renvoyer pardevant nosseigneurs de l'assemblée générale du clergé de France, qui se tient maintenant à Paris : ce qui les avoit encore portés davantage à s'adresser à nous, afin qu'étant joints ensemble, nous pussions travailler plus utilement à obtenir la censure de ces maximes entièrement opposées aux règles et à l'esprit de l'Évangile, dont ils nous ont envoyé les extraits, et à arrêter la violence de ceux qui voudroient, par leur crédit, fermer la bouche aux pasteurs de l'Église, qui, étant établis de Dieu pour servir de sentinelles à la maison d'Israël, selon les paroles de l'Écriture, doivent crier et avertir de tout ce qui peut porter préjudice aux âmes, dont Dieu leur demandera un compte si rigoureux. Cet avis, plein de prudence et de zèle, nous ayant puissamment touchés, nous a fait résoudre dans notre dernière assemblée, non-seulement de nous joindre à MM. les curés de Rouen, mais aussi de les imiter, en vous faisant part de cette affaire, qui nous est commune à tous, puisque nous avons tous le même intérêt, que l'Église, cette pure

et chaste épouse de Jésus-Christ, dont la conduite nous est confiée sous l'autorité de nosseigneurs les évêques, ne reçoive aucune souillure
dans ses mœurs par des maximes corrompues et
toutes contraires à ses règles saintes; et qu'elle
ne souffre pas davantage les reproches scandaleux que lui font les hérétiques, ses ennemis,
qui veulent la rendre responsable de ces sentiments pernicieux de quelques casuistes particuliers, qu'elle a toujours improuvés par ses
canons et par ses décrets. C'est dans ce dessein,
et dans la seule vue de rendre quelque service
à l'Église, que, pour vous instruire de tout ce
qui s'est passé en cette rencontre, nous vous
envoyons une copie de la requête que MM. les
curés de Rouen ont présentée à M. leur archevêque, avec un extrait fidèle de quelques-unes
des propositions que nous avons prises parmi
le grand nombre d'autres semblables, qui contiennent une doctrine dont toute personne qui
a quelque soin de son salut aura sans doute de
l'horreur, et entre lesquelles nous n'avons mis
que celles qui regardent la morale, et non celles
qui concernent la hiérarchie. C'est afin que,
dans un même esprit de paix, de concorde et
de charité, et dans un même désir de profiter
aux âmes qui nous sont commises, vous vous
unissiez à nous, comme plusieurs de MM. les
curés des autres diocèses offrent déjà de le faire,
et envoyiez pour cela vos procurations aux syndics de notre compagnie, qui soient en bonne

forme devant notaires, et mises au pied de l'extrait que nous vous envoyons des propositions à condamner, pour demander et poursuivre conjointement, tant pardevant nosseigneurs de l'assemblée générale du clergé de France, qu'ailleurs où il appartiendra, la censure et condamnation de ces mauvaises maximes, qui corrompent la morale chrétienne, et troublent même la société civile, telles que sont celles dont nous vous envoyons les extraits, et autres semblables, à ce que les peuples que Dieu a commis à notre garde, sous nosseigneurs les prélats, soient désormais préservés de ce venin mortel qui les porte au relâchement et au libertinage, et que nous puissions tous ensemble louer et bénir le Père des miséricordes, de ce qu'il nous aura donné la force de nous acquitter de notre devoir sans aucune crainte, ni considérations humaines, et de ce qu'il nous aura fait la grâce de contribuer, par ce moyen, au salut de tant d'âmes, qui ont été rachetées par le précieux sang de notre Seigneur Jésus-Christ.

A Paris, le 13 septembre 1656.

PREMIER FACTUM

Pour les Curés de Paris, contre un livre intitulé : *Apologie pour les Casuistes, contre les calomnies des Jansénistes : à Paris*, 1657 ; et contre ceux qui l'ont composé, imprimé et débité.

NOTRE cause est la cause de la morale chrétienne : nos parties sont les casuistes qui la corrompent. L'intérêt que nous y avons, est celui des consciences dont nous sommes chargés ; et la raison qui nous porte à nous élever, avec plus de vigueur que jamais, contre ce nouveau libelle, est que la hardiesse des casuistes augmentant tous les jours, et étant ici arrivée à son dernier excès, nous sommes obligés d'avoir recours aux derniers remèdes, et de porter nos plaintes à tous les tribunaux où nous croirons devoir le faire, pour y poursuivre sans relâche la condamnation et la censure de ces pernicieuses maximes.

Pour faire voir à tout le monde la justice de notre prétention, il n'y a qu'à représenter clairement l'état de l'affaire, et la manière dont les nouveaux casuistes se sont conduits depuis le commencement de leurs entreprises, jusqu'à ce dernier livre qui en est le couronnement ; afin qu'en voyant combien la patience avec laquelle

ils ont été jusqu'ici soufferts, a été pernicieuse
à l'Église, on connoisse la nécessité qu'il y a de
n'en plus avoir aujourd'hui. Mais il importe
auparavant de bien faire entendre en quoi consiste principalement le venin de leurs méchantes
doctrines, à quoi on ne fait pas assez de réflexion.

Ce qu'il y a de plus pernicieux dans ces nouvelles morales, est qu'elles ne vont pas seulement à corrompre les mœurs, mais à corrompre
la règle des mœurs ; ce qui est d'une importance
tout autrement considérable. Car c'est un mal
bien moins dangereux et bien moins général
d'introduire des déréglements, en laissant sub-
sister les lois qui les défendent, que de per-
vertir les lois et de justifier les déréglements ;
parce que, comme la nature de l'homme tend
toujours au mal dès sa naissance, et qu'elle
n'est ordinairement retenue que par la crainte
de la loi, aussitôt que cette barrière est ôtée,
la concupiscence se répand sans obstacle ; de
sorte qu'il n'y a point de différence entre rendre
les vices permis, et rendre tous les hommes
vicieux.

Et de là vient que l'Église a toujours eu un
soin particulier de conserver inviolablement les
règles de sa morale, au milieu des désordres de
ceux qu'elle n'a pu empêcher de les violer. Ainsi,
quand on y a vu de mauvais chrétiens, on y a
vu au même temps des lois saintes qui les
condamnoient et les rappeloient à leur devoir ;

et il ne s'étoit point encore trouvé, avant ces
nouveaux casuistes, que personne eût entrepris
dans l'Église de renverser publiquement la pureté de ses règles.

Cet attentat étoit réservé à ces derniers temps,
que le clergé de France appelle *la lie et la fin
des siècles ;* où ces nouveaux théologiens, *au
lieu d'accommoder la vie des hommes aux préceptes de Jésus-Christ, ont entrepris d'accommoder
les préceptes et les règles de Jésus-Christ aux inté-
réts, aux passions et aux plaisirs des hommes.*
C'est par cet horrible renversement qu'on a vu
ceux qui se donnent la qualité de docteurs et de
théologiens, substituer à la véritable morale,
qui ne doit avoir pour principe que l'autorité
divine, et pour fin que la charité, une morale
toute humaine, qui n'a pour principe que la
raison, et pour fin que la concupiscence et les
passions de la nature. C'est ce qu'ils déclarent
avec une hardiesse incroyable, comme on le
verra en ce peu de maximes qui leur sont les
plus ordinaires. « Une action, disent-ils, est
» probable et sûre en conscience, si elle est
» appuyée sur une raison raisonnable, *ratione
» rationabili,* ou sur l'autorité de quelques au-
» teurs graves, ou même d'un seul ; ou si elle a
» pour fin un objet honnête. » Et on verra ce
qu'ils appellent un *objet honnête* par ces exemples qu'ils en donnent. « Il est permis, disent-ils,
» de tuer celui qui nous fait quelque injure,
» pourvu qu'on n'ait en cela pour objet que le

» désir d'acquérir l'estime des hommes, *ad cap-*
» *tandam hominum æstimationem.* On peut aller
» au lieu assigné pour se battre en duel, pourvu
» que ce soit dans le dessein de ne pas passer
» pour une poule, mais de passer pour un homme
» de cœur, *vir et non gallina.* On peut donner
» de l'argent pour un bénéfice, pourvu qu'on
» n'ait d'autre intention que l'avantage temporel
» qui nous en revient, et non pas d'égaler une
» chose temporelle à une chose spirituelle. Une
» femme peut se parer, quelque mal qu'il en
» arrive, pourvu qu'elle ne le fasse que par l'in-
» clination naturelle qu'elle a à la vanité, *ob*
» *naturalem fastûs inclinationem.* On peut boire
» et manger tout son saoul sans nécessité, pourvu
» que ce soit pour la seule volupté et sans nuire
» à sa santé, parce que l'appétit naturel peut
» jouir, sans aucun péché, des actions qui lui
» sont propres, *licitè potest appetitus naturalis*
» *suis actibus frui.* »

On voit, en ce peu de mots, l'esprit de ces
casuistes, et comment, en détruisant les règles
de la piété, ils font succéder au précepte de
l'Écriture qui nous oblige de rapporter toutes
nos actions à Dieu, une permission brutale de
les rapporter toutes à nous-mêmes : c'est-à-dire,
qu'au lieu que Jésus-Christ est venu pour amortir
en nous les concupiscences du vieil homme, et
y faire régner la charité de l'homme nouveau,
ceux-ci sont venus pour faire revivre les concupiscences et éteindre l'amour de Dieu, dont ils

dispensent les hommes, et déclarent que c'est assez, pourvu qu'*on ne le haïsse pas*.

Voilà la morale toute charnelle qu'ils ont apportée, qui n'est appuyée que *sur le bras de chair*, comme parle l'Écriture, et dont ils ne donnent pour fondement, sinon que Sanchez, Molina, Escobar, Azor, etc., la trouvent raisonnable; d'où ils concluent *qu'on peut la suivre en toute sûreté de conscience, et sans aucun risque de se damner.*

C'est une chose étonnante, que la témérité des hommes se soit portée jusqu'à ce point! Mais cela s'est conduit insensiblement et par degrés en cette sorte.

Ces opinions accommodantes ne commencèrent pas par cet excès, mais par des choses moins grossières, et qu'on proposoit seulement comme des doutes. Elles se fortifièrent peu à peu par le nombre des sectateurs, dont les maximes relâchées ne manquent jamais : de sorte qu'ayant déjà formé un corps considérable de casuistes qui les soutenoient, les ministres de l'Église, craignant de choquer ce grand nombre, et espérant que la douceur et la raison seroient capables de ramener ces personnes égarées, supportèrent ces désordres avec une patience qui a paru par l'événement, non-seulement inutile, mais dommageable : car se voyant ainsi en liberté d'écrire, ils ont tant écrit en peu de temps, que l'Église gémit aujourd'hui sous cette monstrueuse charge de volumes. La licence de leurs opinions, qui s'est accrue en même mesure que le nombre de leurs livres, les a fait avancer à grands pas dans la corruption des sentiments et dans la hardiesse de les proposer. Ainsi les maximes qu'ils n'avoient jetées d'abord que comme de simples pensées, furent bientôt données pour probables; ils passèrent de là à les produire pour sûres en conscience, et enfin pour aussi sûres que les opinions contraires, par un progrès si hardi, qu'enfin les puissances de l'Église, commençant à s'en émouvoir, on fit diverses censures de ces doctrines. L'assemblée générale de France les censura en 1642, dans le livre du père Bauny, jésuite, où elles sont presque toutes ramassées; car ces livres ne font que se copier les uns les autres. La Sorbonne les condamna de même; la Faculté de Louvain ensuite; et feu M. l'archevêque de Paris aussi, par plusieurs censures. De sorte qu'il y avoit sujet d'espérer que tant d'autorités jointes ensemble arrêteroient un mal qui croissoit toujours. Mais on fut bien éloigné d'en demeurer à ce point : le père Héreau fit, au collége de Clermont, des leçons si étranges pour permettre l'homicide, et les pères Flahaut et Le Court en firent de même à Caen de si terribles pour autoriser les duels, que cela obligea l'Université de Paris à en demander justice au Parlement, et à entreprendre cette longue procédure qui a été connue de tout le monde. Le père Héreau ayant été, sur cette accusation, condamné par

le Conseil à tenir prison dans le Collége des
Jésuites, avec défenses d'enseigner dorénavant,
cela assoupit un peu l'ardeur des casuistes; mais
ils ne faisoient cependant que préparer de nouvelles matières, pour les produire toutes à la
fois en un temps plus favorable.

En effet, on vit paroître un peu après Escobar, le père Lamy, Mascaregnas, Caramuel et
plusieurs autres, tellement remplis des opinions
déjà condamnées, et de plusieurs nouvelles plus
horribles qu'auparavant, que nous, qui, par la
connoissance que nous avons de l'intérieur des
consciences, remarquions le tort que ces déréglements y apportoient, nous nous crûmes
obligés à nous y opposer fortement. Ce fut pourquoi nous nous adressâmes, les années dernières, à l'assemblée du clergé qui se tenoit alors,
pour y demander la condamnation des principales propositions de ces derniers auteurs, dont
nous leur représentâmes un extrait.

Ce fut là que la chaleur de ceux qui vouloient
les défendre, parut : ils employèrent les sollicitations les plus puissantes, et toutes sortes de
moyens pour en empêcher la censure, ou au
moins pour la faire différer, espérant qu'en la
prolongeant jusqu'à la fin de l'assemblée, on
n'auroit plus le temps d'y travailler. Cela leur
réussit en partie; et néanmoins, quelque artifice qu'ils y aient apporté, quelques affaires
qu'eût l'assemblée sur la fin, et quoique nous
n'eussions de notre côté que la seule vérité, qui

a si peu de force aujourd'hui, cela ne put empêcher, par la providence de Dieu, que l'assemblée ne résolût de ne point se séparer sans laisser
des marques authentiques de son indignation
contre ces relâchements, et du désir qu'elle avoit
eu d'en faire une condamnation solennelle, si le
temps le lui eût permis.

Et pour le faire connoître à tout le monde,
ils firent une lettre circulaire à tous nosseigneurs les prélats du royaume, en leur envoyant
le livre de saint Charles, imprimé l'année dernière par leur ordre avec cette lettre, où, pour
combattre ces méchantes maximes, ils commencèrent par celle de la probabilité, qui est
le fondement de toutes. Voici leurs termes : « Il
» y a long-temps que nous gémissons, avec rai-
» son, de voir nos diocèses pour ce point, non-
» seulement au même état que la province de
» saint Charles, mais dans un qui est beaucoup
» plus déplorable. Car si nos confesseurs sont
» plus éclairés que les siens, il y a grand danger
» qu'ils ne s'engagent dans de certaines opinions
» modernes, qui ont tellement altéré la morale
» chrétienne et les maximes de l'Évangile, qu'une
» profonde ignorance seroit beaucoup plus sou-
» haitable qu'une telle science, qui apprend à
» tenir toutes choses problématiques, et à cher-
» cher des moyens, non pas pour exterminer les
» mauvaises habitudes des hommes, mais pour
» les justifier, et pour leur donner l'invention
» de les satisfaire en conscience. »

Ils viennent ensuite aux accommodements qu'ils ont établi sur ce principe de la probabilité. « Car, disent-ils, au lieu que Jésus-Christ » nous donne ses préceptes et nous laisse ses » exemples, afin que ceux qui croient en lui y » obéissent et y accommodent leur vie, le dessein » de ces auteurs paroît être d'accommoder les » préceptes et les règles de Jésus-Christ aux inté- » rêts, aux plaisirs et aux passions des hommes : » tant ils se montrent ingénieux à flatter leur » avarice et leur ambition par des ouvertures » qu'ils leur donnent pour se venger de leurs » ennemis, pour prêter leur argent à usure, » pour entrer dans les dignités ecclésiastiques » par toutes sortes de voies, et pour conserver » le faux honneur que le monde a établi par des » voies toutes sanglantes ! » Et après avoir traité de ridicule *la méthode des casuistes de bien diriger l'intention*, ils condamnent fortement l'abus qu'ils font des sacrements.

Enfin, pour témoigner à toute l'Église que ce qu'ils ont fait étoit peu au prix de ce qu'ils eussent voulu faire, s'ils en eussent eu le pouvoir, ils finissent en cette sorte : « Plusieurs » curés de la ville de Paris et des autres villes » principales de ce royaume, par les plaintes » qu'ils nous ont faites de ces désordres, avec » la permission de MM. leurs prélats, et par les » conjurations d'y apporter quelque remède, » ont encore augmenté notre zèle et redoublé » notre douleur : s'ils se fussent plutôt adressés

» à notre assemblée qu'ils n'ont fait, nous eus-
» sions examiné, avec un soin très-exact, toutes
» les propositions nouvelles des casuistes dont
» ils nous ont donné les extraits, et prononcé
» un jugement solennel qui eût arrêté le cours
» de cette peste des consciences. Mais ayant
» manqué de loisir pour faire cet examen avec
» toute la diligence et l'exactitude que deman-
» doit l'importance du sujet, nous avons cru que
» nous ne pouvions, pour le présent, apporter
» un meilleur remède à un désordre si déplo-
» rable, que de faire imprimer, aux dépens du
» clergé, les instructions dressées par S. Charles
» Borromée, pour apprendre à ces confesseurs
» de quelle façon ils doivent se conduire en
» l'administration du sacrement de pénitence,
» et de les envoyer à tous MM. les évêques du
» royaume. »

Les sentiments de nosseigneurs les évêques
ayant paru par là d'autant plus visiblement,
qu'on ne peut douter que ce ne soit la seule
force de la vérité qui les a obligés à parler de
cette sorte, nous croyions que les auteurs de ces
nouveautés seroient désormais plus retenus ; et
qu'ayant vu tous les curés des principales villes
de France et nosseigneurs leurs prélats unis à
condamner leur doctrine, ils demeureroient à
l'avenir en repos, et qu'ils s'estimeroient bien
heureux d'avoir évité une censure telle qu'ils
l'avoient méritée, et aussi éclatante que les excès
qu'ils avoient commis contre l'Église.

Les choses étoient en cet état, et nous ne pensions plus qu'à instruire paisiblement nos peuples des maximes pieuses et chrétiennes, sans crainte d'y être troublés, lorsqu'on a vu paroître ce nouveau livre dont il s'agit aujourd'hui; livre qui, étant l'apologie de tous les casuistes, contient seul autant que tous les autres ensemble, et renouvelle toutes les propositions condamnées avec un scandale et une témérité d'autant plus digne de censure, qu'on l'ose produire après tant de censures méprisées, et d'autant plus punissable, qu'on doit reconnoître, par l'inutilité des remèdes dont on a usé jusqu'ici, la nécessité qu'il y a d'en employer de plus puissants pour arrêter, une fois pour toutes, un mal si dangereux et si rebelle.

Nous venons maintenant aux raisons particulières que nous avons de poursuivre la condamnation de ce libelle. Il y en a plusieurs bien considérables, dont la première est la hardiesse tout extraordinaire dont on soutient dans ce livre les plus abominables propositions des casuistes : car ce n'est plus avec déguisement qu'on y agit; on ne s'y défend plus comme autrefois, en disant que ce sont des propositions qu'on leur impute : ils agissent ici plus ouvertement; ils les avouent et les soutiennent en même temps, comme sûres en conscience, *et aussi sûres*, disent-ils, *que les opinions contraires. Il est vrai,* dit ce livre en cent endroits, *que les casuistes tiennent ces maximes; mais il est vrai aussi qu'ils ont raison de les tenir.* Il va même quelquefois au-delà de ce qu'on leur avoit reproché. *En effet,* dit-il, *nous soutenons cette proposition qu'on blâme si fort, et les casuistes vont encore plus avant.* Et ainsi il n'y a plus ici de question de fait; il demeure d'accord de tout; il confesse que, selon les casuistes, *il n'y a plus d'usure dans les contrats les plus usuraires,* par le moyen qu'il en donne, *pages* 179, 189, 190, 191, etc. Les bénéficiers seront exempts de *simonie,* quelque trafic qu'ils puissent faire, en dirigeant bien leur intention, *page* 109. Les blasphèmes, les parjures, les impuretés, *et enfin tous les crimes contre le Décalogue, ne sont plus péchés, si on les commet par ignorance, ou par emportement et passion,* pag. 47, 50. *Les valets peuvent voler leurs maîtres pour égaler leurs gages à leurs peines,* selon le père Bauny, qu'il confirme page 143. *Les femmes peuvent prendre de l'argent à leurs maris pour jouer,* p. 269. *Les juges ne sont pas obligés à restituer ce qu'ils auroient reçu pour faire une injustice,* p. 217. *On ne sera point obligé de quitter les occasions et les professions où l'on court risque de se perdre, si on ne le peut facilement,* p. 86. *On recevra dignement l'absolution et l'Eucharistie, sans avoir d'autre regret de ses péchés que pour le mal temporel qu'on en ressent,* p. 287 et 288. *On pourra, sans crime, calomnier ceux qui médisent de nous, en leur imposant des crimes que nous savons être faux,* pag. 225, 226 et 227.

Enfin tout sera permis, la loi de Dieu sera anéantie, et la seule raison naturelle deviendra notre lumière en toutes nos actions, et même pour discerner quand il sera permis aux particuliers de tuer leur prochain, ce qui est la chose du monde la plus pernicieuse, et dont les conséquences sont les plus terribles. « Qu'on me » fasse voir, dit-il, page 153, etc., que nous ne » devons pas nous conduire par la lumière naturelle, pour discerner quand il est permis ou » défendu de tuer son prochain ? » Et pour confirmer cette proposition : « Puisque les monarques se sont servis de la seule raison naturelle » pour punir les malfaiteurs, ainsi la même » raison naturelle doit servir pour juger si une » personne particulière peut tuer celui qui l'attaque, non-seulement en sa vie, mais en son » honneur et en son bien. » Et pour répondre à ce que la loi de Dieu le défend, il dit au nom de tous les casuistes : « Nous croyons avoir rai- » son d'exempter de ce commandement de Dieu » ceux qui tuent pour conserver leur honneur, » leur réputation et leur bien. »

Si on considère les conséquences de cette maxime, que *c'est à la raison naturelle à discerner quand il est permis ou défendu de tuer son prochain*, et qu'on y ajoute les maximes exécrables des docteurs très-graves, qui, par leur raison naturelle, ont jugé qu'il étoit permis de commettre d'étranges parricides contre les personnes les plus inviolables, en de certaines occasions, on verra que si nous nous taisions après cela, nous serions indignes de notre ministère; que nous serions les ennemis, et non pas les pasteurs de nos peuples; et que Dieu nous puniroit justement d'un silence si criminel. Nous faisons donc notre devoir en avertissant les peuples et les juges de ces abominations; et nous espérons que les peuples et les juges feront le leur, les uns en les évitant, et les autres en les punissant comme l'importance de la chose le mérite.

Mais ce qui nous presse encore d'agir en cette sorte, est qu'il ne faut pas considérer ces propositions comme étant d'un livre anonyme et sans autorité, mais comme étant d'un livre soutenu et autorisé par un corps très-considérable. Nous avons douleur de le dire; car quoique nous n'ayons jamais ignoré les premiers auteurs de ces désordres, nous n'avons pas voulu les découvrir néanmoins; et nous ne le ferions pas encore, s'ils ne se découvroient eux-mêmes, et s'ils n'avoient affecté de se faire connoître à tout le monde. Mais puisqu'ils veulent qu'on le sache, il nous seroit inutile de le cacher, puisque c'est chez eux-mêmes qu'ils ont fait débiter ce libelle; que c'est dans le collége de Clermont que s'est fait ce trafic scandaleux; que ceux qui y ont porté leur argent, en ont rapporté, autant qu'ils ont voulu, d'*Apologies pour les Casuistes*; que ces pères les ont portées chez leurs amis à Paris et dans les provinces; que le père Brisacier,

recteur de leur maison de Rouen, les a distri-
buées ; qu'il a fait lire cet ouvrage en plein
réfectoire, comme une pièce d'édification et de
piété ; qu'il a demandé permission de le réimprimer à l'un des principaux magistrats ; que
les jésuites de Paris ont sollicité deux docteurs
de Sorbonne pour en avoir l'approbation ; qu'ils
en ont demandé le privilége à M. le chancelier :
puisque enfin ils ont levé le masque, et qu'ils
ont voulu se faire connoître en tant de manières,
il est temps que nous agissions, et que, puisque
les jésuites se déclarent publiquement les protecteurs de l'*Apologie des Casuistes*, les curés
s'en déclarent publiquement les dénonciateurs.
Il faut que tout le monde sache que, comme
c'est dans le collége de Clermont qu'on débite
ces maximes pernicieuses, c'est aussi dans nos
paroisses qu'on enseigne les maximes chrétiennes qui y sont opposées ; afin qu'il n'arrive
pas que les personnes simples, entendant publier si hautement ces erreurs par une compagnie si nombreuse, et ne voyant personne s'y
opposer, les prennent pour des vérités, et s'y
laissent insensiblement surprendre ; et que le
jugement de Dieu s'exerce sur les peuples et sur
leurs pasteurs, selon la doctrine des prophètes,
qui déclarent, contre ces nouvelles opinions,
que les uns et les autres périront : les uns,
faute d'avoir reçu les instructions nécessaires ;
et les autres, faute de les avoir données.

Nous sommes donc dans une obligation indispensable de parler en cette rencontre : mais ce qui l'augmente encore beaucoup, est la manière injurieuse dont les auteurs de cette apologie y déchirent notre ministère ; car ce livre n'est proprement qu'un libelle diffamatoire contre les curés de Paris et des provinces, qui se sont opposés à leurs désordres. C'est une chose étrange de voir comment ils y parlent des extraits que nous présentâmes au clergé de leurs plus dangereuses propositions, et qu'ils ont la hardiesse de nous traiter pour ce sujet, pages 5 et 311, *d'ignorants, de factieux, d'hérétiques, de loups et de faux pasteurs !* « Il est bien sensible à la » compagnie des jésuites, disent-ils, page 31, » de voir que les accusations se forment contre » elle par des ignorants qui ne méritent pas » d'être mis au nombre des chiens qui gardent » le troupeau de l'Église, qui sont pris de plu- » sieurs pour les vrais pasteurs, et sont suivis » par les brebis, qui se laissent conduire par ces » loups. »

Voilà le comble de l'insolence où les jésuites ont élevé les casuistes : après avoir abusé de la modération des ministres de l'Église pour introduire leurs opinions impies, ils sont aujourd'hui arrivés à vouloir chasser du ministère de l'Église ceux qui refusent d'y consentir.

Cette entreprise séditieuse et schismatique, par laquelle on essaie de jeter la division entre le peuple et ses pasteurs légitimes, en l'incitant à les fuir comme de faux pasteurs et des loups,

par cette seule raison qu'ils s'opposent à une
morale tout impure, est d'une telle importance
dans l'Église, que nous ne pourrions plus y servir
avec utilité, si cette insolence n'étoit réprimée.
Car enfin il faudroit renoncer à nos charges ét
abandonner nos églises, si au milieu de tous les
tribunaux chrétiens établis pour maintenir en
vigueur les règles évangéliques, il ne nous étoit
permis, sans être diffamés comme des loups et
de faux pasteurs, de dire à ceux que nous sommes
obligés d'instruire, que c'est toujours un crime
de calomnier son prochain ; qu'il est plus sûr,
en conscience, de tendre l'autre joue après avoir
reçu un soufflet, que de tuer celui qui s'enfuit
après l'avoir donné ; que le duel est toujours un
crime ; et que c'est une fausseté horrible de dire
que *c'est à la raison naturelle de discerner quand
il est permis ou défendu de tuer son prochain.* Si
nous n'avons la liberté de parler en cette sorte,
sans qu'on voie incontinent paroître des livres
soutenus publiquement par le corps des jésuites,
qui nous traitent de factieux, d'ignorants et de
faux pasteurs ; il nous est impossible de gouverner fidèlement les troupeaux qui nous sont
commis.

Il n'y a point de lieu, parmi les infidèles et
les sauvages, où il ne soit permis de dire que la
calomnie est un crime, et qu'il n'est pas permis
de tuer son prochain pour la seule défense de
son honneur : il n'y a que les lieux où sont les
jésuites, où l'on n'ose parler ainsi. Il faut per-

mettre les calomnies, les homicides et la profanation des sacrements, ou s'exposer aux effets de leur vengeance. Cependant nous sommes ordonnés de Dieu pour porter ses commandements à son peuple, et nous n'oserons lui obéir sans ressentir la fureur de ces casuistes de chair et de sang ! En quel état sommes-nous donc réduits aujourd'hui ! Malheur sur nous, dit l'Écriture, si nous n'évangélisons ! et malheur sur nous, disent ces hommes, si nous évangélisons ! La colère de Dieu nous menace d'une part, et l'audace de ces hommes de l'autre, et nous met dans la nécessité, ou de devenir en effet de faux pasteurs et des loups, ou d'être déchirés comme tels par trente mille bouches qui nous décrient.

C'est là le sujet de nos plaintes ; c'est ce qui nous oblige à demander justice pour nous et pour la morale chrétienne, dont la cause nous est commune, et à redoubler notre zèle pour la défendre, à mesure qu'on augmente les efforts pour l'opprimer. Elle nous devient d'autant plus chère, qu'elle est plus puissamment combattue, et que nous sommes plus seuls à la défendre ; et dans la joie que nous avons que Dieu daigne se servir de notre foiblesse pour y contribuer, nous osons lui dire, avec celui qui étoit selon son cœur : « Seigneur, il est temps » que vous agissiez, ils ont dissipé votre loi ; » c'est ce qui nous engage encore plus à aimer » tous vos préceptes, et qui nous donne plus » d'aversion pour toutes les voies de l'iniquité. »

C'est cependant une chose déplorable de nous voir abandonnés et traités avec tant d'outrages par ceux dont nous devrions le plus attendre de secours ; de sorte que nous ayons à combattre les passions des hommes, non-seulement accompagnées de toute l'impétuosité qui leur est naturelle, mais encore enflées et soutenues par l'approbation d'un si grand corps de religieux : et qu'au lieu de pouvoir nous servir de leurs instructions pour corriger les égarements des peuples, nous soyons obligés de nous servir de ce qui reste de sentiment de piété dans les peuples pour leur faire abhorrer l'égarement de ces pères !

Voilà où nous en sommes aujourd'hui ; mais nous espérons que Dieu inclinera le cœur de ceux qui peuvent nous rendre justice, à prendre en main notre défense, et qu'ils y seront d'autant plus portés, qu'on les rend eux-mêmes complices de ces corruptions. On y comprend le pape, les évêques et le parlement, par cette prétention extravagante, que les auteurs de ce libelle établissent en plusieurs pages, comme une chose très-constante : *Que les bulles des papes contre les cinq propositions, sont une approbation générale de la doctrine des casuistes.* Ce qui est la chose du monde la plus injurieuse à ces bulles, et la plus impertinente en elle-même, puisqu'il n'y a aucun rapport de l'une de ces matières à l'autre. Tout ce qu'il y a de commun entre ces cinq propositions et celles des casuistes, est qu'elles sont toutes hérétiques ; car, comme il y a des hérésies dans la foi, il y a aussi des hérésies dans les mœurs ; selon les pères et les conciles, et qui sont d'autant plus dangereuses, qu'elles sont conformes aux passions de la nature, et à ce malheureux fonds de concupiscence dont les plus saints ne sont pas exempts. Nous croyons donc que ceux qui ont tant témoigné de zèle contre les propositions condamnées, n'en auront pas un moindre en cette rencontre, puisque le bien de l'Église, qui a pu être leur seul objet, est ici d'autant plus intéressé, qu'au lieu que l'hérésie des cinq propositions n'est entendue que par les seuls théologiens, et que personne n'ose les soutenir, il se trouve ici, au contraire, que les hérésies des casuistes sont entendues de tout le monde, et que les jésuites les soutiennent publiquement.

SECOND FACTUM

Des Curés de Paris, pour soutenir celui par eux présenté à MM. les Vicaires généraux, pour demander la censure de l'Apologie des Casuistes, contre un écrit intitulé : *Réfutation des calomnies nouvellement publiées par les auteurs d'un Factum sous le nom de MM. les Curés de Paris, etc.*

Après la dénonciation solennelle que nous avons faite, avec tant de justice et de raison, devant le tribunal ecclésiastique, de l'*Apologie des Casuistes*, dont nous avons découvert les plus pernicieuses maximes et les étranges éga-rements, qui ont rempli d'horreur tous ceux à qui Dieu a donné quelque amour pour ses vé-rités, il y avoit lieu d'espérer que ceux qui s'étoient engagés à la défendre, par un désir immodéré de soutenir leurs auteurs les plus relâchés, dont ce livre n'est qu'un extrait fidèle, répareroient, par leur humilité et par leur si-lence, le tort qu'ils s'étoient fait auprès de toutes les personnes équitables, par leur témérité et par leur aveuglement.

Mais nous venons de voir que rien n'est ca-pable de réprimer leurs excès. Au lieu de se taire, ou de n'ouvrir la bouche que pour dé-savouer des erreurs si insoutenables et si visi-blement opposées à la pureté de l'Évangile, ils viennent de produire un écrit où ils soutien-nent toutes ces erreurs, et où ils déchirent, de la manière du monde la plus outrageuse, le Factum que nous avons fait contre la doctrine corrompue.

C'est ce qui nous oblige à nous élever de nou-veau contre cette nouvelle hardiesse, afin qu'on ne puisse pas reprocher à notre siècle que les ennemis de la morale chrétienne aient été plus ardents à l'attaquer, que les pasteurs de l'Église à la défendre ; et qu'il n'arrive pas que pendant que les peuples se reposent sur notre vigilance, nous demeurions nous-mêmes dans cet assoupissement que l'Écriture défend si sévèrement aux pasteurs.

Cet écrit, qui vient d'être publié contre notre Factum, est un nouveau stratagème des jésuites, qui s'y sont nommés, et qui, pour se donner la liberté de le déchirer, sans paroître toutefois offenser nos personnes, disent qu'ils ne le considèrent pas comme venant de nous, mais comme une pièce qu'on nous suppose.

Et encore qu'il ait été fait par nous, examiné et corrigé par huit de nos députés à cette fin, approuvé dans l'assemblée générale de la compagnie, imprimé en notre nom, présenté par nous juridiquement à MM. les vicaires généraux, distribué par nous-mêmes dans nos paroisses, et avoué en toutes les manières possibles, comme il paroît par les registres de notre assemblée des 7 janvier, 4 février et 1er avril 1658; il leur plaît toutefois de dire que nous n'y avons point de part; et, sur cette ridicule supposition, ils traitent les auteurs du Factum avec les termes les plus injurieux dont la vérité puisse être outragée, et nous donnent au même temps les louanges les plus douces, dont la simplicité puisse être surprise.

Ainsi ils ont bien changé de langage à notre égard. Dans l'*Apologie des Casuistes*, nous étions *de faux pasteurs*; ici nous sommes *de véritables et dignes pasteurs*. Dans l'Apologie, ils nous haïssoient comme *des loups ravissants*; ici ils nous aiment comme *des gens de piété et de vertu*.

Dans l'Apologie, ils nous traitoient *d'ignorants*; ici nous sommes *des esprits éclairés et pleins de lumière*. Dans l'Apologie, ils nous traitoient *d'hérétiques et de schismatiques*; ici *ils ont en vénération non-seulement notre caractère, mais aussi nos personnes*. Mais, dans l'un et l'autre ouvrage, il y a cela de commun, qu'ils défendent, comme la vraie morale de l'Église, cette morale corrompue. Ce qui fait voir que leur but n'étant autre que d'introduire leur pernicieuse doctrine, ils emploient indifféremment, pour y arriver, les moyens qu'ils y jugent les plus propres; et qu'ainsi ils disent de nous que nous sommes des loups ou de légitimes pasteurs, selon qu'ils le jugent plus utile pour autoriser ou pour défendre leurs erreurs : de sorte que le changement de leur style n'est pas l'effet de la conversion de leur cœur, mais une adresse de leur politique, qui leur fait prendre tant de différentes formes en demeurant toujours les mêmes, c'est-à-dire, toujours ennemis de la vérité et de ceux qui la soutiennent.

Car il est certain qu'ils ne sont point en effet changés à notre égard, et que ce n'est pas nous qu'ils louent, mais qu'au contraire c'est nous qu'ils outragent, puisqu'ils ne louent que des curés qui n'ont point de part au Factum, ce qui ne touche aucun de nous, qui l'y avons tout entière; et qu'ils en outragent ouvertement les auteurs et les approbateurs, ce qui nous touche tous visiblement : et ainsi tout le mal qu'ils semblent ne pas dire de nous comme curés, ils le disent de nous comme auteurs du Factum, et ils ne parlent avantageusement de nous, en un sens, que pour avoir la liberté de nous déchirer plus injurieusement en l'autre.

C'est un artifice grossier, et une manière d'offenser plus lâche et plus piquante, que si elle étoit franche et ouverte; et cependant ils ont la témérité d'en user, non-seulement contre nous, mais encore contre ceux que Dieu a établis dans les plus éminentes dignités de son Église; car ils traitent de même la lettre circulaire que nosseigneurs les prélats de l'assemblée du clergé ont adressée à tous nosseigneurs les évêques de France, pour préserver leurs diocèses de la corruption des casuistes : et ils disent de cette Lettre, page 7, que c'est *une pièce subreptice, sans aveu, sans ordre et sans autorité,* quoiqu'elle soit véritablement publiée par l'ordre des prélats de l'assemblée, composée par eux-mêmes, approuvée par eux, imprimée par leur commandement chez Vitré, imprimeur du clergé de France, avec les instructions de saint Charles et l'extrait du procès-verbal du 1ᵉʳ février 1657, où ces prélats condamnent les relâchements de ces casuistes, et se plaignent si fortement qu'*on voit avancer en ce temps des maximes si pernicieuses et si contraires à celles de l'Évangile, et qui vont à la destruction de la morale chrétienne.*

Mais quoi ! cette lettre n'approuve pas la

doctrine des casuistes : c'en est assez pour être
traitée par les jésuites de fausse et de subreptice,
quelque authentique qu'elle soit, et quelque
vénérable que puisse être la dignité de ceux de
qui elle part. Qui ne voit par là qu'ils veulent, à
quelque prix que ce soit, être hors des atteintes
et des corrections des ministres de l'Église, et
qu'ils ne les reconnoissent qu'en ce qui leur est
avantageux, comme s'ils tenoient la place de
Dieu, quand ils leur sont favorables, et qu'ils
cessassent de la tenir, quand ils s'opposent à
leurs excès ? Voilà la hardiesse qui leur est propre. Parce qu'ils se sentent assez puissamment
soutenus dans le monde pour être à couvert des
justes châtiments qu'on feroit sentir à tout autre
qu'à eux, s'il tomboit en de bien moindres
fautes ; c'est de là qu'ils prennent la licence de
ne recevoir de l'Église que ce qu'il leur plaît.
Car qu'est-ce autre chose de dire, comme ils
font : Nous honorons nosseigneurs les prélats,
et tout ce qui vient d'eux ; mais pour cette lettre
circulaire, envoyée par leur ordre et sous leur
nom à tous les prélats de France contre nos casuistes, nous ne l'honorons point, et la rejetons,
au contraire, comme une pièce fausse, sans
aveu et sans autorité : et nous avons de même
de la vénération pour MM. les curés de Paris ;
mais pour ce Factum imprimé sous leur nom,
qu'ils ont présenté à MM. les vicaires généraux,
nous déclarons que c'est un écrit scandaleux,
et que ceux qui l'ont fait sont des séditieux,

des hérétiques et des schismatiques ? Qu'est-ce à dire autre chose de parler ainsi, sinon de faire connoître qu'ils honorent les ministres de l'Église quand ils ne les troublent point dans leurs désordres ; mais, que quand ils osent l'entreprendre, ils leur font sentir par leurs mépris, par leurs calomnies et par leurs outrages, ce que c'est que de les attaquer ?

Ainsi il leur sera permis de tout dire ; et les prélats et les pasteurs n'oseront jamais les contredire sans être incontinent traités d'hérétiques et de factieux, ou en leurs personnes, ou en leurs ouvrages ! Ils auront vendu dans leur collége et semé dans toutes nos paroisses l'exécrable Apologie des Casuistes, et nous n'oserons faire un écrit pour servir d'antidote à un venin si mortel !

Ils auront mis le poignard et le poison entre les mains des furieux et des vindicatifs, en déclarant en propres termes : *Que les particuliers ont droit, aussi-bien que les souverains, de discerner par la seule lumière de la raison, quand il sera permis ou défendu de tuer leur prochain ;* et nous n'oserons déférer aux juges ecclésiastiques ces maximes meurtrières, et leur représenter, par un Factum, les monstrueux effets de cette doctrine sanguinaire !

Ils auront donné indifféremment à tous les hommes ce droit de vie et de mort, qui est le plus illustre avantage des souverains ; et nous n'oserons avertir nos peuples que c'est une faus-

seté horrible et diabolique de dire qu'il leur soit
permis de se faire justice à eux-mêmes, et principalement quand il y va de la mort de leurs
ennemis ; et que bien loin de pouvoir tuer en
sûreté de conscience, par une autorité particulière et par le discernement de la raison naturelle, on ne le peut jamais, au contraire, que
par une autorité et par une lumière divine !

Ils auront mis en vente toutes les dignités de
l'Église, et ouvert l'entrée de la maison de Dieu
à tous les simoniaques, par la distinction ima-
ginaire *de motif et de prix* ; et nous n'oserons
publier qu'on ne peut entrer sans crime dans le
ministère de l'Église que par l'unique porte,
qui est Jésus-Christ, et que ceux qui veulent
que l'argent donné comme motif en soit une
autre, ne font pas une véritable porte par où
puissent entrer de légitimes pasteurs, mais une
véritable brèche, par où il n'entre que des loups,
non pas pour paître, mais pour dévorer le troupeau qui lui est si cher !

Ils auront exempté de crime les calomniateurs, et permis, par l'autorité de Dicastillus,
leur confrère, et de plus de vingt célèbres jésuites, *d'imposer de faux crimes contre sa con-*
science propre, pour ruiner de réputation ceux
qui veulent nous en ruiner nous-mêmes : ils auront permis aux juges *de retenir ce qu'ils auront*
reçu pour faire une injustice ; aux femmes, *de*
voler leurs maris ; aux valets, *de voler leurs maî-*
tres ; aux mères, *de souhaiter la mort de leurs*

filles quand elles ne peuvent les marier; aux riches, *de ne rien donner de leur superflu*; aux voluptueux, *de boire et de manger tout leur saoul pour la seule volupté, et de jouir des contentements des sens comme de choses indifférentes*; à ceux qui sont dans les occasions prochaines des plus damnables péchés, *d'y demeurer, quand ils n'ont pas facilité de les quitter*; à ceux qui ont vieilli dans l'habitude des vices les plus énormes, *de s'approcher des sacrements, quoique avec une résolution si foible de changer de vie, qu'ils croient eux-mêmes qu'ils sont pour retomber bientôt dans leurs crimes, et sans autre regret de les avoir commis que pour le seul mal temporel qui leur en est arrivé*: enfin, ils auront permis aux chrétiens tout ce que les juifs, les païens, les mahométans et les barbares auroient en exécration; ils auront répandu dans l'Église les ténèbres les plus épaisses qui soient jamais sorties du puits de l'abîme! Et nous n'oserons faire paroître, pour les dissiper, le moindre rayon de la lumière de l'Évangile, sans que la société en corps s'élève et déclare : Que ce ne peuvent être que des séditieux et des hérétiques qui parlent de la sorte contre leur morale; que leur doctrine *étant la vraie doctrine de la foi, ils sont obligés en conscience, quelque dévoués qu'ils soient aux souffrances et à la croix, de décrier les factieux et les schismatiques qui l'attaquent*; qu'en cela ils ne parlent pas contre nous, parce que nous avons trop de piété pour être auteurs

d'une pièce qui les combat ; et qu'autrement
nous serions coupables de troubler la paix et la
tranquillité de l'Église, en les inquiétant dans
la libre publication de leurs doctrines !

C'est ainsi qu'ils essaient de nous décrier
comme des adversaires de la tranquillité publique. « Qui pourroit croire, disent-ils, que
» MM. les curés, qui, par le devoir de leurs
» charges, sont les médiateurs de la paix entre
» les séculiers, soient les auteurs d'un écrit qui
» veut jeter le schisme et la division entre eux
» et les religieux ? » Et dans la suite : « L'esprit
» de Dieu et la piété chrétienne est-elle aujour-
» d'hui réduite à porter les disciples de l'Agneau
» à s'entre-manger comme des loups ? » Et ainsi
ils font de grands discours pour montrer qu'ils
veulent la paix, et que c'est nous qui la trou-
blons.

Que l'insolence a de hardiesse, quand elle est
flattée par l'impunité ! et que la témérité fait en
peu de temps d'étranges progrès, quand elle ne
rencontre rien qui réprime sa violence ! Ces
casuistes, après avoir troublé la paix de l'Église
par leurs horribles doctrines, qui vont à la destruction de la doctrine de Jésus-Christ, comme
disent nosseigneurs les évêques, accusent maintenant ceux qui veulent rétablir la doctrine de
Jésus-Christ, de troubler la paix de l'Église.
Après avoir semé le désordre de toutes parts,
par la publication de leur détestable morale, ils
traitent de perturbateurs du repos public ceux

qui ne se rendent pas complaisants à leurs desseins, et qui ne peuvent souffrir que ces *Pharisiens de la loi nouvelle*, comme ils se sont
appelés eux-mêmes, établissent leurs traditions
humaines sur la ruine des traditions divines.

Mais c'est en vain qu'ils emploient cet artifice.
Notre amour pour la paix a assez paru par la
longueur de notre silence. Nous n'avons parlé
que quand nous n'eussions pu nous taire sans
crime. Ils ont abusé de cette paix pour introduire leurs damnables opinions, et ils voudroient maintenant en prolonger la durée, pour
les affermir de plus en plus. Mais les vrais enfants de l'Église savent bien discerner la véritable paix que le Sauveur peut seul donner, et
qui est inconnue au monde, d'avec cette fausse
paix que le monde peut bien donner, mais qui
est en horreur au Sauveur du monde. Ils savent
que la véritable paix est celle qui conserve la
vérité en la possession de la croyance des hommes, et que la fausse paix est celle qui conserve
l'erreur en possession de la crédulité des hommes; ils savent que la véritable paix est inséparable de la vérité, qu'elle n'est jamais inter-
rompue aux yeux de Dieu par les disputes qui
semblent l'interrompre quelquefois aux yeux
des hommes, quand l'ordre de Dieu engage à
défendre ses vérités injustement attaquées, et
que ce qui seroit alors une paix devant les
hommes, seroit une guerre devant Dieu. Ils
savent aussi que bien loin de blesser la charité

par ces corrections, on blesseroit la charité en
ne les faisant pas, parce que la fausse charité
est celle qui laisse les méchants en repos dans
les vices, au lieu que la véritable charité est celle
qui trouble ce malheureux repos ; et qu'ainsi,
au lieu d'établir la charité de Dieu par cette douceur apparente, ce seroit la détruire, au contraire, par une indulgence criminelle, comme
les saints pères nous l'apprennent par ces paroles, *hæc charitas destruit charitatem.* Aussi
c'est pour cela que l'Écriture nous enseigne que
Jésus-Christ est venu apporter au monde, non-
seulement *la paix*, mais aussi *l'épée et la divi-*
sion, parce que toutes ces choses sont nécessaires chacune en leur temps pour le bien de la
vérité, qui est la dernière fin des fidèles ; au
lieu que la paix et la guerre n'en sont que les
moyens, et ne sont légitimes qu'à proportion
de l'avantage qui en revient à la vérité. Ils savent
que c'est pour cela que l'Écriture dit qu'*il y a*
un temps de paix et un temps de guerre, au lieu
qu'on ne peut pas dire qu'il y a un temps de
vérité et un temps de mensonge ; et qu'il est
meilleur qu'il arrive des scandales, que non pas
que la vérité soit abandonnée, comme disent
les saints pères de l'Église.

Il est donc indubitable que les personnes qui
prennent toujours ce prétexte de charité et de
paix pour empêcher de crier contre ceux qui
détruisent la vérité, témoignent qu'ils ne sont
amis que d'une fausse paix, et qu'ils sont véri-

tablement ennemis, et de la véritable paix, et de la vérité. Aussi c'est toujours sous ce prétexte de paix que les persécuteurs de l'Église ont voilé leurs plus horribles violences, et que les faux amis de la paix ont consenti à l'oppression des vérités de la religion et des saints qui les ont défendues.

C'est ainsi que saint Athanase, saint Hilaire et d'autres saints évêques de leur temps ont été traités de rebelles, de factieux, d'opiniâtres, et d'ennemis de la paix et de l'union; qu'ils ont été déposés, proscrits et abandonnés de presque tous les fidèles, qui prenoient pour un violement de la paix le zèle qu'ils avoient pour la vérité. C'est ainsi que le saint et fameux moine Étienne étoit accusé de troubler la tranquillité de l'Église par les trois cent trente évêques qui vouloient ôter les images des églises, ce qui étoit un point qui assurément n'étoit pas des plus importants pour le salut; et néanmoins parce qu'on ne doit jamais relâcher les moindres vérités sous prétexte de la paix, ce saint religieux leur résista en face, et ce fut pour ce sujet qu'il fut enfin condamné, comme on voit dans les Annales de Baronius, ann. 754.

C'est ainsi que les saints patriarches et les prophètes ont été accusés, comme fut Élie, *de troubler le repos d'Israël*, et que les apôtres et Jésus-Christ même ont été condamnés comme des auteurs de trouble et de dissension, parce qu'ils déclaroient une guerre salutaire aux pas-

sions corrompues, et aux funestes égarements
des Pharisiens hypocrites et des prêtres superbes
de la synagogue. Et c'est enfin ce que l'Écriture
nous représente généralement, lorsque faisant
la description de ces faux docteurs, qui appellent
divines les choses qui sont diaboliques, comme
les casuistes font aujourd'hui de leur morale,
elle dit dans *la Sagesse*, ch. 14, qu'ils donnent
aussi le nom de *paix* à un renversement si déplorable. « L'égarement des hommes, dit le sage,
» va jusqu'à cet excès, qu'ils donnent le nom
» incommunicable de la Divinité à ce qui n'en
» a pas l'essence, pour flatter les inclinations
» des hommes, et se rendre complaisants aux
» volontés des princes et des rois ; et ne se con-
» tentant pas d'errer ainsi touchant les choses
» divines, et de vivre dans cette erreur qui est
» une véritable guerre, ils appellent paix un
» état si rempli de troubles et de désordres : *In*
» *magno viventes inscientiæ bello tot et tanta*
» *mala pacem appellant.* »

C'est donc une vérité capitale de notre religion, qu'il y a des temps où il faut troubler
cette possession de l'erreur que les méchants
appellent *paix*; et on ne peut en douter, après
tant d'autorités qui le confirment. Or, s'il y en
eut jamais une occasion et une nécessité indispensable, examinons si ce n'est pas aujourd'hui
qu'elle presse et qu'elle contraint d'agir.

Nous voyons la plus puissante compagnie et
la plus nombreuse de l'Église, qui gouverne les

consciences presque de tous les grands, liguée et acharnée à soutenir les plus horribles maximes qui aient jamais fait gémir l'Église. Nous les voyons, malgré tous les avertissements charitables qu'on leur a donnés en public et en particulier, autoriser opiniâtrément la vengeance, l'avarice, la volupté, le faux honneur, l'amour-propre, et toutes les passions de la nature corrompue, la profanation des sacrements, l'avilissement des ministres de l'Église et le mépris des anciens pères, pour y substituer les auteurs les plus ignorants et les plus aveugles; et cependant ce débordement de corruption étant prêt à submerger l'Église sous nos yeux, nous n'oserons, de peur de troubler la paix, crier à ceux qui la conduisent : *Sauvez-nous, nous périssons!*

Les moindres vérités de la religion ont été défendues jusqu'à la mort; et nous relâcherions les points les plus essentiels de notre religion et les maximes les plus importantes et les plus nécessaires pour le salut, parce qu'il plaît, non pas à trois cents évêques, ni à un seul, ni au pape, mais seulement à la société des jésuites, de les renverser!

« Nous voulons, disent-ils, conserver la paix » avec ceux mêmes qui n'en veulent point. » Étranges conservateurs de la paix, qui n'ont jamais laissé passer le moindre écrit contre leur morale sans des réponses sanglantes, et qui, écrivant toujours les derniers, veulent qu'on demeure en paix, quand ils sont demeurés en possession de leurs injustes prétentions!

Nous avons cru à propos de réfuter un peu au long ce reproche qu'ils font tant valoir contre nous, parce qu'encore qu'il y ait peu de personnes à qui ils puissent persuader que les casuistes sont de saints auteurs, il peut néanmoins s'en rencontrer à qui ils fassent accroire que nous ne laissons pas d'avoir tort de troubler la paix par notre opposition; et c'est pour ceux-là que nous avons fait ce discours, afin de leur faire entendre qu'il n'y a pas deux questions à faire sur ce sujet, mais une seule; et qu'il est impossible qu'il soit vrai tout ensemble que la morale des casuistes soit abominable, et que nous soyons blâmables de troubler leur fausse paix en la combattant.

Nous n'abandonnerons donc jamais la morale chrétienne, nous aimons trop la vérité. Mais, pour leur témoigner aussi combien nous aimons la paix, nous leur en ouvrons la porte tout entière, et leur déclarons que nous les embrasserons de tout notre cœur, aussitôt qu'ils voudront abjurer les pernicieuses maximes de leur morale, que nous avons rapportées dans notre Factum et dans nos Extraits, après les avoir prises et lues nous-mêmes dans leurs auteurs en propres termes; et qu'ils voudront renoncer sincèrement à la pernicieuse Apologie des Casuistes, et à la méchante Théologie d'Escobar, de Molina, de Sanchez, de Lessius, de Hurtado, de Bauny, de Lamy, de Mascharenas, et de tous les livres semblables que nosseigneurs les évêques appellent *la peste des consciences*. Voilà de quoi il s'agit entre nous. Car il n'est pas ici question, comme ils tâchent malicieusement de le faire croire, des différends que les curés peuvent avoir avec les religieux. Il n'est point ici question de contester les priviléges des jésuites, ni de s'opposer aux usurpations continuelles qu'ils font sur l'autorité des curés. Quoique leurs livres fussent remplis de mauvaises maximes sur ce sujet, nous les avons dissimulées à dessein dans les extraits que nous avons présentés à l'assemblée du clergé, pour ne rien mêler dans la cause générale de l'Église qui nous regardât en particulier. Il ne s'agit donc ici que de la pureté de la morale chrétienne, que nous sommes résolus de ne pas laisser corrompre ; et nous ne sommes pas seuls dans ce dessein : voilà les curés de Rouen qui, par l'autorité de M. leur prélat, nous secondent avec un zèle chrétien et véritablement pastoral ; et nous avons en main quantité de procurations des curés des autres villes de France, qui, par la permission aussi de nosseigneurs leurs prélats, s'opposeront avec vigueur à ces nouvelles corruptions, jusqu'à ce que ceux qui les soutiennent y aient renoncé.

Jusque-là nous les poursuivrons toujours, quoi qu'ils puissent dire de nous en bien ou en mal ; et nous ne renoncerons point aux vérités que nous avons avancées dans notre Factum, pour acheter à ce prix les louanges qu'ils nous donneroient alors. *Nous ne serons point détournés, ni par leurs malédictions, ni par leurs bénédictions*, selon la parole de l'Écriture. Ils ne nous ont point intimidés comme ennemis, ils ne nous corrompront point comme flatteurs. Ils nous ont trouvés intrépides à leurs menaces, ils nous trouveront inflexibles à leurs caresses; et nous serons insensibles à leurs injures et à leurs douceurs. Nous présenterons toujours un même visage à tous leurs visages différents, et nous n'opposerons à la duplicité des enfants du siècle que la simplicité des enfants de l'Évangile.

Paris, 1ᵉʳ avril 1658.

TROISIÈME FACTUM

Des Curés de Paris, où ils font voir que tout ce que les jésuites ont allégué des saints pères et docteurs de l'Église pour autoriser leurs pernicieuses maximes, est absolument faux et contraire à la doctrine de ces saints, et que les nouveaux casuites n'ont aucune autorité dans l'Église.

Les moyens que les jésuites emploient pour défendre leur méchante morale dans les écrits qu'ils viennent de publier, consistent principalement en deux choses : l'une, à citer une foule d'auteurs de leur société, ou quelques autres nouveaux casuistes aussi corrompus qu'eux, auxquels ils veulent donner une autorité souveraine dans l'Église; l'autre, à alléguer faussement les saints pères et les docteurs de l'Église, comme étant de leurs sentiments. Ainsi ils font deux injures signalées à l'Église : la première, de donner pour la règle des fidèles, des auteurs pernicieux, qui doivent être l'horreur des fidèles; la seconde, d'oser, par des impostures horribles, appuyer leurs sentiments par les saints que Dieu a suscités pour avoir une véritable autorité dans l'Église, qui sont aussi éloignés de ces corruptions que le ciel l'est de la terre. Nous avons donc été obligés de détruire ces deux prétentions, et de séparer cet écrit en deux parties. Dans la première, nous ferons voir que de toutes les citations qu'ils ont faites des saints docteurs de l'Église pour autoriser leurs prétentions, il n'y en a pas une qui ne soit fausse, et que ces saints ont enseigné si formellement le contraire, qu'on s'étonnera de la hardiesse avec laquelle ils osent ainsi leur imposer : et nous ferons voir, dans la seconde, combien il est ridicule de prétendre que leurs nouveaux casuistes doivent servir de règle pour la décision de leurs propres sentiments.

PREMIÈRE PARTIE.

I. *Saint Thomas faussement allégué sur les occasions prochaines.*

LE premier des saints docteurs de l'Église qu'ils citent, est saint Thomas, qu'ils rapportent pour autoriser la doctrine de l'Apologie des Casuistes sur les occasions prochaines, contre laquelle nous nous sommes élevés, comme contre une doctrine capable d'entretenir tous les pécheurs dans leurs désordres, en les dispensant de se faire la moindre violence, et en leur permettant de demeurer dans les occasions, et même dans les professions où ils sont en danger de se damner, s'ils n'ont pas de facilité à les quitter ; ce qui est horriblement contraire à l'Évangile, qui oblige à s'arracher et les mains, et les yeux même, si on en reçoit du scandale, pour nous apprendre qu'on doit se priver des choses qu'on ne peut quitter qu'avec une extrême douleur, quand elles nous sont occasion de péché. Cependant les jésuites osent non-seulement soutenir ces pernicieux sentiments, mais ils veulent encore les autoriser par saint Thomas, qu'ils citent pour cela, 2 , 2 , *q.* 10, *art.* 9. Mais on jugera de leur mauvaise foi, en voyant les paroles de ce saint, qu'ils se sont bien gardés de rapporter, parce qu'elles contiennent la condamnation expresse de la doctrine de ces casuistes. Les voici :

« L'Église, dit-il, défend aux fidèles d'avoir
» communication avec quelques personnes, pour
» deux raisons : la première, pour punir celui
» que l'on retranche de la communion avec les
» fidèles (ce qui n'a pas lieu à l'égard des païens,
» parce que l'Église n'a point d'autorité sur eux);
» la seconde, est pour la sûreté de ceux à qui on
» défend d'avoir communication avec d'autres ;
» sur quoi il faut faire distinction des personnes,
» des affaires et des temps. Car si quelques fidèles
» sont fermes en la foi, de sorte que, par la com-
» munication qu'ils auroient avec les infidèles,
» on puisse plutôt espérer la conversion des in-
» fidèles, que craindre que les fidèles ne se per-
» vertissent et ne quittent la foi, on ne doit pas
» les empêcher, principalement quand il y a
» quelque nécessité qui les y engage. Mais si ce
» sont des personnes simples et foibles dans la
» foi, desquels on puisse craindre probablement
» qu'ils ne se pervertissent, on doit leur défen-
» dre d'avoir communication avec les infidèles,
» et principalement d'avoir grande familiarité
» avec eux, et de hanter avec eux sans nécessité. »
Ce saint ajoute que c'est pour cette raison que
Dieu avoit défendu aux Israélites de s'allier avec
les idolâtres de la terre de Chanaan; et il confirme cette doctrine dans la réponse au troisième
argument, où il dit, « qu'un esclave qui est sou-
» mis au commandement de son maître, embras-
» sera plutôt la religion de son maître fidèle,
» que non pas il fasse changer son maître de

» religion ; et c'est pourquoi il n'est pas défendu
» aux fidèles d'avoir des esclaves infidèles. Si
» néanmoins il y avoit du danger pour le maître,
» par la communication d'un tel esclave, il se-
» roit obligé de l'éloigner d'auprès de lui , selon
» le commandement de Jésus-Christ dans l'Évan-
» gile : si votre pied vous scandalise , coupez-le
» et le jetez arrière de vous. »

Il est donc visible que ce passage est ridicu-
lement allégué , pour montrer qu'on peut demeurer sans péché dans les occasions prochaines
de péché, puisque ce saint y établit des principes tout opposés.

Mais ceux qui sont accoutumés à voir leur
hardiesse, ne s'étonneront pas de celle-ci : car
ils se sont servis de ce même passage pour appuyer une doctrine qui y est contraire en propres termes. Au lieu que ce saint déclare qu'il
n'est pas permis aux foibles d'aller entreprendre la conversion des infidèles; ils allèguent ce
même endroit, pour dire que cela leur est permis.
C'est ce que fait le père Bauny, *Théol. mor. t.* 4,
q. 14, *p.* 94. Il distingue premièrement les occasions de pécher en *prochaines et éloignées* ; et il
dit : « Que les éloignées sont tout ce qui peut
» être à l'homme cause de pécher ; mais que les
» occasions prochaines sont seulement ce qui est
» en soi péché mortel , ou ce qui est tel de sa
» nature, qu'il fasse fréquemment tomber dans
» le péché mortel les hommes de pareille con-
» dition ; de sorte que le confesseur juge par le

» passé que le pénitent ne sera jamais, ou rare-
» ment, dans cette occasion sans péché mortel. »
Il enseigne ensuite dans cet endroit, et dans la
Somme des péchés, 6ᵉ *édit. p.* 190, deux choses :
l'une, « que l'on n'est point obligé de quitter
» une occasion prochaine de péché, quand on
» ne peut le faire sans donner sujet au monde
» de parler, ou sans en recevoir de l'incommo-
» dité » : l'autre, « qu'on peut même rechercher
» une occasion prochaine de péché pour quelque
» bien temporel ou spirituel de nous ou de notre
» prochain. » Il en apporte deux exemples : l'un,
« que tous peuvent aller au pays des infidèles
» pour travailler à leur conversion, *cum mani-*
» *festo peccandi periculo* » : l'autre, « qu'on peut
» aller en de mauvais lieux pour faire concevoir
» aux femmes débauchées la haine de leurs pé-
» chés ; encore qu'il y ait beaucoup d'apparence
» que ces personnes tomberont, parce qu'ils ont
» souvent éprouvé, à la perte et à la ruine de
» leurs âmes, qu'ils se laissent aller au péché
» par les cajoleries des femmes perdues. »

Et c'est pour confirmer ces horribles maximes
qu'il cite saint Thomas, 2, 2 *q.* 10, *a.* 9, où il a
dit ce que nous avons rapporté. Et le père Caussin, dans sa réponse à la Théologie morale, renvoie au même lieu pour défendre la même doctrine des occasions prochaines : par où on peut
juger s'il y eut jamais de fausseté plus insigne
que celle que ces pères emploient pour défendre
leur méchante cause.

III.   4

II. *Saint Basile faussement allégué sur le même sujet.*

Les jésuites attribuent encore dans cette même page leur méchante doctrine des occasions prochaines à saint Basile, en le citant après le père Caussin, *Const. Monac. c.* 4, où il n'y a pas un seul mot de ce sujet. C'est dans le chapitre 3 où se trouve ce qu'en rapporte le père Caussin, mais qui est une condamnation formelle de la doctrine de ces casuistes, n'y ayant rien de si pur et de si contraire au relâchement de ces nouveaux docteurs, que ce que ce père enseigne en ce lieu.

Car voici les conseils qu'il donne à ses religieux : « Nous ne devons pas seulement travailler » à régler nos pensées et nos mouvements inté- » rieurs, mais nous devons aussi, autant qu'il » se peut, nous éloigner des choses qui, frap- » pant nos sens et renouvelant la mémoire de » nos passions, causent du trouble dans notre » esprit, et font souffrir à notre âme une guerre » et un combat importun. Car lorsque nous » sommes engagés dans le combat contre notre » volonté, c'est une nécessité de le souffrir ; » mais c'est une grande folie de nous y engager » nous-mêmes volontairement. C'est pourquoi » nous devons fuir, avant toutes choses, l'entre- » tien des femmes, et nous ne devons jamais » nous trouver avec elles que lorsqu'une néces- » sité indispensable nous y force ; et alors même

» il faut s'en garder comme d'un feu, et nous
» en défaire le plus promptement que nous
» pourrons. » Ce qu'il répète encore à la fin du
chapitre : « Ayons soin, dit-il, autant qu'il nous
» est possible, d'éviter la conversation avec les
» femmes ; et si cela ne se peut entièrement, il
» faut au moins que nos entretiens avec elles
» soient très-rares et très-courts. »

Voilà tout ce que dit saint Basile sur ce sujet ;
et les jésuites ont si peu de conscience que de
vouloir se servir de ses règles si saintes et si
sévères, pour permettre à des débauchés d'aller
faire des leçons de chasteté à des femmes perdues, encore qu'ils aient souvent reconnu, par
une funeste expérience, qu'ils succombent à la
tentation qu'ils vont chercher : *et si malo suo*
sæpè experti sunt, comme dit le père Bauny,
blandis se muliercularum sermonibus ac illecebris
flecti solitos ad libidinem.

III. *Saint Ambroise faussement allégué sur le même sujet.*

Ils n'abusent pas moins indignement de saint
Ambroise, en nous renvoyant à ce qu'il dit
Liv. 3, *ch.* 15 de ses Offices, où il ne fait autre
chose que de louer Judith, laquelle, par une
inspiration particulière de Dieu, qui l'assuroit
de sa protection, comme remarque ce père, alla
tuer Holopherne au milieu de son camp. Car
quel rapport y a-t-il de l'action toute miraculeuse et tout extraordinaire de cette sainte,

avec les actions honteuses que les casuistes veulent autoriser par cet exemple ? Ils parlent de personnes qui ont reconnu, par leur propre expérience, que ces occasions les perdent et les font tomber dans le péché mortel. Peut-on penser la même chose de Judith, dont l'Écriture loue si hautement la chasteté ? Mais qui ne sait, de plus, que ces sortes d'actions des saints, qui n'ont été entreprises que par des mouvements singuliers de l'Esprit de Dieu, ne peuvent autoriser des actions semblables qui seroient faites sans ce mouvement, parce que l'Esprit de Dieu, qui les poussoit et leur donnoit une confiance presque certaine en son secours, faisoit que ces actions, quelque périlleuses qu'elles fussent en elles-mêmes, ne l'étoient point à leur égard, et ainsi n'étoient nullement des occasions prochaines de péché : au lieu que ceux qui les entreprennent sans ce mouvement extraordinaire, tombent dans une témérité criminelle, et méritent de périr dans le danger qu'ils ont recherché, ou qu'ils n'ont pas eu soin d'éviter, selon cette parole du sage : *Qui amat periculum, peribit in eo ?*

IV. *Saint Thomas faussement allégué touchant la simonie.*

Les jésuites ne pouvoient pas mieux faire paroître qu'ils sont capables de tout pour défendre leurs erreurs, qu'en alléguant saint Thomas pour autoriser la doctrine de l'apologiste, qui sou-

tient, après Valentia, Milhard et plusieurs autres, que quiconque est dans une volonté actuelle ou habituelle de ne pas égaler une chose
temporelle à une spirituelle (ce qu'il appelle ne
pas la donner par forme de prix), peut donner
de l'argent, comme motif principal pour avoir un
bénéfice, sans commettre une simonie contre
le droit divin; et que même, s'il le donne sans
aucun pacte obligatoire, il ne commettra pas de
simonie contre le droit ecclésiastique.

Car il est si visible que c'est contre leur conscience qu'ils allèguent saint Thomas sur ce sujet, que leur apologiste même, page 61, reconnoît formellement que saint Thomas est contraire à cette opinion de Valentia; et que, sans
s'arrêter à cette distinction chimérique entre
prix et *motif*, il condamne de simonie tous ceux
qui reçoivent de l'argent pour des choses spirituelles, lorsque leur fin principale est de recevoir
cet argent.

« Il semble, dit-il, que saint Thomas tienne,
» que si la fin principale que prétend celui qui
» fait la fonction spirituelle, est de recevoir de
» l'argent, il est censé vendre la fonction spiri-
» tuelle, et est simoniaque. Maior est de même
» sentiment. » Voilà la doctrine qu'il a reconnue
être de saint Thomas, mais qu'il dit avoir été
rejetée avec raison par les casuistes, avec lesquels il soutient que quoique l'on ait pour fin
principale, en donnant de l'argent, d'obtenir
un bénéfice, on ne commet pourtant point de

simonie contre le droit divin, pourvu qu'on ne le donne pas comme égal à la chose spirituelle; ce qu'il appelle le donner comme prix.

Cependant les jésuites, voyant qu'on étoit prêt de censurer cette doctrine en Sorbonne, pour arrêter les esprits par une autorité plus considérable que celle des casuistes, ils allèguent hardiment dans une feuille nouvellement imprimée, le même saint Thomas, qu'ils avoient eux-mêmes reconnu être contraire à cette doctrine. « Outre, dit-il, ce qui a été dit dans les » éclaircissements, pour prouver que, sans la » volonté d'égaler une chose temporelle à une » spirituelle, il n'y a point de simonie contre le » droit divin, j'ajoute l'autorité de deux théo- » logiens, saint Thomas et Gerson. Saint Tho- » mas, 4 Dist. 25, q. 1, *Sacramenta emi aut* » *vendi non possunt sine simoniá, quia pretium* » *emptionis ponitur quasi mensura adæquans ad* » *illud quod emitur.* »

Il est vrai que ces paroles sont de saint Thomas : mais il est vrai que c'est en abuser indignement, que d'y donner le sens que cet apologiste y donne, étant clair par toute la suite de sa doctrine, qu'il a cru que donner un bénéfice pour de l'argent, comme pour la fin et le motif principal, et le donner comme prix, n'étoit que la même chose; et que de là il a conclu que tous ceux qui donnoient ainsi des bénéfices pour recevoir de l'argent, le donnoient comme prix, et par ce moyen égaloient véritablement les choses spirituelles aux temporelles, encore qu'ils n'y pensassent pas.

Ce qui paroîtra par quelques remarques que nous ferons sur la doctrine de ce saint, non pour faire un crime aux jésuites de ne pas la suivre en tout, car on auroit tort d'attendre d'eux une si grande pureté; mais pour leur faire voir simplement combien ils imposent à ce saint.

La première est, que saint Thomas n'a jamais cru que pour être simoniaque, en donnant de l'argent pour obtenir une dignité ecclésiastique, il fût nécessaire d'avoir la pensée que cet argent étoit un prix égal à cette dignité; car cette pensée seroit fausse et hérétique. Or saint Thomas dit, que pour l'ordinaire la simonie n'est point accompagnée de faux jugement dans l'esprit, mais seulement de dépravation dans la volonté. Voici ses paroles, *in 4 Dist.* 25, *q.* 5, *a.* 1 : *Sicut dicit Philosophus quòd Milesii stulti non sunt, sed operantur qualia stulti; secundum hoc dicendum quòd simoniaci non sunt propriè et per se loquendo hæretici, cùm non habeant falsam opinionem : sed dicuntur hæretici propter similitudinem actûs : quia ita operantur ac si æstimarent donum Spiritûs sancti pecuniá possideri, quæ æstimatio esset hæretica.*

Il n'est donc pas nécessaire, selon saint Thomas, de croire, ou de vouloir que l'argent soit égal au don du Saint-Esprit; ce qui est une folie, qui ne tombe en l'esprit de personne : mais il suffit d'agir comme si on le croyoit; ce que font, selon saint Thomas, tous ceux qui offrent de l'argent, comme un motif pour se faire donner les dignités de l'Église ; et tous ceux qui donnent des bénéfices, ayant pour motif principal d'en recevoir de l'argent, ou quelque autre chose temporelle.

La seconde, que quoique saint Thomas se serve souvent des mots de vente, d'achat et de prix, pour expliquer en quoi consiste le crime de la simonie, il n'a jamais voulu néanmoins entendre autre chose par là, sinon donner une chose spirituelle par le seul motif d'en recevoir une temporelle, ou bien donner une chose temporelle, afin d'obtenir, par ce moyen, une chose spirituelle. De sorte qu'un collateur, un patron ou un titulaire, qui donne un bénéfice à Pierre, seulement parce que Pierre lui a donné de l'argent, quelque volonté qu'il ait de ne point égaler cet argent qu'il reçoit au bénéfice qu'il donne, et encore qu'il n'y soit obligé par aucun pacte, il ne laisse pas de le vendre véritablement, et d'être simoniaque devant Dieu.

Pour en donner des preuves décisives, il ne faut que considérer ce que dit saint Thomas, *in 4 Dist.* 25, *q.* 3, *a.* 3, où considérant les jugements des juges ecclésiastiques comme des choses spirituelles, il demande si un juge ecclésiastique rendant une sentence en faveur de celui qui lui auroit fait un petit présent, seroit simoniaque ? À quoi il répond en ces termes : « L'Église ne » juge que selon ce qui paroît à l'extérieur :

« ainsi n'étant pas probable qu'un petit présent
» ait servi de motif à un juge ecclésiastique pour
» donner une sentence, elle ne juge pas que cet
» ecclésiastique qui a reçu un petit présent, ait
» commis une simonie. Mais devant Dieu qui
» voit le cœur, soit que les présents soient grands
» ou petits, c'est une simonie, s'ils ont servi de
» motif à ce juge pour donner une sentence » :
*Sed apud Deum qui cor videt, simonia est et in
parvis et in magnis rebus, si animus judicis ex eis
flectatur.*

C'est par ce même principe qu'il conclut qu'un
collateur qui donne un bénéfice ayant pour motif principal les prières qu'on lui a faites, et la
faveur et les louanges qu'il en recevra, commet
une simonie. Voici ses paroles au même lieu :
*Qui dat aliquod spirituale pro favore vel laude
acquirendâ, non est dubium quin simoniam com-
mitteret. Et ideò quandò preces fiunt pro indigno,
quod nihil aliud movet nisi favor, manifestè simonia committitur, si propter hoc beneficium eccle-
siasticum detur. Si autem pro digno fiant, quantùm
ad judicium hominum probabile est quòd dans
magis moveatur intuitu dignitatis personæ, quàm
favore precum; et ideò non reputatur simonia. Si
tamen principaliter moveatur favore precum vel
timore rogantis, quantùm ad judicium divinum
simoniam committit et rogatus et rogans.*

Il est clair que saint Thomas ne suppose point
que celui qu'on prie de conférer un bénéfice,
pense qu'il y ait égalité entre les prières et le

bénéfice; et qu'il ne suppose pas non plus qu'il ait fait un pacte obligatoire, puisque personne n'a jamais fait pacte d'être prié et d'être loué. Et cependant il décide que ce collateur est simoniaque, si le principal motif qui le pousse à donner le bénéfice, est qu'il a été prié et qu'il espère d'être loué.

Le sentiment de saint Thomas ne paroît pas moins par cette autre décision touchant ceux qui donnent des bénéfices à leurs parents. *Ille qui dat ratione consanguinitatis præbendam alicui principaliter, aut intendit temporale bonum illius cui datur, et non alterius; et sic peccat graviter, sed simoniam non committit; quia non vendit, cùm nihil accipiat: aut intendit aliquod bonum in seipsum redundans; sic quòd magnificetur per hoc, et nobilitetur domus sua; vel quòd ipse in consanguineis sit fortior, et sic ipse aliquid accipere sperat pro quo spiritualia dat; et simoniam committit.*

Je ne sais s'il y a personne assez ridicule pour s'imaginer que quelqu'un puisse faire pacte avec tout le monde, que s'il donne un bénéfice à son parent, on en croira sa maison plus illustre et plus relevée. Cependant saint Thomas condamne de simonie toutes ces collations, où l'on recherche l'élèvement de sa maison, lequel non-seulement s'obtient sans pacte, mais qu'il est même impossible d'obtenir par un pacte.

Le même S. Thomas conclut dans sa *Somme 2, 2, q.* 100, *art.* 5, qu'un évêque qui donne un bénéfice pour des services temporels qu'on lui a rendus, ou à ses parents, commet une simonie : *Si sit obsequium ad carnalia ordinatum, puta quia servivit prælato ad utilitatem consanguineorum, erit munus ab obsequio, et est simoniacum.* Et il n'ajoute point toutes ces restrictions qu'il y ait une obligation de justice de payer ces services, ou qu'on y ait fait un pacte de donner un bénéfice, quand on auroit rendu ces services. Car il suffit, selon sa doctrine, que ces services temporels soient le principal motif qui porte ce prélat à donner ce bénéfice.

Il est si certain que c'est là le sentiment de saint Thomas, que les jésuites mêmes ne font point de difficulté de le reconnoître, et d'avouer que c'est aussi celui de presque tous les anciens théologiens et canonistes. Voici comme en parle Suarez dans son *Traité de la Simonie, l.* 4, *c.* 3. *Sæpissimè*, dit-il, *legimus apud auctores tàm theologos quàm canonistas, simoniam mentalem committi, quoties per spiritualem actionem vel dationem principaliter intenditur acquisitio alicujus commodi temporalis. Ita tenet Glossa, Hostiensis, Panormitanus, Navarrus, Covarr. sanctus Thomas, Cajet. Maior, Durandus Altissiodorensis, Adrianus, Antonius Corduba, Gerson, etc.* Ce qui fait voir avec quelle conscience l'apologiste a osé avancer, page 61, que le sentiment de saint Thomas étoit abandonné des canonistes et des autres théologiens.

Ainsi pour renfermer en peu de mots la doctrine de ce saint docteur, il a cru que les choses

spirituelles devant, par l'ordre de Jésus-Christ,
se donner gratuitement et acquérir gratuitement, c'est-à-dire, sans rien recevoir pour les
donner, ni rien donner pour les obtenir, c'étoit
violer cet ordre et tomber dans le péché de simonie, que de donner des choses spirituelles, ayant
pour motif principal d'obtenir ou d'avoir obtenu
quelque chose temporelle, soit service, soit
louange, soit argent; ou bien de donner une
chose temporelle, ayant pour motif principal
d'en obtenir une spirituelle. De sorte que toutes
les fois qu'il dit de ceux qui font ces sortes
d'échanges, qu'ils vendent, qu'ils achètent et
qu'ils donnent comme prix, il n'a voulu dire
autre chose par ces mots, sinon qu'ils donnent
l'un pour avoir l'autre.

Que si l'on prétend chicaner, et dire que la
vente, dans son essence, enferme un pacte obligatoire et onéreux, il est facile de répondre
que le langage ecclésiastique ne se règle pas sur
les formules des jurisconsultes; et que saint
Thomas, qui s'est servi de ces mots après les
pères, nous ayant expliqué ce qu'il avoit voulu
dire par ces mots, il faut en prendre la signification, non des jurisconsultes, mais de saint Thomas et des pères de l'Église; et conclure plutôt
que la simonie n'est pas une vente selon la
rigueur de ce terme, que non pas de ne point
enfermer sous le nom de simonie, tout ce que
les pères y ont enfermé.

V. *Gerson faussement allégué sur le même sujet de la simonie.*

L'apologiste joint Gerson à saint Thomas, et lui impose, aussi-bien qu'à ce saint, de ne point avoir reconnu de simonie de droit divin, que lorsqu'on met une égalité de prix entre une chose temporelle et une spirituelle. Il cite pour cela ces paroles de Gerson, qui semblent dire ce qu'il désire : *Finis principaliter intentus accipiendi temporalia tanquàm ibi sit adæquatio vera pretii ad pretium, sicut est in commutatione temporalium ad invicem, reddit hominem propriè simoniacum.*

A la vérité, ceux qui ne se défient pas des jésuites, auront pu être surpris de la lecture de ces paroles, et croire que Gerson est en effet favorable à l'apologiste : mais ceux qui, connoissant les jésuites, ont pris la peine de consulter ce passage, ont sans doute été surpris de la hardiesse et de l'impudence avec laquelle ils s'exposent à être convaincus publiquement d'une imposture si inexcusable ; car il n'y en eut jamais de moins palliée que celle-ci. Gerson, dans son Traité de la Simonie, en marque deux espèces différentes en deux propositions différentes : la première, est celle dans laquelle on considère seulement le bien temporel, comme le motif principal de l'action spirituelle ; et la seconde, dans laquelle on le considère de plus comme un prix égal à la chose spirituelle. *Prima propositio,*

dit-il : *Finis principaliter intentus recipiendi tem-*
poralia pro ministratione spiritualium, reddit ho-
minem propriè simoniacum in foro conscientiæ et
ad Deum. Et si hanc intentionem apertis ad extra
monstret indiciis, censendus est in ecclesiastico foro
simoniacus, vel de simoniá vehementer suspectus.
Secunda propositio : Finis principaliter intentus
accipiendi temporalia pro administratione spiri-
tualium, tanquàm ibi sit adæquatio vera pretii
ad pretium, sicut est in commutatione tempora-
lium ad invicem, reddit hominem propriè simo-
niacum.

L'apologiste, pour montrer, par l'autorité de
Gerson, que toute simonie enferme cette pensée
d'égaler les choses spirituelles, rapporte ces dernières paroles de Gerson, et dissimule les précédentes, dans lesquelles Gerson reconnoît une
vraie espèce de simonie devant Dieu, qui n'enferme point cette pensée d'égalité. Peut-on abuser plus hardiment de la crédulité du monde?
Car la question n'est pas entre les jésuites et
nous, si celui qui donneroit de l'argent pour un
bénéfice, avec cette pensée d'égaler l'argent au
bénéfice, seroit véritablement simoniaque. Personne n'en a jamais douté. Mais il est question,
si cette réflexion et cette formalité d'égalité et
de prix est nécessaire, et si l'on peut être simoniaque sans cela. C'est ce qu'ils prétendent faire
dire à Gerson. Et c'est néanmoins ce que Gerson
désavoue formellement, en reconnoissant dans
une proposition expresse une autre espèce de

simonie, qui n'enferme point cette égalité, ni cette formalité de prix.

Ce qu'il ajoute ensuite est encore plus net et plus formel : car il distingue quatre sortes de vues d'esprit. *Resolvendo*, dit-il, *materiam de simoniâ, possumus invenire distinctionem quadruplicem de intuitu vel respectu commodi temporalis pro spirituali. Potest enim intuitus ferri ad temporale commodum, primò tanquàm ad pretium rei spiritualis, quasi sit adæquatio valoris unius rei ad alteram, sicut inest in emptione et venditione civilibus.* Voilà l'unique espèce de simonie que les jésuites reconnoissent. *Potest* 2°. ajoute Gerson, *ferri intuitus ad commodum temporale, tanquàm ad motivum principale dandi spiritualia, vel ad finem ultimum in quo consistit intuitus spirituale conferentis.* Voilà ce qu'ils prétendent ne point être simonie. *Potest* 3°. *ferri intuitus commodi temporalis tanquàm ad motivum minùs principale, vel ad finem subordinatum sub ultimo fine. Potest* 4°. *ferri intuitus commodi temporalis, tanquàm ad rem debitam jure divino pro sustentatione illius qui spiritualia administrat.* Voilà les cas que Gerson propose ; et voici ses décisions sur ces cas. *Tunc ad propositum dicimus quòd primus intuitus, et secundus sunt verè simoniaci de jure divino et humano.* C'est-à-dire que c'est une simonie de droit divin et humain, non-seulement de regarder les choses temporelles comme prix des spirituelles, mais aussi de les regarder comme le principal motif qui porte à

conférer les spirituelles. Mais pour le troisième
et quatrième regard, Gerson déclare qu'ils ne
sont pas simoniaques, pourvu qu'on observe ce
que l'apôtre ordonne par ces paroles : *Ab omni
specie malá abstinete vos.*

Ainsi on ne peut condamner plus expressément les jésuites, que Gerson les condamne en
ce Traité ; et on ne peut abuser avec plus de mauvaise foi de ce Traité de Gerson, que les jésuites
en abusent.

VI. *Le même Gerson faussement allégué sur la matière de l'usure.*

Il est difficile de trouver une plus manifeste
palliation d'usure, que l'invention que les jésuites autorisent dans l'Apologie et dans leur
Factum, de créer une rente pour un an, en sorte
qu'au bout de l'an, celui qui a pris, par exemple,
18,000 liv., soit obligé d'en rendre 19,000. Mais
il n'y eut jamais de fausseté plus hardie que celle
qu'ils commettent en citant Gerson, comme
ayant enseigné cette doctrine dans son Traité
des Contrats.

« Gerson, dit-il, est un des premiers qui, en
» la seconde partie de ses OEuvres, au traité *de
» Contract. Prop.* 19, dit que les rentes qui peu-
» vent se vendre à perpétuité, peuvent pareille-
» ment se vendre pour un temps limité, tant à
» l'égard du vendeur que de l'acheteur, pourvu
» que la même matière se trouve dans le contrat
» à perpétuité, et dans celui qui se fait pour un

» temps. » Voilà ce qu'ils font dire à Gerson , n'ayant pour le prouver que ces paroles qu'ils rapportent, mais qui n'ont, en aucune sorte, le sens qu'ils y donnent : *Omnis contractus quo licitè venduntur vel emuntur reditus perpetui, potest similiter esse licitùs, si eodem contractu similiter se habente, detur facultas mutua redimendi præsertìm in foro conscientiæ.*

Car, pour bien comprendre la doctrine de Gerson dans tout ce traité, il faut remarquer qu'anciennement les rentes étoient non rachetables, et que c'est en ce sens qu'on les appeloit *perpétuelles ;* mais qu'environ le temps de Gerson , on commença à les rendre rachetables comme elles sont aujourd'hui. C'est ce que Gerson appelle, *Venditio redditualis, quæ potest redimi ;* ou , *Venditio censûs perpetui cum facultate redimendi.*

Mais cette faculté de racheter étoit de deux sortes ; car quelquefois on marquoit un temps préfix, comme de dix ans, pendant lequel celui qui avoit pris de l'argent à rente pouvoit la racheter en rendant l'argent, mais après lequel il ne pouvoit plus la racheter. Et c'est ce que Gerson appelle, en plusieurs lieux de ce traité, *Facultas redimendi ad certum tempus.* L'autre manière est celle qui s'observe maintenant, qui est que celui qui avoit pris de l'argent à rente, pouvoit la racheter quand il lui plaisoit ; ce qui est appelé, dans Gerson, *Facultas redimendi toties quoties.*

Voilà tout ce que Gerson autorise, et encore avec beaucoup de modération; et c'est une imposture visible de l'alléguer, ainsi que font les jésuites, comme ayant approuvé une palliation d'usure aussi manifeste qu'est leur cens constitué pour un an, ou que celui qui l'a acheté ait droit de revendre au bout d'un an; en sorte que celui qui l'a vendu, soit obligé de rendre l'argent qu'il a pris, avec une année d'intérêt.

Cela paroît, 1°. parce que Gerson parle toujours de la faculté de racheter, qui ne se donne jamais qu'au vendeur; et jamais de la faculté de revendre, qui se donneroit à l'acheteur. Or, dans la constitution des rentes, celui qui prend de l'argent à rente est l'acheteur, et celui qui le donne est le vendeur; et, par conséquent, la faculté dont parle Gerson étant une faculté de racheter, et non de revendre, elle ne peut que donner droit à celui qui a pris de l'argent à rente de rembourser le fonds de la rente; et non pas à celui qui l'a donné de se faire rendre son argent, lorsqu'on ne manque point de lui payer les arrérages.

2°. Il fonde la justice de ces rentes rachetables, *Part.* 1, *Consid.* 5, sur ce que, dans l'ancienne loi, il étoit permis de vendre une maison avec faculté de la racheter dans l'année. Or, il est bien certain que cette faculté de racheter ne convenoit qu'à celui qui l'avoit vendue; et il seroit ridicule de s'imaginer que l'acheteur eût droit par là de l'obliger à lui rendre son argent en reprenant la maison.

3°. Après avoir établi, dans la première partie de ce traité, les principes nécessaires pour résoudre le cas qu'il avoit entrepris d'examiner, il propose ce cas au commencement de la seconde partie, qui est : « Qu'un monastère avoit acheté » d'une ville une rente annuelle de 100 liv. en » lui donnant 2000 liv. *cum facultate redimendi.* » Voilà le contrat qu'il a dessein de justifier, et pour lequel il a fait tout ce traité *de Contractibus.* Or, pour montrer évidemment qu'il n'a considéré cette rente que comme elles sont aujourd'hui, c'est-à-dire, rachetables seulement du côté de celui qui prend à rente, c'est qu'il met pour la principale circonstance, qui fait voir que ce contrat n'est point usuraire, que la vente avoit été tellement effective de la part des religieux, qu'ils ne s'étoient réservé aucune faculté de ravoir l'argent qu'ils avoient donné : *Quarta circumstantia est, quòd venditio tam efficax fuit ex parte religiosorum, tàm in voluntate quàm in opere translationis, quòd nullam sibi retinuerint facultatem retrahendi pretium datum.* Il est donc très-faux que Gerson parle des contrats où l'on retient le pouvoir de retirer son argent au bout d'un an ; car il l'exclut en termes exprès.

4°. Enfin il a été si éloigné d'approuver ce pouvoir de retirer l'argent avec intérêt, que c'est principalement sur cette quatrième circonstance qu'il établit sa décision ; savoir, que ce contrat

n'est point usuraire, parce que ce n'est point un
prêt, ni un contrat qui tienne de la nature du
prêt, puisque ces religieux ne s'étoient point
réservé le pouvoir de retirer leur argent : *Præ-
dictus contractus non est mutuum, nec per modum
mutui. Patet ex 4 circumstantiâ principaliter junc-
tis aliis.* D'où il s'ensuit que Gerson auroit condamné d'usure le contrat des jésuites où celui
qui donne son argent se réserve le pouvoir de le
retirer, et ne laisse pas d'en prendre intérêt.

Il est visible, par ces preuves convaincantes,
que les jésuites abusent malicieusement d'une
parole ambiguë de Gerson, pour lui faire approuver une chose dont il ne parle en aucune
manière dans tout son traité, et qui est contraire à tous ses principes. Car le passage qu'ils
rapportent est dans la proposition 20, où il
parle toujours, comme dans tout le reste de son
traité, de la faculté de racheter qu'a celui qui
prend l'argent à rente, de laquelle seule il
s'agissoit alors. Et ainsi de ce qu'il appelle cette
faculté de racheter, *facultas mutua redimendi*,
c'est qu'auparavant il étoit bien au pouvoir du
vendeur de racheter sa rente, pourvu que l'acheteur consentît à recevoir le rachat : au lieu que,
par cette loi dont parle Gerson, on lui donnoit
pouvoir, non-seulement de racheter, mais aussi
de faire accepter son rachat, ce qu'il appelle,
facultas mutua redimendi. C'est une chose honteuse à des théologiens, qui ne doivent rien tant
aimer que la sincérité, de chicaner sur un mot

ambigu, au lieu de prendre le sens d'un auteur de toute la suite de sa doctrine.

S'ils avoient bien étudié celle de Gerson, ils auroient appris de lui la foiblesse d'un argument qu'ils font beaucoup valoir dans leurs réponses, qui est qu'il y a des parlements où les prêts usuraires sont autorisés pour le civil : car Gerson montre fort bien qu'il ne s'ensuit pas de là qu'ils soient permis selon Dieu, parce que les lois civiles et les magistrats permettent beaucoup de choses qui ne laissent pas d'être illégitimes selon la loi de Dieu ou de l'Église, sans que l'on puisse dire pour cela que ces lois civiles soient mauvaises et contraires à la loi de Dieu ou de l'Église.

C'est la proposition 17 de ce même Traité des Contrats. « Encore, dit-il, qu'une loi civile to- » lérât quelques usures, on ne doit pas dire pour » cela qu'elle est contraire à la loi de Dieu ou de » l'Église ; car le législateur civil a pour but de » conserver la république, en y entretenant la » paix et l'union entre les citoyens, et empêchant » qu'on n'y commette des voleries, des rapines, » des homicides, et autres crimes qui troublent » la société humaine..... Mais, parce que la ma- » lice des hommes ne peut pas toujours être » entièrement réprimée, il tolère quelquefois » de moindres maux pour en éviter de plus » grands, comme Moïse a fait dans l'ancienne » loi, en permettant le divorce. »

Aussi nous voyons que les pères n'ont pas

laissé de condamner les usures, quoiqu'il soit
certain que, de leur temps, les lois civiles les
permettoient. Ce qui fait dire à saint Augustin
sur ces paroles du psaume 54 : *In plateis ejus
usura et dolus : fœnus etiam professionem habet :
fœnus etiam ars vocatur, corpus dicitur, corpus
quasi necessarium civitati, et de professione suâ
vectigal impendit : usque adeò in plateâ est, quod
saltem abscondendum erat.*

VII. *Saint Ambroise faussement allégué sur le
sujet des valets qui prennent du bien de leurs
maîtres pour égaler leurs gages à leurs peines.*

Nous avons de la peine à comprendre la hardiesse de cet apologiste, qui ose dire dans ses
nouvelles feuilles, qu'on a malicieusement imposé au père Bauny, en prenant son objection
pour sa réponse, lorsqu'on lui a reproché,
comme nous avons fait dans nos extraits présentés à l'assemblée générale du clergé, *Prop.* 21,
qu'il ouvre la porte aux vols domestiques, en
permettant « aux valets qui se plaignent de leurs
» gages, de les croître d'eux-mêmes en certaines
» rencontres, (comme est celle de ne les avoir
» acceptés, qu'y étant contraints par la nécessité
» de leurs affaires), en se garnissant les mains
» d'autant de bien appartenant à leurs maîtres,
» qu'ils s'imaginent être nécessaire pour égaler
» lesdits gages à leurs peines. » Il ne faut que
lire le passage entier du père Bauny, que nous

avons rapporté dans cet extrait, pour rougir du peu de conscience de ces personnes, qui ne se mettent pas en peine du jugement de Dieu; pourvu qu'ils puissent embrouiller, au moins pour quelque temps, les jugements des hommes, en niant les choses les plus constantes.

Il y a encore plus de sujet de s'étonner de ce qu'au même temps qu'ils témoignent être prêts de se soumettre au jugement de la Faculté pour en retarder la censure par cette feinte soumission, ils n'ont pas craint de traiter avec injure ceux qui n'ont fait que suivre, dans la condamnation du père Bauny, le jugement de la Faculté de Paris, qui, en 1641, l'a censuré en ces termes : *Hæc propositio falsa est et perniciosa, etiam additis restrictionibus, et domesticis furtis viam aperit.*

Mais ce qui nous touche le plus est l'injure qu'ils font aux saints pères, de les alléguer comme favorables à cette méchante doctrine. « Saint Ambroise, dit l'apologiste, *p.* 81, *lib.* » *de Tobia*, *c.* 15, dit qu'on peut prendre de » l'usure pour s'indemniser d'une personne qui » nous porte quelque préjudice. *Ab illo usuram* » *exigis, cui merito nocere desideras.* D'où j'in-» fère que s'il m'est permis de prendre de l'usure » pour me récompenser, et recouvrer ce qu'une » personne me doit, je puis me récompenser » par quelque autre voie. » Ils répètent la même chose dans leurs nouveaux imprimés.

Mais il ne faut que considérer le passage en-

tier de saint Ambroise, pour juger de l'abus
qu'ils en font, et des horribles conséquences
qui pourroient s'en tirer en le prenant au sens
qu'ils le prennent. Ce père ayant déclaré que
l'usure est défendue par la loi de Dieu, et que,
selon les païens mêmes, il n'est non plus permis
de s'enrichir par des usures, que de s'enrichir
par des homicides, il s'objecte ce passage du
Deutéronome, 23, où Dieu défendant aux Israélites d'exiger des usures de leurs frères, le leur
permet à l'égard des étrangers : *Fratri tuo non
fœnerabis ad usuram, sed ab alienigenâ exiges.*
A quoi il répond en ces termes : « Qui étoit alors
» étranger, sinon les Amalécites, les Amorrhéens,
» et les autres ennemis du peuple juif ? Voilà,
» dit le Seigneur, de qui vous pouvez exiger des
» usures. Ceux à qui vous pouvez justement dé-
» sirer de nuire : ceux à qui vous avez droit de
» faire la guerre, vous avez droit aussi d'exiger
» des usures d'eux. Ne pouvant les vaincre par
» la guerre, vous pouvez vous en venger en ti-
» rant d'eux tous les mois le centième de ce que
» vous leur prêterez. Exigez des intérêts de celui
» que vous pouvez tuer sans crime. Où il y a
» donc droit de faire la guerre, il y a droit aussi
» de prêter à usure. *Ab hoc usuram exige, quem
» non sit crimen occidere. Ergo ubi jus belli, ibi
» etiam jus usuræ.* »

Comment les jésuites appliqueront-ils ces paroles de saint Ambroise aux valets à qui le père
Bauny permet de voler leurs maîtres pour égaler

leurs gages à leurs peines? Les valets ont-ils
droit de faire la guerre à leurs maîtres? ont-ils
droit de les tuer? ont-ils droit de les piller
même à force ouverte, comme on en a droit
dans les guerres justes? Voilà les circonstances
dans lesquelles saint Ambroise dit que Dieu
permit aux Juifs de prêter à usure aux Chana-
néens, par le même droit de souverain maître
des hommes et de juste vengeur des méchants,
par lequel il avoit commandé à son peuple de
tuer tous les habitants de la Palestine; parce
que leurs crimes énormes, qui sont particulièrement décrits dans le livre de la Sagesse,
avoient mérité ce châtiment. Or, qui doute que
ce que Dieu donne ne soit légitimement donné
à ceux à qui il le donne?

Mais qu'y a-t-il ici de semblable? Un valet qui
est convenu de ses gages, quelque petits qu'ils
puissent être, et quelque nécessité qui l'ait
porté à les accepter, a-t-il reçu de Dieu, par une
révélation particulière, le droit de se faire justice à soi-même, et de voler son maître, sous
prétexte que ses gages ne sont pas égaux à ses
peines? La Sorbonne n'a-t-elle pas eu raison de
dire que cette doctrine est fausse et pernicieuse,
et ouvre la porte aux vols domestiques?

VIII. *Saint Augustin faussement allégué sur le
même sujet des valets.*

L'apologiste joint saint Augustin à saint Ambroise, pour autoriser la même doctrine du

père Bauny; et les jésuites disent dans leurs
nouveaux imprimés, que le passage de saint
Augustin cité dans l'Apologie, est si clair pour
cela, qu'il n'a pas besoin d'interprétation. Mais
nous ferons voir aisément qu'ils avoient besoin
qu'on le leur interprétât, puisqu'ils l'ont fort
mal entendu.

Voici les paroles de ce père dans sa lettre 54
à Macédonius : *Non sanè quidquid ab invito sumitur, injuriosè aufertur. Nam plerique nec me-
dico volunt reddére honorem suum, nec operario
mercedem : nec tamen hæc qui ab invito accipiunt, per injuriam accipiunt, quæ potiùs per
injuriam non darentur.*

L'apologiste prétend que saint Augustin dit
qu'un médecin qui prendroit en cachette à son
malade, ce que son malade n'auroit pas voulu
lui payer, et qu'un artisan qui feroit la même
chose à celui qui l'auroit mis en besogne, ne
pécheroit point. Mais il se trompe. Saint Augustin ne parle point de prendre, mais seulement
de recevoir : et son sens est, que, quoiqu'il se
rencontre des personnes qui paient malgré
eux ce qu'ils doivent, et qui voudroient ne pas
le payer, ne le faisant que parce qu'ils y sont
contraints par justice, ou parce qu'ils ont peur
d'y être contraints ; ceux néanmoins qui reçoivent ce qui leur est dû, ne leur font point tort
en le recevant, parce que ce seroient les autres,
au contraire, qui commettroient une injustice
en ne le donnant pas : *Nec tamen hæc qui ab in-*

vito accipiunt, (il ne dit pas *surripiunt*), *per in-juriam accipiunt , quæ potiùs per injuriam non darentur.* Il suppose donc que *dantur,* quoique malgré ceux qui le donnent, parce qu'ils vou-droient bien ne pas le donner. Et en effet il est visible que S. Augustin parle d'un cas ordinaire, et qui se rencontre souvent parmi les hommes. Or, où est-ce que les médecins ont accoutumé de dérober à leurs malades le prix de leurs peines, qu'on n'auroit pas voulu leur payer ?

Ce qui a pu tromper les jésuites , est le mot de *sumitur,* dans le commencement de ce pas-sage, *Non sanè quidquid ab invito sumitur;* s'é-tant imaginé sans doute que ce mot ne pouvoit pas convenir à celui qui prend ce qu'on lui donne, mais seulement à celui qui le prend de soi-même. Mais sans parler des auteurs profanes qui ont pris ce mot au sens que nous soutenons qu'il doit être pris dans ce passage de saint Au-gustin, comme lorsque Cicéron dit : *Tu qui à Nævio vel sumpsisti multa si fateris , vel si negas surripuisti,* opposant ainsi *sumere* à *surripere ;* on ne peut pas soutenir avec la moindre appa-rence de raison, qu'il ne peut pas avoir ce sens dans le passage dont il s'agit ; puisqu'il s'en sert deux autres fois au même lieu, le prenant tou-jours pour *recevoir ce qu'on donne.* Car on ne peut pas entendre autrement ce qu'il dit des mauvais juges et des faux témoins : *Cùm judicia et testimonia, quæ nec justa nec vera vendenda sunt, iniqua et falsa venduntur , multò scelera-*

tiùs utique pecunia sumitur ; quia sceleratè etiam quamvis à volentibus datur. Non plus que ce qu'il dit des huissiers , à qui la coutume permettoit de prendre des deux parties : *Magis reprehendimus qui talia inusitatè repetiverunt , quàm qui ea de more sumpserunt.* Pourquoi ne se prendra-t-il pas de même , lorsqu'il dit au même endroit : *Non sanè quidquid ab invito sumitur ?* Et pourquoi vouloir qu'il signifie là *surripitur,* ce qui y est opposé selon Cicéron , et tout-à-fait contraire au sens que saint Augustin donne à ce terme toutes les autres fois qu'il s'en sert dans ce même lieu ?

Enfin , une preuve démonstrative que ce passage de saint Augustin ne peut s'entendre au sens que les jésuites le prennent, pour autoriser les vols domestiques , sous prétexte de compensations de gages, c'est que ce père a décidé ce même cas dans une espèce incomparablement plus favorable, en condamnant de larcin les Israélites qui emportèrent les richesses des Égyptiens, si Dieu ne leur en eût donné une permission expresse ; encore qu'il reconnoisse au même lieu que ce bien étoit dû aux Israélites pour les récompenser de leurs travaux. C'est dans le 22ᵉ *l. contre Fauste , ch.* 71 *et* 72 , où ayant soutenu d'abord que Moïse n'avoit pas péché *en dépouillant les Égyptiens, parce que Dieu le lui avoit commandé, et qu'il eût péché au contraire en n'obéissant pas à Dieu,* il montre ensuite, contre les Manichéens, que Dieu n'avoit rien fait de contraire à sa bonté, en faisant ce commandement à Moïse ; parce que les Égyptiens méritoient de perdre ces biens dont ils abusoient pour honorer les démons, et que d'ailleurs ils en devoient davantage aux Hébreux, pour les récompenser de leurs travaux : *Quid absurdum*, dit-il, *si Ægyptii ab Hebræis, homines iniquè dominantes ab hominibus liberis, quorum etiam mercedis pro eorum tàm duris et injustis laboribus fuerant debitores, rebus terrenis quibus etiam ritu sacrilego in injuriam Creatoris utebantur, privari debuerunt ?* Mais il ajoute aussitôt après, (ce qui condamne entièrement la doctrine des jésuites), que si Moïse avoit fait ce commandement de lui-même, ou que les Hébreux d'eux-mêmes, sans en avoir reçu le commandement de Dieu, eussent dépouillé les Égyptiens, ils eussent sans doute été coupables : *Quod tamen si Moyses suâ sponte fecisset, aut hoc Hebræi suâ sponte fecissent, profectò peccassent.*

IX. *Le même saint Augustin faussement allégué dans la Lettre 54, sur le sujet de la corruption des juges.*

Il ne sera pas inutile de joindre ici une autre falsification de la même Lettre à Macédonius, dont l'apologiste abuse encore pour autoriser les corruptions des juges. C'est en la page 97 où il entreprend de soutenir les relâchements des casuistes touchant les juges, qu'il propose lui-même en ces termes : « Les casuistes soutiennent

» que les juges peuvent recevoir des présents, à
» moins qu'il n'y eût quelque loi particulière
» qui le leur défendît, lorsque les parties les
» leur donnent, ou par amitié, ou par recon-
» noissance de la justice qu'ils ont rendue, poùr
» les porter à la rendre à l'avenir, ou pour les
» obliger à prendre un soin particulier de leurs
» affaires, ou pour les engager à les expédier
» plus promptement, ou pour les préférer à
» plusieurs. »

Il ne se contente pas de justifier tous ces abus,
il ose encore les attribuer à saint Augustin en
ces termes : « C'est l'opinion de saint Augustin
» dans l'Épitre 54 *ad Macedonium*, où, parlant
» des juges qui reçoivent des présents, il dit que
» la coutume les excuse : *Sunt aliæ personæ infe-*
» *rioris loci quæ ab utráque parte non insolenter*
» *accipiunt, sicut officialis et à quo amovetur, et*
» *cui admovetur officium. Ab iis extorta per im-*
» *moderatam improbitatem repeti solent, data per*
» *tolerabilem consuetudinem non solent; magisque*
» *reprehendimus qui talia inusitatè repetiverunt,*
» *quàm qui talia de more sumpserunt.* Il y a d'au-
» tres sortes de gens qui ne sont pas de si haute
» qualité, qui ont coutume de prendre des pré-
» sents. De ce nombre sont les juges qui ont leur
» office par commission, ou bien en titre. »

Il y a autant d'ignorance que de mauvaise foi
dans cette citation. L'ignorance consiste tant en
ce qu'il a cru que parce que le nom d'*official*
signifie maintenant un juge ecclésiastique, le

mot latin *officialis* signifioit un juge dans saint Augustin, qu'en ce qu'il traduit ces autres mots, *et à quo amovetur, et cui admovetur officium*, les juges qui ont leur office, ou par commission, ou en titre, ce qui est ridicule. Le mot d'*officialis* du temps de saint Augustin, ne signifioit point un juge, mais un sergent, un huissier, ou autres semblables personnes qui sont ministres des juges. Cela se voit par cette loi du code, *de officio diversorum judicum. Nemo judex aliquem officialem ad eam domum in quá materfamilias degit, cum aliquo præcepto existimet esse mittendum, ut eamdem in publicum protrahat*. Et dans un autre titre du même code, *de lucris advocatorum, et concussionibus officiorum sive apparitorum*; par où il paroît que *officia* ou *officiales* sont la même chose que *apparitores* : d'où vient que Tertullien appelle les anges *officia Dei*. Et c'est dans ce sens qu'on doit prendre le mot d'*officium* dans le passage de saint Augustin, et il doit être lu en cette sorte : *Sicut officialis, et à quo admovetur* (et non pas *amovetur*), *et cui admovetur officium* : par où saint Augustin veut dire que, selon la coutume de ce temps-là, ces petits officiers de justice prenoient, et de ceux qui les employoient, *et à quo admovetur*, et de ceux envers qui on les employoit, *et cui admovetur*; ce qui ne leur étoit point défendu, pourvu que ce qu'ils prenoient fût modéré.

Mais la mauvaise foi est encore plus grande que l'ignorance; car saint Augustin, dans cette

Lettre 54, où il parle des personnes qui ne peu-vent point recevoir rémission de leurs péchés, qu'en restituant ce qu'ils ont pris, *non remittitur peccatum, nisi restituatur ablatum*, met de ce nombre les juges qui prennent des présents des parties, soit qu'ils les prennent pour rendre la justice, soit qu'ils les prennent pour rendre l'injustice. « Les juges, dit-il, ne doivent pas
» vendre un jugement juste, ni les témoins un
» témoignage véritable, encore que les avocats
» reçoivent de l'argent pour plaider une cause
» juste, et les jurisconsultes pour donner un
» bon conseil ; car les premiers sont pour exa-
» miner l'affaire entre les deux parties, et les
» derniers ne sont que pour aider l'une des
» parties. Mais lorsque l'on vend un jugement
» injuste, ou un témoignage faux, qui ne doi-
» vent point être vendus, quand même l'un
» seroit juste et que l'autre seroit véritable, on
» commet un bien plus grand crime en recevant
» cet argent, parce que c'est un crime à celui
» même qui le donne sans contrainte. Néan-
» moins celui qui a donné de l'argent pour une
» sentence juste, a accoutumé de le redemander
» en justice, parce qu'on n'a point dû lui vendre
» cette sentence. Mais celui qui en a donné pour
» en obtenir une injuste, voudroit bien aussi le
» redemander, s'il n'avoit honte du crime qu'il
» a commis en l'achetant, ou s'il n'avoit peur
» d'être puni. » Et ensuite il ajoute : *Sunt aliæ personæ inferioris loci, etc.*, que cet auteur ex-

plique des juges, au lieu que saint Augustin les distingue manifestement des juges, comme nous l'avons montré. Il est difficile de voir une falsification plus hardie et plus évidente.

X. *Falsification d'un passage de saint Thomas touchant l'homicide.*

Il n'y a rien de plus horrible, dans la doctrine de l'apologiste et de ses défenseurs, que la permission qu'ils donnent à tous les particuliers de tuer leur prochain sans autre autorité, sinon que leur raison naturelle leur fait juger qu'ils ont cause légitime de le tuer. Mais cela n'a pas empêché les jésuites de défendre cette doctrine, et de l'appuyer même sur l'autorité de saint Thomas dans leurs nouveaux imprimés. « L'apologiste, disent-ils, se sent obligé » d'apporter quelques preuves de sa proposition. » Il la prend d'un axiome communément reçu » des théologiens; à savoir, que Jésus-Christ n'a » point laissé dans le christianisme de nouveaux » préceptes moraux, et n'a point décidé les cas » particuliers auxquels il seroit permis ou défendu de tuer. D'où il s'ensuit que les théologiens chrétiens doivent se servir de la lumière » naturelle, aidée de celle de la foi, pour les » résolutions qu'ils donnent touchant l'homicide, encore qu'ils ne trouvent pas ces cas » décidés dans l'ancien ou dans le nouveau Testament. Saint Thomas a suivi cet axiome commun, 12, *q.* 108, *art.* 12, et tient que Jésus-

III. 6

» Christ n'a point laissé aux chrétiens de nou-
» veaux préceptes moraux. » Sur quoi il cite à la
marge ces paroles de saint Thomas : *Idcircò non
cadunt sub præcepto novæ legis ; sed relinquuntur
humano arbitrio.*

Ce discours des jésuites n'est qu'un amas de
falsifications, de déguisements et de raisonnements absurdes. Car, premièrement, il est faux
que les paroles latines qu'ils allèguent de saint
Thomas, regardent les préceptes moraux, et que
ce saint ait jamais dit que ces préceptes moraux
aient été laissés à la détermination du libre
arbitre de l'homme : mais, au contraire, ayant
distingué les œuvres extérieures en deux sortes,
dont les unes sont nécessaires pour acquérir ou
pour conserver la grâce, comme celles qui sont
commandées par les préceptes moraux, et par
l'institution des sacrements ; et les autres n'ont
point de liaison nécessaire avec l'acquisition ou
la conservation de la grâce, comme les cérémonies extérieures, ou ce qui ne regarde que la
police : il dit que les premières ont dû être dé-
terminées dans la loi nouvelle, parce qu'elles
sont de nécessité de salut ; mais que les dernières, qui sont les cérémonies et les règlements
de police, ont été laissées à la liberté des hommes
pour être réglées par les supérieurs ou par la
volonté de chaque particulier, quand les supérieurs ne les avoient point réglées : *Determinatio
exteriorum operum in ordine ad cultum Dei, per-
tinet ad præcepta ceremonialia legis ; in ordine*

*verò ad proximum, ad judicialia; ut supra dic-
tum est. Et ideò quia istæ determinationes non
sunt secundùm se de necessitate interioris gratiæ
in quâ lex consistit, idcircò non cadunt sub præcepto novæ legis, sed relinquuntur humano arbitrio; quædam quidem quantùm ad subditos, quæ
scilicet pertinent sigillatim ad unumquemque;
quædam verò ad prælatos temporales vel spiri-
tuales.* C'est donc une falsification insigne aux
jésuites d'appliquer aux préceptes moraux ce
que saint Thomas ne dit que des préceptes cé-
rémoniaux et judiciaires, en tant qu'ils sont
distingués des moraux. Ce qui paroît encore plus
clairement par ces paroles qu'il ajoute immédiatement après : « Ainsi donc la loi nouvelle
» n'a dû déterminer aucunes autres œuvres exté-
» rieures, en les commandant ou les défendant,
» sinon les sacrements et les préceptes moraux
» qui appartiennent par eux-mêmes à la vertu,
» comme de ne point tuer, de ne point dérober,
» et autres semblables : *Sic igitur lex nova nulla*
» *alia exteriora opera determinare debuit præci-*
» *piendo, vel prohibendo, nisi sacramenta et mo-*
» *ralia præcepta, quæ de se pertinent ad rationem*
» *virtutis, puta non esse occidendum, non esse*
» *furandum, aut alia ejusmodi.* »

Ainsi on voit qu'au même lieu où saint Thomas dit que le précepte de ne point tuer n'est
point du nombre de ceux qui ont été laissés au
libre arbitre des hommes, mais qu'il a dû être
déterminé dans la loi nouvelle, les jésuites lui

font dire : « Qu'il n'est point déterminé par la
» loi nouvelle, mais qu'il a été laissé au libre
» arbitre des hommes : *Non cadunt sub præcepto*
» *novæ legis, sed relicta sunt libero arbitrio.* »

La seconde falsification est, qu'ils veulent
faire croire que saint Thomas, en disant que
Jésus-Christ n'a point ajouté de nouveaux préceptes moraux à ceux de l'ancienne loi, a voulu
dire par là qu'il n'a point expliqué, déterminé
et montré l'étendue de ces préceptes, et qu'ainsi
il n'a point donné de lumière pour décider les
cas qui regardent ces préceptes nouveaux, mais
a remis le tout à la raison. Ce qui est entièrement contraire à la doctrine de saint Thomas
dans toute cette question : car outre que nous
venons de voir que saint Thomas dit expressément que les préceptes moraux ont été déterminés dans la loi nouvelle, il fait encore un
article exprès pour montrer que la loi nouvelle
a accompli et perfectionné l'ancienne, où il dit,
entre autres choses : « Que Jésus-Christ, par sa
» doctrine, a accompli les préceptes de la loi :
» premièrement, en marquant le vrai sens au-
» quel ils doivent être entendus, comme il pa-
» roît en celui de l'homicide et de l'adultère :
» *Suâ autem doctrinâ adimplevit præcepta legis*
» *tripliciter : primò quidem verum intellectum*
» *legis exprimendo, sicut patet in homicidio et*
» *adulterio.* Secondement, en ordonnant ce qui
» servoit à observer avec plus de sévérité ce que
» la loi avoit commandé, comme de ne point

» jurer sans nécessité, afin de ne point tomber
» dans le parjure, et en ajoutant des conseils de
» perfection. »

Mais quand il seroit vrai (ce que nous venons
de faire voir être très-faux, selon saint Thomas)
que Jésus-Christ n'eût donné aucune lumière
nouvelle touchant les préceptes moraux de l'ancien Testament, la conséquence que cet auteur
tire de ce principe ne laisseroit pas d'être extravagante, puisqu'il ne s'ensuivroit pas de là que
ce soit à la lumière de la raison à juger quand
il faut tuer ou quand il ne faut pas tuer, ni
qu'on doive regarder les cas touchant l'homicide
comme des cas qui ne sont décidés ni par l'ancien
ni par le nouveau Testament.

Jésus-Christ a-t-il aboli, par la loi nouvelle,
le précepte du Décalogue qui défend de tuer, et
ce précepte est-il devenu soumis à notre raison ;
et ne nous a-t-il pas été donné, au contraire,
pour arrêter les égarements de la raison, par
l'autorité de la loi de Dieu ? C'est ignorer tout-
à-fait la nécessité que l'homme a eue de la loi
de Dieu, et la fin que Dieu s'est proposée en la
donnant, de prétendre, comme font les jésuites,
que lorsque Dieu nous fait une défense générale, comme est celle de ne point tuer, ce soit
nonobstant cela à la raison naturelle de juger
quand cette loi oblige, et quand elle n'oblige
pas.

Car, quoique les préceptes moraux de la loi
de Dieu soient conformes à la raison naturelle,

et que Dieu les ait gravés dans le cœur de l'homme en le créant à son image, on ne peut néanmoins nier, sans être non-seulement pélagien, mais aveugle, que notre raison n'ait tellement été obscurcie par le péché, qu'elle n'est plus capable de se conduire elle-même dans le discernement du bien et du mal. Les étranges erreurs dans lesquelles les plus sages du paganisme sont tombés, les vices qu'ils ont excusés, l'incertitude dans laquelle ils ont été dans toute la conduite de leur vie, sont une preuve et une conviction sensible de cette dépravation de l'esprit humain. Ç'a été pour en convaincre les hommes que Dieu a attendu plus de deux mille ans à leur donner sa loi, et ç'a été pour y apporter quelque remède qu'il la leur a enfin donnée. Saint Thomas nous enseigne l'un et l'autre, 1, 2, *q.* 98, *art.* 6, où il dit : « Qu'il a été à propos que la loi ne fût donnée » qu'au temps où elle l'a été, parce que l'homme » se glorifioit de sa science, comme si la raison » naturelle eût pu lui suffire pour le salut : et » qu'ainsi, pour convaincre son orgueil, Dieu » l'a laissé long-temps à la conduite de sa propre » raison, sans le secours de la loi écrite, afin » qu'il reconnût, par sa propre expérience, » combien sa raison étoit défectueuse : *Ut de* » *hoc ejus superbia convinceretur, permissus est* » *homo regimini suæ rationis absque adminiculo* » *legis scriptæ ; et experimento homo discere po-* » *tuit quòd patiebatur rationis defectum.* »

Et dans la question suivante, *art*. 2, s'étant objecté « qu'il semble que la loi divine ne devoit » point secourir l'homme en ce qui est des pré- » ceptes moraux, parce que sa raison lui suffisoit » pour cela », il répond : « Que Dieu ne devoit » pas seulement aider l'homme par sa loi dans » les choses qui sont tout-à-fait au-dessus de la » raison, mais en celles-là même dans lesquelles » la raison se trouvoit embarrassée. Or, la raison » humaine ne pouvoit pas se tromper à l'égard » des préceptes moraux, dans les principes très- » communs et très-généraux de la loi de la na- » ture : mais elle étoit obscurcie dans les cas » particuliers par l'habitude du vice. Et de plus, » la raison de plusieurs étoit dans l'erreur à » l'égard des autres préceptes, qui sont comme » des conclusions tirées des principes communs » de la loi de la nature ; de sorte qu'elle jugeoit » permis ce qui est mauvais de soi-même : c'est » pourquoi il a été nécessaire que l'autorité de » la loi divine remédiât à l'un et à l'autre de ces » défauts. »

Nous apprenons de ce passage que la loi de Dieu n'a pas été donnée pour nous apprendre seulement les principes très-communs de la loi naturelle, comme seroit, en général, de ne pas tuer indifféremment et sans raison toutes sortes de personnes ; car il n'étoit pas besoin de loi pour cela, puisque personne n'a jamais erré dans ce point. Les cannibales, les Brasiliens, les Canadois, les Indiens, les Japonois, les

Tartares, et tous les peuples les plus inhumains, n'ont jamais cru qu'il fût permis de tuer sans raison. Ainsi les Juifs à qui Dieu avoit donné sa loi, n'auroient eu aucun avantage sur les païens, s'ils n'avoient appris autre chose par le Décalogue, sinon qu'il ne faut pas tuer sans cause, et qu'il eût été laissé à leur raison, aussi-bien qu'à celle des païens, à décider quelles sont les causes légitimes pour lesquelles il est permis à chaque particulier de tuer ou de ne pas tuer.

Pour reconnoître donc la grâce singulière que Dieu nous a faite de nous manifester sa loi, et pour pouvoir dire avec un sentiment de gratitude : *Non fecit taliter omni nationi, et judicia sua non manifestavit eis* ; nous devons suivre un principe tout opposé à celui de l'apologiste : savoir, que lorsque Dieu a défendu généralement une chose par sa loi, comme l'homicide, l'adultère, le faux témoignage, il ne nous est plus permis de prendre notre raison pour juge de sa défense, ni d'apporter des exceptions par nous-mêmes qui en resserrent l'étendue. Mais si cette loi souffre des exceptions, ce n'est point de la raison qu'il faut les tirer, mais de la parole de Dieu même, ou écrite, ou venue à nous par la tradition ; puisque autrement nous retomberions dans la confusion du paganisme, et ce ne seroit plus la parole divine, mais notre raison, qui règleroit nos mœurs dans les choses mêmes les plus importantes, comme l'observation du Décalogue.

Car s'il est permis de dire, que « c'est par la
» lumière de la raison que nous devons discerner
» quand ce que Dieu a défendu généralement,
» est permis ou défendu ; qu'il faut un texte
» exprès pour cela ; que les défenses générales
» ne prouvent autre chose, sinon qu'on ne peut
» pas le faire sans cause légitime, et que c'est la
» raison qui en est le juge » ; quel précepte y
aura-t-il qu'on ne puisse violer ? Susanne n'au-
roit-elle pas pu croire qu'elle pouvoit s'abandonner aux deux vieillards qui la menaçoient d'une
mort ignominieuse, en se persuadant, selon la
pensée des jésuites, que la défense de commettre adultère, ne doit s'entendre que de ne
point le faire sans cause légitime, et que c'en
étoit une légitime, que de s'y voir contrainte, à
moins que d'être exposée à une mort infâme ?
Celles qui se trouveroient dans une semblable
nécessité, ne pourroient-elles pas demander un
texte exprès aux jésuites, qui ne leur défendît
pas seulement, en général, de commettre adultère, mais qui le leur défendît en ces occasions
particulières, où il s'agiroit de sauver leur vie et
leur honneur ?

Ne pourroit-on pas dire que les chrétiens pouvoient, sans crime, présenter de l'encens aux
idoles, surtout en dirigeant leur intention à
Dieu, parce que le commandement de ne point
rendre d'honneur aux idoles, doit s'entendre de
ne point le faire sans cause légitime, de quoi
c'est à la raison à juger, comme le prétend l'apo-

logiste? Et il est certain qu'elle jugera facilement
que la nécessité de sauver sa vie, en est une cause
assez légitime, puisque les plus sages d'entre les
païens ont cru par leur raison, pour des causes
beaucoup moins grandes que celle-là, avoir
droit d'adorer extérieurement les dieux adorés
par le peuple, dont ils connoissoient la fausseté;
et que des jésuites mêmes ont porté les Chinois
à faire la même chose, dont on a fait tant de
plaintes au pape.

Et pour revenir au commandement de ne
point tuer, ne pourra-t-on pas dire que les Athé-
niens et plusieurs autres peuples, qui tuoient
leurs enfants nouvellement nés, lorsqu'ils étoient
trop chargés d'enfants, ou qu'ils étoient nés hors
du mariage, n'étoient point pour cela coupables;
parce que la raison leur avoit fait juger qu'ils
avoient alors une cause légitime de se dispenser
du commandement général de ne point tuer? Ne
pourra-t-on pas dire avec encore plus de couleur,
que tous les païens qui se sont tués eux-
mêmes, et ceux principalement qui ne le faisoient qu'après en avoir demandé permission
aux magistrats, comme il se pratiquoit en quelques villes, n'ont point violé ce commandement;
parce que leur raison leur faisoit juger qu'ils
avoient une cause légitime de s'ôter la vie, et
que même cette cause avoit été approuvée par la
république?

Nous avons horreur de découvrir les suites
étranges qui peuvent naître de ce principe; car

les plus détestables parricides ne se sont commis que par des personnes à qui la raison avoit fait juger qu'ils avoient une cause légitime de tuer ; et il est aisé de voir que ceux qui sont dans les plus grandes fortunes, sont les plus exposés à ces exceptions diaboliques du commandement de Dieu, dont la seule raison est le juge ; puisque tout homme qui sera persuadé que Dieu ne défend autre chose, sinon de ne point tuer sans cause légitime, et que c'est par la lumière naturelle qu'il doit discerner quand il est permis, ou quand il est défendu de tuer son prochain, trouvera cent occasions où il croira, par sa raison, avoir une cause légitime de tuer ceux à qui il imputera, ou la ruine de sa fortune, ou la perte de son honneur, ou le dommage de la religion, ou quelque autre chose semblable. C'est à ceux qui ont le plus d'intérêt, et pour eux-mêmes, et pour le public, à étouffer ces monstrueuses opinions, avant qu'elles aient pris racine dans l'esprit des hommes.

Pour nous, nous en déchargeons nos consciences ; et les plaintes que nous en faisons, serviront de témoignage à toute la postérité que nous n'avons rien oublié de tout ce qui étoit en notre pouvoir pour arrêter ces désordres.

Ce 7 mai 1658.

SECONDE PARTIE.

Après (*) avoir défendu l'honneur des saints pères contre les impostures des jésuites, en faisant voir la mauvaise foi avec laquelle ils ont falsifié les passages qu'ils en rapportent, l'intérêt de l'Église nous oblige de leur répondre d'une autre manière touchant les casuistes qu'ils nous opposent. Car quoique nous pussions montrer qu'ils altèrent souvent leurs sentiments pour se les rendre favorables, nous croyons néanmoins qu'il est beaucoup plus utile de faire connaître à tout le monde le peu de croyance qu'on doit avoir aux casuistes, et combien il est ridicule de vouloir les rendre juges en une cause où ils ne sont que nos parties.

Nous n'avons jamais considéré les jésuites que comme les principaux défenseurs des maximes pernicieuses dont nous nous sommes plaints, et dont nous nous plaignons encore, et non pas comme les seuls qui les aient enseignées. C'est pourquoi, sans les marquer en particulier plutôt que les autres, nous avions demandé à l'assemblée du clergé de France la condamnation de ces opinions, par quelques auteurs modernes

---

(*) Cette seconde partie fut publiée, dans le temps, sous le titre de *Quatrième Factum pour les Curés de Paris*, etc.

qu'elles eussent été soutenues. Ainsi c'est la défense du monde la plus foible, que de produire contre nous ces mêmes auteurs dont nous poursuivons la censure, que le clergé a déjà condamnés par un préjugé si visible, et qu'il a appelés *la peste des consciences*.

Tant s'en faut que leur nombre nuise à notre cause, quand il seroit aussi grand que les jésuites nous le représentent ; que c'est ce nombre même qui justifie davantage la justice et la nécessité de nos poursuites. Si cette méchante doctrine étoit renfermée dans les livres de deux ou trois casuistes inconnus, peut-être qu'il seroit utile de la laisser étouffer par l'oubli et par le silence. Mais étant répandue dans un grand nombre de livres, dont les jésuites se déclarent ouvertement les protecteurs, il est impossible d'en empêcher les mauvais effets, qu'en la condamnant publiquement, et privant en même temps d'autorité et de croyance ceux qui ont eu la témérité de l'avancer. L'un sans l'autre ne remédieroit pas assez à un si grand mal, puisque autrement ce que l'on détruiroit par la censure de ces erreurs, seroit rétabli par l'autorité que les jésuites donnent à leurs casuistes, dont ils font passer tous les sentiments pour probables et pour sûrs en conscience.

Il est donc très-important de s'élever contre cette prétendue autorité que les casuistes s'attribuent, et de montrer combien l'Église y a toujours eu peu d'égard, lorsqu'il a été question de soutenir sa discipline et sa morale contre les relâchements qui s'y introduisent.

C'est ignorer entièrement les règles qu'elle suit en sa conduite, que de s'imaginer, comme font les jésuites, qu'elle ne puisse condamner ce qui est contraire à la tradition et à la pureté de l'Évangile, quand il est autorisé par les théologiens modernes, puisqu'au contraire les conciles n'ont jamais fait de réformation que pour corriger des abus soutenus par plusieurs particuliers corrompus.

C'est ainsi que dans le neuvième siècle, les évêques de France voulant rétablir la véritable pénitence, ils n'en furent point empêchés par les auteurs de ces livres pénitenciaux qui corrompoient alors quelques points de la discipline, comme les casuistes font aujourd'hui presque toute la morale : mais rappelant toutes choses à leur première origine, ils ordonnèrent que tous ces livres seroient brûlés, comme trompant les âmes par une fausse douceur.

Jamais l'Église n'a agi autrement, et dans les siècles passés, et dans celui où nous sommes. Car, sans en chercher d'exemples ailleurs, l'assemblée générale du clergé de France de l'an 1642 n'en a pas moins condamné les livres du père Bauny, parce que ce jésuite alléguoit plusieurs auteurs nouveaux qui favorisoient ses sentiments. Et cela n'a pas aussi empêché les facultés de Paris et de Louvain de censurer le même père Bauny, le père Lamy, et plusieurs autres casuistes, comme Milhart, Bénédicti, Bertin-Bertaut, quoiqu'elles n'ignorassent pas que ces auteurs en avoient suivi beaucoup d'autres.

Mais la Sorbonne a particulièrement montré le peu d'état qu'elle faisoit d'un grand nombre de ces auteurs nouveaux, en condamnant la pernicieuse doctrine de Santarel touchant la déposition des rois, comme *erronée et contraire à la parole de Dieu*, encore qu'elle fût soutenue par une foule prodigieuse de casuistes et de jésuites.

De sorte qu'il est constant, par la doctrine et par la pratique de l'Église, qu'elle a toujours considéré l'antiquité pour la vraie règle de sa morale aussi-bien que de sa foi ; et que n'ayant fait état des auteurs nouveaux qu'autant qu'ils étoient conformes à cette règle, elle n'a point fait difficulté de les rejeter quand ils s'en sont écartés.

Voilà ce que nous dirions contre des particuliers qui se seroient éloignés de la doctrine de l'antiquité, qui est celle de l'Église, par un simple défaut de lumière, et plutôt par imprudence que par dessein. Mais nous sommes bien en plus forts termes contre la plupart de ces nouveaux casuistes ; car ils n'ont pas seulement quitté la règle, mais ils font même profession de la mépriser. Caramuel, tant loué par les jésuites, déclare dans sa préface, qu'il ne perd pas beaucoup de temps à lire les anciens pères. *Non multùm temporis perdo in veterum scriptis*

legendis. Le jésuite Réginaldus, voulant empêcher que les lecteurs ne s'attendissent de trouver dans son livre les sentimens de l'Église ancienne touchant la morale, a soin de les prévenir
par cette remarque : « Que dans les matières de
» foi, plus les auteurs sont anciens, plus leur
» autorité est considérable, comme étant plus
» proches de la tradition apostolique ; mais que
» pour ce qui est des mœurs, il faut avoir plus
» d'égard aux nouveaux qu'aux anciens. » Enfin,
il n'a pas tenu au père Cellot, *l.* 8, *c.* 16, que
nous ne reçussions pour règle cette maxime de
sa compagnie : *Doctrina morum à recentioribus
petenda.*

Que si l'autorité des casuistes est beaucoup
diminuée par cette présomption de leur esprit,
elle ne l'est pas moins par la disposition de leur
cœur, qu'ils font paroître dans leurs livres. Car
quelle espérance peut-on avoir que des théologiens opposeront la rigueur de l'Évangile et la
sévérité des lois de l'Église à l'inclination corrompue de la nature, qui tend toujours au
relâchement, lorsqu'ils prennent pour maxime
d'embrasser toujours les opinions les plus douces, et qui favorisent davantage ce relâchement ?
Diana, qui a fait tant de volumes de cette nouvelle science, en avertit les lecteurs dans le
titre même de son livre ; et Escobar en fait une
règle expresse pour le choix des opinions : *Mi-
tiorem*, dit-il, *elige opinionem.*

C'est par cet esprit, que ces casuistes ne prenment pas seulement ce que l'Église permet, en s'accommodant à la foiblesse de ses enfants, pour ses lois primitives et originelles ; mais que poussant ces condescendances beaucoup au-delà de l'intention de l'Église, ils s'en servent pour autoriser des abus qu'elle ne peut avoir qu'en horreur. Ainsi, parce que l'Église a beaucoup relâché de la sévérité des anciens canons, touchant la pénitence de plusieurs crimes, dont elle n'absolvoit qu'après plusieurs années, ils ont passé si avant, qu'ils veulent que dans quelque habitude qu'on soit des crimes les plus énormes, un confesseur ne fasse point de difficulté d'en donner l'absolution sur-le-champ. Combien ont-ils étendu de même les justes indulgences de l'Église pour le jeûne, pour le rétablissement des prêtres qui se seroient rendus indignes de leur ministère par de grands péchés, pour les collations et les résignations des bénéfices ?

Ils n'en demeurent pas même à leurs propres relâchements. Une méchante opinion, qui a été la conclusion d'un méchant principe, sert elle-même après de principe pour en établir d'autres. « Il est probable, dit Caramuel, par l'autorité de plusieurs casuistes, qu'on peut, sans » péché mortel, imposer un faux crime à celui » qui nous calomnie. » Donc, conclut-il, il est encore plus probable qu'on peut le tuer. Et, par un cercle merveilleux, ils emploient cette même conclusion pour établir le principe dont elle est

7

tirée. C'est ainsi que l'apologiste raisonne sur ce
point. « Beaucoup d'excellents théologiens, dit-il,
» *p.* 128, enseignent qu'on peut tuer les calom-
» niateurs ; donc Dicastillus doit être estimé bien
» plus doux et bien plus humain, puisqu'il per-
» met seulement qu'on les calomnie. »

Voilà quel est l'esprit de ces casuistes, et le
dessein qu'ils ont eu d'élargir la voie du ciel
par une indulgence toute charnelle : mais, ce
qui est de plus étrange, c'est qu'ils veulent faire
croire qu'ils rendent, en cela, un service très-
important à l'Église, et qu'ils contribuent au
salut des hommes. C'est pourquoi ils n'appellent
point ces opinions relâchées, des maximes foibles et molles, mais des maximes fortes et vigou-
reuses, comme on peut le voir par ces paroles
extravagantes de Caramuel, dans sa lettre à
Diana, par lesquelles il prouve que plus une
opinion est douce, plus elle est mâle et généreuse. « Les opinions des docteurs, dit-il, sont
» de divers genres : les unes sont du masculin,
» les autres du féminin. Il y avoit autrefois plu-
» sieurs opinions morales, qui étoient incon-
» stantes et difficiles, et qui tenoient de l'im-
» perfection des femmes. Celles qui sont venues
» depuis, étant douces et aisées, sont armées,
» fermes, constantes, et l'on doit les appeler
» mâles. Et ceux qui les suivent sont non-seule-
» ment soldats, mais vierges. Et pourquoi ? Je
» m'en vais vous l'expliquer par un exemple.
» Tous ceux qui croient que pour bien réciter

« l'office divin, il est nécessaire d'avoir l'atten-
» tion intérieure, concluent qu'il est difficile
» qu'un homme puisse satisfaire à ce précepte,
» sans quelque distraction vénielle. Et c'est avec
» cette rigueur qu'ils philosophent sur les autres
» préceptes. Mais pour nous qui avons des opi-
» nions plus généreuses, et qui les fortifions
» par des raisonnements armés, nous sommes
» non-seulement soldats, mais aussi vierges.
» Car nous pouvons satisfaire à la récitation de
» l'office et autres préceptes de l'Église, sans
» commettre le moindre péché véniel, puisque
» nous ne nous croyons obligés qu'à la récita-
» tion vocale et extérieure ; ce qui est très-facile.
» Or, la conscience, qui ne commet point de
» péché véniel, est vierge, et c'est un soldat
» invincible, d'autant qu'elle ne craint point
» d'être vaincue. C'est là notre sentiment. Et
» parce que Diana, ce doux agneau, nous con-
» duit dans la route de ces opinions généreuses
» et clémentes, nous pouvons dire de nous que
» nous suivons l'agneau, savoir Diana, partout
» où il va. »

Il faudroit aimer bien peu son salut, et avoir
bien peu de croyance en la parole de Dieu, qui
nous assure que le chemin qui mène à la vie
est étroit, pour mettre sa confiance dans les
avis de ces docteurs, qui sont relâchés non-seulement par erreur, mais par profession même,
qui mettent leur gloire dans cette corruption,
et leur force dans cette mollesse.

Mais les principes dont ils se sont servis pour exécuter cette entreprise, montrent encore davantage combien l'on doit peu considérer leur autorité prétendue ; car si la solidité des conclusions dépend de la solidité des principes, quel état peut-on faire de celle de ces casuistes, puisqu'ils les établissent presque toutes sur la doctrine de la probabilité, qui consiste à tenir pour sûr en conscience, le vrai et le faux indifféremment, pourvu qu'il soit appuyé sur l'autorité de quelque casuiste, ou sur une raison raisonnable, *Ratione rationabili?*

On peut juger à quels excès les a pu conduire cette déférence qu'ils ont pour l'autorité de cette sorte de gens, qui fait la première partie de la probabilité. La seconde qu'ils mettent dans la raison, en prétendant que tout ce qui est fondé sur une *raison raisonnable*, est sûr en conscience, est encore aussi dangereuse et aussi fausse. Car il faut remarquer que, par cette *raison raisonnable*, ils n'entendent point une raison qui soit vraie, puisqu'ils reconnoissent que de deux opinions probables qui sont contraires, il y en a nécessairement une qui est fausse. Ils n'entendent pas non plus une raison qui paroisse raisonnable à tout le monde, puisqu'ils mettent entre ces raisons qui excusent de péché, celles par lesquelles les Juifs rejettent la foi de Jésus-Christ : car c'est sur ce principe qu'ils soutiennent, comme font *Sanchez, l.* 2, *dec. c.* 2, *n.* 6 ; *Sancius, select. disp.* 19, *n.* 9 ; *Dian. part.* 2, *tract.* 13, *resol.* 9, cités par *Escobar, Theol mor. v.* 39, que les Juifs ne sont point obligés de se convertir à la foi de Jésus-Christ, pendant que leur religion leur paroît encore probable. Ils n'entendent pas aussi que cette raison ne soit pas contraire à l'Écriture-Sainte ou à la tradition, vu que les raisons des Juifs qui suffisent, selon eux, pour les dispenser de se convertir, y sont certainement contraires. Et ainsi tout se réduit à une raison qui paroît probable à celui qui s'en est laissé persuader, et qu'il ne juge pas contraire à l'Écriture ou à la tradition, quoique en effet elle y soit peut-être contraire.

Or, si l'on s'imagine qu'une raison de cette sorte suffit pour nous mettre en sûreté de conscience, quel désordre ne deviendra point permis ? Et ne peut-on pas reprocher à ces casuistes ce que saint Augustin reproche aux académiciens, comme une suite de leur opinion, *l.* 3, *contra Academ. c.* 16 : « Que s'il est permis de » faire tout ce que l'on croit probablement être » permis, il n'y aura point de crime que l'on ne » puisse commettre, quand on le croira permis, » parce que ceux qui se conduisent par la pro- » babilité ne se règlent pas sur ce qui paroît » probable aux autres, mais sur ce qui leur » paroît probable à eux-mêmes. »

Aussi ces casuistes se sont portés jusques aux dernières extrémités ; et les passages mêmes où les jésuites nous renvoient, comme contenant leurs opinions, peuvent en servir de preuves.

Nous souhaiterions qu'ils les eussent tous cités
au long; ils en seroient bien plus tôt condamnés.
Car est-ce un moyen, par exemple, de diminuer
l'horreur qu'on a eue de ce qu'ils enseignent,
touchant les pécheurs d'habitude, que d'alléguer,
comme ils font dans leurs nouveaux écrits, que
Sancius a enseigné la même shose qu'eux, *select.*
disp. 10, *n.* 19, où il dit : « Que dans quelque
» habitude de crime qu'un homme puisse être,
» il a droit d'obliger son confesseur à ne pas lui
» différer pour cela l'absolution ; et qu'ainsi s'il
» juge probablement que le confesseur ne la lui
» donneroit pas, sachant l'habitude qu'il a de
» tomber dans le crime, il peut lui dire : Je ne
» suis point dans cette habitude, en usant de
» cette restriction mentale, qu'il n'a pas cette
» habitude de péché pour la lui dire. *Ut fiat*
» *sensus : consuetudine careo peccandi, non ab-*
» *solutè, sed ad confitendum tibi de præsenti.* Ce
» qu'il peut faire aussi, ajoute-t-il, encore qu'il
» crût que, nonobstant cette habitude, on lui
» donneroit l'absolution, parce qu'il n'est pas
» obligé de souffrir deux fois la confusion de son
» péché? »

Est-ce de même un moyen d'empêcher qu'on
ne condamne leur méchante doctrine touchant
les occasions prochaines, de nous dire, comme
ils font encore dans leurs écrits, qu'elle est
autorisée par Jean Sancius, *select. disp.* 10, dont
voici les termes : « On ne doit point refuser
» l'absolution à celui qui retient sa concubine

» dans sa maison, si, lui ayant prêté cent écus,
» il n'avoit aucune espérance de pouvoir les
» recouvrer en la chassant de chez lui. Il en est
» de même d'une femme qui ne pourroit recou-
» vrer une semblable dette, si elle abandonnoit
» la maison de son concubinaire..... Un concu-
» binaire n'est point aussi obligé de chasser sa
» concubine, si elle lui est fort utile pour ga-
» gner de l'argent par le moyen du négoce. Je
» dis plus : si la concubine étoit fort utile pour
» réjouir, ou, comme l'on dit, pour régaler le
» concubinaire, *si concubina nimis utilis esset ad*
» *oblectamentum concubinarii, vulgò regalo*, de
» sorte qu'étant hors de chez lui, il en passeroit
» la vie trop tristement, et ce qu'une autre lui
» apprêteroit dégoûteroit trop ce concubinaire,
» et qu'il fût trop difficile de trouver une autre
» servante qui lui rende les mêmes services, il
» n'est pas obligé de la chasser de chez lui, parce
» que cette réjouissance, par elle-même, est de
» plus grande considération que tout autre bien
» temporel qui suffit à chacun pour admettre
» de nouveau une femme à son service, quelque
» danger qu'il craigne de tomber dans le péché,
» *quantumcumquè metuat labendi periculum*, s'il
» ne peut en trouver une autre qui lui soit aussi
» utile. »

Voilà les auteurs dont les jésuites prétendent
que l'autorité doit empêcher la censure des plus
méchantes maximes. C'est ce Sancius qu'ils ont
appelé depuis peu, en un de leurs libelles, *un*

des plus savants maîtres de la théologie morale, et qui est en effet estimé tel parmi tous les nouveaux casuistes, jusque-là que Diana dit de lui que c'est un homme très-docte, *vir doctissimus,* d'un esprit très-subtil, *vir acutissimi ingenii,* et que ses ouvrages sont très-dignes de l'immortalité : *Prædictæ Sancii disputationes sunt immortalitate dignissimæ ;* et enfin qu'il faut souhaiter que ce docteur mette au jour plusieurs autres productions de son esprit : *Utinam alios ingenii sui fœtus in lucem emitteret.* Et ce qui est le plus admirable, c'est qu'il lui donne tous ces éloges après avoir rapporté l'un de ces passages.

Qui n'admirera dans ces louanges que les jésuites et Diana donnent à ce misérable casuiste la dépravation de jugement que l'accoutumance aux principes et à la lecture de ces auteurs produit dans l'esprit ? Mais qui n'admirera encore davantage que les jésuites soient si imprudents, que, pour empêcher la censure de la Faculté, ils allèguent les auteurs mêmes que la Faculté a censurés comme des corrupteurs de la morale, tels que sont Milhart et Bénédicti ? Les autres qu'ils entassent ne sont pas, pour la plupart, de plus grande autorité. Et quand ils seroient en beaucoup plus grand nombre qu'ils ne sont, ils ne devroient point empêcher qu'on ne condamnât des maximes qui choquent si visiblement les principes de la piété chrétienne. Mais ce qui montre encore le peu d'égards qu'on doit avoir à ce nombre, c'est que ceux qui ont un peu lu ces auteurs savent qu'ils ne font que se copier les uns les autres sans examen et sans jugement. Et ils le reconnoissent eux-mêmes, comme fait Escobar après Navarre, Décius, Alexander et Castro Palao. « Je vois souvent, » dit-il, *passim video*, que plusieurs embrassent » une opinion, parce qu'ils suivent un auteur » comme des moutons, des oiseaux et autres » bêtes de compagnie, qui ne vont par un che- » min que parce qu'une autre y a été la pre- » mière. » Et Sanchez, avant lui, confesse la même chose, *Sum. l.* 1, *c.* 9, *n.* 9, où il dit, « qu'une opinion ne doit pas être appelée com- » mune, pour être embrassée par un grand » nombre d'auteurs qui, comme des oiseaux, » ont suivi, sans discernement, ceux qui les » ont précédés. »

Ce que ces casuistes avouent est tellement véritable, qu'ils copient jusques aux faussetés de ceux qui ont écrit avant eux : de sorte que, quand quelque casuiste plus ancien a corrompu quelque passage des pères, on ne manque guère de trouver la même falsification dans ceux qui les ont suivis. Nous en avons déjà rapporté un exemple dans la première partie de cet écrit, qui est la falsification de saint Thomas sur le sujet des occasions prochaines. En voici encore un autre, qui fait voir tout ensemble leur peu de lumière et leur peu de soin dans l'examen de ce qu'ils écrivent. Saint Thomas dit, dans son *Quodl.* 3, *art.* 10 : « Que, pour ce qui regarde

» la foi et les bonnes mœurs, nul n'est excusé,
» s'il suit l'opinion erronée de quelque docteur,
» parce qu'en ces choses l'ignorance n'excuse
» point. *In iis quæ pertinent ad fidem et bonos*
» *mores, nullus excusatur si sequatur erroneam*
» *opinionem alicujus magistri : in talibus enim*
» *ignorantia non excusat.* » Cependant Thomas
Sanchez, jésuite, *in Sum. l.* 1, *c.* 9, *n.* 7, citant
ce passage de saint Thomas, lui fait dire tout
le contraire. « Saint Thomas, dit-il, favorise
» mon opinion, *Quodl.* 3, *art.* 10, où il dit que
» chacun peut embrasser l'opinion qu'il a reçue
» de son maître dans ce qui regarde les mœurs. »
Filiucius et Laiman, jésuites, qui ont écrit après
Sanchez, en rapportant le même lieu de saint
Thomas, n'ont pas manqué de le falsifier de la
même sorte : le premier, *to.* 2, *trac.* 21, *n.* 134;
et l'autre, *l.* 1, *tr.* 1, *c.* 5, §. 2, *n.* 6. Et encore
depuis, le père Caussin, dans la réponse à la
Théologie morale, page 2, oppose ce même endroit de saint Thomas, comme y ayant enseigné
la doctrine de ses confrères. Et enfin, depuis
peu, le père Annat, dans sa *Bonne Foi*, se sert
du même passage de saint Thomas pour autoriser l'opinion de Sanchez. De sorte qu'il n'y a
rien de moins considérable que le nombre de
ces sortes d'écrivains, qui n'ont lu les livres
que par les yeux des autres; et il ne faut les
regarder que comme un aveugle qui en conduit
plusieurs autres.

Mais enfin quand on n'auroit point d'égard à

cette considération, qu'est-ce qu'une douzaine de casuistes en comparaison, non-seulement de toute l'antiquité qui condamne ces opinions, mais aussi de toutes les personnes de piété répandues maintenant dans l'Église, qui ont témoigné publiquement l'aversion qu'ils en avoient? Les jésuites sont forcés de le reconnoître, et leur apologiste s'en plaint lui-même bien tendrement, page 175, jusqu'à dire : « Que » les bannissements ont été moins fâcheux aux » jésuites, et plus aisés à supporter que cet aban-» donnement; et qu'en cette rencontre, quelque » contenance qu'ils tiennent, on les traite mal. »

Aveugles! qui ne reconnoissent pas qu'ils n'ont été abandonnés, comme ils sont encore tous les jours, de ceux mêmes qui font profession d'être leurs amis, que parce que les principes les plus communs et les premières notions du christianisme font détester ces opinions sitôt qu'elles sont connues, et qu'il n'y a qu'un petit nombre de personnes dont le jugement s'est corrompu par la lecture de ces méchants livres, qui soient capables de les souffrir.

Voilà ce qu'ils se sont attiré par l'extravagance de leur doctrine, jointe à l'orgueil insupportable avec lequel ils la proposoient; car ils traitoient d'ignorants tous les autres hommes, et eux seuls de doctes. « Nous autres doctes, dit » Caramuel, nous jugeons tous que l'opinion du » père Lami, qui permet aux religieux de tuer » ceux qui médiroient de leur ordre, est la

» seule soutenable. *Doctrinam amici solam esse*
» *veram, et oppositam improbabilem censemus*
» *omnes docti.* » Le même Caramuel, parlant de
Diana, dit, « que ceux qui murmurent contre
» ses décisions, ne sont pas des doctes. *Si qui*
» *obmurmurant docti non sunt.* » Et le père Zergol, jésuite, dit, écrivant à Caramuel, *Theol.*
fundam, p. 543 : « Qu'on doit être couvert de
» honte d'avoir osé condamner une opinion dé-
» fendue par le grand Caramuel. »

   C'est donc par un juste jugement de Dieu,
qui sait proportionner les châtiments à la qualité des vices, que ces hommes superbes sont devenus aujourd'hui les plus méprisés des hommes;
que ceux qui vouloient passer pour les maîtres
de la morale chrétienne, en sont publiquement
reconnus les corrupteurs ; et que ceux qui
s'étoient élevés en juges de la doctrine de l'É-
glise, sont jugés et condamnés par la même
Église. C'est une nécessité où ils se sont mis
eux-mêmes ; car ils avoient réduit les choses à
tel point, que l'on ne pouvoit plus supporter
leurs erreurs sans exposer l'honneur de l'Église,
comme nous espérons de le faire voir par un
autre écrit.

   A Paris, le 23 mai 1658.

QUATRIÈME FACTUM

Des Curés de Paris, sur l'avantage que les hérétiques prennent contre l'Église, de la morale des casuistes et des jésuites (*).

C'est une entreprise bien ample et bien laborieuse, que celle où nous nous trouvons engagés de nous opposer à tous les maux qui naissent des livres des casuistes, et surtout de leur apologie. Nous avons travaillé jusques ici à arrêter le plus considérable, en prévenant, par nos divers écrits, les mauvaises impressions que ces maximes relâchées auroient pu donner aux fidèles qui sont dans l'Église. Mais voici un nouveau mal, d'une conséquence aussi grande, qui s'élève du dehors de l'Église et du milieu des hérétiques.

Ces ennemis de notre foi qui, ayant quitté l'Église romaine, s'efforcent incessamment de justifier leur séparation, se prévalent extraordinairement de ce nouveau livre, comme ils ont fait de temps en temps des livres semblables. Voyez, disent-ils à leurs peuples, quelle est la croyance

---

(*) Ce Factum est le cinquième dans les éditions précédentes. Les anciens numéros des Factums suivants ont été de même diminués ici d'une unité.

de ceux dont nous avons quitté la communion !
La licence y règne de toutes parts : on en a banni
l'amour de Dieu et du prochain. « On y croit, dit
» le ministre Drélincourt, que l'homme n'est
» point obligé d'aimer son Créateur; qu'on ne
» laissera pas d'être sauvé sans avoir jamais
» exercé aucun acte intérieur d'amour de Dieu
» en cette vie; et que Jésus-Christ même auroit
» pu mériter la rédemption du monde par des
» actions que la charité n'auroit point produites
» en lui, comme dit le père Sirmond. On y croit,
» dit un autre ministre, qu'il est permis de tuer,
» plutôt que de recevoir une injure; qu'on n'est
» point obligé de restituer, quand on ne peut le
» faire sans déshonneur; et qu'on peut recevoir
» et demander de l'argent pour le prix de sa
» prostitution ; *et non solùm femina quæque, sed*
» *etiam mas*, comme dit Emmanuel Sa, jésuite. »

Enfin ces hérétiques travaillent de toutes leurs
forces depuis plusieurs années, à imputer à l'É-
glise ces abominations des casuistes corrompus.
Ce fut ce que le ministre du Moulin entreprit des
premiers dans ce livre qu'il en fit, et qu'il osa
appeler *Traditions romaines.* Cela fut continué
ensuite dans cette dispute qui s'éleva, il y a dix ou
douze ans, à La Rochelle, entre le père d'Estrade,
jésuite, et le ministre Vincent, sur le sujet du
bal, que ce ministre condamnoit comme dangereux et contraire à l'esprit de pénitence du
christianisme, et pour lequel ce père fit des
apologies publiques, qui furent imprimées alors.

Mais le ministre Drélincourt renouvela ses efforts les années dernières, dans son livre intitulé : *Licence que les casuistes de la communion de Rome donnent à leurs dévots*. Et c'est enfin dans le même esprit, qu'ils produisent aujourd'hui par toute la France cette nouvelle apologie des casuistes en témoignage contre l'Église, et qu'ils se servent plus avantageusement que jamais de ce livre, le plus méchant de tous, pour confirmer leurs peuples dans l'éloignement de notre communion, en leur mettant devant les yeux ces horribles maximes, comme ils le pratiquent de tous côtés, et comme ils l'ont fait encore depuis peu à Charenton.

Voilà l'état où les jésuites ont mis l'Église. Ils l'ont rendue le sujet du mépris et de l'horreur des hérétiques : elle, dont la sainteté devroit reluire avec tant d'éclat, qu'elle remplit tous les peuples de vénération et d'amour. De sorte qu'elle peut dire à ces pères ce que Jacob disoit à ses enfants cruels : « Vous m'avez rendu odieux aux peuples » qui nous environnent »; ou ce que Dieu dit dans ses prophètes à la synagogue rebelle : « Vous » avez rempli la terre de vos abominations, et » vous êtes cause que mon saint nom est blas- » phémé parmi les gentils, lorsqu'en voyant vos » profanations, ils disent de vous : C'est là le » peuple du Seigneur, c'est celui qui est sorti de » la terre d'Israël qu'il leur avoit donnée en hé- » ritage. » C'est ainsi que les hérétiques parlent de nous, et qu'en voyant cette horrible morale, qui afflige le cœur de l'Église, ils comblent sa douleur, en disant, comme ils font tous les jours : C'est là la doctrine de l'Église romaine, et que tous les catholiques tiennent ; ce qui est la proposition du monde la plus injurieuse à l'Église.

Mais ce qui la rend plus insupportable, est qu'il ne faut pas la considérer comme venant simplement d'un corps d'hérétiques, qui ayant refusé d'ouïr l'Église, ne sont plus dignes d'en être ouïs ; mais comme venant encore d'un corps des plus nombreux de l'Église même : ce qui est horrible à penser. Car en même temps que les calvinistes imputent à l'Église des maximes si détestables, et que tous les catholiques devroient s'élever pour l'en défendre, il s'élève, au contraire, une société entière pour soutenir que ces opinions appartiennent véritablement à l'Église. Et ainsi quand les ministres s'efforcent de faire croire que ce sont des traditions romaines, et qu'ils sont en peine d'en chercher des preuves, les jésuites le déclarent, et l'enseignent dans leurs écrits, comme s'ils avoient pour objet de fournir aux calvinistes tout le secours qu'ils peuvent souhaiter ; et que sans avoir besoin de chercher dans leur propre invention de quoi combattre les catholiques, ils n'eussent qu'à ouvrir les livres de ces pères pour y trouver tout ce qui leur seroit nécessaire.

Nous savons bien néanmoins que l'intention des jésuites n'est pas telle en effet ; et comme nous en parlons sans passion, bien loin de leur imputer de faux crimes, nous voulons les défendre de ceux dont ils pourroient être suspects, quand ils n'en sont point coupables : notre dessein n'étant que de faire connoître le mal qui est véritablement en eux, afin qu'on puisse s'en défendre. Nous savons donc que cette conformité qu'ils ont avec les calvinistes, ne vient d'aucune liaison qu'ils aient avec eux, puisqu'ils en sont au contraire les ennemis, et que ce n'est qu'un désir immodéré de flatter les passions des hommes qui les fait agir de la sorte ; qu'ils voudroient que l'inclination du monde s'accordât avec la sévérité de l'Évangile, qu'ils ne corrompent que pour s'accommoder à la nature corrompue ; et qu'ainsi quand ils attribuent ces erreurs à l'Eglise, c'est dans un dessein bien éloigné de celui des calvinistes, puisque leur intention n'est que de faire croire par là qu'ils n'ont pas quitté les sentiments de l'Église ; au lieu que l'intention des hérétiques est de faire croire que c'est avec raison qu'ils ont quitté les sentiments de l'Église.

Mais encore qu'il soit véritable qu'ils ont en cela des fins bien différentes, il est vrai néanmoins que leurs prétentions sont pareilles, et que le démon se sert de l'attache que les uns et les autres ont pour leurs divers intérêts, afin d'unir leurs efforts contre l'Église, et de les fortifier les uns par les autres dans le dessein qu'ils ont de persuader que l'Église est dans ces

III.   8

maximes. Car comme les calvinistes se servent
des écrits des jésuites pour le prouver en cette
sorte, il faut bien, disent-ils, que ces opinions
soient celles de l'Église, puisque le corps entier
des jésuites les soutient : de même les jésuites
se servent, à leur tour, des écrits de ces hérétiques pour prouver la même chose en cette
sorte ; il faut bien, disent-ils, que ces opinions
soient celles de l'Église, puisque les hérétiques,
qui sont ses ennemis, les combattent. C'est ce
qu'ils disent dans des écrits entiers qu'ils ont
faits sur ce sujet. Et ainsi on voit, par un pro-
dige horrible, que ces deux corps, quoique
ennemis entre eux, se soutiennent récipro-
quement, et se donnent la main l'un à l'autre pour engager l'Église dans la corruption
des casuistes ; ce qui est une fausseté d'une
conséquence effroyable, puisque si Dieu souffroit que l'abomination fût ainsi en effet dans le
sanctuaire, il arriveroit tout ensemble, et que
les hérétiques n'y rentreroient jamais, et que les
catholiques s'y pervertiroient tous : et qu'ainsi il
n'y auroit plus de retour pour les uns, ni de
sainteté pour les autres ; mais une perte générale pour tous les hommes.

Il est donc d'une extrême importance de justifier l'Église en cette rencontre, où elle est si
cruellement outragée, et encore par tant de
côtés à la fois, puisqu'elle se trouve attaquée non-
seulement par ses ennemis déclarés qui la combattent au dehors, mais encore par ses propres

enfants qui la déchirent au dedans. Mais tant s'en faut que ces divers efforts, qui s'unissent contre elle, rendent sa défense plus difficile, qu'elle en sera plus aisée, au contraire : car dans la nécessité où nous sommes de les combattre tous ensemble, sur une calomnie qu'ils soutiennent ensemble, nous le ferons avec plus d'avantage que s'ils étoient seuls ; parce que la vérité a cela de propre, que plus on assemble de faussetés pour l'étouffer, plus elle éclate par l'opposition du mensonge. Nous ne ferons donc qu'opposer la véritable règle de l'Église aux fausses règles qu'ils lui imputent, et toutes leurs impostures s'évanouiront. Nous demanderons aux calvinistes qui leur a appris à tirer cette bizarre conséquence : les jésuites sont dans cette opinion ; donc l'Église y est aussi ; comme si sa règle étoit de ne suivre que les maximes des jésuites ! et nous dirons à ces pères que c'est aussi mal prouver que l'Église est de leur sentiment, de ne faire autre chose que montrer que les calvinistes les combattent, parce que sa règle n'est pas aussi de dire toujours le contraire des hérétiques. Nous n'avons donc pour règle, ni d'être toujours contraires aux hérétiques, ni d'être toujours conformes aux jésuites. Dieu nous préserve d'une telle règle, selon laquelle il faudroit croire mille erreurs, parce que ces pères les enseignent ; et ne pas croire des articles principaux de la foi, comme la Trinité et la Rédemption du monde, parce que les hérétiques les croient !

Notre religion a de plus fermes fondements.
Comme elle est toute divine, c'est en Dieu seul
qu'elle s'appuie ; elle n'a de doctrine que celle
qu'elle a reçue de lui, par le canal de la tradition, qui est notre véritable règle, qui nous
distingue de tous les hérétiques du monde, et
nous préserve de toutes les erreurs qui naissent
dans l'Église même : parce que, selon la pensée
du grand saint Bazile, nous ne croyons aujour-
d'hui que les choses que nos évêques et nos pasteurs nous ont apprises, et qu'ils avoient eux-
mêmes reçues de ceux qui les ont précédés, et
dont ils avoient reçu leur mission : et les premiers qui ont été envoyés par les apôtres, n'ont
dit que ce qu'ils en avoient appris : et les apôtres qui ont été envoyés par le Saint-Esprit,
n'ont annoncé au monde que les paroles qu'il
leur avoit données : et le Saint-Esprit qui a été
envoyé par le Fils, a pris ces paroles du Fils,
comme il est dit dans l'Évangile ; et enfin le
Fils qui a été envoyé du Père, n'a dit que ce qu'il
avoit ouï du Père, comme il le dit aussi lui-
même.

Qu'on nous examine maintenant là-dessus, et
si on veut convaincre l'Église d'être dans ces
méchantes maximes, qu'on montre que les pères
et les conciles les ont tenues, et nous serons
obligés de les reconnoître pour nôtres. Aussi
c'est ce que les jésuites ont voulu quelquefois
entreprendre; mais c'est aussi ce que nous avons
réfuté par notre troisième écrit, où nous les

avons convaincus de faussetés sur tous les passages qu'ils en avoient rapportés. De sorte que si c'est sur cela que les calvinistes se sont fondés pour accuser l'Église d'erreur, ils sont bien ignorants de n'avoir pas su que toutes ces citations sont fausses ; et s'ils l'ont su, ils sont bien de mauvaise foi d'en tirer des conséquences contre l'Église, puisqu'ils n'en peuvent conclure autre chose, sinon que les jésuites sont des faussaires, ce qui n'est aucunement en dispute; mais non pas que l'Église soit corrompue, ce qui est toute notre question.

Que feront-ils donc désormais, n'ayant rien à dire contre toute la suite de notre tradition ? Diront-ils que l'Église vient de tomber dans ces derniers temps, et de renoncer à ses anciennes vérités pour suivre les nouvelles opinions des casuistes modernes ? en vérité ils auroient bien de la peine à le persuader à personne en l'état présent des choses. Si nous étions demeurés dans le silence, et que l'apologie des casuistes eût été reçue partout sans opposition, c'eût été quelque fondement à leur calomnie, quoiqu'on eût pu encore leur répondre que le silence de l'Église n'est pas toujours une marque de son consentement ; et que cette maxime, qui est encore commune aux calvinistes et aux jésuites, qui en remplissent tous leurs livres, est très-fausse. Car ce silence peut venir de plusieurs autres causes, et ce n'est le plus souvent qu'un effet de la foiblesse des pasteurs ; et on leur eût dit de plus, que l'Église ne s'est point tue sur ces méchantes opinions, et qu'elle a fait paroître l'horreur qu'elle en avoit par les témoignages publics des personnes de piété, et par la condamnation formelle du clergé de France, et des facultés catholiques qui les ont censurées plusieurs fois.

Mais que nous sommes forts aujourd'hui sur ce sujet, où toute l'Église est déclarée contre ces corruptions, et où tous les pasteurs des plus considérables villes du royaume s'élèvent plus fortement et plus sincèrement contre ces excès, que les hérétiques ne peuvent faire! Car, y a-t-il quelqu'un qui n'ait entendu notre voix? N'avons-nous pas publié de toutes parts que les casuistes et les jésuites sont dans des maximes impies et abominables? Avons-nous rien omis de ce qui étoit en notre pouvoir pour avertir nos peuples de s'en garder comme d'un venin mortel? Et n'avons-nous pas déclaré dans notre premier Factum, que « les curés se rendoient » publiquement les dénonciateurs des excès pu- » blics de ces pères, et que ce seroit dans nos » paroisses qu'on trouveroit les maximes évan- » géliques opposées à celles de leur société? »

Peut-on dire après cela que l'Église consent à ces erreurs, et ne faut-il pas avoir toute la malice des hérétiques pour l'avancer, sous le seul prétexte qu'un corps qui n'est point de la hiérarchie, demeure opiniatrément dans quelques sentiments particuliers condamnés par ceux qui ont autorité dans le corps de la hiérarchie ? On a donc sujet de rendre grâces à Dieu de ce qu'il a fait naître en ce temps un si grand nombre de témoignages authentiques de l'aversion que l'Église a pour ces maximes, et de nous avoir donné par là un moyen si facile de la défendre de cette calomnie, et de renverser en même temps les avantages que les calvinistes et les jésuites avoient espéré de tirer de leur imposture. Car la prétention des hérétiques est absolument renversée. Ils vouloient justifier leur sortie de l'Église par les erreurs des jésuites, et ce sont ces mêmes erreurs qui montrent avec le plus d'évidence le crime de leur séparation ; parce que l'égarement de ces pères, aussi-bien que celui des hérétiques, ne venant que d'avoir quitté la doctrine de l'Eglise pour suivre leur esprit propre, tant s'en faut que les excès où les jésuites sont tombés pour avoir abandonné la tradition, favorisent le refus que les hérétiques font de se soumettre à cette tradition ; que rien n'en prouve, au contraire, plus fortement la nécessité, et ne fait mieux voir les malheurs qui viennent de s'en écarter. Et la prétention des jésuites n'est pas moins ruinée. Car l'intention qu'ils avoient, en imputant leurs maximes à l'Église, étoit de faire croire qu'ils n'en avoient point d'autres que les siennes. Et il est arrivé de là, au contraire, que tout le monde a appris qu'elles y sont étrangement opposées ; parce que la hardiesse d'une telle entreprise a excité

un scandale si universel, et une opposition si
éclatante, qu'il n'y a peut-être aucun lieu en
tout le christianisme où l'on ne connoisse aujourd'hui la contrariété de sentiments qui est
entre leur société et l'Église : contrariété qui
auroit sans doute été long-temps ignorée en
beaucoup de lieux, si par un aveuglement incroyable ils n'avoient eux-mêmes fait naître
la nécessité de la rendre publique par tout le
monde.

C'est ainsi que la vérité de Dieu détruit ses
ennemis, par les efforts mêmes qu'ils font pour
l'opprimer, et dans le temps où ils l'attaquent
avec le plus de violence. La leur étoit enfin devenue insupportable, et menaçoit l'Église d'un
renversement entier. Car les jésuites en étoient
venus à traiter hautement de calvinistes et d'hérétiques tous ceux qui ne sont pas de leurs sentiments ; et les calvinistes, par une hardiesse
pareille, mettoient au rang des jésuites tous les
catholiques sans distinction ; de sorte que ces
entreprises alloient à faire entendre qu'il n'y
avoit point de milieu, et qu'il falloit nécessairement choisir l'une de ces extrémités, ou d'être
de la communion de Genève, ou d'être des
sentiments de la société. Les choses étant en cet
état, nous ne pouvions plus différer de travailler à y mettre ordre, sans exposer l'honneur
de l'Église et le salut d'une infinité de personnes.
Car il ne faut pas douter qu'il ne s'en perde
beaucoup parmi les catholiques dans la perni-

cieuse conduite de ces pères , s'imaginant que des religieux soufferts dans l'Église n'ont que des sentiments conformes à ceux de l'Église. Et il ne s'en perd pas moins parmi les hérétiques , par la vue de cette même morale, qui les confirme dans le schisme , et leur fait croire qu'ils doivent demeurer éloignés d'une Église où l'on publie des opinions si éloignées de la pureté évangélique.

Les jésuites sont coupables de tous ces maux ; et il n'y a que deux moyens d'y remédier : la réforme de la société, ou le décri de la société. Plût à Dieu qu'ils prissent la première voie ! Nous serions les premiers à rendre leur changement si connu, que tout le monde en seroit édifié. Mais tant qu'ils s'obstineront à se rendre la honte et le scandale de l'Église, il ne reste que de rendre leur corruption si connue, que personne ne puisse s'y méprendre, afin que ce soit une chose si publique , que l'Église ne les souffre que pour les guérir, que les fidèles n'en soient plus séduits ; que les hérétiques n'en soient plus éloignés ; et que tous puissent trouver leur salut dans la voie de l'Évangile : au lieu qu'on ne peut que s'en éloigner en suivant les erreurs des uns et des autres.

Mais encore qu'il soit vrai qu'ils soient tous égarés, il est vrai néanmoins que les uns le sont plus que les autres ; et c'est ce que nous voulons faire entendre exactement, afin de les représenter tous dans le juste degré de corruption qui leur est propre, et leur faire porter à chacun la

mesure de la confusion qu'ils méritent. Or il est
certain que les jésuites auront de l'avantage dans
ce parallèle entier; et nous ne feindrons point
d'en parler ouvertement, parce que l'humilia-
tion des uns n'ira pas à l'honneur des autres,
mais que la honte de tous reviendra uniquement à la gloire de l'Église, qui est aussi notre
unique objet.

Nous ne voulons donc pas que ceux que Dieu
nous a commis s'emportent tellement dans la
vue des excès des jésuites, qu'ils oublient qu'ils
sont leurs frères, qu'ils sont dans l'unité de
l'Église, qu'ils sont membres de notre corps, et
qu'ainsi nous avons intérêt à les conserver; au
lieu que les hérétiques sont des membres retranchés qui composent un corps ennemi du nôtre;
ce qui met une distance infinie entre eux, parce
que le schisme est un si grand mal, que non-
seulement il est le plus grand des maux, mais
qu'il ne peut y avoir aucun bien où il se trouve,
selon tous les pères de l'Église.

Car ils déclarent que « ce crime surpasse tous
» les autres; que c'est le plus abominable de
» tous; qu'il est pire que l'embrasement des
» Écritures saintes; que le martyre ne peut l'ef-
» facer, et que qui meurt martyr pour la foi de
» Jésus-Christ hors de l'Église, tombe dans la
» damnation, comme dit saint Augustin. Que ce
» mal ne peut être balancé par aucun bien, selon
» saint Irénée. Que ceux qui ont percé le corps
» de Jésus-Christ n'ont pas mérité de plus

» énormes supplices que ceux qui divisent son
» Église, quelque bien qu'ils puissent faire d'ail-
» leurs », comme dit saint Chrysostôme. Et enfin
tous les saints ont toujours été si unis en ce
point, que les calvinistes sont absolument sans
excuse, puisqu'on ne doit en recevoir aucune,
et non pas même celle qu'ils allèguent si souvent,
*que ce ne sont pas eux qui se sont retranchés, mais
l'Église qui les a retranchés elle-même injustement.*
Car outre que toute cette prétention est horriblement fausse en ses deux chefs, parce qu'ils
ont commencé par la séparation, et qu'ils ont
mérité d'être excommuniés pour leurs hérésies,
on leur soutient de plus, pour les juger par leur
propre bouche, que quand cela seroit véritable,
ce ne seroit point une raison, selon saint Augustin, d'élever autel contre autel comme ils
ont fait; et que comme ce père le dit généralement, *il n'y a jamais de juste nécessité de se séparer de l'unité de l'Église.*

Que si cette règle, qu'il n'est jamais permis de
faire schisme, est si générale, qu'elle ne reçoit
point d'exception; qui souffrira que les calvinistes prétendent aujourd'hui de justifier le leur
par cette raison, que les jésuites ont des sentiments corrompus? comme si on ne pouvoit pas
être dans l'Église sans être dans leurs sentiments! comme si nous n'en donnions pas l'exemple nous-mêmes qui sommes, par la grâce de
Dieu, et aussi éloignés de leurs méchantes opinions, et aussi attachés à l'Église qu'on peut

l'être! ou comme si ce n'étoit pas une des principales règles de la conduite chrétienne, d'observer tout ensemble ces deux préceptes du
même apôtre, *et de ne point consentir aux maux
des impies*, et néanmoins *de ne point faire de
schisme; ut non sit schisma in corpore!*

Car c'est l'accomplissement de ces deux points
qui fait l'exercice des saints en cette vie, où les
élus sont confondus avec les réprouvés, jusqu'à
ce que Dieu en fasse lui-même la séparation éternelle. Et c'est l'infraction d'un de ces deux points
qui fait, ou le relâchement des chrétiens qui ne
séparent pas leur cœur des méchantes doctrines,
ou le schisme des hérétiques qui se séparent de
la communion de leurs frères, et usurpant ainsi
le jugement de Dieu, tombent dans le plus détestable de tous les crimes.

Il est donc indubitable que les calvinistes sont
tout autrement coupables que les jésuites; qu'ils
sont d'un ordre tout différent, et qu'on ne peut
les comparer, sans y trouver une disproportion
extrême. Car on ne sauroit nier qu'il n'y ait au
moins un bien dans les jésuites, puisqu'ils ont
gardé l'unité; au lieu qu'il est certain, selon
tous les pères, qu'il n'y a aucun bien dans les
hérétiques, quelque vertu qui y paroisse, puisqu'ils ont rompu l'unité. Aussi il n'est pas impossible que parmi tant de jésuites, il ne s'en
rencontre qui ne soient point dans leurs erreurs;
et nous croyons qu'il y en a, quoiqu'ils soient
rares, et bien faciles à reconnoître. Car ce sont

ceux qui gémissent des désordres de leur compagnie, et qui ne retiennent pas leur gémissement. C'est pourquoi on les persécute, on les éloigne, on les fait disparoître, comme on en a assez d'exemples; et ainsi ce sont proprement ceux qu'on ne voit presque jamais. Mais parmi les hérétiques, nul n'est exempt d'erreur, et tous sont certainement hors de la charité, puisqu'ils sont hors de l'unité.

Les jésuites ont encore cet avantage, qu'étant dans l'Église, ils ont part à tous ses sacrifices, de sorte qu'on en offre par tout le monde pour demander à Dieu qu'il les éclaire, comme le clergé de France eut la charité de l'ordonner il y a quelques années, outre les prières publiques qui ont été faites quelquefois pour eux dans des diocèses particuliers : mais les hérétiques, étant retranchés de son corps, sont aussi privés de ce bien; de sorte qu'il n'y a point de proportion entre eux, et qu'on peut dire, avec vérité, que les hérétiques sont en un si malheureux état, que pour leur bien, il seroit à souhaiter qu'ils fussent semblables aux jésuites.

On voit, par toutes ces raisons, combien on doit avoir d'éloignement pour les calvinistes, et nous sommes persuadés que nos peuples se garantiront facilement de ce danger; car ils sont accoutumés à les fuir dès l'enfance, et élevés dans l'horreur de leur schisme. Mais il n'en est pas de même de ces opinions relâchées des casuistes; et c'est pourquoi nous avons plus à craindre pour eux de ce côté-là. Car encore que ce soit un mal bien moindre que le schisme, il est néanmoins plus dangereux, en ce qu'il est plus conforme aux sentiments de la nature, et que les hommes y ont d'eux-mêmes une telle inclination, qu'il est besoin d'une vigilance continuelle pour les en garder; et c'est ce qui nous a obligés d'avertir ceux qui sont sous notre conduite, de ne pas étendre les sentiments de charité qu'ils doivent avoir pour les jésuites, jusques à les suivre dans leurs erreurs, puisqu'il faut se souvenir qu'encore que ce soient des membres de notre corps, c'en sont des membres malades, dont nous devons éviter la contagion; et observer en même temps, et de ne pas les retrancher d'avec nous, puisque ce seroit nous blesser nous-mêmes, et de ne point prendre de part à leur corruption, puisque ce seroit nous rendre des membres corrompus et inutiles.

A Paris, le 11 juin 1658.

CINQUIÈME FACTUM

Des Curés de Paris, où l'on fait voir, par la dernière pièce des Jésuites, que leur Société entière est résolue de ne point condamner l'Apologie; et où l'on montre, par plusieurs exemples, que c'est un principe des plus fermes de la conduite de ces pères, de défendre en corps les sentiments de leurs docteurs particuliers.

La poursuite que nous faisons depuis si long-temps contre l'Apologie des Casuistes, réussit avec tant de bonheur, que nous ne pouvons rendre assez d'actions de grâces à Dieu, en voyant la bénédiction qu'il donne au travail que le devoir de nos charges nous avoit obligés d'entreprendre.

Nous avions désiré que les peuples s'éloignassent de cette morale corrompue, que les prélats et les docteurs la censurassent, et que les hérétiques fussent confondus dans le reproche qu'ils nous font d'y adhérer. Et nous voyons, par la miséricorde de Dieu, que les peuples à qui nous étions premièrement redevables, ont conçu une telle horreur de ces maximes impies, que nous avons désormais peu à craindre les maux qu'elles eussent pu produire sans notre opposition : que nos confrères des provinces s'élèvent de même avec tant de courage pour défendre leurs Églises

de ce venin, qu'il y a sujet d'espérer qu'il ne
pourra infecter personne en aucun lieu du
royaume : que tant de prélats se disposent aussi
à le flétrir par leurs censures, comme a déjà
fait M. l'évêque d'Orléans, qui a eu la gloire de
commencer ; que leurs condamnations, quoique
séparées, formeront comme un concile contre
ces corruptions. Et si MM. les vicaires-généraux
de Paris diffèrent encore de quelques jours leur
censure, à laquelle ils travaillent avec tant de
soin, ce n'est que pour la faire paroître avec
plus de force et d'utilité. Enfin la Sorbonne,
malgré tant d'intrigues que les jésuites y ont
voulu former, a terminé, conclu, relu et confirmé la censure, à laquelle la dernière main
fut mise le 16 de ce mois : de sorte qu'après un
consentement si général de tous les corps de
l'Église, il ne reste plus le moindre prétexte aux
hérétiques de la calomnier. Et ainsi nous pourrions dire que tous nos désirs sont accomplis,
s'il n'en restoit un de ceux qui nous sont les
plus chers, mais dont nous commençons à dés-
espérer maintenant. Car un de nos principaux
souhaits a été que les jésuites mêmes renonças-
sent à leurs erreurs, afin qu'étant supprimées
dans leur source, on n'eût plus à en craindre
les funestes ruisseaux qui se répandent dans
tout le christianisme. C'étoit le moyen d'en purger l'Église le plus prompt et le plus sûr, et
plût à Dieu qu'il eût été le plus facile ! Mais
bien loin de l'être, en effet, nous y avons trouvé

des difficultés invincibles ; et il nous a été plus aisé d'exciter tous les pasteurs, et de remuer toutes les puissances de l'Église, que de porter ces pères à renoncer à la moindre des erreurs où ils se trouvent engagés.

Leur dernier écrit nous en ôte toute espérance. Ils y parlent en leur propre nom, et de la part de tout le corps. Ils l'ont intitulé : *Sentiments des Jésuites*, etc., et l'ont produit pour montrer tout ce qu'on devoit attendre d'eux. Or nous n'y voyons aucune marque de retour, ni qu'ils aient fait un seul pas vers la vérité. Nous les y trouvons toujours disposés à se servir de ces maximes dont nous demandons la suppression ; et nous n'y trouvons en effet que de véritables sentiments de jésuites. L'on y remarque la même résolution à demeurer dans ces méchantes opinions, quoiqu'ils en parlent avec un peu plus de timidité, se trouvant embarrassés dans la manière de s'exprimer. Car comme ils conduisent une infinité de personnes qui veulent vivre dans le relâchement, et passer néanmoins pour dévots, ces maximes leur sont absolument nécessaires ; et ainsi ils sont déterminés à ne jamais les condamner : mais comme ils veulent d'ailleurs s'accommoder à la disposition présente des esprits, et ne pas s'attirer l'horreur des peuples qui va directement contre ces excès, ils n'osent plus les soutenir si ouvertement. Et ainsi pour se mettre en état de pouvoir s'en servir au besoin, sans néanmoins heurter le monde trop

III.   9

rudement, ils ont cru ne pouvoir mieux faire, que de dire qu'ils ne s'engagent dans aucun parti; mais qu'ils veulent demeurer sans condamner ni approuver l'apologie.

C'est sur ce projet que roule tout leur écrit; et au lieu des discours naturels que la vérité ne manque jamais de fournir, quand on veut la dire sincèrement, ils ne se servent que de discours artificieux et indéterminés, qui les laissent toujours en liberté de prendre tel parti qu'il leur plaira. S'ils avoient voulu renoncer aux maximes horribles de l'Apologie, ils n'avoient qu'à dire, en deux mots, qu'ils y renoncent. Mais c'est ce qu'ils ont évité d'une étrange sorte : et au lieu de cela, on ne voit autre chose, sinon ces expressions répandues dans toutes les pages de leur écrit : « Il n'y a aucune de ces questions » arbitraires, où nous nous intéressions pour la » combattre ou pour la défendre. Vous dites que » cette doctrine est criminelle ; mais l'auteur dit » qu'il l'a prise de docteurs qui sont tous excel- » lents. Si elle est bonne, n'en ôtez pas la gloire » à ceux qui l'ont enseignée. Si elle est mau- » vaise, c'est à vous à le montrer par de bonnes » raisons, et à eux à se défendre. Ne blessez donc » pas l'honneur qui est dû à ces grands hommes. » Pour nous, nous ne voulons, ni l'autoriser, » ni la condamner. »

Voilà leur caractère. Par là ils demeurent en pouvoir de contenter tout le monde. Ils diront à ceux qui seront scandalisés de ces maximes, qu'ils ont raison, et qu'aussi ils ont déclaré dans leurs *Sentiments*, *qu'ils ne vouloient point approuver ces opinions*. Et ils diront à ceux qui voudront vivre selon ces maximes, qu'ils le peuvent, et qu'aussi ils ont déclaré dans leurs *Sentiments*, *qu'ils ne condamnent point ces opinions*. Et ainsi ils produiront leurs *Sentiments* équivoques pour satisfaire toutes sortes d'inclinations, selon leur méthode ordinaire.

Ils osent, après cela, s'élever comme les personnes du monde les plus irrépréhensibles, et nous demander, page 8, *pourquoi nous attaquez-vous sur une doctrine que nous ne voulons ni autoriser, ni condamner?* Mais nous leur répondons : C'est pour cela même que nous vous combattons, parce que vous ne voulez pas condamner une doctrine si condamnable qui est sortie de chez vous, et que vous voulez qu'on se satisfasse de ce que vous dites, *que vous n'approuvez pas cette Apologie*. Ce n'est rien faire que cela. Ce n'est pas reconnoître que ce livre est pernicieux et plein d'erreurs, ni se déclarer contre un ouvrage, que de dire simplement qu'on ne l'approuve pas : une infinité d'intérêts personnels, ou de légères circonstances indépendantes du fond de la matière, étant capables de faire qu'on n'approuve pas un bon livre; et c'est pourquoi nous nous plaignons de vous. C'est cela que nous vous reprochons. Il s'agit entre nous de savoir si on peut faire son salut sans aimer Dieu, et en persécutant son prochain jusqu'à le calomnier et le tuer; et vous dites là-dessus, *que vous ne vous intéressez, ni à défendre, ni à combattre aucune de ces opinions arbitraires.* Qui peut souffrir cette indifférence affectée, qui ne témoigne autre chose, sinon que vous voudriez, et que vous n'oseriez les défendre; mais que vous êtes au moins résolus à ne point les condamner?

Quoi, mes pères, toute l'Église est en rumeur dans la dispute présente : l'Évangile est d'un côté, et l'Apologie des casuistes est de l'autre : les prélats, les docteurs et les peuples sont ensemble d'une part; et les jésuites, pressés de choisir, déclarent, p. 7, qu'*ils ne prennent point de parti dans cette guerre!* Criminelle neutralité! Est-ce donc là tout le fruit de nos travaux, que d'avoir obtenu des jésuites qu'ils demeureroient dans l'indifférence entre l'erreur et la vérité, entre l'Évangile et l'Apologie, sans condamner ni l'un ni l'autre? Si tout le monde étoit en ces termes, l'Église n'auroit guère profité, et les jésuites n'auroient rien perdu; car ils n'ont jamais demandé la suppression de l'Évangile. Ils y perdroient : ils en ont affaire pour les gens de bien : ils s'en servent quelquefois aussi utilement que des casuistes. Mais ils perdroient aussi, si on leur ôtoit l'Apologie qui leur est si souvent nécessaire. Leur théologie va uniquement à n'exclure ni l'un ni l'autre, et à se conserver un libre usage de tout. Ainsi on ne peut dire, ni de l'Évangile seul, ni de l'Apologie seule, qu'ils contiennent leurs sentiments. Le déréglement

qu'on leur reproche consiste dans cet assemblage ; et leur justification ne peut consister qu'à
en faire la séparation, et à prononcer nettement
qu'ils reçoivent l'un et qu'ils renoncent à l'autre :
de sorte qu'il n'y a rien qui les justifie moins, et
qui les confonde davantage, que de ne nous répondre autre chose, lorsque tout le fort de notre
accusation est qu'ils unissent, par une alliance
horrible, Jésus-Christ avec Bélial, sinon qu'ils
ne renoncent pas à Jésus-Christ, sans dire en
aucune manière qu'ils renoncent à Bélial.

Tout ce qu'ils ont donc gagné par leur écrit,
est qu'ils ont fait connoître eux-mêmes à ceux
qui n'osoient se l'imaginer, que cet esprit d'indifférence et d'indécision entre les vérités les
plus nécessaires pour le salut, et les faussetés
les plus capitales, est l'esprit non-seulement de
quelques uns de ces pères, mais de la société
entière ; et que c'est en cela proprement que
consistent, par leur propre aveu, *les sentiments
des jésuites.*

Ainsi c'est par un aveuglement étrange, où la
providence de Dieu les a justement abandonnés,
qu'après qu'ils nous ont tant accusés d'injustice,
d'imputer à toute leur compagnie les opinions
des particuliers, et que, *pour se faire reconnoître,*
ils ont voulu présenter au monde *leur vrai por-
trait,* ils se sont en effet représentés dans leur
forme la plus horrible : de sorte qu'après leur
déclaration, nous pouvons dire que ce n'est plus
nous, mais que ce sont eux-mêmes qui publient

que leur compagnie en corps a résolu de ne condamner, ni combattre ces impiétés.

En effet, si cette société étoit partagée, on en verroit au moins quelques-uns se déclarer contre ces erreurs : mais il faut que la corruption y soit bien universelle, puisqu'il n'en est sorti aucun écrit pour les condamner, et qu'il en a tant paru pour les soutenir. Il n'y a point d'exemple dans l'Église d'un pareil consentement de tout un corps à l'erreur. Il n'est pas étrange que des particuliers s'égarent ; mais qu'ils ne reviennent jamais, et que le corps déclare qu'il ne veut point les corriger, c'est ce qui est digne d'étonnement, et ce qui doit porter ceux à qui Dieu a donné l'autorité, à en arrêter les périlleuses conséquences. Car ce n'est point une chose secrète : elle est publique, ils en font gloire, et affectent de faire connoître à tout le monde qu'ils font profession de défendre tous ensemble les sentiments de chacun d'eux. Ils espèrent par là se rendre redoutables et hors d'atteinte, en faisant sentir que qui en attaque un, les attaque tous. En effet cela leur a souvent réussi. Mais c'est néanmoins une mauvaise politique ; car il n'y a rien de plus capable de les décrier à la fin, et de faire qu'au lieu d'autoriser par là les particuliers, ils décréditent tout le corps aussitôt que le monde sera informé de ce principe de leur conduite.

C'est pourquoi il importe de bien le faire entendre aujourd'hui ; car puisque ces pères sont absolument déterminés à ne point rétracter les erreurs de l'Apologie, il ne reste plus, pour la sûreté des fidèles, et pour la défense de la vérité, que de faire connoître à tout le monde que c'est par une profession ouverte et générale que les jésuites ne quittent jamais une opinion dès qu'ils l'ont une fois imprimée, comme on verra dans la suite qu'ils le disent en propres termes; afin que cette connoissance étant aussi publique que leur endurcissement, ils ne puissent plus surprendre, ni corrompre personne, et que leur obstination ne produise plus d'autre effet, que de faire plaindre leur aveuglement.

Nous donnerons donc ici quelques exemples de leur conduite, où l'on verra que pour horribles que soient les opinions que leurs auteurs ont une fois enseignées, ils les soutiennent éternellement: qu'ils remuent toutes sortes de machines pour en empêcher la censure; qu'il faut joindre toutes les forces de l'Église et de l'état pour les faire condamner; qu'alors même ils éludent ces censures par des déclarations équivoques; et que si on les force à en donner de précises, ils les violent aussitôt après.

Nous en avons un insigne exemple en ce qui se passa sur le sujet du livre de leur père Bécan, si préjudiciable à l'état et même à la personne de nos rois. Car quand ils en virent la Sorbonne émue, ils pensèrent à empêcher qu'elle ne le censurât, en faisant en sorte qu'on lui mandât que leur censure n'étoit pas nécessaire, parce

qu'il devoit en venir bientôt une du pape. Et
comme on en eut en effet envoyé une de Rome
quelque temps après, portant qu'il y avoit dans
ce livre plusieurs propositions *fausses et sédi-
tieuses*, *etc.*, avec ordre de le corriger, le père
Bécan, faisant semblant d'obéir à l'ordre qu'il
avoit de retrancher cette multitude de propositions criminelles, ne fit autre chose que d'en
ôter un seul article, et le dédia au pape en cet
état, comme l'ayant purgé de toutes ces erreurs
selon son intention : de sorte que ce livre, qui
a maintenant un cours tout libre, contient ces
propositions, outre plusieurs autres furieuses
qu'il n'est pas temps de rapporter maintenant :
« Que le roi doit être excommunié et déposé,
» s'il l'a mérité ; que pour savoir s'il l'a mérité
» il faut en juger par le prudent avis des gens
» de piété et de doctrine ; et qu'il doit être ex-
» communié et privé de ses états, s'il viole les
» priviléges accordés aux religieux. » Ainsi la
Sorbonne s'étant soulevée contre ces maximes
détestables, et contre les autres qui y sont encore, ils la jouèrent insensiblement, premièrement en faisant, par leurs artifices, qu'elle ne
prît point connoissance de cette affaire, sous
prétexte d'une censure de Rome, et en éludant
ensuite cette censure en la manière que nous
venons de dire, qui est si familière aux jésuites.

Ils en usèrent de la même sorte sur la condamnation que la faculté de Louvain fit de cette
proposition, qu'*il est permis à un religieux de*

uer ceux qui sont prêts à médire, ou de lui, ou
le sa communauté, s'il n'y a que ce moyen de
'éviter. Ce fut ce que le père L'Amy, jésuite, osa
vancer dans la théologie qu'il composa selon
a méthode présente de l'école de la société de
ésus : *Juxta scholasticam hujus temporis socie-
atis methodum.* Car au lieu que ces pères de-
oient être portés, non-seulement par piété,
nais encore par prudence, à supprimer cette
loctrine et à en prévenir la censure : bien loin
'agir de la sorte, ils résistèrent de toutes leurs
orces et à la faculté qui la censura *comme per-
icieuse à tout le genre humain,* et au conseil
ouverain de Brabant, qui l'y avoit déférée. Il
l'y eut point de voie qu'ils ne tentassent. Ils
crivirent incontinent de tous côtés pour avoir
les approbateurs, et les opposer à cette faculté.
le qui rendit cette question *célèbre par toute
'Europe,* comme dit Caramuel, *Fund.* 55, *p.* 542,
ù il rapporte cette lettre, que leur père Zergol
ui en écrivit en ces termes : « Cette doctrine,
» dit ce jésuite, a été censurée bien rudement,
» et on a même défendu de la publier. Ainsi j'ai
» été prié de m'adresser aux savants et aux illus-
» tres de ma connoissance. J'écris donc à plu-
» sieurs docteurs, afin que s'il s'en trouve beau-
» coup qui approuvent ce sentiment, ce juge
» sévère, qui n'a pu être éclairé par la solidité
» des raisons, le soit par la multitude des doc-
» teurs. Mais je me suis voulu d'abord approcher
» de la lumière du grand Caramuel, espérant

» que si ce flambeau des esprits approuve cette
» doctrine, ses adversaires seront couverts de
» confusion, *rubore suffundendos*, d'avoir osé
» condamner une opinion dont le grand Cara-
» muel aura embrassé la protection. »

On voit en cela l'esprit de ces pères, et les
bassesses où ils se portent pour trouver les
moyens de résister aux condamnations les plus
justes et les plus authentiques. Mais cette première résistance leur fut inutile. On ne s'arrêta
point à la multitude de ces docteurs qui les se-
coururent en foule; et encore que Caramuel eût
décidé nettement en ces termes : *La doctrine du*
père L'Amy est seule véritable, et le contraire n'est
pas seulement probable : c'est l'avis de tout ce que
nous sommes de doctes. Malgré tout cela le livre
du père L'Amy demeura condamné; et l'ordre
fut si exactement donné par le conseil de Brabant d'en ôter cet article, que ces pères n'eurent
plus de moyen de s'en défendre. Ne pouvant
donc plus s'en sauver par une désobéissance ouverte, ils pensèrent à l'éluder par une obéissance feinte, en ne faisant autre chose que retrancher la fin de cette proposition, et laissant
le commencement, qui la comprend tout entière : de sorte que, malgré la première faculté
de Flandre et le conseil souverain du roi d'Espagne, on voit encore aujourd'hui, dans le livre
de ce père L'Amy, cette doctrine horrible : *Qu'un*
religieux peut défendre son véritable honneur,
même par la mort de celui qui veut le déshonorer,

tiam cum morte invasoris, *s'il ne peut l'empé-cher autrement.* Ce qui n'est que la même chose que la première proposition que nous avons apportée : *Qu'un religieux peut tuer celui qui peut médire de lui ou de sa communauté,* laquelle subsiste ainsi dans le premier membre, et y subsistera toujours ; car qui entreprendroit pour cela une nouvelle guerre contre des gens si re-elles et si artificieux ?

Voilà comme ils échappent aux condamna-tions de leurs plus détestables maximes, par des soumissions feintes et imaginaires ; et c'est pourquoi quand nosseigneurs les prélats de France leur ont voulu faire donner des déclara-tions sur des points importants, ils ont observé soigneusement de ne point laisser de lieu à leurs fuites et à leurs équivoques. Mais s'ils ont bien eu le pouvoir de leur en faire donner d'exactes, ils n'ont pas eu celui de les empêcher de les vio-ler. Les exemples en seroient trop longs à rap-porter. Tout le monde sait leur procédé sur les livres d'Angleterre contre la hiérarchie, qu'ils furent obligés de désavouer par leurs pères de La Salle, Haineuve, Maillant, etc., et qu'ils ont depuis reconnu publiquement et avec éloge dans un livre célèbre, approuvé par leur général, où ils traitent les évêques d'opiniâtres et de nova-teurs, *contumaces, novatores.* Et quelque so-lennelle que fût cette autre déclaration qu'ils signèrent en présence de feu M. le cardinal de Richelieu, qu'ils ne pouvoient ni ne devoient

confesser, sans l'approbation des évêques, ce
qui est formellement décidé par le concile de
Trente, ils la violèrent aussi solennellement
dans le livre du père Bauny, et ensuite plus in-
solemment dans celui du père Cellot, lequel
ayant été forcé de se rétracter, il fut bientôt
soutenu de nouveau par le père Pintereau dans
sa réponse à leur Théologie morale, 2e part.
p. 87, où il dit, que « les jésuites n'ont pu et
» n'ont dû renoncer au droit qu'ils ont de con-
» fesser sans avoir obtenu l'approbation des
» évêques ; et que le père Bauny et les autres
» sont louables de maintenir par leurs écrits ce
» pouvoir, qu'on ne leur dispute que par jalou-
» sie. » Et nos confrères d'Amiens viennent de
présenter requête le 5 de ce mois à monsieur
leur évêque, où ils se plaignent, entre autres
choses, de ce que le père Poignant a enseigné
depuis peu, dans leur collége, cette même doctrine, qu'on les a obligés si souvent de rétracter : tant il est impossible à l'Église d'arracher
de ces pères une erreur où ils sont une fois en-
trés : tant ce principe est vivant dans leur société, qu'ils doivent tous défendre ce qu'un des
leurs a mis une fois dans ses livres.

L'exemple que *leur grand flambeau* Caramuel
en rapporte, en pensant leur faire honneur, est
remarquable. C'est sur un cas effroyable de la
doctrine du même père L'Amy ; savoir : « Si un
» religieux, cédant à la fragilité, abuse d'une
» femme de basse condition, laquelle tenant à

honneur de s'être prostituée à un si grand personnage, *honori ducens se prostituisse tanto viro*, publie ce qui s'est passé, et ainsi le déshonore : si ce religieux peut la tuer, pour éviter cette honte ? » Ne sont-ce pas là de belles questions de la morale de Jésus-Christ ? et ne doit-on pas gémir de voir la théologie entre les mains de cette sorte de gens, qui la profanent indignement par des propositions si infâmes ? Et qui pourra souffrir que toute cette société s'arme pour les défendre par cette seule raison que leurs pères les ont avancées ? C'est cependant ce qu'ils ne feignent point de déclarer, comme on le voit dans Caramuel, *Fund.* 55, p. 551, où il rapporte l'opinion d'un de ces pères sur ce cas horrible, qui mérite d'être considérée ; la voici. « Le père L'Amy eût pu omettre » cette résolution ; mais puisqu'il l'a une fois » imprimée, il doit la soutenir, *et nous devons la* » *défendre*, comme étant probable ; de sorte que » ce religieux peut s'en servir pour tuer cette » femme, et se conserver en honneur : *Potuisset* » *Amicus hanc resolutionem omisisse ; at semel* » *impressam debet illam tueri*, et nos eamdem » defendere. » Si l'on pèse le sens de ces paroles, et qu'on en considère les conséquences, on verra combien nous avons de raison de nous opposer à une compagnie si étendue, si remplie de méchantes maximes et si ferme dans le dessein de ne jamais s'en départir.

Nous avons voulu faire paroître cette étrange

liaison qui est entre eux par plusieurs exemples, afin qu'on voie que ce qu'ils font aujourd'hui pour l'Apologie, n'est pas un emportement particulier où ils se soient laissé aller par légèreté, mais l'effet d'une conduite constante et bien méditée, qu'ils gardent régulièrement en toutes rencontres ; et qu'ainsi c'est en suivant l'esprit général qui les anime, que le père de Lingendes, qui a eu la principale direction de la défense de l'Apologie, a fait tant de démarches pour la soutenir, et en Sorbonne et ailleurs ; et qu'en sollicitant MM. les vicaires-généraux pour éviter la censure de ce livre, et leur présentant une déclaration captieuse qui fut rejetée, il ne feignit pas de leur dire tout haut ce qu'il a dit en tant d'autres lieux, « qu'ils étoient fâchés du » bruit que ce livre causoit ; mais que mainte-» nant ils y étoient engagés, et que, puisque » ce livre avoit été fait pour la défense de leurs » casuistes, ils étoient obligés de le soutenir. »

Il faudroit avoir bien peu de lumière, pour ne pas voir de quelle conséquence est cette maxime dans une société qui est remplie de tant d'opinions condamnées, qui, malgré toutes les censures et les défenses des puissances spirituelles et temporelles, est résolue de ne jamais les rétracter ; qui fait gloire de souffrir plutôt toutes sortes de violences, que de les désavouer ; et qui se roidit tellement contre le mal qui lui en arrive, qu'elle prend sujet de là de comparer ses souffrances à celles de Jésus-Christ et de ses martyrs. C'est là le comble de la hardiesse ; mais qui leur est devenu ordinaire, et qu'ils renouvellent dans leur dernier écrit. « Notre société, disent-ils, page 2, ne souffre qu'après le Fils de Dieu, que les Pharisiens accusoient de violer la loi. Il est honorable aux jésuites de partager ces opprobres avec Jésus-Christ ; et les disciples ne doivent pas avoir de honte d'être traités comme le maître. »

Voilà comme cette superbe compagnie tire sa vanité de sa confusion et de sa honte. Mais il faut réprimer cette audace tout-à-fait impie, d'oser mettre en parallèle son obstination criminelle à défendre ses erreurs, avec la sainte et divine constance de Jésus-Christ et des martyrs à souffrir pour la vérité. Car quelle proportion y a-t-il entre deux choses si éloignées ? Le Fils de Dieu et ses martyrs n'ont fait autre chose qu'établir les vérités évangéliques, et ont enduré les plus cruels supplices et la mort même, par la violence de ceux qui ont mieux aimé le mensonge. Et les jésuites ne travaillent qu'à détruire ces mêmes vérités, et ne souffrent pas la moindre peine pour une opiniâtreté si punissable. Il est vrai que les peuples commencent à les connoître ; que leurs amis en gémissent ; que cela leur en ôte quelques-uns, et que leur crédit diminue de jour en jour. Mais appellent-ils cela persécution ? Et ne devroient-ils pas plutôt le considérer comme une grâce de Dieu, qui les appelle à quitter tant d'intrigues et tant d'engagements

dans le monde que leur crédit leur procuroit ; en
à rentrer dans une vie de retraite plus conforme
à des religieux, pour y pratiquer les exercices de
la pénitence, dont ils dispensent si facilement
les autres ?

S'ils étoient chassés de leurs maisons, privés
de leurs biens, poursuivis, emprisonnés, persécutés (ce que nous ne souhaitons pas, sachant
que ces rigueurs sont éloignées de la douceur
de l'Église), ils pourroient dire alors qu'ils souffrent ; mais non pas *comme chrétiens*, selon la
parole de saint Pierre ; et ils n'auroient droit
de s'appeler, ni bienheureux, ni martyrs pour
ce sujet : puisque le même apôtre ne déclare heureux ceux qui souffrent, que lorsqu'ils souffrent
pour la justice : *si propter justitiam*, *beati* ; et
que, selon un grand père de l'Église, et grand
martyr lui-même, ce n'est pas la peine, mais la
cause pour laquelle on endure, qui fait les martyrs, *non pœna*, *sed causa*. SAINT CYPRIEN.

Mais les jésuites sont si aveuglés en leurs erreurs, qu'ils les prennent pour des vérités, et
qu'ils s'imaginent ne pouvoir souffrir pour une
meilleure cause. C'est l'extrême degré d'endurcissement. Le premier, est de publier des maximes détestables. Le second, de déclarer qu'*on
ne veut point les condamner*, lors même que tout
le monde les condamne. Et le dernier, de vouloir
faire passer pour saints et pour compagnons des
martyrs, ceux qui souffrent la confusion publique, pour s'obstiner à les défendre. Les jésuites

sont aujourd'hui arrivés à cet état. Nous ne croyons pas qu'on puisse avoir des sentiments de piété dans le cœur, sans avoir une sainte indignation contre une disposition si criminelle et si dangereuse. Il est question, en cette dispute, d'erreurs qui renversent la morale chrétienne dans les points les plus importants ; et une société entière de prêtres, qui gouvernent une infinité de consciences, prétend qu'il lui est glorieux de souffrir pour ne jamais s'en rétracter. Il faut assurément être tout-à-fait insensible aux intérêts de l'Église, pour ne point s'en émouvoir. Ceux qui n'ont point de connoissance de ces désordres, et qui regardent seulement en général le bien de la paix, peuvent peut-être s'imaginer qu'elle seroit préférable à ces disputes. Mais d'ouvrir les yeux à ces désordres, et, en les envisageant en leur entier, vouloir demeurer en repos, sans en arrêter le cours, c'est ce que nous croyons incompatible avec l'amour de la Religion et de l'Église. Si nous ne regardions que notre intérêt, les choses sont à notre égard dans un état si avantageux, que nous aurions tous sujet d'être satisfaits. Mais comme la vérité ne l'est pas, nous devons solliciter pour elle ; et nous avons sujet de craindre, selon la parole de saint Augustin, qu'au lieu que ceux qui sont insensibles à sa défense, peuvent accuser notre zèle d'excès, elle ne l'accuse de tiédeur, et ne crie, que ce n'est pas encore là assez pour elle : *Hoc illi nimium dicunt esse :*

III.   10

ipsa autem veritas fortassè adhuc dicat, nondùm est satis.

Et, en effet, si on compare ce que nous avons dit, à ce qu'ont dit ceux qui ont eu le plus de charité pour ces pères, lorsqu'ils ont été obligés de parler contre leurs égarements, on y trouvera une différence extrême.

Quand on proposa à la Faculté de théologie de Paris leur établissement en France, et qu'elle en eut considéré les conséquences, elle en parla d'une manière si forte, que je ne sais si nous sommes excusables de n'en parler que comme nous faisons, en l'état où ils sont devenus aujourd'hui. Et leurs propres généraux, qui ont eu tant d'amour pour eux, mais qui ont vu aussi la corruption qui s'y glissoit, leur ont écrit d'une telle sorte, que si nous étions jamais obligés de le faire paroître, on verroit ce que la charité fait dire, et comment elle sait soutenir avec vigueur la cause de la vérité blessée. Personne n'en est mieux informé que ces pères mêmes ; et c'est pourquoi il y a apparence qu'il ne nous engageront pas à nous justifier sur cela. Mais pour nous justifier envers Dieu, nous sommes obligés de demeurer dans nos premiers sentiments, et de leur répéter ici ce que nous leur avons dit dans un de nos écrits : Qu'aussitôt qu'ils voudront renoncer à l'Apologie, nous les embrasserons de tout notre cœur : qu'il ne suffit pas qu'ils reconnoissent qu'on est obligé d'aimer Dieu, et qu'il ne faut pas calomnier son pro-

chain. (Ils le diront tant qu'on voudra , parce
qu'ils embrassent toutes les opinions , vraies et
fausses ; c'est par là qu'ils amusent ceux qui ne
sont pas instruits du fin de leurs maximes ; et
c'est ce que nous voulons que tout le monde
connoisse , afin qu'on ne se laisse pas surprendre à leurs rétractations équivoques) : Mais
qu'il faut qu'ils déclarent, que les opinions de
ceux qui disent qu'on peut être sauvé sans aimer
Dieu , qu'on peut tuer , calomnier , etc., sont
fausses et détestables ; et qu'enfin ils condamnent la doctrine de la probabilité , qui les enferme toutes ensemble. Et alors nous quitterons
nos poursuites ; mais jamais autrement. Car ils
doivent s'attendre de trouver en nous une constance aussi infatigable à les presser de renoncer
à ces erreurs, qu'ils auront d'obstination à les
défendre ; et qu'avec la grâce de Dieu , ce dessein sera toujours celui des pasteurs de l'Église,
tant que ces méchantes opinions seront *les sentiments des jésuites.*

À Paris, le 24 juillet 1658.

SIXIÈME FACTUM

Des curés de Paris, ou Journal de tout ce qui s'est passé, tant à Paris que dans les provinces, sur le sujet de la morale et de l'Apologie des Casuistes, jusques à la publication des censures de nosseigneurs les archevêques et évêques, et de la Faculté de théologie de Paris.

———

COMME la morale des nouveaux casuistes est un des plus grands maux qui aient été répandus jusques ici dans l'Église, et dont les erreurs sont d'autant plus capables de corrompre les fidèles, qu'elles ne sont pas sur des points de théologie disproportionnés à l'intelligence des peuples, mais sur des points les plus populaires et les plus conformes aux inclinations corrompues de la nature : les pasteurs ont eu une obligation indispensable de parler en cette rencontre ; parce que le silence qui est quelquefois utile dans les matières hautes et cachées, eût été criminel et inexcusable en cette occasion. C'est pourquoi, afin de faire voir à tout le monde, que nous, ni nos confrères des provinces, n'avons rien omis pour nous acquitter de notre devoir, nous avons jugé à propos de donner un récit de tout ce qui a été fait jusqu'ici sur ce sujet.

Les écrits intitulés : *Lettres écrites à un Provincial par un de ses amis*, ayant paru en l'année 1656, qui découvroient un grand nombre de pernicieuses maximes, tirées des livres des nouveaux casuistes, M. de Saint-Roch, syndic des curés de Paris, en donna avis en leur assemblée ordinaire du 12 mai 1656, et dit, que si les propositions contenues dans ces lettres étoient fidèlement tirées des casuistes, il jugeoit que la compagnie devoit demander la condamnation de ces pernicieuses maximes; et que s'il n'étoit pas véritable qu'elles fussent des auteurs auxquels elles étoient attribuées, il falloit demander la condamnation des lettres mêmes. Mais comme il n'y avoit point en ce temps-là de vicaires-généraux dans le diocèse, le dessein des curés ne put avoir alors son effet, de sorte qu'ils furent par nécessité obligés de le différer.

Cependant M. du Four, abbé d'Aulney, et qui étoit alors curé de Saint-Maclou de Rouen, ayant parlé avec beaucoup de zèle et de courage contre ces propositions dans quelques-uns de ses sermons, et entre autres dans celui qu'il prononça au synode de Rouen le 30 mai de la même année, en présence de plus de douze cents curés, et de M. l'archevêque même, les jésuites s'en trouvèrent étrangement offensés par le seul intérêt qu'ils prenoient à la défense de ces maximes; car il n'avoit pas été dit d'eux une seule parole dans ces sermons. Ils en firent donc un grand bruit : et le père Brisacier, recteur du collége de la même ville, présenta requête à M. l'archevêque, contre M. du Four : ce qui étant venu à

la connoissance des curés de Rouen, ils crurent
être obligés de prendre part à cette querelle de
leur confrère, attaqué en une partie qui les touchoit également, puisqu'ils ont intérêt de veiller
à la bonne doctrine et à la pureté dés mœurs,
d'où dépend le salut des âmes qui leur sont
commises.

Mais pour procéder mûrement en cette affaire,
et ne pas s'y engager mal à propos, ils délibé-
rèrent, dans une de leurs assemblées, de consulter les livres d'où les Lettres Provinciales
rapportent ces propositions, afin d'en faire des
recueils et des extraits fidèles, et d'en demander
la condamnation par des voies canoniques, si
elles se trouvoient dans les casuistes, de quelque
qualité et condition qu'ils fussent : et, si elles ne
s'y trouvoient pas, abandonner cette cause, et
poursuivre au même temps la censure des Lettres
au Provincial, qui alléguoient ces doctrines, et
qui en citoient les auteurs.

Six d'entre eux furent nommés de la compagnie, pour s'employer à ce travail. Ils y vaquè-
rent un mois entier avec toute la fidélité et l'exactitude possible ; ils cherchèrent les textes allégués. Ils les trouvèrent dans leurs originaux et
dans leurs sources, mot pour mot comme ils
étoient cités : ils en firent des extraits, et rap-
portèrent le tout à leurs confrères dans une
seconde assemblée, en laquelle, pour une plus
grande précaution, il fut arrêté que ceux d'entre
eux qui voudroient être plus éclaircis sur ces

matières, se rendroient, avec les députés, en un lieu où étoient les livres, pour les consulter derechef, et en faire telles conférences qu'ils voudroient. Cet ordre fut gardé, et les cinq ou six jours suivants, il se trouva dix ou douze curés à la fois, qui firent encore la recherche des passages, qui les collationnèrent sur les auteurs, et en demeurèrent satisfaits, comme tout cela est rapporté dans une lettre écrite par un des curés de Rouen, et imprimée avec la requête qu'ils présentèrent au nom de leur compagnie, et d'autres procédures qu'ils ont faites dans la poursuite de cette affaire.

Sur cela les curés de Rouen résolurent de présenter requête en leur nom pour la condamnation de ces maximes impies ; et M. leur archevêque, suivant les conclusions de son promoteur-général, et de l'avis de son conseil, considérant que cette affaire touchait toute l'Église, et que le clergé étoit alors assemblé à Paris, renvoya l'affaire à l'assemblée générale, et même députa un de ses grands-vicaires pour y présenter de sa part cette requête, et les extraits de ses curés.

Cependant les curés de Paris, qui veilloient de leur part pour garantir leurs peuples de ces corruptions, furent derechef avertis par M. le curé de Saint-Roch, syndic, qu'il étoit temps de donner ordre aux maux qui menaçoient l'Église, et de penser à chercher les moyens pour en arrêter le progrès. Les curés de Rouen, qui espérèrent

beaucoup d'assistance des curés de Paris, leur
écrivirent; et M. le curé de Saint-Paul présenta
le septième jour d'août 1656, en leur assemblée
ordinaire qu'ils font tous les mois, pour aviser
aux besoins de leurs paroisses, une lettre qu'il
reçut de M. du Four, au nom de ses confrères
les curés de Rouen, pour prier tous ceux de
Paris de les assister de leurs conseils, et d'inter-
venir avec eux pour la défense de l'Évangile.
Il fut arrêté que M. de Saint-Paul leur témoi-
gneroit la consolation que toute la compagnie
avoit reçue de leur lettre, et l'assistance qu'ils
pouvoient espérer d'eux.

Dans le mois de septembre suivant, les curés
de Paris donnèrent avis aux curés des provinces,
de cette mauvaise morale qui menaçoit toute
l'Église, afin qu'avec la permission de nosseigneurs
leurs prélats, ils s'unissent à eux, et in-
tervinssent dans la défense de cette cause. Sur
quoi les curés de Paris reçurent en bonne forme,
et gardent en leurs registres les procurations
des curés d'un grand nombre de villes des plus
considérables du royaume.

M. le curé de Saint-Roch ayant remontré à
leur assemblée que, pour procéder en cette affaire plus mûrement et d'une manière irréprochable, il étoit important d'examiner les livres
mêmes des casuistes, d'en extraire fidèlement
les propositions pour demander la censure à
l'assemblée générale du clergé, qui étoit déjà
saisie de cette affaire, et d'en députer quelques-

uns à cet effet : il fut conclu qu'on présenteroit requête à M. le grand-vicaire, pour lui demander la condamnation de cette doctrine, ou le renvoi de l'affaire à l'assemblée générale du clergé.

On députa ensuite plusieurs curés pour examiner les propositions ; lesquels y ayant travaillé, et extrait trente-huit propositions de divers auteurs, il fut délibéré qu'ils les présenteroient à l'assemblée pour en demander la condamnation ; ce qu'ils firent, et quelque temps après ils en présentèrent encore plusieurs autres avec une remontrance à nosseigneurs de l'assemblée, qui leur fut portée le 24 novembre, signée par MM. de Saint-Roch et des Saints-Innocents, syndics : l'assemblée nomma nosseigneurs l'archevêque de Toulouse, et les évêques de Montauban, de Coutance, de Vannes et d'Aire, pour faire droit sur la requête des curés et sur leurs extraits.

Ces propositions parurent si horribles à tout le monde, qu'on s'attendit d'en voir bientôt une condamnation célèbre ; et on l'auroit obtenue en effet si le grand nombre qui s'en trouva, et le peu de loisir qu'avoit alors l'assemblée, qui étoit continuellement pressée de finir, n'en eussent ôté le moyen. Mais nosseigneurs les prélats voyant qu'il n'étoit pas en leur pouvoir de rendre alors cette justice, voulurent au moins faire connoître à toute l'Église qu'ils n'avoient manqué que de temps ; et pour cela ils ordon

nèrent que les Instructions de saint Charles seroient imprimées par l'ordre du clergé, avec
une lettre circulaire à tous nosseigneurs les prélats, qui serviroit de préjugé de leurs sentiments, et comme d'un commencement de condamnation de toutes ces maximes en général, en
attendant que le temps s'offrît de la faire plus
solennelle.

En effet, les Instructions de saint Charles
furent imprimées par le commandement de l'assemblée, et par leur imprimeur ordinaire en
1657, avec cet extrait du procès verbal.

Du jeudi premier jour de février, à huit
heures du matin, M. l'archevêque de Narbonne,
président; M. de Cyron a dit : « Que suivant
» l'ordre de l'assemblée, il avoit fait venir de
» Toulouse le livre des Instructions pour les
» confesseurs, dressées par saint Charles Borro-
» mée, et traduites en françois par feu M. l'ar-
» chevêque de Toulouse pour la conduite des
» confesseurs de son diocèse. Et plusieurs de
» MM. les prélats qui ont lu ledit livre, ayant
» représenté qu'il seroit très-utile, et principa-
» lement en ce temps où l'on voit avancer des
» maximes si pernicieuses et si contraires à celles
» de l'Évangile, et où il se commet tant d'abus
» en l'administration du sacrement de péni-
» tence, par la facilité et l'ignorance des con-
» fesseurs; l'assemblée a prié M. de Cyron de
» prendre soin de le faire imprimer, afin que
» cet ouvrage, composé par un si grand saint,

» avec tant de lumière et de sagesse, se répande
» dans les diocèses, et qu'il puisse servir comme
» d'une barrière pour arrêter le cours des opi-
» nions nouvelles, qui vont à la destruction de
» la morale chrétienne. » Voilà tout ce que nosseigneurs les évêques purent faire : ils ont témoigné à tout le monde le regret qu'ils ont eu
de ne pas avoir eu le temps de consommer cette
affaire ; et ils continuent tous les jours de le témoigner, comme a fait encore M. de Couserans
par cette lettre :

*Réponse de M. l'évêque de Couserans à la Lettre
de MM. les Curés de Paris.*

MESSIEURS,

J'ai fait part à MM. d'Aleth, de Cominges et de Bazas,
de la lettre que vous m'avez fait l'honneur de m'écrire, et
que M. le curé de Saint-Roch a pris la peine de me faire
tenir ; ils vous en rendent leurs très-humbles grâces. Ils y
ont vu, avec une joie sensible, vos généreux sentiments
pour notre commune censure contre l'Apologie des Casuistes ; c'est un acte de justice publique que nous devions
à la doctrine enseignée par Jésus-Christ dans son Évangile,
de la défendre en cette occasion contre les dogmes d'une
morale relâchée qui corrompt les mœurs des fidèles, qui
met l'homme en la main de son cœur et de sa raison, pour
en suivre les conseils souvent criminels, et toujours suspects,
depuis que le péché a répandu son venin dans ces deux
facultés. Vous, messieurs, avez été les premiers qui avez
été touchés de l'outrage qu'alloit recevoir, par cette morale funeste, toute l'Église du Fils de Dieu. Je suis témoin
de ce cri charitable de votre gémissement, qui vint frapper
l'oreille de ces pères assemblés en la dernière assemblée du

clergé, où j'avois l'honneur d'être un des députés; vous
leur en portâtes les plaintes, elles émurent les cœurs sensiblement : et je sais que, sans l'obligation qui les engagea
pour lors de se séparer, leurs délibérations eussent confirmé toutes les vôtres sur ce sujet, et qu'ils eussent proscrit
par une censure publique cette doctrine de relâchement et
d'iniquité. Toute la postérité chrétienne bénira votre zèle;
les évêques, qui sont les dépositaires légitimes de la puissance de Jésus-Christ, se souviendront toujours, avec les
sentiments d'une reconnoissance particulière, de ce courage
fort, persévérant et invincible, qui vous a fait soutenir
tant de fois son autorité en la cause de l'épiscopat, en ces
rencontres si difficiles. Je loue Dieu, messieurs, de m'avoir
donné lieu d'être le spectateur en vous de tous ces nobles
sentiments pendant les cinq années de mon agence, et durant le cours de notre dernière assemblée. Je vous confesse
que cette vue, qui m'a laissé une profonde estime de vos
personnes pour toute ma vie, m'a donné des mouvements
de force pour essayer de faire l'œuvre de mon ministère.
Je prie la miséricorde de celui qui a daigné m'y appeler au
milieu de ma profonde indignité, de vouloir m'en rendre
digne : je vous demande pour cela auprès de lui les inter-
cessions efficaces de votre vertu, et de croire que je suis,
avec un respect très-véritable,

MESSIEURS,

Votre très-humble et très-affectionné serviteur,

BERNARD, *évêque de Couserans.*

De Couserans, ce 20 décembre 1658.

Ce fut alors que les défenseurs de ces nouvelles doctrines les voyant condamnées par les
prélats, et décriées parmi les peuples, se per-
suadèrent que pour relever le crédit de leurs
casuistes, il falloit les soutenir par quelque ouvrage considérable.

Ce dessein ne fut pas si secret que quelques-uns ne s'en ouvrissent à leurs amis, et l'on sait qu'en plusieurs villes les jésuites se vantèrent publiquement, quelque temps devant que l'Apologie parût, qu'il viendroit bientôt un livre qui renverseroit tout ce qu'on auroit écrit contre la morale de leur société. Et lorsqu'il fut en état d'être imprimé, les jésuites mêmes en demandèrent le privilége à M. le chancelier, qui le leur refusa, et qui a témoigné depuis combien il désapprouvoit ce malheureux ouvrage. Les mêmes jésuites sollicitèrent M. Grandin et M. Morel, docteurs de Sorbonne, pour en tirer l'approbation, qu'ils refusèrent pareillement. Mais ceux qui avoient espéré un si grand succès de ce livre, ne laissèrent pas pour cela de se résoudre à le produire.

On vit donc paroître, sur la fin de l'année 1657, ce livre intitulé : *Apologie pour les Casuistes, contre les calomnies des Jansénistes*, dont le dessein étoit de combattre les Lettres au Provincial sur les points qu'elles avoient représentés comme étant contraires à l'esprit de l'Évangile.

Cet apologiste prend pour cela une voie toute différente de ceux qui avoient écrit avant lui; car il ne prétend plus qu'on ait falsifié la doctrine des casuistes; mais reconnaissant de bonne foi qu'elle étoit telle qu'on l'a représentée, il la soutient comme étant au moins probable, et par conséquent sûre en conscience.

Encore que ce livre ne se vendît pas publiquement, parce qu'il n'avoit pas de privilége,
on n'avoit pas néanmoins de peine à en recouvrer : les jésuites ayant bien voulu le débiter et
le vendre eux-mêmes dans leur collége de Clermont à Paris, où un grand nombre de personnes
en ont fait acheter autant qu'ils en ont voulu.
Ces pères, de plus, en donnèrent en même
temps, tant à Paris qu'à Rouen, et aux autres
villes du royaume, à beaucoup de magistrats et
à beaucoup de personnes de qualité, comme le
plus excellent ouvrage qui eût paru depuis long-
temps.

Mais il en arriva le contraire de leur prétention, car ce livre ne fit qu'augmenter l'aversion
qu'on avoit déjà conçue pour les maximes des
casuistes ; et les personnes de qualité furent
étrangement scandalisées de la hardiesse avec
laquelle on les y représentoit de nouveau comme
des vérités de la morale chrétienne, ainsi qu'il
est porté dans le titre même de cette Apologie.

Il ne se passa rien sur ce sujet jusqu'au commencement de l'année 1658, que les curés de
Paris étant émus, tant par l'horreur que leur
avoit causée la lecture de ce livre, que par les
plaintes qu'ils en recevoient tous les jours, prirent dessein d'apporter quelques remèdes aux
mauvaises suites qu'il pouvoit avoir.

L'ouverture en fut faite par leurs syndics,
MM. les curés de Saint-Roch et des Saints-Innocents, le lundi 7 janvier, en leur assemblée

ordinaire. Ils y représentèrent, ainsi qu'il est rapporté par leur registre, que depuis peu de jours il se débitoit sous main, sans nom d'auteur ni d'imprimeur, un livre intitulé : *Apologie pour les Casuistes*, dans lequel il y avoit grand nombre de fausses et dangereuses propositions, non-seulement contre la conduite et le salut des âmes et contre les bonnes mœurs, mais même contre la sûreté publique ; et qu'ainsi, non-seulement M. le cardinal de Retz, archevêque de Paris, ou MM. ses grands-vicaires, mais aussi les magistrats et les juges, avoient grand intérêt à la condamnation de cette pernicieuse Apologie. Et sur ce rapport, la compagnie, comme il est dit dans le registre, ne voulant pas oublier son zèle ordinaire dans la poursuite d'une affaire de cette qualité, résolut de s'adresser tant à MM. les vicaires-généraux pour leur faire plainte de ce libelle, et en demander la censure, qu'à MM. les gens du roi, pour leur dénoncer ce pernicieux livre, et demander et suivre leurs ordres dans la poursuite de cette affaire. Et pour cet effet la compagnie députa MM. de Saint-Paul, de Saint-Roch, syndic, de Saint-André-des-Arcs, des Saints-Innocents, de Saint-Eustache, de Saint-Christophe, de Saint-Médard et de Saint-Pierre-aux-Bœufs, pour en conférer ensemble, vérifier sur le livre même les extraits de quelques-unes de ces dangereuses propositions, les porter, tant à MM. les vicaires-généraux qu'à MM. les gens du roi, et en poursuivre incessamment la condamnation ; même s'adresser à MM. le doyen et le syndic de la Faculté, afin qu'ils le dénonçassent et qu'ils en fissent leur rapport à la faculté, pour avoir la censure d'une si malheureuse doctrine.

Ensuite de cette résolution, les députés ayant travaillé aux extraits, allèrent trouver les personnes auxquelles la compagnie leur avoit ordonné de s'adresser ; et le lundi 4 février 1658, les curés s'étant assemblés, M. de Saint-Roch ayant fait la lecture de deux requêtes dressées par ordre de la compagnie, et suivant la conclusion du lundi 7 janvier, l'une à MM. les vicaires-généraux, et l'autre au parlement pour la condamnation du livre intitulé : *Apologie pour les Casuistes*, etc., il fut résolu que ces requêtes seroient signées par les curés qui étoient présents à l'assemblée, et qu'elles seroient aussi envoyées à ceux qui ne s'y étoient pas trouvés, pour être signées, parce qu'il s'agissoit d'une affaire qui les touchoit tous également.

Le même M. de Saint-Roch représenta encore qu'un factum étant une chose qui pouvoit beaucoup servir dans la poursuite de cette affaire, la compagnie en avoit fait dresser un pour faire voir les causes et les motifs de ses justes procédures contre ce pernicieux libelle. Sur quoi les huit députés qui ont été nommés, furent priés de le voir et de le faire imprimer pour être distribué partout où il seroit à propos.

Deux jours après cette assemblée le roi manda

les curés de Saint-Paul et de Saint-Roch, qui,
étant arrivés au Louvre, furent conduits dans
la chambre de M. le cardinal, où étoit le roi
avec son éminence, M. le chancelier, M. Ser-
vien, M. le procureur-général et M. de Brienne.
Le roi dit aux curés qu'il les avoit mandés sur
le sujet que M. le chancelier leur diroit. M. le
chancelier dit que le roi vouloit être informé de
ce qui s'étoit passé dans leur assemblée du lundi
dernier. Les curés répondirent que sur le rapport fait par les syndics qu'un livre abominable
commençoit à paroître, qui alloit à la destruction de toute la morale chrétienne et de la sûreté publique, ils avoient résolu d'en poursuivre
la condamnation, et signé pour cela deux requêtes, l'une à MM. les vicaires-généraux, et
l'autre au Parlement.

M. le cardinal demanda pourquoi on avoit eu
recours au Parlement? Que si M. l'archevêque
étoit présent, les curés auroient eu recours à
lui; qu'ainsi, en son absence, ils devoient se contenter de recourir à ses vicaires-généraux.

Les curés répondirent que, comme l'Apologie
n'alloit pas seulement contre les principes de
la religion chrétienne, mais encore contre les
lois civiles par les permissions qu'elle donne de
voler et de tuer, ce livre devoit être condamné
non-seulement par les juges ecclésiastiques,
mais encore par les séculiers; outre qu'étant
rempli de calomnies et d'injures contre les personnes des curés, pour détourner les peuples

III. 11

de la croyance qu'ils devoient avoir en eux, ils
étoient obligés, par le devoir de leurs charges,
d'en poursuivre l'imprimeur et l'auteur, pour
leur faire faire réparation de ce scandale, dont
MM. les vicaires-généraux, ni la Faculté de théologie ne pouvant connoître, ils avoient été conseillés de présenter leur requête au Parlement.

M. le cardinal repartit que tant pour l'information que pour la réparation d'honneur, les
curés pouvoient s'adresser à l'official. Les curés
répondirent qu'ils n'avoient osé s'adresser à
M. l'official : et que la raison qui les avoit retenus étoit, qu'ayant un peu auparavant un sujet
pareil de se plaindre du père Bagot, jésuite, qui
les avoit traités dans un livre d'une manière
aussi outrageuse, ils s'étoient adressés à M. l'official pour en avoir justice ; mais nonobstant
que le père Bagot eût mis procureur, et qu'il y
eût trois appointements donnés à l'audience
avec lui, il ne laissa pas de se pourvoir au
conseil, et y obtint un arrêt sur requête au
rapport de M. Balthasar, frère du père Balthasar,
jésuite, en date du troisième jour d'août 1657,
signifié aux syndics, par lequel le père Bagot
avoit été déchargé de l'assignation, et défense
faite aux curés de plus user de telles voies, et à
l'official d'en connoître, à peine de nullité des
procédures, de cassation des sentences, et de tous
dépens, dommages et intérêts ; et que c'est ce
qui les avoit retenus de s'adresser à M. l'official,
par la crainte d'un semblable arrêt, qu'il seroit

aussi facile d'obtenir que le premier sans appeler les curés, et en faveur d'un auteur qu'ils
savent assurément être le père Pirot, jésuite, et
sur le sujet d'un livre dont les jésuites en corps
se rendent les défenseurs.

Sur cela son éminence dit qu'il ne falloit pas
souffrir que les curés de Paris fussent offensés
par des livres injurieux, et supplia sa majesté
de commander que l'arrêt dont ils se plaignoient
fût cassé et révoqué : ce que le roi eut la bonté
d'ordonner à l'heure même.

Et quant au livre de l'Apologie dont il s'agissoit, M. le chancelier dit qu'on lui avoit demandé permission de l'imprimer, et qu'il l'avoit
refusée. A quoi les curés repartirent que puisqu'il connoissoit ainsi ceux qui lui avoient fait
cette demande, il étoit de sa bonté et de sa justice de favoriser les curés dans la poursuite qu'ils
faisoient contre des gens qui avoient contrevenu
à ses ordres.

M. le cardinal dit que pour ce qui regarde la
suppression du livre, et pour en empêcher la
vente et les autres impressions, les curés pouvoient se contenter de l'ordonnance faite par
M. le lieutenant-civil, et publiée depuis peu de
jours.

Les curés répondirent que tant s'en faut que
cette ordonnance leur fût favorable, qu'elle leur
étoit plutôt contraire ; et qu'il y avoit apparence
qu'elle avoit été sollicitée par les jésuites mêmes,
parce qu'elle comprenoit dans une même con-

damnation, non-seulement l'Apologie, mais encore les écrits des curés de Paris, qu'ils avoient présentés à l'assemblée générale du clergé, et qui étoient imprimés en même volume avec les Lettres Provinciales, que cette ordonnance défendoit aussi : outre que dans les occasions où il s'agissoit de livres semblables à l'Apologie, qui vont contre la religion et l'état, on avoit accoutumé de s'adresser directement au Parlement, qui a le pouvoir de la police générale et souveraine; comme quand il avoit été question de condamner les livres de Santarel et de Mariana, jésuites. Et qu'il s'agissoit ici d'un livre plus dangereux que tous les autres, et dont la doctrine est préjudiciable, non-seulement au salut des âmes, mais aussi à la sûreté de la personne des rois et de leurs ministres.

Ensuite de quoi M. le chancelier dit aux curés que le roi vouloit qu'ils s'adressassent sur toutes choses aux grands-vicaires, à l'official et à la Faculté, et que sa majesté n'avoit pas agréable qu'ils s'adressassent au Parlement, mais qu'elle manderoit à la Faculté de théologie de travailler incessamment à l'examen et à la censure du livre.

Les curés ayant appris la volonté du roi, promirent d'y obéir ponctuellement, et se retirèrent.

Le septième jour de février 1658, M. de Saint-Roch fut prié de se trouver chez M. le lieutenant-civil, où s'étant rendu, il le trouva accom-

pagné de M. le lieutenant-criminel et de M. le
procureur du roi au Châtelet. M. le lieutenant-
civil lui demanda pourquoi MM. les curés de
Paris ne s'étoient point adressés à eux pour la
suppression du livre de l'Apologie pour les casuistes.

M. de Saint - Roch répondit que les curés
avoient été conseillés de s'adresser à la justice
et police du Parlement, comme souveraine et
ordinaire en matière de livres d'une doctrine
aussi méchante que celle de l'Apologie ; que les
curés ayant dessein, non-seulement de faire supprimer ce livre, mais aussi de le faire condamner au feu, à quoi ils estimoient l'autorité de la
cour être nécessaire, ils avoient cru devoir s'y
adresser : outre que M. le lieutenant-civil, par
son ordonnance du vingt - cinquième jour de
janvier 1658, sans ouïr les curés de Paris,
ayant supprimé leurs requêtes, extraits et autres écrits avec les Lettres au Provincial, ils ont
cru que cette ordonnance avoit été sollicitée et
obtenue par les jésuites mêmes, afin d'éviter
une plus sévère condamnation du Parlement.
A quoi il ajouta plusieurs autres choses touchant
les périlleuses conséquences de ce livre. Et s'a-
dressant à M. le procureur du roi, il lui dit
que ce seroit une chose digne de sa charge et de
sa justice de requérir qu'il fût informé de l'auteur et de l'imprimeur de ce méchant livre : et
le lendemain 8 février, on vit paroître une nouvelle sentence de M. le lieutenant-civil, portant

défenses réitérées de débiter, imprimer ou vendre l'Apologie pour les casuistes, sans qu'il y fût
parlé des Lettres au Provincial.

Cependant les curés ne pouvant porter leurs
plaintes au Parlement, selon l'ordre qu'ils en
avoient reçu du roi, présentèrent leur requête
à MM. les vicaires-généraux, pour leur demander la censure de ce livre, signée de trente-un
curés, et la publièrent avec un *Extrait* des plus
dangereuses propositions de ce livre, et un *Factum*, où, après avoir représenté les principales
raisons qui les avoient obligés de s'élever avec
plus de vigueur que jamais contre tant de pernicieuses maximes, dont les casuistes s'efforçoient de ruiner et de corrompre toute la morale chrétienne, ils déclarent que « ce qui les
» pressoit le plus d'agir en cette rencontre, étoit
» qu'il ne faut pas considérer ces propositions
» comme étant d'un livre anonyme et sans auto-
» rité, mais comme étant d'un livre soutenu et
» autorisé par un corps très-considérable : qu'en-
» core qu'ils n'eussent jamais ignoré les premiers
» auteurs de ces désordres, ils n'avoient jamais
» voulu les découvrir, et qu'ils ne le feroient
» pas encore, s'ils ne se découvroient eux-mêmes,
» et s'ils n'avoient affecté de se faire connoître
» à tout le monde. Mais que puisqu'ils vouloient
» qu'on le sût, il étoit inutile aux curés de le
» cacher ; que puisque c'étoit chez eux, dans le
» collége de Clermont et dans leur maison pro-
» fesse de la rue Saint-Antoine, qu'ils avoient

» fait débiter cet ouvrage ; que ces pères l'avoient
» porté chez leurs amis à Paris et dans les pro-
» vinces ; que le père Brisacier , recteur du col-
» lége de Rouen , l'avoit donné lui-même aux
» personnes de condition de la ville ; qu'il l'avoit
» fait lire en plein réfectoire , comme une pièce
» d'édification et de piété ; que les jésuites de
» Paris avoient sollicité des docteurs pour en
» avoir l'approbation ; et enfin qu'ils avoient levé
» le masque , et avoient voulu se faire connoître
» en tant de manières : il étoit temps que les cu-
» rés agissent ouvertement ; et que comme les jé-
» suites se déclaroient publiquement les protec-
» teurs de l'Apologie des casuistes dans les
» chaires , à la cour et dans les compagnies par-
» ticulières , les curés s'en déclarassent publique-
» ment les dénonciateurs. »

Au même temps que les curés de Paris témoignoient leur zèle contre ce livre , les curés de
Rouen s'adressèrent à M. leur archevêque ; et, ensuite d'une procuration aussi signée de vingt-six
curés , qui donnoient le soin à cinq d'entre eux
de poursuivre cette affaire , ils présentèrent leur
requête , sur laquelle M. l'archevêque de Rouen
les renvoya pardevant ses grands-vicaires , auxquels il ordonna d'examiner ce livre sans délai,
en présence de M. l'évêque d'Olonne , et de lui
envoyer leur avis doctrinal. Les mêmes curés de
Rouen publièrent aussi un *Factum* , où ils font
voir une grande partie des plus méchantes opinions de l'Apologie.

Le onzième de mars, les curés de Paris s'étant assemblés, et ne voulant pas négliger les poursuites qu'ils avoient commencées contre une si pernicieuse doctrine, députèrent MM. de Saint-André, de Saint-Eustache, avec MM. les syndics, pour solliciter cette affaire auprès de MM. les vicaires - généraux, et en demander incessamment la condamnation.

Cependant le carême étant arrivé, plusieurs prédicateurs à Paris et en d'autres villes de France, se crurent obligés de faire connoître aux peuples le danger qu'il y avoit de se laisser conduire par les maximes des casuistes; et combien en particulier l'Apologie qu'on avoit faite pour les défendre, étoit opposée à l'esprit de l'Évangile et à la voie du salut.

On recevoit aussi en même temps divers avis de ce que les jésuites faisoient dans les provinces pour débiter et soutenir cette Apologie. On sut entre autres choses qu'à Amiens ils l'avoient eux-mêmes donnée au lieutenant-général et au lieutenant-particulier; et que le recteur des jésuites de cette même ville, parlant de l'Apologie à un de ses amis, lui avoit dit que « c'étoit une pièce » qui faisoit bruit, mais que ce n'étoit qu'à » l'égard des simples et des ignorants, et que » les savants qui sont et seront, l'estimeront » toujours, parce que la doctrine qu'elle con- » tient est la véritable. »

On sait aussi qu'à Rouen, un des plus habiles conseillers du Parlement ayant demandé au père

Brisacier, recteur du collége, pourquoi ils défendoient les maximes qui étoient dans l'Apologie, ce jésuite lui avoit répondu qu'*elles avoient été soutenues avant la société par d'autres docteurs.* A quoi ce conseiller répliqua fort sagement : « Véritablement, mon père, quand ce
» que vous dites seroit vrai, je m'étonne par
» quel aveuglement votre société a pris plaisir
» de rechercher tout ce qui est abominable dans
» tous les docteurs qui vous ont précédé, ou qui
» vous sont contemporains, pour en faire un
» corps de morale, et l'attribuer à votre société,
» comme étant votre propre ouvrage, et l'es-
» prit avec lequel vous conduisez ceux qui ont
» croyance en vous. Et ce qui est encore pis,
» vous remuez ciel et terre, et importunez toutes
» les puissances, tant ecclésiastiques que sécu-
» lières, pour faire passer ces erreurs, et con-
» damner d'hérésie les véritables maximes qui
» sont contraires aux vôtres. »

A Bourges, un religieux étant allé trouver le père Ragueneau, jésuite, son cousin, et lui ayant porté la requête et le Factum des curés de Paris, lui citant les méchantes propositions de l'Apologie, ce père lui répondit que « ce livre
» de l'Apologie étoit très-excellent et très-bien
» fait ; que les docteurs de Sorbonne qui l'avoient
» examiné n'y avoient rien trouvé à redire ; qu'il
» ne pouvoit être que très-bon, ayant été com-
» posé par un savant homme religieux de leur
» compagnie, qui se nommoit le père Pirot,

» régent depuis long-temps en théologie, con-
» fesseur célèbre, grand ami et compagnon du
» père Annat. »

L'affaire de l'Apologie demeura quelque temps
en cet état, les docteurs députés pour l'examiner
n'en ayant encore fait aucun rapport en Sorbonne, et les curés se contentant d'avoir publié
leur Factum, et d'en solliciter la censure auprès
des vicaires-généraux. Mais les jésuites voyant le
décri public où se trouvoit leur doctrine, par
les poursuites des curés, résolurent de répondre à leur Factum ; ce qu'ils firent en diverses
feuilles qu'ils publièrent de temps en temps durant l'espace d'environ un mois.

La première portoit ce titre : « Réfutation des
» calomnies publiées contre les Jésuites, par les
» auteurs d'un Factum, qui a paru sous le nom
» de MM. les curés de Paris, à l'occasion d'un
» livre intitulé : *Apologie pour les Casuistes,
» contre les calomnies des Jansénistes.* » Dans cet
écrit, pour avoir plus de liberté de décrier les
curés de Paris, ils feignent que le Factum n'est
point des curés : « Qu'il est indigne de leur piété
» et de leur vertu : et comme nous ne leur im-
» putons point, disent-ils, les faussetés et im-
» postures dont il est rempli, nous ne préten-
» dons point aussi qu'ils aient part à l'infamie
» qui en revient à ses auteurs. »

Mais il est à remarquer que les curés ayant
déclaré, dans leur Factum, que la raison qui les
obligeoit de s'adresser directement aux jésuites

en particulier en agissant contre l'Apologie, est qu'eux-mêmes avoient affecté de faire connoître à tout le monde que l'Apologie sortoit de chez eux, l'ayant eux-mêmes vendue, donnée à leurs amis, et sollicité des docteurs de l'approuver; les jésuites qui parlent en leur nom dans cet écrit intitulé : *Réfutation, etc.*, ne disent pas un seul mot contre ces faits si importants, ni dans cette réponse, ni dans les autres; et qu'ils ne l'ont jamais fait dans aucun de leurs écrits, et ne désavouent en aucune sorte de l'avoir vendue eux-mêmes, et assez cher, et de l'avoir portée de tous côtés à leurs amis.

Les curés de Paris ne furent pas peu surpris de la hardiesse avec laquelle la société osoit soutenir, par un écrit public, qu'un Factum qu'ils avoient dressé, publié, présenté à MM. les vicaires-généraux, et distribué dans leurs paroisses, leur étoit supposé. C'est pourquoi, en leur assemblée ordinaire du 7 avril 1658, ils résolurent, pour détruire entièrement cette fausseté, qu'il seroit fait un acte par lequel les curés avoueroient ce Factum, comme ayant été fait et publié par eux; et il y eut huit commissaires nommés pour dresser l'original de cet acte : ce qui fut exécuté peu après, et c'est leur second écrit intitulé : « Réponse des curés de Paris, » pour soutenir le Factum par eux présenté » à MM. les vicaires-généraux, contre un écrit » intitulé : *Réfutation des calomnies publiées* » *contre les Jésuites par les auteurs d'un Factum,*

» *qui a paru sous le nom de MM. les curés de*
» *Paris.* »

Ils représentèrent aussi que les jésuites avoient
usé dans leur écrit de la même témérité, sur le
sujet de la lettre circulaire que l'assemblée générale du clergé a fait adresser à tous les évêques
de France, pour préserver leurs diocèses de la
corruption des casuistes ; ayant osé dire de cette
lettre, que *c'est une pièce subreptice, sans aveu,*
sans ordre et sans autorité. Sur quoi les curés de
Paris, pour confondre davantage cette hardiesse, jugèrent à propos d'en écrire à M. l'abbé
de Cyron, qui avoit eu ordre de l'assemblée de
dresser cette lettre, pour servir de préface au
livre des Instructions de Saint-Charles. M. de
Saint-Roch en prit le soin ; et voici ce que M. de
Cyron lui répondit d'auprès de Toulouse, le
25 mai 1658.

A M. le Curé de Saint-Roch, syndic des Curés de Paris.

MONSIEUR,

Je dois rendre témoignage à la vérité, que je n'ai pas
tant de part, comme votre compagnie a cru, à ce bel ouvrage de l'assemblée, quoique je me glorifie bien d'y en
avoir un peu. Ceux qui ne veulent pas reconnoître cette
pièce comme un ouvrage de cet auguste corps, en ont conçu
des idées bien basses, et lui font une grande injure, puisque
non-seulement il lui appartient, mais aussi à tous les évêques
qui étoient pour lors à Paris. J'en fis la proposition à la prière
de plusieurs prélats de l'assemblée ; et, pour la rendre plus
authentique, je pris occasion de la convocation des étran-

gers qui avoient été appelés pour quelque affaire extraordinaire. Je ne sais pas comment l'on peut se persuader que
de telles actions cherchent les ténèbres. J'ai vu toujours
MM. les prélats fort disposés à condamner toutes ces maximes
diaboliques qui ont paru dans les extraits ; et l'horreur que
tous en témoignoient faisoit bien paroître qu'ils n'étoient
retenus que par leur peu de loisir, et par la nécessité qu'on
avoit de conclure une si longue assemblée. En vérité, il
me semble qu'il ne faut que croire en Dieu, et n'avoir pas
renoncé aux premières notions du christianisme, pour avoir
en exécration une telle morale. Je m'estimerois heureux de
pouvoir la noyer dans mon sang ; mais, puisque je n'ai que
des désirs fort inutiles pour le soutien d'une cause aussi juste
et aussi sainte que la vôtre, je vous supplie d'agréer que je
joigne mes vœux et mes prières à vos illustres travaux, et
que je dise : *Exurge, Deus, judica causam tuam.* Souffrez,
monsieur, que je joigne à ces foibles souhaits l'assurance de
mes respects, en qualité de,

MONSIEUR,

Votre très-humble et très-obéissant serviteur,

DE CYRON.

Ce second écrit des curés de Paris, par lequel
leur Factum est publiquement avoué, et la supposition des jésuites renversée, est signé des
huit curés députés de tout le corps.

Cependant on procédoit à l'examen de l'Apologie dans la Sorbonne. M. Messier, doyen, rapporta que M. l'évêque de Rodez leur avoit fait
dire, à M. le syndic et à lui, que l'auteur de
l'Apologie demandoit d'être entendu par les
examinateurs de son livre, avant qu'on fît la
censure : à quoi la Faculté consentit, et pria
M. l'abbé Le Camus, docteur de Sorbonne et

aumônier ordinaire du roi, d'assurer M. de Rodez
que la Faculté avoit accordé ce qu'il avoit demandé, sans différer néanmoins la délibération
qu'on avoit déjà commencée.

C'est pourquoi le lendemain, qui étoit le
9 d'avril, on continua à opiner; et le 10 la censure de trois opinions touchant la simonie et les
occasions prochaines, fut conclue.

Le même jour 10 avril, M. l'abbé Le Camus
alla trouver M. de Rodez, et lui dit de la part de
la Faculté, qu'elle écouteroit l'auteur de l'Apologie; et le 17, le même abbé, qui devoit partir
pour aller faire sa charge d'aumônier auprès du
roi, pria M. Gauquelin, le plus ancien des députés de la Faculté pour l'examen de l'Apologie,
de rapporter à la Faculté ce qu'il avoit dit à M. de
Rodez et au père Annat, touchant l'audience
qu'elle avoit accordée à l'auteur de l'Apologie.
Et sur ce que M. Gauquelin lui dit qu'il pourroit
bien arriver que les jésuites le désavoueroient
de la proposition qu'il avoit faite à la Faculté de
leur part, il répondit qu'il avoit pour cela une
lettre du père Annat en bonne forme, et qu'il
la gardoit pour la montrer, s'ils le désavouoient.

M. l'évêque de Rodez continuant toujours de
poursuivre cette conférence, M. Gauquelin alla
le trouver pour lui dire qu'il conféreroit le samedi d'après. Il rencontra avec lui le père Annat,
qui, ayant entendu cette réponse, lui demanda
en quel lieu cette conférence devoit se faire; il
lui dit qu'il n'y en avoit pas de plus propre que

la maison de la Faculté. Mais le père Annat ayant fait difficulté d'accepter ce lieu, d'autant qu'il n'y avoit pas là assez de casuistes, M. Gauquelin répondit qu'il n'avoit ordre que de faire quelques propositions à l'auteur de l'Apologie, d'entendre ses réponses, de les écrire, de les lui faire signer, et même avant que de lui faire aucune proposition, de voir s'il étoit autorisé par son supérieur, par un acte qu'on lui mît entre les mains, par lequel il parût qu'il avoit permission de venir défendre le livre qu'il avoit fait, et qu'il se soumettoit au jugement de la Faculté. Sur quoi ils se séparèrent sans conclure s'ils conféreroïent le samedi suivant ou non.

Les jésuites, voyant que tous les efforts qu'ils avoient faits pour la défense de l'Apologie étoient inutiles, allèrent trouver M. le cardinal pour le conjurer de prendre la protection de leur compagnie, en empêchant que ce livre ne fût censuré. Mais il leur répondit que « le roi, par un » surcroît de bonté pour eux, avoit arrêté les » poursuites que les curés de Paris avoient com- » mencé de faire au Parlement ; mais que leur » ayant permis au même temps de s'adresser aux » grands-vicaires et à la Faculté, il n'y avoit au- » cune apparence qu'il dût maintenant employer » son autorité pour empêcher les vicaires-géné- » raux et la Faculté de condamner un livre que » tout le monde disoit être fort méchant. Sur » quoi M. Le Tellier dit aux jésuites qu'il étoit » étonné de la conduite de leur société ; qu'à

» peine étoient-ils hors de l'affaire que les curés
» de Paris avoient portée au clergé, et que, sans
» considérer le péril dont ils n'étoient pas encore
» sortis, ils venoient de mettre au jour un livre
» qui renouveloit toutes les propositions que
» les curés avoient voulu faire condamner, et
» dont le clergé avoit assez témoigné son aver-
» sion ; qu'au reste, il pouvoit assurer son émi-
» nence qu'il n'y avoit rien de si pernicieux que
» ce qu'il avoit lu de l'Apologie, et que de toutes
» les personnes qu'il avoit vues qui eussent lu
» ce livre, il n'y en avoit point qui ne lui en eût
» parlé en cette manière. »

Le vingtième du même mois d'avril, M. l'évêque d'Olonne avec les grands-vicaires de M. l'archevêque de Rouen, et autres par lui députés
pour l'examen de l'Apologie, lui envoyèrent
leur avis doctrinal signé d'eux, en ces termes :
« Les soussignés députés par M. l'illustrissime
» et révérendissime archevêque de Rouen, pri-
» mat de Normandie, pour l'examen du livre
» intitulé : *Apologie pour les Casuistes*, après
» avoir examiné ce livre sérieusement et avec
» grand soin, sont d'avis qu'il doit être entière-
» ment défendu et condamné, comme contenant
» plusieurs propositions scandaleuses, perni-
» cieuses, qui offensent les oreilles chastes, qui
» ouvrent le chemin aux usures, à la simonie,
» aux meurtres, aux larcins et aux autres crimes ;
» qui sont contraires aux principes de l'Évan-
» gile, injurieuses aux sacrements de Jésus-

» Christ, et calomnieuses : et que pour cela il est
» nécessaire de défendre, sous de très-grièves
» peines, que personne ne soit si présomptueux,
» que de soutenir ou de mettre en pratique la
» doctrine de ce livre, et beaucoup moins en-
» core de s'en servir dans la conduite des con-
» sciences. A Rouen, le 15 d'avril 1658, et signé :

> » JEAN, évêque d'Olonne, suffragant de
> » l'évêché de Clermont, et vicaire-général
> » dans les fonctions pontificales de M. l'ar-
> » chevêque de Rouen.

> » ANTOINE GAULDE, docteur de la sacrée Fa-
> » culté de théologie de Paris, chantre et
> » chanoine de l'église de Rouen.

> » PIERRE LE CORNIER, docteur de la Faculté
> » de théologie de Paris, et grand-archi-
> » diacre de l'église de Rouen.

> » TOUSSAINT THIBAULT, chanoine-théologal
> » et grand-pénitencier de l'église de
> » Rouen. »

Le dernier d'avril, qui étoit le jour de l'assemblée synodale des curés de Paris, tout ce qui
avoit été fait par le passé sur le sujet de l'Apologie fut confirmé : on remercia les huit députés
de leurs soins, et on les pria instamment de
vouloir les continuer. Et comme c'étoit le temps
de nommer de nouveaux syndics, on pria M. de
Saint-Roch de continuer ses soins, qui avoient
été si utiles à la compagnie et à l'Église entière,
depuis quatorze ans qu'il exerce cette charge ;

mais comme M. des Saints-Innocents étoit nouvellement élu promoteur, et qu'ainsi il ne pouvoit
plus être continué dans le syndicat, on le remercia avec beaucoup d'affection, et on le pria
au moins de vouloir demeurer au nombre des
députés ; et M. le curé de Saint-Eustache fut élu
syndic à sa place.

Le deuxième de mai, M. Gauquelin, après
avoir rendu compte à la Faculté de ce que
M. l'abbé Le Camus avoit dit à M. de Rodez et
au père Annat touchant la conférence qu'avoit
demandée l'auteur de l'Apologie, et que depuis
cet auteur n'étoit point comparu, il fit son rapport de deux autres propositions de ce livre,
l'une touchant le meurtre, et l'autre touchant la
calomnie. Il fut conclu que la Faculté s'assem-
bleroit le lundi suivant, auquel jour ces deux
propositions furent censurées.

Cependant les jésuites, depuis leur premier
écrit intitulé : *Réfutation*, *etc.*, avoient publié
deux ou trois feuilles pour soutenir les propositions qu'on examinoit en Sorbonne ; et les
curés ayant résolu d'y répondre, le firent par
leurs troisième et quatrième écrits (*). Ils avoient
remarqué que les moyens que les jésuites employoient pour défendre leur méchante morale,
consistoient principalement en deux choses :
l'une à citer une foule d'auteurs de leur société,

_____

(*) Ces deux écrits sont imprimés ci-dessus sous le seul
titre de *Troisième Factum*, *etc.*

ou quelques autres nouveaux casuistes aussi corrompus qu'eux, auxquels ils vouloient donner une autorité souveraine dans l'Église ; l'autre, à alléguer faussement les saints pères, comme étant de leurs sentiments. C'est contre ces deux excès que les curés firent ces deux écrits : le premier, qui fut revu par les députés le 7 mai, suivant la conclusion de l'assemblée synodale du dernier avril, et publié peu de jours après, portoit ce titre : *Troisième Écrit des Curés de Paris, où ils font voir que tout ce que les jésuites ont allégué des saints pères et docteurs de l'Église pour autoriser leurs pernicieuses maximes, est absolument faux et contraire à la doctrine de ces saints.*

L'autre écrit des curés, pour renverser les réponses des jésuites, et qui fut signé par les députés le 23 mai, portoit pour titre : *Quatrième Écrit des Curés de Paris, où ils montrent combien est vaine la prétention des jésuites, qui pensent que le nombre des casuistes doit donner de l'autorité à leurs méchantes maximes, et empêcher qu'on ne les condamne.*

Ce fut en ce temps que M. l'évêque d'Orléans, prenant l'occasion de son synode général, qui devoit se tenir à Orléans le mardi 4 juin, se crut obligé de ne pas laisser sans condamnation un livre si préjudiciable au salut des âmes, qui avoit été répandu par les jésuites en plusieurs lieux de son diocèse. C'est pourquoi, en ayant dressé la censure qui condamne cette Apologie

comme contenant plusieurs très-mauvaises et
très-pernicieuses maximes, qui corrompent la
discipline et les mœurs, et qui introduisent un
relâchement entièrement opposé aux règles de
l'Évangile, elle fut publiée les fêtes suivantes de
la Pentecôte. En quoi il eut la gloire d'être le
premier entre tous les prélats qui ait condamné
ce méchant livre.

Le onzième du même mois de juin, le cinquième écrit (*) des curés de Paris fut signé par
les huit députés, ayant pour titre : *Cinquième
Écrit des Curés de Paris, sur l'avantage que les
hérétiques prennent contre l'Église de la morale
des casuistes et des jésuites.* C'étoit peut-être le
plus nécessaire de tous leurs écrits, après lequel
il y a sujet d'espérer que les hérétiques n'auront
plus la hardiesse de prendre aucun prétexte de
ces corruptions des jésuites et de quelques autres
auteurs particuliers, pour imposer à l'Église des
opinions qu'elle abhorre.

Le lendemain la Faculté s'étant assemblée
pour travailler à la censure de l'Apologie, M. le
doyen présenta une feuille ou écrit qu'il dit
avoir reçu de la main de M. le chancelier, sans
nom, sans signature, et qui ne parloit ni de
l'auteur de l'Apologie, ni de soumission à la Faculté ; mais qui étoit une simple explication des
propositions de ce livre qui avoient été agitées

_____

(*) Ci-dessus le quatrième.

et condamnées dans les assemblées précédentes. Cette pièce, qui fut appelée : *Déclaration des Jésuites sur leur Apologie pour les Casuistes*, avoit été apportée par le provincial des jésuites et le père de Lingendes à M. le chancelier, qui étoit alors avec M. le nonce, après avoir été concertée de longue main entre les jésuites assemblés des provinces sur le sujet de leurs affaires. Cette pièce ayant été lue dans la Faculté, il y eut contestation : quelques-uns prétendoient que cette déclaration, bien que défectueuse dans les formes, devoit être considérée, et qu'il falloit en faire cas, venant de M. le chancelier et de M. le nonce : mais d'autres représentèrent qu'il s'agissoit de matières de théologie, et que les jésuites, par leur déclaration, avoient offensé M. le chancelier, et se moquoient de la Faculté, de présenter ainsi une pièce sans seing et sans aveu, et qui ne rétractoit pas, mais qui confirmoit les erreurs de l'Apologie. Ce qui ayant été généralement suivi, la Faculté députa à M. le chancelier, pour lui dire que cette déclaration n'étoit pas suffisante, parce qu'elle n'étoit point signée; et de plus, parce que l'ayant lue, on avoit assez reconnu qu'elle ne satisfaisoit pas à ce qu'on trouvoit à redire dans l'Apologie.

Ensuite M. Gauquelin exposa l'avis des docteurs députés touchant les contrats usuraires approuvés par l'apologiste. Il fit voir que le pape Sixte V les avoit censurés expressément dans les mêmes espèces que l'auteur de l'Apologie apportoit; et les 13 et 14 de juin, on en conclut la censure.

Pendant que tout cela se passoit en Sorbonne, les jésuites ne sollicitoient pas avec moins d'empressement MM. les vicaires-généraux, pour les empêcher de faire une censure de l'Apologie; et ils ne réussirent pas mieux dans leurs sollicitations. Quelque temps après que MM. les grands-vicaires en eurent entrepris l'examen, les pères Annat et de Lingendes firent tous leurs efforts pour les porter à remettre leur censure à un autre temps. Sur quoi ces messieurs leur déclarèrent qu'ils étoient prêts de recevoir tout ce qu'ils voudroient leur présenter pour les instruire, qu'ils y feroient toute l'attention qu'ils pourroient désirer; mais qu'ils ne pouvoient pas remettre plus long-temps l'examen de cette Apologie, après l'avoir différé plusieurs mois.

Depuis, le père de Lingendes leur présenta la même déclaration qu'ils avoient fait bailler à la Faculté par M. le chancelier; sur quoi M. le doyen lui ayant témoigné qu'il s'étonnoit de ce qu'ils s'obstinoient si fort à la défense de ce livre, le père de Lingendes répondit : « Qu'ils » étoient fâchés du bruit que ce livre causoit; » mais que maintenant ils y étoient engagés: » que puisque ce livre avoit été fait pour la dé- » fense de leurs casuistes, ils étoient obligés de » le soutenir. »

Mais les artifices de cette déclaration ne furent pas moins reconnus par les grands-vicaires qu'ils le furent en Sorbonne; de sorte qu'elle fut absolument rejetée, comme une pièce informe et qui ne méritoit pas qu'on y eût égard.

Ainsi les jésuites se voyant déchus de toutes leurs espérances, tournèrent leurs pratiques à faire en sorte que la censure de Sorbonne fût dressée de la manière la plus avantageuse pour eux qu'ils pourroient, et la moins avantageuse à leurs adversaires; et pour entendre de quelle façon ils s'y prirent, il faut remarquer que les Lettres au Provincial, qui traitent de la morale des jésuites, ne font principalement que représenter une partie des erreurs dont les curés de Paris ont demandé la censure à l'assemblée générale du clergé, et qui viennent d'être condamnées par la Faculté; mais parce que les trois premières ne sont pas de morale, les jésuites crurent qu'ils pourroient se servir avec adresse de ce moyen pour y faire donner quelque atteinte, espérant la faire retomber ensuite sur tous ceux qui combattoient les mêmes excès qui sont combattus dans ces lettres.

Dans ce dessein, pendant les quinze jours qui avoient été donnés aux députés pour dresser la censure, ils ménagèrent l'esprit de quelques-uns d'eux, et les portèrent à y insérer une clause contre les Lettres Provinciales qui les notoit indirectement. De sorte que le premier de juillet, la Faculté étant assemblée, M. Gauquelin, après avoir fait le rapport du projet qu'il en avoit dressé, et de quelques difficultés touchant le contrat Mohatra, nonobstant lesquelles la Faculté ordonna que ce contrat demeureroit condamné, il proposa aussi que c'étoit l'avis de quelques-uns des députés d'insérer dans la censure cette clause : *Factam esse Apologiam occasione Epistolarum Provincialis ad amicum quas non probat Facultas, utpote quas audivit Romæ damnatas.* Sur cette proposition nouvelle, plusieurs docteurs, et principalement ceux d'entre les curés de Paris qui étoient dans la Faculté, représentèrent les dangereuses conséquences qu'on pouvoit en tirer, pour établir les corruptions que ces Lettres ont combattues, et que les curés de Paris ont déférées à l'assemblée générale du clergé. Ils remontrèrent encore que ces Lettres n'ayant point du tout été examinées, la Faculté ne pouvoit en parler, ni directement, ni indirectement. Et enfin, que c'étoit reconnoître l'inquisition en France, que de faire mention d'un jugement qu'on disoit qu'elle avoit fait. Mais comme la partie étoit liée, leur opposition fut inutile, la clause passa à la pluralité, et il fut arrêté qu'on feroit rapport du tout le seizième du même mois.

Mais le onzième de juillet il survint une rencontre qui mit un peu en désordre ceux qui avoient tant travaillé à faire passer la clause contre les Provinciales : ce fut que M. Talon, avocat-général, ayant appris le projet de ces docteurs, envoya un billet par son secrétaire à M. Messier, doyen de la Faculté, par lequel il

le prioit de se rendre le lendemain au parquet
à sept heures et demie du matin, accompagné
du syndic et de quatre ou cinq anciens docteurs.
Il ne manqua pas en effet de s'y trouver, étant
assisté, outre le syndic, de MM. Coppin, de
Mincé, du Chesne et de Flavigny. On fit d'abord
retirer tout le monde ; et quand ils furent seuls,
M. Talon leur dit que « le sujet pour lequel
» on les avoit mandés, étoit qu'on avoit su que
» dans la dernière assemblée de Sorbonne, la
» Faculté avoit arrêté d'insérer dans la censure
» de l'Apologie des casuistes une clause con-
» traire aux lois de la France, qui étoit que la
» Faculté n'approuvoit pas les Lettres au Pro-
» vincial, *eò quod accepisset Romæ fuisse dam-*
» *natas.* Que cette façon de parler étoit contraire
» à la pratique du royaume, et que l'on ne pou-
» voit en user sans reconnoître l'inquisition : que
» si leur censure eût paru en cet état, les gens
» du roi eussent été obligés de la faire réformer.
» Mais qu'il avoit jugé plus à propos de les aver-
» tir qu'ils prévinssent cet inconvénient : qu'on
» savoit de plus, que les religieux s'étoient trou-
» vés en cette assemblée en plus grand nombre
» qu'ils ne devoient ; que la Faculté devoit faire
» observer ses propres règlements faits sur ce
» point, et les arrêts du Parlement ; qu'autre-
» ment il seroit obligé de faire donner arrêt,
» les chambres assemblées, pour les réduire à
» leur nombre : qu'au reste il y avoit lieu de
» s'étonner que la Faculté eût employé cinq

» mois entiers à faire la censure d'un aussi mé-
» chant livre que celui de l'Apologie. » Il leur
recommanda ensuite d'obéir aux ordres qu'on
leur donnoit ; et, pour preuve de leur déférence,
il leur dit de se rendre au même lieu le lendemain de leur assemblée, afin d'en rendre compte
aux gens du roi.

Ces docteurs s'étant retirés, firent, le seizième de juillet, leur rapport à la Faculté de ce
qui s'étoit passé ; et après une longue délibération, il fut conclu qu'on obéiroit à l'ordre de
MM. les gens du roi, et qu'on ne feroit aucune
mention de ce prétendu décret de Rome contre
les Lettres Provinciales. Après, la censure fut
lue, approuvée et confirmée ; et on alloit en ordonner la publication, lorsque tout le monde
fut surpris de voir entrer en Sorbonne, à point
nommé, M. Percheron, aumônier du conseil,
qui, s'étant présenté à la porte, demanda à parler, de la part de M. le chancelier, au doyen de
la Faculté. Le doyen étant sorti, il lui dit que
M. le chancelier ne vouloit pas empêcher leur
censure, mais qu'il prioit la Faculté d'en différer la publication jusques au retour du roi, qui
devoit être dans huit ou dix jours. Le doyen
ayant fait son rapport, on en délibéra ; et la conclusion fut, que comme la Faculté ne feroit pas
publier sa censure sans savoir les intentions de
M. le chancelier, aussi elle lui enverroit des
députés, pour lui remontrer les intérêts qu'elle
avoit que cette publication ne fût pas plus long-

temps différée, et lui faire connoître le scandale que ce retardement pourroit produire parmi le peuple. M. le doyen, M. le curé de Saint-Paul, M. le curé de Saint-Eustache et M. le syndic furent nommés pour cela. On députa de plus le même doyen avec le syndic vers M. Talon, pour lui témoigner que la Faculté avoit réformé cette clause de sa censure, et qu'on n'y parloit plus du décret de Rome contre les Provinciales, ni de rien qui pût blesser les libertés de l'Église gallicane.

Ces docteurs exécutèrent ensuite leur commission, tant vers MM. les gens du roi, que vers M. le chancelier, qui insista toujours sur ce délai : « parce, dit-il, que la publication de la censure » pourroit faire trop de bruit parmi les peuples, » qui ont aversion de cette méchante doctrine » et de ses auteurs ; et que la présence du roi » arrêteroit les désordres qui pourroient en arri- » ver. » Ce qui a retardé long-temps cette publication, bien que le roi fût à Paris, les jésuites ayant joué toutes sortes de stratagèmes pour essayer de l'empêcher tout-à-fait.

Cependant les curés, qui s'étoient assemblés le second de juillet, remercièrent les députés qui avoient signé le cinquième écrit, du soin qu'ils avoient pris de composer une pièce si nécessaire et si avantageuse à l'Église. Et les jésuites, voyant l'effort qu'on faisoit pour détruire leurs maximes, s'obstinèrent à les soutenir, par une pièce qu'ils publièrent sous ce titre :

Sentiments des Jésuites, *etc.*, où ils déclarent ouvertement qu'ils ne veulent point condamner l'Apologie. Ce fut sur quoi les curés arrêtèrent, le 24 du même mois de juillet, leur sixième écrit (*), qui a pour titre : *Sixième Écrit des Curés de Paris*, où ils font voir par cette dernière pièce des jésuites, que leur société entière est résolue de ne point condamner l'Apologie ; et où ils montrent, par plusieurs exemples, qu'un des principes des plus fermes de la doctrine de ces pères, est de défendre en corps les sentimens de leurs docteurs particuliers.

Le samedi, dix-septième jour d'août, auquel avoit été remise l'assemblée ordinaire de la Faculté, il y eut contestation, dont voici le sujet. Quelques-uns de MM. les curés se plaignirent de ce qu'on avoit ajouté un mot à la censure ; savoir, *nullatenùs*, lequel n'y étoit point lorsqu'elle fut arrêtée par la Faculté, et demandèrent acte de l'opposition qu'ils formoient à cette addition.

Tout ce qui regardoit la censure étoit donc terminé dans la Faculté : il ne restoit plus qu'à faire lever l'empêchement que M. le chancelier apportoit à sa publication ; ce qui obligea les curés de Paris de recourir immédiatement à M. le cardinal, qui leur fit l'honneur de leur promettre que la parole du roi seroit exécutée. Mais l'effet de cette promesse étant retardé par

---

(*) Ci-dessus le cinquième.

les grandes occupations de son éminence, les curés de Paris députèrent exprès M. le curé de Saint-Paul vers M. le cardinal qui étoit à Fontainebleau, pour le prier, au nom de tout le corps, de faire lever la défense de publier cette censure ; à quoi son éminence répondit qu'aussitôt qu'il seroit à Paris, il leur donneroit satisfaction.

Pendant que ces choses se passoient à Paris, les curés des provinces pensoient de leur côté à la sûreté du salut de leurs peuples, en demandant à leurs prélats la censure de l'Apologie.

Les curés de Nevers signalèrent leur zèle pour la pureté de la morale chrétienne, comme ils avoient fait peu auparavant pour le soutien de la hiérarchie de l'Église contre les mêmes adversaires. C'est ce qui se voit dans la requête qu'ils présentèrent à M. leur évêque le 5 juillet 1658, où ils lui parlent en ces termes : « Les suppliants » se sont déjà pourvus par-devant vous pour le » premier de ces abus, qui consiste en de certaines indulgences fausses et subreptices, par » le moyen desquelles les jésuites faisoient accroire qu'on gagneroit les pardons, et qu'on » délivreroit des âmes du purgatoire, pourvu » qu'on communiât chez eux, et non ailleurs, » même aux saints jours de dimanche, où l'on » est le plus étroitement obligé d'assister à sa » paroisse. Ce qui étant un renversement de l'ordre établi de Dieu, dont ils furent obligés de » vous faire leurs plaintes il y a quelques mois,

» la justice qu'ils en obtinrent leur fait espérer
» que vous ne serez pas moins porté à leur en
» rendre une pareille sur le second de ces abus,
» qui est contre la morale évangélique, laquelle
» est toute corrompue par les maximes des nou-
» veaux casuistes et des jésuites, et dont on a
» fait aujourd'hui un amas dans un libelle inti-
» tulé : *Apologie pour les Casuistes.* »

Le même jour 5 juillet, les curés d'Amiens
présentèrent requête à M. leur évêque, dans
laquelle ils lui remontrent, outre les excès de
l'Apologie, les erreurs semblables enseignées
publiquement dans leur ville par trois jésuites
professeurs des cas de conscience. Et le 27 du
même mois, ils lui portèrent en sa maison épiscopale de Montiers, un Factum sur ce sujet, avec
les extraits des écrits de ces mêmes jésuites.

M. l'évêque d'Amiens ayant reçu la requête et
le Factum, ne se contenta pas de témoigner aux
curés, par le bon accueil qu'il leur fit, combien
il approuvoit leur zèle et leur piété; mais il leur
dit positivement : « Qu'il n'avoit jamais pu ap-
» prouver et qu'il n'approuveroit jamais la doc-
» trine des jésuites : qu'il en avoit dit très-libre-
» ment ses sentiments, jusque dans le Louvre,
» en des occasions importantes, et que c'étoit
» une chose étrange, combien ces maximes se
» répandoient. Il leur rapporta sur ce sujet, que
» faisant ses visites dans Abbeville, il s'enquit
» des prêtres qui servent aux paroisses, ce qu'ils
» répondoient aux serviteurs et servantes qui

» ne se contentoient pas de leurs gages, et
» qui, sur ce prétexte, se récompensent en ca-
» chette du bien de leurs maîtres, et qu'il s'en
» trouva plusieurs qui approuvoient ces com-
» pensations; parce, disoient-ils, qu'ils avoient
» appris cette doctrine des jésuites. Il ajouta en-
» core, sur ce que quelques curés témoignèrent
» s'étonner que les jésuites enseignassent de si
» étranges choses dans Amiens, que ce qu'ils
» trouvoient étrange, ne le surprenoit pas. Je
» suis assuré, dit-il en propres termes, que le
» père Poignant ne débite point sa doctrine par-
» ticulière : sachez qu'autant qu'ils ont de pères
» qui enseignent les cas de conscience en France,
» en Italie, en Espagne, en Allemagne et par-
» tout ailleurs, ils parlent tous le même lan-
» gage. » Les curés crurent être obligés depuis
de rendre leur Factum public; et M. l'évêque
d'Amiens étant allé à Paris, ils lui en firent présenter des copies imprimées, en les accompa-
gnant d'une lettre fort respectueuse, à laquelle
il leur fit l'honneur de répondre en cette sorte.

A Paris, le 5 septembre 1658.

MESSIEURS,

J'ai reçu, par les mains de M. le curé de Saint-Paul,
votre lettre du dernier du mois passé, avec six copies imprimées de la requête, du manuscrit et des extraits que
vous m'avez donnés étant à Amiens. Après avoir examiné
le tout, je suis fort convaincu de la nécessité de travailler
à l'examen de cette morale; mais comme c'est une affaire
de très-grande conséquence, je suis bien aise de prendre

du temps pour en communiquer, non-seulement avec messieurs mes confrères qui se trouvent ici présentement, mais encore avec des personnes de science et de probité reconnue, pour ne rien faire que dans l'unité de la doctrine et dans la communication des églises du royaume, et pour ne rien décider qui ne tende à l'affermissement de la foi, à l'honneur de la religion et à l'édification des âmes. J'espère dans peu de jours retourner dans mon diocèse, où nous en conférerons plus amplement. Cependant si vous avez quelque chose à me faire savoir, vous pouvez vous adresser à M. le curé de Saint-Paul, qui est de vos amis et des miens. Je me recommande à vos prières, et suis,

MESSIEURS,

Votre très-affectionné serviteur et confrère,

FRANÇOIS, *évêque d'Amiens.*

Le 12 novembre 1658, quelque temps après, la contestation s'étant émue entre les curés et les jésuites d'Amiens sur le sujet des écrits de leurs professeurs, dont les curés s'étoient plaints, M. d'Amiens condamna les jésuites par contumace aux dépens envers les curés, et ordonna qu'ils seroient réassignés, pour se voir condamner à révoquer publiquement leurs méchantes propositions.

Les curés de Beauvais ne firent pas moins paroître combien ils détestent cette Apologie; car en leur synode tenu le 10 juillet, où ils étoient assemblés, ils dressèrent et signèrent, au nombre de plus de trois cents, la requête qu'ils présentèrent à M. leur évêque.

Les curés de Sens ont aussi agi en cette poursuite dans les formes les plus canoniques et les plus régulières qu'on puisse observer, et obtinrent de M. leur archevêque une censure du 3 septembre 1658, qui qualifie toutes les propositions d'une manière si pleine de piété et de doctrine, qu'encore qu'elle soit faite dans un diocèse particulier, il est vrai néanmoins que c'est une lumière qui peut éclairer toute l'Église.

Le 12 du même mois de septembre, les curés d'Évreux présentèrent leur requête sur le même sujet à M. leur évêque, où ils témoignent l'engagement particulier qu'ils ont de s'opposer à ces corruptions, par les instructions et exhortations qu'ils ont reçues de lui-même, de suivre une morale tout opposée, dans l'approbation qu'il donna, étant évêque d'Aire, au livre de la *Fréquente Communion.*

C'est ainsi que les curés des provinces travailloient de toutes leurs forces contre ce pernicieux libelle, lorsque les jésuites à Paris voyant que la censure de la Faculté demeuroit si long-temps sans être publiée, commencèrent à espérer qu'elle ne le seroit point du tout; ensuite de quoi les docteurs s'assemblèrent le 24 septembre, et en députèrent d'entre eux à M. le cardinal et à M. le chancelier, pour leur demander avec instance qu'on ne différât plus cette publication.

Ils furent donc chez son éminence, où n'ayant pu avoir audience, ils furent chez M. le chancelier, auquel ayant fait remontrance sur la néces-

III. 13

sité de publier leur censure, il leur promit d'en parler à M. le cardinal, et d'y faire ce qu'il pourroit.

En effet, le 18 d'octobre, M. l'évêque de Rodez vint, de la part du roi, en Sorbonne, dire à M. Messier, doyen, que sa majesté n'empêchoit point la publication de la censure qu'on avoit tant demandée ; et le lendemain les docteurs s'étant assemblés extraordinairement, conclurent unanimement cette publication, et leur censure fut imprimée et débitée quelques jours après.

Le 30, MM. les vicaires-généraux ayant assemblé tous ceux qui ont travaillé avec eux à l'examen de l'Apologie, ils signèrent tous la censure qui en avoit été dressée dès le 23 août, où ils ne se sont pas contentés de flétrir, en général, ce méchant livre, mais en ont condamné plus de soixante propositions, par trente censures si judicieuses, si équitables et si solides, qu'elles peuvent servir de règle dans un très-grand nombre de points importants de la morale chrétienne. Cette censure fut publiée aux prônes de toutes les paroisses de Paris, par l'ordre exprès de MM. les vicaires-généraux, le premier dimanche de l'Avent, lequel ils choisirent pour la rendre plus solennelle.

Et depuis, nosseigneurs les prélats, répondant au zèle de leurs curés, ont fait tant de censures, que toute la France en est aujourd'hui remplie, et qu'il ne peut plus rester à personne le moindre à prétexte de suivre ces impiétés proscrites par tant d'évêques.

M. l'évêque d'Aleth, dans ce même temps, ayant été visité par quatre autres évêques de ses amis, nosseigneurs de Pamiers, de Cominges, de Bazas et de Conserans, ils crurent qu'ils pouvoient encore mieux faire en commun, et en se consultant mutuellement, ce que chacun d'eux auroit pu faire en particulier, et en consultant de simples théologiens. De sorte que leur censure, arrêtée le 24 d'octobre 1658, n'étant qu'une par l'union du même esprit et du même zèle, tient véritablement lieu de cinq censures; parce qu'elle doit être attribuée à chacun de ces évêques en particulier, comme faite pour son diocèse, avec l'avis de quatre autres de ses confrères. Et ainsi on doit bénir Dieu de ce qu'une censure aussi authentique entreprend particulièrement les deux sources principales de ces corruptions, qui consistent en la probabilité et en la direction d'intention, avec une doctrine si sainte et si solide, que quand leur autorité sacrée ne rendroit pas leurs décisions vénérables à tous les fidèles, la force de leurs raisons et des preuves qu'ils rapportent de l'Écriture, suffiroit pour en convaincre toutes les personnes raisonnables.

Un peu après parut celle de M. l'évêque de Nevers, du 8 novembre de la même année, où il fait voir, avec une sagesse véritablement pastorale, que ce seroit s'abuser que de croire qu'il fût permis de se taire pour le bien de la paix, en un temps où toute la morale de Jésus-Christ, étant attaquée, on est au contraire obligé de parler et de crier pour la défendre. Et comme il y a un temps de parler et un temps de se taire, dont la sagesse divine apprend à faire le discernement, nous sommes aujourd'hui dans celui de parler à l'égard de ces malheureuses maximes.

Le onzième du même mois de novembre, parut la censure de M. l'évêque d'Angers, où l'opposition entre la règle que Jésus-Christ a prescrite aux chrétiens, et celle que donne l'Apologie, est découverte avec tant d'évidence, qu'il n'y a personne qui ne conçoive de l'horreur d'un si étrange renversement. Et comme il est arrivé, par une conduite admirable de la Providence de Dieu, que tant de censures qui ont été faites d'un même livre, l'ont attaqué principalement par quelque endroit particulier, celle-ci le prend du côté de la nouveauté, et montre si clairement par l'Écriture et par les pères combien il est nécessaire de suivre l'antiquité, qu'on ne doit plus craindre désormais le cours de ces inventions nouvelles.

Dans le même temps, M. l'évêque de Beauvais, prenant l'occasion du saint temps de l'Avent pour faire instruire ses peuples d'une manière toute contraire à ces pernicieux relâchements, envoya à tous les curés de son diocèse cette excellente lettre pastorale du 12 novembre, pour répondre à la requête qu'ils lui avoient présentée, où il les exhorte d'inspirer à leurs peuples l'aversion de ces égarements, et entre autres de cette témérité, qui est le fondement de tous, qui porte les casuites modernes à mépriser l'autorité des pères, des canons et des conciles, pour ne s'appuyer que sur celle de ces nouveaux auteurs de relâchement.

M. l'archevêque de Rouen confirma aussi, le 4 de janvier de cette année 1659, par une censure solennelle, le jugement doctrinal que son conseil avoit rendu contre ce livre pernicieux. Et pour apprendre à tous ses diocésains l'horreur qu'ils doivent en avoir, il déclare que *c'est un monstre dans la théologie morale, et qu'on peut l'appeler plus justement la condamnation des casuistes, que leur apologie;* et montre qu'avec quelque rigueur qu'on y agisse, ceux qui les défendent doivent encore reconnoître la modération que l'Église garde aujourd'hui à leur égard, puisqu'on a condamné autrefois d'une manière bien autrement sévère des livres bien moins dangereux.

Quelques jours après fut faite celle de M. l'évêque d'Évreux, où, ayant fait le dénombrement des désordres qui sont permis par ce libelle, il fait voir que dans les malheureux temps où nous sommes, où l'on cherche des docteurs et des maîtres selon le désir de son cœur, c'est exercer une véritable douceur envers les fidèles, que de les préserver de ces doctrines flatteuses, et de les nourrir de la saine doctrine, qui peut seule les guérir et les sanctifier.

Et nous venons présentement de recevoir la censure de M. l'évêque de Tulle, qui nous avoit été jusqu'ici inconnue, quoiqu'elle soit faite dès le 18 avril 1658, dans laquelle il déclare que ce livre, qui ne faisoit alors que paroître, quoiqu'il eût été produit si loin de son diocèse, et qu'on y en eût encore si peu de connoissance, est néanmoins si dangereux, qu'il se trouve obligé d'en préserver ses peuples, et de les avertir « de » se donner de garde de ces nouveaux pharisiens, » qui, à force de multiplier leurs interprétations » sur la loi, l'ont toute corrompue; et plus ils » ont voulu l'accommoder au sens ou au goût » des hommes, et plus ils ont éteint en elle, » autant qu'ils ont pu, tout l'esprit de Dieu. » Et il remarque, par un sage discernement, que « ce qu'il y a de plus dangereux dans cette pièce, » n'étoit pas seulement quelque trait de plume » qui eût échappé un peu inconsidérément à » l'auteur, en quelque endroit particulier, au » milieu d'une théologie bien saine et bien sûre; » mais que c'étoit plutôt un assemblage et un » ramas de plusieurs propositions sur la plupart » des commandements de Dieu et de l'Église, » desquelles on avoit composé comme un cours » d'une morale bien corrompue et bien scanda- » leuse. »

Voilà ce qui s'est fait jusqu'ici sur le sujet de la morale des casuistes; et il y a lieu d'espérer que Dieu donnera d'heureuses suites à de si heureux commencements, pour le bien de son église et la défense de sa vérité.

A Paris, ce 8 février 1659.

****

SEPTIÈME FACTUM

Des Curés de Paris, ou Réponse à l'écrit du père Annat, intitulé : *Recueil de plusieurs faussetés et impostures contenues dans le Journal*, etc.

MON RÉVÉREND PÈRE,

Nous aurions tort de trouver mauvais que vous ayez été sensible aux intérêts de votre compagnie, et que dans le grand bruit qui s'est excité contre elle sur le sujet de sa morale, vous ayez jugé ne pas devoir demeurer dans le silence. S'il y a des accusations dans lesquelles non-seulement on doit avoir la liberté de se défendre, que l'on ne peut jamais refuser justement aux accusés, mais où, selon les pères, il n'est pas même permis de se taire, on peut dire que celle que nous avons formée contre votre société, étoit de ce nombre, puisque lui ayant attribué publiquement l'Apologie, nous l'avons par conséquent accusée de tous les excès et de toutes les erreurs pour lesquelles les prélats ont condamné ce malheureux livre; et qu'ainsi nous

l'avons réduite à la nécessité de se déclarer, et
de satisfaire l'Église sur le scandale que nous
lui reprochons d'y avoir causé. Nous ne sommes
donc pas surpris que, tenant le rang que vous
tenez dans votre corps, vous ayez entrepris de
parler en cette rencontre ; mais ce qui nous
étonne, est que dans l'expérience que votre âge
a dû vous donner, et dans la réputation où vous
désirez de vous maintenir, vous vous y soyez
conduit d'une manière si peu raisonnable et si
peu judicieuse. Vous vous êtes engagé, mon révérend père, à défendre la cause de votre société, et voici l'état où vous l'avez trouvée.

Il y a plus d'un an que nous nous sommes
rendus dénonciateurs contre le livre de l'Apologie ; nous l'avons combattu par divers écrits,
comme un livre détestable, et qui renversoit
toute la doctrine de l'Évangile. Nous avons dit
nettement que vous en étiez les auteurs; nous
l'avons justifié par des preuves convaincantes,
comme est le débit public que vous en avez fait
dans votre collége de Clermont. Nous avons
ruiné toutes les réponses que vous avez opposées pour soutenir la doctrine de ce méchant
livre, et nous vous avons convaincus d'avoir
honteusement abusé de tous les passages des
pères dont vous avez voulu l'appuyer. Dieu a
béni notre travail et le zèle qu'il nous avoit
donné pour sa cause ; vous avez vu, malgré
toutes vos intrigues, l'Apologie censurée par la
Faculté de Paris, par MM. les vicaires-généraux

de notre archevêque, qui sont vos propres juges ; par trois autres archevêques, et par un grand nombre d'autres évêques, qui sont de droit divin, et par un titre inséparable de leur caractère, les dépositaires de la vérité et les juges de toutes les erreurs qui la combattent.

Nous avons cru, pour faire rendre gloire à Dieu de ce qu'il avoit fait pour son Église en cette rencontre, devoir représenter toute la suite de cette affaire ; et c'est ce que nous avons fait dans notre septième écrit (*), qui peut se réduire tout entier à ces deux points : l'un, que l'Apologie doit être tenue pour un livre abominable et plein de maximes très-pernicieuses ; l'autre, que les jésuites en sont les auteurs et les protecteurs. Il ne faut que du sens commun, mon révérend père, pour juger qu'il est impossible de vous défendre contre cet' écrit, qu'en ruinant l'un ou l'autre de ces deux points. Les jésuites passeront toujours pour coupables d'avoir corrompu la morale chrétienne, tant qu'il demeurera pour constant, et que l'Apologie la corrompt, et qu'ils sont les auteurs de l'Apologie. Cependant, par un aveuglement qu'il est difficile de comprendre, votre compagnie entreprend aujourd'hui de détourner de dessus elle l'infamie de l'Apologie, sans faire ni l'un ni l'autre. Nous lisons votre recueil tout entier, nous y trouvons à chaque page quantité d'injures

_____

(*) Ci-dessus le sixième.

contre les curés de Paris ; mais nous n'y trouvons
nulle part ni que l'Apologie ne soit pas un ouvrage des jésuites, et ne contienne pas leurs sentiments, ni que ces sentiments ne soient pas
contraires à l'Évangile.

En vérité, mon révérend père, nous ne savons quel jugement vous faites du monde, pour
croire qu'il est capable de se satisfaire de réponses aussi peu raisonnables que les vôtres.
Nous disons aux jésuites qu'ils empoisonnent
les âmes en autorisant la simonie, le meurtre
et la calomnie ; et le père Annat, choisi pour
justifier sa compagnie, nous dit que M. le nonce
n'étoit pas présent lorsque le père de Lingendes
présenta à M. le chancelier une déclaration sur
les erreurs de l'Apologie, et qu'il en a un cer-
tificat en bonne forme. Nous leur reprochons
que, par le principe de la probabilité, ils ouvrent la porte à toutes sortes de déréglemens et
d'erreurs ; et le père Annat nous dit qu'il y avoit
des grands-vicaires dans le diocèse de Paris le
samedi 12 février 1656. Nous les accusons de
fomenter tous les désordres du christianisme,
en laissant vieillir les pécheurs dans leurs habitudes vicieuses et dans les occasions prochaines
du péché ; et le père Annat nous dit que M. Le
Tellier n'a point parlé des jésuites, et n'entend
point la matière dont il s'agit, et que M. de
Rodez n'a point traité avec M. Gauquelin. Nous
ne disons pas, mon révérend père, que vous
opposiez précisément ces réponses à ces repro-

ches; mais nous vous disons que toute notre accusation consistant dans ces reproches, nous n'y trouvons point d'autre réponse dans votre écrit. Ainsi nous n'avons qu'à supposer pour constant ce que vous avouez assez par votre silence, et que la doctrine de l'Apologie est si damnable, que quoique vous osiez tout, vous n'avez osé la soutenir publiquement; et qu'il est si constant que vous en êtes les auteurs, et qu'elle contient votre doctrine, que vous n'avez pas eu la hardiesse de le nier, ni d'attaquer aucun des faits décisifs par lesquels nous l'avons prouvé.

Nous sommes donc pleinement justifiés, et les jésuites pleinement convaincus des crimes dont nous les avons accusés à la face de toute l'Église. Et tout ce que fait voir la réponse du père Annat, est que les jésuites se trouvant dans une impuissance entière d'éviter le déshonneur de tant de censures, ont recherché au moins le plaisir malin de se venger en déchirant la réputation de ceux qui les avoient procurées, et la vaine satisfaction de montrer que tout abattus qu'ils sont par les jugements de l'Église, ils ont encore assez de crédit dans le monde pour y débiter impunément les plus sanglantes injures contre un corps considérable dans la hiérarchie de l'Église.

Mais si cette violence, mon révérend père, peut servir à relever votre compagnie dans l'esprit de ceux qui mettent l'honneur dans l'impu-

nité des crimes, elle ne fait que la déshonorer
de plus en plus dans celui de toutes les personnes qui jugent des choses ou selon les règles
de la piété, ou même selon celles de la prudence. Il avoit couru un bruit que votre général
vous avoit défendu très-expressément de faire
aucune réponse aux écrits qui attaquoient votre
morale ; et toutes les personnes sages avoient
jugé que, si cet avis n'étoit pas entièrement
conforme aux maximes du christianisme, qui
demandoient de vous une réparation publique
pour des excès publics, il l'étoit au moins à
celles de la politique, qui obligent de dissimuler et de couvrir, par une apparence de modestie, les justes reproches dont on ne sauroit se
purger. Mais quand on voit maintenant que la
passion qui transporte votre compagnie, ne l'a
pas rendue capable de se ranger à ce parti, que
peut-on juger autre chose, sinon qu'elle est
aussi-bien abandonnée de la prudence des enfants du siècle, que de celle des enfants de la
lumière; que Dieu, en punition de tant d'erreurs si opiniâtrément soutenues, y a répandu
un esprit d'étourdissement; et que ce n'est plus
qu'une troupe d'hommes emportés qui agissent
au hasard; qui ne gardent plus aucune mesure
dans leur conduite; qui parlent, qui se taisent;
qui publient des écrits, et qui les suppriment
aussitôt; qui avouent, et qui désavouent; qui
contrefont les humiliés et les abattus, et s'élèvent en même temps avec une insolence insup-

portable ; et qui ne représentent dans leur procédé que l'état de ceux dont l'Écriture dit dans
le douzième chap. de Job : *Palpabunt quasi in
tenebris , et non in luce ; et errare faciet eos quasi*
ebrios.

Car n'est-ce pas , mon révérend père , ce qu'on
a vu dans les diverses démarches pleines d'in-
constance que vous avez faites dans cette affaire ?
Vous vous êtes déclarés d'abord pour les auteurs
de l'Apologie, en la vendant publiquement dans
vos colléges , et la donnant comme un excellent
ouvrage à divers de vos amis dans les plus grandes villes. Mais voyant ensuite l'horreur qu'elle
causoit à tout le monde , vous avez commencé à
vous servir d'équivoques, et à ne pas l'avouer
si nettement. Aussitôt que nous l'avons attaquée, vous avez fait paroître par plusieurs écrits
qui parloient en votre nom, que vous aviez entrepris de la défendre. Et voyant que cela ne
vous réussissoit pas, parce que nous avons ruiné
par nos réponses tout ce que vous avez produit,
vous avez commencé à vous retirer, et à dire que
vous n'y preniez point de part. Vous avez publié
des satires scandaleuses contre les curés de Paris,
la honte vous a forcés ensuite de les supprimer.
Tantôt vous feigniez d'honorer les évêques, et
tantôt vous les déchiriez outrageusement. Depuis quelques mois vous paroissiez un peu plus
sages, et on attribuoit cette retenue à la politique
de votre général; et aujourd'hui, sans aucune nouvelle raison , vous recommencez cette querelle,

non pour vous justifier des excès dont l'on vous
a convaincus, mais pour avoir le plaisir de traiter dans un libelle les curés de Paris de *menteurs,*
pag. 2 ; *de gens qui ont perdu toute honte,* ibid. ;
de fourbes, p. 4 ; *d'imposteurs,* p. 7 ; *de généreux
en leurs mensonges,* p. 9 ; et de personnes en-
durcies, *pour lesquelles il faut prier Dieu qu'il
leur donne un esprit assez docile pour écouter les
reproches que leur conscience leur fait.*

Nous espérons, mon révérend père, avec la
grâce de Dieu, que cette nouvelle tentative ne
vous sera pas plus avantageuse que les autres ;
qu'il ne nous sera pas plus difficile de défendre
notre honneur contre vos ouvrages, qu'il nous
l'a été de défendre la morale chrétienne contre
vos erreurs ; et que nous ferons connoître à tout
le monde, que les fondements sur lesquels vous
vomissez contre nous tant d'injures, sont si faux
ou si ridicules, qu'il faut avoir une morale aussi
corrompue que la vôtre, pour en prendre sujet
de dire, comme vous faites de tous les curés
d'une grande ville, que « leurs paroissiens doi-
» vent être avertis, quand ils les verront monter
» en chaire pour crier contre les calomniateurs
» et les imposteurs, de se souvenir de l'avis que
» le Sauveur du monde nous a laissé dans l'Évan-
» gile parlant des scribes et des pharisiens, de
» faire ce qu'ils disent, et de ne pas faire ce
» qu'ils font, » comme étant eux-mêmes des imposteurs.

C'est ce que nous allons faire voir dans la

q réponse précise à toutes vos objections, sans en dissimuler aucune.

Ire Objection du père Annat.

La première des impostures dont vous nous accusez, est d'avoir dit que ce qui empêcha les curés d'exécuter leur dessein touchant l'examen de la morale des jésuites, suivant la proposition qu'en avóit faite M. de Saint-Roch, le 12 mai 1656, est qu'en ce temps-là il n'y avoit point de grands-vicaires. Et pour convaincre ce fait de fausseté, vous rapportez des actes du clergé qui montrent qu'il y en avoit le 12 de février de la même année. Cela vous suffit pour nous appeler des *fourbes découverts.* Mais tout le monde s'étonnera, mon révérend père, de l'emportement qui vous fait fonder une injure si atroce sur un si mauvais raisonnement.

Car ce que vous alléguez du clergé, « qu'il » y avoit des grands-vicaires, au mois de février, » qui exerçoient paisiblement et publiquement » la juridiction de M. le cardinal de Retz, » ne prouve rien contre nous, qu'en supposant que le diocèse soit toujours demeuré en cet état pendant cette année, et qu'il n'y soit arrivé aucun trouble depuis le mois de février qui ait empêché l'administration paisible et publique des grands-vicaires.

Cependant, c'est ce qui est très-faux; car M. l'évêque de Toul, qui l'étoit au mois de février, fut révoqué le 15 de mai de la même année : sa révocation fut rendue publique au mois de juin ; et ceux qui prirent l'administration après lui, furent troublés dans l'exercice de leur charge. Or, comme il est certain qu'une assemblée comme la nôtre avoit besoin d'un temps considérable pour exécuter le dessein dont il est parlé dans notre journal, la simple proposition n'en ayant été faite qu'au milieu du mois de mai, nous ne pouvions être en état d'agir qu'au mois de juin et de juillet, lorsque le diocèse se trouva en effet sans grands-vicaires qui exerçassent paisiblement cette charge. Dites-nous maintenant, mon révérend père, si c'est là un sujet de traiter de *fourbes* tous les curés de Paris, et d'apporter cet égarement de votre mémoire comme une preuve bien solide *que nous avons aussi peu de jugement que de bonne foi?*

IIe Objection du père Annat.

La seconde objection est que nous témoignons ne pas avoir désapprouvé ce que l'auteur des Lettres au Provincial vous a reproché touchant votre morale, et qu'ainsi nous sommes coupables de toutes les impostures dont vous dites que ces Lettres sont remplies. Nous vous répondons, mon révérend père, que votre morale étant pleine de maximes extravagantes et impies, tout le monde a droit de la traiter de ridicule et de criminelle ; et qu'ainsi le décri que ces Lettres en ont fait, a été juste et avantageux à l'Église. Nous n'avons, au reste, aucun intérêt, ni aucun engagement à la défense de cet auteur. Mais vous n'êtes pas raisonnable quand vous voulez nous obliger, sur votre seule autorité, à le croire rempli de falsifications et d'impostures. Vous citez vous-même Wendrockius, qui l'a traduit en latin ; et ainsi vous ne pouvez pas ignorer qu'il a répondu dans ses *Notes* à toutes les chicaneries que vous avez avancées contre ces Lettres. On ne voit point que vous y ayez satisfait. Et cependant vous voulez, par provision, que nous ajoutions foi à vos accusations ; et si nous ne le faisons pas, vous croyez avoir droit de nous appeler *les plus grands menteurs du monde.*

L'équité naturelle ne nous permet pas d'agir de la sorte ; et la preuve que vous nous donnez des impostures que vous prétendez avoir trouvées dans ces Lettres, nous y oblige encore moins. Car, ayant choisi la falsification que vous avez crue la plus visible, vous avez été réduit à alléguer que l'on y a fait passer Lessius pour Victoria sur le sujet de l'homicide. Il falloit donc, mon révérend père, réfuter en même temps la réponse qu'a faite à cette objection l'auteur même que vous citez, et que nous vous représentons ici comme elle est dans son livre ; parce que, comme c'est une accusation qui ne nous regarde point, nous avons jugé ne devoir la réfuter que par les paroles de ceux à qui vous la faites.

III.   14

Wendrockius in Epistolam XIII, Nota unicâ, §. 1.

Jesuiticus Apologista iterum de Victoria sic cavillatur:
Age dic, *inquit*, non tu hunc Victoriæ locum Lessio tri-
buisti, Ep. 7 ? *Pro Montaltio respondeo, et factum esse*
et rectè factum. Urget Apologista : Non tu hunc eumdem
locum, Ep. 13. Victoriæ esse fateris? *Respondeo. Ita fateor*
esse Victoriæ, ut Lessii simul esse contendam. An non
hæc, *inquit*, manifesta falsitas, manifestum Montaltii à
seipso dissidium? *Respondeo nec falsitatem esse, nec in-*
testinum dissidium, sed manifestam contrà impediti je-
suitæ cavillationem. Sufficitne, *inquit*, Montaltio, ad se
purgandum non illic sitam esse controversiam causari?
Sufficit planè, si quidem verum sit non ibi esse contro-
versiam. At certè verum est. Non enim quæritur cujus
hæc verba sint, quæritur cujus sit ista sententia. Nec
Lessii, nec Victoriæ verba propriè retulerat Montaltius,
utpote gallicè locutus, cùm illi latinè scripserint; sen-
tentiam tantùm ipsorum suis verbis expresserat : sen-
tentia autem hujus esse rectè dicitur cui probatur, cùm
solâ approbatione alicujus fiat. Ita cùm Lessio et Vic-
toriæ illa probetur, et Lessii est et Victoriæ. At Lessii,
inquit, non est. *Jam illud benè : Attingit enim quæstio-*
nem. Audiamus igitur quare Lessii non sit. Negat, *in-*
quit, hanc sententiam in praxi facilè permittendam. *Quid*
tum ? Ergo saltem speculativè Lessii est, cùm eam spe-
culativè approbet ? at aliter ipsi quàm speculativè tri-
butam à Montaltio jesuita non evincit. Adde quod ejus
praxim nec promiscuè sinit Victoria, nec universè rejicit
Lessius. Non vult iste ejus praxim facilè permitti, et
rem egere multis cautionibus fatetur. Ne id quidem diffi-
tebitur Victoria. Ita nihil est quod alterum ab altero
jesuitæ dissocient.

Voilà ce qu'il dit, et c'est à vous à le réfuter,
avant que vous ayez droit de traiter de menteur
l'auteur des Lettres au Provincial. Mais pour

nous, cela ne nous touche point ; et nous n'aurions eu garde de nous mêler d'un aussi petit différend qu'est celui de savoir si une opinion qu'un
auteur rapporte et approuve, ne peut pas lui être
attribuée, encore qu'il l'exprime par les paroles
d'un autre. Ce qui nous touche, mon révérend
père, et qui regarde toute l'Église, est que non-
seulement Lessius, mais beaucoup d'autres de
vos auteurs, aient eu la hardiesse de produire
une maxime si opposée à la loi de la nature, à
l'esprit de l'Évangile, aux instructions de Jésus-
Christ et à l'exemple de tous les saints. C'est la
onzième de vos maximes que nous avons repré-
sentées au clergé de France dans notre premier
extrait : « Qu'il est permis, selon les uns dans
» la spéculation, et selon les autres dans la pra-
» tique même, de tuer celui qui nous a donné un
» soufflet, quoiqu'il s'enfuie. »

Nous y avons rapporté tout ce que dit Lessius,
et les raisons impies dont il appuie cette impiété. Nous avons encore marqué les passages
exprès et bien cités de Réginaldus, de Filiutius,
de Laiman, d'Escobar ; et nous avons montré
que ce dernier ruinoit la vaine distinction de
spéculation et de pratique, en enseignant formellement, qu'en évitant les périls de la haine
et de la vengeance, elle est probable et sûre
dans la pratique même : dont il apporte cette
raison tout-à-fait diabolique, que « l'honneur
» peut se recouvrer comme une chose qui nous
» auroit été dérobée, en donnant des signes

» d'excellence et se faisant estimer des hommes.
» Car n'est-il pas véritable, dit-il, que tandis
» qu'un homme laisse vivre celui qui lui a donné
» un soufflet, il demeure sans honneur? *An non*
» *alapá percussus censetur tandiù honore privatus,*
» *quandiù adversarium non interimit?* »

Que dites-vous, mon révérend père, de ces
méchantes opinions et de ces paroles exécrables?
Si vous les soutenez, ne craignez-vous point
d'être en horreur à tous ceux qui ont quelque
sentiment de religion? Et si vous les condamnez,
n'êtes-vous pas obligé, à moins que d'être coupable d'une prévarication criminelle, de réparer
le scandale que les auteurs de votre compagnie
ont causé dans toute l'Église? Qui peut donc
souffrir qu'au lieu d'une condamnation sincère
de tant d'erreurs, et au lieu de demander humblement pardon à l'Église des outrages que vous
lui avez faits, vous fassiez paroître dans vos
écrits plus d'audace et de fierté que jamais, que
vous détourniez des questions si importantes à
de vaines chicaneries? et que vous demandiez
des satisfactions, pendant que vous refusez celles
que vous devez à l'Église?

Vous n'êtes pas mieux fondé, mon révérend
père, dans une autre objection que vous nous
faites, et qui ne nous regarde pas plus que la
précédente. Vous dites que le traducteur latin
est tombé dans une contradiction, parce qu'il
dit dans sa préface : « Que tout l'ordre de saint
» Benoît et de saint Dominique témoignent par-

» tout, combien ils sont éloignés de ces erreurs ; » et qu'il n'y a presque que les jésuites qui » soient engagés dans cette mauvaise cause : *Soli* » *penè jesuitæ in hoc luto hærent.* » Ce qui est contraire, dites-vous, à ce qu'il reconnoît dans la traduction de la septième lettre : *Que Lessius rapporte et approuve le sentiment de Victoria,* qui étoit un dominicain. En quoi, mon révérend père, vous commettez deux ou trois fautes insignes.

Premièrement, vous ne devriez pas ignorer que dans les matières morales, une seule exception ne ruine point la vérité d'une proposition générale ; et qu'ainsi l'on peut dire que tout l'ordre de saint Dominique est contraire à une doctrine, quand elle y est communément rejetée, quoique quelque particulier n'y soit pas contraire.

Secondement, le mot de *presque* que cet auteur a ajouté, *soli* penè *jesuitæ in hoc luto hærent,* détruit cette contradiction prétendue.

Et enfin ce qui est le principal, est que vous n'avez point entendu ces paroles, et que vous les avez tronquées pour leur donner un sens qu'elles ne peuvent avoir ; car il ne parle point des anciens écrivains de l'ordre de saint Dominique, ni même d'aucun écrivain, mais du sentiment présent qu'a l'ordre de saint Dominique et de saint Benoît touchant ces maximes dangereuses, et de l'engagement des jésuites à les soutenir par tout le crédit de leur compagnie. Voici les termes de la préface à laquelle vous nous renvoyez : *E sacerdotibus ferè omnes hierarchici in ea dogmata insurrexerunt, præcipuè verò Galliarum Parochi mirum in iis insectandis fidei ardorem ostenderunt : nec obscurè tota sancti Benedicti et sancti Dominici familia, ac congregationis Oratorii presbyteri, quàm ab iis sententiis alieni sint passìm significant. Soli penè jesuitæ in hoc luto hærent, qui ad istius doctrinæ patrocinium universæ societatis vires conferunt.*

Il est clair, mon révérend père, qu'il n'a jamais voulu dire par là qu'il n'y eût que les jésuites qui aient enseigné ces erreurs ; et si vous aviez voulu agir de bonne foi, vous n'auriez jamais voulu lui attribuer ce qu'il réfute en termes formels, et dont il fait une note expresse en ces termes, p. 55 : *Refellitur alia querela jesuitarum quod ipsis tribuantur quæ ipsi ab aliis hauserint.* Sur quoi cet auteur fait cette remarque, p. 55 : *Non is modò opinionis alicujus autor dicitur qui illam primus extulit ; nonnunquàm etiam qui majori studio et autoritate propugnavit. Donatistarum princeps dictus Donatus, nec tamen ille princeps illius schismatis fuit. Simillimè jesuitæ, etiamsi hinc indè corruptelas varias ex quibusdam aliis arripuerint, tamen illarum autores meritò dicuntur, quia illas undique disseminant, et suæ per orbem sparsæ societatis operá omnium animis instillant. Alii scriptores ferè sibi peccant, aut certè non multis. Jesuitæ toti Ecclesiæ peccant, quam ubique suis novitatibus inficiunt. Latebant* *hæc dogmata in bibliothecarum angulis : paucis nota, paucis nocebant. At ipsa jesuitæ super tecta prædicarunt, in aulas regum, in familias privatorum, in curias magistratuum invexerunt.* Et cela est conforme, mon révérend père, à la déclaration que nous avons faite dans notre quatrième écrit (*) : « Que nous n'avons jamais considéré » les jésuites que comme les principaux auteurs » des maximes pernicieuses dont nous nous » sommes plaints, et dont nous nous plaignons » encore, et non pas comme les seuls qui les » aient enseignées. » Mais ce que tous les gens de bien déplorent comme particulier à votre société, est qu'il n'y a qu'elle dont tous le corps conspire et s'engage à maintenir les relâchements qui ont été une fois introduits dans ses écoles ; parce que son humeur altière ne lui permet pas de s'humilier, en reconnoissant les fautes d'aucun de ses membres.

IIIe Objection du père Annat.

Il falloit que vous eussiez bien peu de plaintes solides à faire, puisque vous nous reprochez, pag. 7, jusques à une faute de copiste touchant le temps qu'a été publiée l'Apologie, qui a été corrigée dans la seconde impression de notre journal, et effacée dans la plus grande partie des exemplaires de la première. Il nous suffira

---

(*) Ci-dessus le troisième.

donc de vous dire, qu'écrivant, comme vous faites, cinq mois après la publication d'un écrit dont il y a eu plusieurs éditions où cette faute ne se trouve point, cette bassesse n'est pas excusable.

IVe Objection du père Annat.

Vous nous reprochez, mon révérend père, comme une imposture bien évidente, d'avoir dit dans notre journal, que l'Apologiste a pris une voie toute différente de ceux qui avoient écrit avant lui ; parce qu'il ne prétend pas qu'on ait falsifié la doctrine des casuistes, mais la soutient comme étant au moins probable, et par conséquent sûre en conscience. Vous nous alléguez sur cela trois passages de l'Apologiste : l'un où il dit, en général, que *la savante compagnie des jésuites a convaincu les auteurs des Lettres d'impostures honteuses et méchantes.* L'autre où, répondant à la vingtième Objection, il dit que *le père jésuite a convaincu l'auteur des Lettres d'une infâme imposture.* Et le troisième où, répondant à la dix-septième, il dit que *le père jésuite qui a répondu à l'auteur des Lettres, l'a convaincu de mauvaise foi.* D'où vous concluez, qu'*il n'est donc pas vrai que l'Apologiste ait reconnu de bonne foi que la doctrine des casuistes est telle qu'on l'a représentée dans les Lettres.*

Quand il seroit vrai, mon révérend père, que votre Apologiste, dans les deux points particuliers que vous citez, n'auroit pas soutenu comme probable la doctrine des casuistes telle qu'elle est représentée dans les Lettres au Provincial, il suffiroit qu'il l'eût soutenue dans cinquante autres, pour nous avoir donné sujet de dire ce que nous avons mis dans notre journal ; et l'accusation d'imposture que vous nous faites sur ce sujet, ne passeroit devant tous les gens d'honneur que pour une pointillerie peu digne d'un homme judicieux. Mais il arrive toujours que vous choisissez fort mal les exemples par lesquels vous prétendez nous convaincre de mauvaise foi. Car il est si vrai que dans ces deux objections, dont l'une regarde l'homicide, et l'autre les valets qui volent leurs maîtres pour égaler leurs gages à leurs peines, votre Apologiste a soutenu de bonne foi comme probable la doctrine qu'on reprochoit à vos casuistes, qu'il eût été à souhaiter pour votre honneur qu'il l'eût un peu déguisée : puisque sa sincérité l'a fait condamner par tant de censures sur ces deux points, et particulièrement sur l'homicide. Que si en ne la déguisant point, et en la soutenant telle qu'elle est, il dit néanmoins que ceux qui avoient écrit avant lui, s'étoient plaints qu'on avoit imposé à vos casuistes, il prouve justement ce que nous avons dit dans notre journal, savoir, qu'il tient une voie différente de ceux qui avoient écrit avant lui ; parce que sans s'arrêter à la question de fait, il entre en celle de droit, et soutient comme probable et sûr en conscience ce qu'on avoit reproché à vos ca-

suistes comme contraire à l'Évangile. Car il ne
s'agit pas, mon révérend père, de ce qu'il dit,
ni de ce qu'il rapporte avoir été dit par les
autres; mais de ce qu'il fait lui-même, et de la
manière dont il s'y est pris pour défendre les
casuistes, qui n'est pas de chicaner comme les
autres sur des points de fait, mais de soutenir
nettement les dogmes mêmes qu'on leur avoit
reprochés, qui est la voie qu'il tient dans tout
son livre.

Ainsi, tout ce que l'on pourroit trouver à redire dans notre journal, est d'avoir dit que l'auteur de l'Apologie reconnoît de bonne foi les
opinions qu'on a attribuées à vos casuistes. Car
il est vrai qu'il les reconnoît, puisqu'il les défend, et qu'il s'est fait condamner en les défendant. Mais il ne les reconnoît pas de bonne foi:
parce qu'en même temps qu'il soutient ces opinions, il ne laisse pas de se plaindre en l'air
qu'on vous impose. C'est pourquoi nous vous
promettons de bon cœur de faire effacer, dans
la première édition qui se fera de notre journal,
ces deux mots de *bonne foi*, et d'y substituer
même si vous voulez, *qu'il les reconnoît, mais
avec mauvaise foi.*

Ve Objection du père Annat.

La lettre qui se trouve à la tête des Instructions de saint Charles, imprimées par l'ordre
du clergé, fournit matière à une des plus grandes parties de votre recueil, et vous en tirez un

des plus grands sujets de nous traiter de *fourbes* et d'*imposteurs*. Mais quand ce que vous allé-guez sur cela ne recevroit aucune difficulté, ne seroit-ce pas l'injustice du monde la plus visi-ble et la plus insoutenable, de faire un crime aux curés de Paris de s'être servis d'une pièce publique, imprimée par l'imprimeur du clergé, et que les évêques distribuent tous les jours dans leurs diocèses? Quand cette pièce seroit supposée, quelle part aurions-nous à cette sup-position? et que pouvions-nous faire davantage que de nous en informer de celui même qui a eu ordre du clergé de faire imprimer ces Instruc-tions, puisque nous n'étions pas même obligés de nous en informer, et qu'il nous suffisoit que la pièce que nous produisions eût été imprimée par l'imprimeur du clergé, et distribuée et reçue par les évêques? Ainsi notre bonne foi ne peut pas être seulement révoquée en doute, et cela suffit pour vous convaincre vous-même de ca-lomnie dans le reproche que vous nous en faites.

Mais nous vous disons de plus, que tout ce que vous alléguez n'est point capable de détruire l'autorité de cette lettre. Vous dites première-ment que vous ne vous appuyez pas sur une lettre de M. l'abbé de Ciron. Et pourquoi, mon révérend père, ne vous y appuyez-vous pas, puisque sa suffisance et sa piété sont connues de toute la France : si ce n'est par cette règle générale, selon laquelle il paroît que vous jugez de tous les hommes, qui est que tous ceux qui parlent à votre avantage, sont tellement irré-prochables, qu'on doit ajouter une croyance aveugle à tout ce qu'ils disent ; et que ceux, au contraire, qui n'approuvent pas vos égarements, ne méritent pas d'être crus, quelque rang qu'ils tiennent dans le monde, et quelque estime qu'ils y aient acquise de sincérité et de vertu? Vous croyez avoir assez repoussé leur témoi-gnage, en disant que ce sont des gens qui ont un zèle réformé, sans craindre que l'on vous dise que votre zèle n'est guère réformé, mais qu'il a grand besoin de l'être.

Nous n'imiterons pas votre procédé, et nous ne traiterons pas de même les personnes que vous alléguez contre nous. Mais sans blâmer leur sincérité, nous vous disons seulement que les lettres que vous avez tirées d'eux, ne vous donnent point sujet de traiter de supposée la lettre qui est à la tête des Instructions de saint Charles.

Vos trois témoins disent seulement, qu'il n'a été pris aucune autre délibération sur le sujet des Instructions de saint Charles, que celle du premier février, par laquelle M. de Ciron a été chargé de les faire imprimer, et qu'il ne s'en trouve point d'autre dans le procès-verbal qu'ils ont parcouru. Sur quoi, mon révérend père, nous vous disons, premièrement, que dans l'extrait du procès-verbal que ces messieurs re-connoissent pour véritable, il est porté, que

M. de Ciron a dit que, suivant l'ordre de l'As-
semblée, il avoit fait venir de Toulouse le livre
des Instructions de saint Charles. Or, comme cet
ordre ne pouvoit lui avoir été donné en ce jour-
là même, il est clair qu'il avoit été parlé des
instructions de saint Charles en un autre jour
que le premier de février ; puisqu'il ne les avoit
fait venir de Toulouse que par l'ordre de l'assemblée. D'où il faut conclure, et que M. l'abbé
de Carbon, quoique très-sincère, ne s'est pas
souvenu de tout ce qui s'est fait dans l'assemblée sur ce sujet, et qu'il peut y avoir eu des
délibérations qui ne se trouvent point écrites
dans le procès-verbal.

2°. Quand il seroit vrai qu'on n'auroit pas fait
sur cette lettre une délibération particulière, il
ne s'ensuit pas qu'il soit permis au père Annat
de la traiter de supposée, puisque ce qui est
inséré au procès-verbal, suffit pour la justifier
tout entière. Car l'ordre que M. de Ciron avoit
reçu du clergé de faire imprimer les Instructions
de saint Charles, *afin que cet ouvrage se répandît*
dans les diocèses, et qu'il pût servir de barrière
pour arrêter le cours des opinions nouvelles, qui
vont à la destruction de la morale chrétienne,
l'autorise suffisamment d'adresser ce livre au
nom du clergé à tous les diocèses de France,
et d'y exprimer le sentiment que l'assemblée
lui avoit fait paroître, en lui donnant ordre
de procurer cette impression, Or c'est ce qu'il
a fait exactement, puisque l'on ne trouve dans

cette lettre que les mêmes points un peu plus étendus qui sont marqués en abrégé dans le procès-verbal. Que s'il n'avoit pas suivi les intentions de l'assemblée, comme il est clair qu'il a fait, MM. les agents auroient été obligés, par le devoir de leur charge, d'en faire des plaintes publiques, et de supprimer cette impression ; et de ce qu'ils ne l'ont pas fait, et ne le font pas encore, c'est une marque indubitable que cette lettre ne contient que les véritables sentiments de l'assemblée, et est conforme à ses ordres.

3°. Ces raisons, mon révérend père, sont encore bien plus fortes dans le différend particulier qui est entre nous ; car nous n'avons jamais cité cette lettre que pour faire connoître l'horreur que l'assemblée avoit eue des erreurs des casuistes, sur lesquelles nous lui avions adressé nos plaintes, et ce n'est aussi que pour détruire ce préjugé de l'assemblée, que vous tâchez d'en affoiblir l'autorité. Voilà proprement ce qui est en question entre vous et nous. S'il est vrai que l'assemblée a détesté vos maximes, et que ce n'est que faute de temps qu'elle ne les a pas condamnées, cette lettre ne contient rien que de vrai, et nous avons tout ce que nous prétendons. C'est pourquoi, comme vous avez fort bien connu qu'il n'y a que cela d'important dans cette dispute, vous avez soutenu nettement, que *toute l'indignation que l'assemblée a témoignée en cette rencontre*, a été que les

curés se fussent adressés à elle sans la permission de leurs évêques.

Voilà, mon révérend père, sur quoi il faut
que les uns ou les autres soient déclarés *impos-*
eurs, pour user de vos termes. Car nous soutenons nettement que c'est une fausseté de
dire, comme vous faites, que l'assemblée n'ait
témoigné aucune *indignation* contre les maximes
des casuistes. Il faut donc voir qui a de meilleures preuves. Nous vous demandons, mon
révérend père, quelles sont les vôtres ? Celles
que vous produisez ne parlent de ce point en
aucune sorte, et nul de ceux dont vous rapportez les lettres ne témoigne que l'assemblée
n'ait point eu en horreur les corruptions de la
morale que nous avions exposée à son jugement.

Mais si vous nous demandez les nôtres, nous
vous produirons, premièrement, l'extrait du
procès-verbal autorisé par vos trois témoins, où
il est dit en termes exprès que : « Plusieurs de
» MM. les prélats qui avoient lu le livre des
» Instructions de saint Charles, représentèrent
» qu'il seroit très-utile, et principalement en ce
» temps, où l'on voit avancer des maximes si
» pernicieuses et si contraires à celles de l'Évan-
» gile, et où il se commet tant d'abus dans l'ad-
» ministration du sacrement de pénitence par
» la facilité et l'ignorance des confesseurs. » Et
où il est dit encore au nom de toute l'assemblée que : « Cet ouvrage devoit être imprimé,

» afin qu'il se répandît dans les diocèses, et qu'il
» pût servir comme d'une barrière pour arrêter
» le cours des opinions nouvelles, qui vont à la
» destruction de la morale chrétienne. »

Peut-on désirer un préjugé plus formel et plus
exprès contre la nouvelle morale des casuistes?
Aussi l'avez-vous bien senti ; et c'est ce qui vous
a porté à cette étrange hardiesse d'accuser de
faux ce procès-verbal, en disant que des personnes dignes de foi vous ont assuré, que *ces
broderies de la corruption de la morale, et du
mal que causent les casuistes du temps*, y ont été
ajoutées dans un papier à part.

Où est votre jugement, mon révérend père?
et pourquoi nous mettez-vous dans la nécessité
de vous en remarquer tant de défauts?

Premièrement, sur qui retomberoit cette prétendue corruption du procès-verbal? seroit-ce
sur nous, qui n'y avons nulle part, et qui nous
passerions bien de la preuve particulière que
nous en tirons, parce que nous en avons d'autres constantes et indubitables? Et ne seroit-ce
pas, au contraire, sur les secrétaires de l'assemblée et sur les agents du clergé qui doivent
répondre de la fidélité du procès-verbal, et qui
sont coupables, s'ils y ont fait ou s'ils ont souffert que l'on y fît quelque altération? de sorte
que la gratitude que vous leur témoignez pour
les lettres qu'ils vous ont fournies, est de les
faire passer pour des falsificateurs.

2°. Toute la preuve que vous alléguez contre

la lettre qui est à la tête des Instructions de saint Charles, est fondée sur le procès-verbal, et sur ces trois témoins qui disent l'avoir parcouru, et n'y avoir point trouvé d'autre délibération que celle du premier février : et en même temps vous voulez nous faire passer ce procès-verbal pour corrompu, et ces témoins pour complices de cette corruption. N'est-ce pas tomber dans l'imprudence que saint Augustin reproche aux Manichéens, de vouloir se servir d'un témoin en même temps qu'on prétend qu'il est indigne de croyance?

3°. Comment avez-vous pu croire qu'il y eût des gens assez stupides pour écouter le témoignage prétendu de certaines personnes dignes de foi que vous ne nommez point, contre l'autorité d'une pièce publique et authentique, dont ceux mêmes que vous alléguez pour vous, sont les distributeurs et les garants?

4°. Mais ce qui est encore plus surprenant, c'est qu'il n'y eut jamais de fondement plus frivole d'une accusation de faux, que ce que vous rapportez de ces personnes dignes de foi. Car quand il seroit vrai qu'on n'auroit d'abord écrit autre chose, sinon que l'assemblée auroit agréé la proposition de M. de Ciron, et que le reste auroit été écrit dans un autre papier, s'ensuivroit-il que ce fût une falsification? Ne sait-on pas que l'ordinaire dans les compagnies, est que ceux qui tiennent la plume n'écrivent d'abord que la substance des conclusions, et qu'on remet

III. 15

ensuite plus à loisir les raisons et les motifs sur lesquels la conclusion a été faite?

Ainsi, mon révérend père, il doit demeurer pour constant qu'il n'y eut jamais d'accusation de faux plus téméraire et plus injurieuse au clergé, que celle que vous formez sur un ouï-dire de personnes inconnues. Et partant, ce témoignage public et authentique subsiste dans toute sa force, et est une preuve convaincante de l'aversion qu'a eue l'assemblée pour les erreurs de la nouvelle morale dont vous vous déclarez les protecteurs.

Mais nous en avons encore d'autres témoignages entièrement irréprochables, et de personnes très-considérables dans l'assemblée. Vous savez ce que M. de Ciron a écrit à l'un de nous: « J'ai vu toujours, dit-il, MM. les prélats fort » disposés à condamner toutes ces maximes dia- » boliques qui ont paru dans les extraits; et » l'horreur que tous en témoignoient, faisoit » bien paroître qu'ils n'étoient retenus que par » leur peu de loisir, et par la nécessité qu'on » avoit de conclure une si longue assemblée. En » vérité, il me semble qu'il ne faut que croire » en Dieu, et n'avoir pas renoncé aux premières » notions du christianisme pour avoir en exé- » cration une telle morale. Je m'estimerois heu- » reux de pouvoir la noyer dans mon sang. Mais » puisque je n'ai que des désirs fort inutiles pour » le soutien d'une cause aussi juste et aussi » sainte que la vôtre, je vous supplie d'agréer que

» je joigne mes vœux et mes prières à vos illus-
» tres travaux, et que je dise : *Exurge, Deus,*
» *judica causam tuam.* »

Vous n'ignorez pas non plus ce que nous en
a écrit M. l'évêque de Couserans en ces termes :
« Vous avez été les premiers qui avez été tou-
» chés de l'outrage qu'alloit recevoir par cette
» morale funeste toute l'Église du Fils de Dieu.
» Je suis témoin de ce cri charitable de votre
» gémissement qui vint frapper l'oreille de ces
» pères assemblés en la dernière assemblée du
» clergé, où j'avois l'honneur d'être un des dé-
» putés. Vous leur en portâtes les plaintes : elles
» émurent leurs cœurs sensiblement ; et je sais
» que sans l'obligation qui les engagea pour lors
» de se séparer, leurs délibérations eussent con-
» firmé toutes les vôtres sur ce sujet, et qu'ils
» eussent proscrit par une censure publique
» cette doctrine de relâchement et d'iniquité. »

Et enfin vous pourrez apprendre ce que
M. l'évêque de Vence vient de témoigner à toute
la France dans sa nouvelle censure contre votre
Apologie, publiée dans son synode dès le 10 mai,
où il semble avoir prévu la supposition par laquelle vous aviez voulu noircir l'assemblée, en
prétendant qu'elle étoit demeurée indifférente
à la vue de vos excès. Voici ses paroles : « Dans
» la dernière assemblée du clergé tenue à Paris
» en l'année 1656, les curés de la ville de Rouen,
» que M. leur archevêque y avoit renvoyés, et
» ceux de Paris, présentèrent un extrait de plu-

» sieurs propositions tirées de quelques casuistes
» modernes, afin qu'il lui plût de les examiner.
» La lecture fit horreur à tous ceux qui l'enten-
» dirent ; et nous fûmes sur le point de nous
» boucher les oreilles, comme avoient fait au-
» trefois les pères du concile de Nicée, pour ne
» pas entendre les blasphèmes d'un livre d'Arius.
» Chacun fut enflammé de zèle pour réprimer
» l'audace de ces malheureux écrivains, qui cor-
» rompent si étrangement les maximes les plus
» saintes de l'Évangile, et introduisent une mo-
» rale dont d'honnêtes païens auroient honte,
» et de bons Turcs seroient scandalisés. Mais
» comme l'assemblée se trouva sur la fin, et
» qu'il étoit impossible de lire tous les auteurs
» allégués, afin de prononcer un jugement avec
» connoissance et sans aucune préoccupation,
» on s'avisa, sur la proposition de M. l'abbé de
» Ciron, chancelier de l'université de Toulouse,
» personnage de savoir et de piété, de faire
» imprimer, aux dépens du clergé, les Instruc-
» tions de saint Charles Borromée, cardinal, et
» archevêque de Milan, aux confesseurs de son
» diocèse ; et on jugea qu'attendant que les pré-
» lats pussent pourvoir à un mal si pressant par
» des censures juridiques, ce livret pourroit
» servir de quelque digue au torrent des mau-
» vaises opinions qui ruinoient la morale chré-
» tienne. »

Dites-nous maintenant, mon révérend père,
qui de vous ou de nous a plus de droit de traiter

ses adversaires de *fourbes* et d'*imposteurs*? Qui de vous ou de nous a plus de sujet de craindre de passer pour tels dans l'esprit du monde ; ou vous qui avancez sans aucune preuve que l'assemblée n'a eu aucune horreur de vos méchantes maximes ; ou nous qui montrons l'extrême aversion qu'elle en a eue par des preuves si décisives?

Quant à ce que vous ajoutez hors de propos, que *l'assemblée manda les curés de Paris pour leur faire une correction sèche*, vous n'êtes pas assez informé ni des droits de l'assemblée, ni de la manière dont elle a agi avec nous. Comme elle ne prétend aucune juridiction dans Paris, elle n'a aucun droit ni d'en mander les curés, ni de leur faire correction. Aussi n'a-t-elle point agi avec nous de cette sorte. M. Taureau, l'un des agents qui vint trouver nos syndics de la part de l'assemblée, usa de ces termes qui sont encore dans nos registres : *Le clergé prie MM. les syndics des curés de Paris de se trouver à l'assemblée pour l'informer sur quelque doute* ; et leur répéta ce mot de *prier* deux ou trois fois, leur faisant remarquer que *l'assemblée l'avoit chargé d'user de ce terme*. Nous y fûmes reçus et traités avec honneur, et ils furent satisfaits des assurances que nous leur donnâmes, que nous n'avions jamais eu dessein de porter les curés des provinces de s'adresser à eux sans la permission de leurs évêques. Et en effet nous n'avions garde d'avoir ce dessein, puisque ç'auroit été

reconnoître l'assemblée pour un concile natio-
nal, à qui tous les ecclésiastiques peuvent immédiatement s'adresser. Après tout, mon révérend père, il est difficile que les évêques qui
aiment la conservation de l'autorité que Jésus-
Christ leur a donnée, se persuadent jamais que
nous ne soyons pas aussi disposés à la maintenir, qu'ils savent par tant d'expériences que
vous êtes disposés à l'affoiblir et la ruiner par
toutes sortes de voies ; et pour vous en donner
quelque preuve, vous trouverez bon que nous
vous représentions ici ce qu'un évêque des plus
zélés à maintenir la dignité de son caractère,
répondit alors à la lettre que vous rapportez de
l'assemblée.

Lettre de M. l'évêque d'Orléans à l'Assemblée générale du Clergé.

MESSEIGNEURS,

J'ai reçu, par MM. nos agents, la lettre que vous m'avez
fait l'honneur de m'écrire, en date du 18 novembre ; et je
crois que vous ne trouverez pas mauvais que, par ma réponse, je vous témoigne la surprise où j'ai été d'apprendre
par la vôtre le soupçon que vous avez conçu, que MM. les
curés de Paris voulussent entreprendre quelque chose contre
l'autorité épiscopale. Ce n'est pas à moi, messeigneurs, à
trouver à dire à ce que font tant de grands prélats qui
composent notre assemblée, et je dois avoir les derniers
respects pour tout ce qui vient d'une si auguste compagnie.
Mais, comme vous me nommez dans votre lettre M. le curé
de Saint-Roch, je m'y trouve en quelque façon intéressé,
parce qu'il est mon diocésain, qu'il a travaillé dans mon
diocèse, et très-dignement, sous mon prédécesseur, en

qualité de vicaire-général, et qu'il est encore présentement un de mes vicaires-généraux. Sa réputation est si bien établie, comme ayant blanchi dans le travail, qu'il n'a point besoin que je la confirme. Mais, messeigneurs, s'il en a besoin, je le fais de très-bon cœur, et je ne pourrois lui refuser cet office sans blesser ma conscience. S'il n'y a que lui qui entreprenne contre l'autorité épiscopale, nous devons être en sûreté, puisqu'il en a été toujours un très-digne et un très-ferme défenseur. J'oserois bien en dire autant de tous MM. les curés, que nous pouvons presque appeler dans l'Église la seule portion qui reste attachée à nous, et qui vit dans l'obéissance, que tant de prêtres, à qui nous imposons les mains, nous promettent dans leur ordination, et qu'ils observent si peu. Pour moi, je ne puis m'empêcher que je ne témoigne quelque gratitude à MM. les curés, du soin qu'ils ont eu de vous présenter un recueil de tant de pernicieuses et damnables maximes, afin que, par votre prudence et votre autorité, vous y apportiez l'ordre que Dieu demande de nos soins, à ce que tant d'âmes qu'il nous a confiées ne s'éloignent point des vérités évangéliques pour suivre ces maximes qui leur sont tout-à-fait opposées, et que la chair et le sang ont révélées. Vous nous exhortez par la vôtre, comme étant en soupçon des curés, à prendre garde à ce qu'ils n'entreprennent point sur notre autorité : plût à Dieu qu'elle n'eût que ces ennemis-là à combattre! nous serions bientôt d'accord. Ce ne sont pas ceux-là, messeigneurs, qui sont à craindre : il y en a d'autres qui l'attaquent par leurs entreprises, et par paroles, et par écrit, et qui ouvrent un beau champ au zèle que vous témoignez d'avoir pour notre caractère. Nous l'attendons de vos soins, et de la générosité que vous avez fait paroître en toutes sortes de rencontres dans cette assemblée. Que si vous trouvez à propos d'en user autrement, nous croirons que, comme vous avez de plus grandes lumières, nous devons nous contenter de les admirer, en avouant notre aveuglement. Je ne manquerai pas, messeigneurs, à veiller à ce qu'il ne se passe rien dans mon diocèse de la part de mes curés qui puisse choquer la dignité de notre caractère ; et je puis vous assurer qu'il me sera fort aisé, puisqu'ils sont tous dans une parfaite et très-soumise obéissance pour leur évêque. Je suis,

MESSEIGNEURS,

Votre très-humble et très-obéissant serviteur et confrère,

A. DEL'BÈNE, *évêque d'Orléans.*

De Meung, ce 9 décembre 1656.

VIe *Objection du père Annat.*

Ce qui est rapporté dans notre journal, d'un projet de conférence proposée par M. l'évêque de Rodez, vous donne sujet de triompher sur une lettre que vous avez tirée de ce prélat, par laquelle il témoigne que vous n'avez point eu de conférence chez lui avec M. Gauquelin, à qui nous avions cru que ces propositions avoient été faites immédiatement par M. de Rodez et le père Annat ; au lieu que nous avons appris depuis qu'elles ne lui ont été faites que par l'entremise de M. l'abbé Le Camus, qui rapporta de leur part, à M. Gauquelin, ce que nous avons mis dans notre journal : et c'est la même chose dont M. Gauquelin fit son rapport à la Faculté, en lui rendant compte de ce que M. l'abbé Le Camus lui avoit dit. D'où il est clair qu'il n'y a aucune erreur dans la substance de ce que nous avons écrit, et qu'il est si absurde de nous traiter de *faussaires*, pour avoir rapporté ce que M. l'abbé

Le Camus a dit à M. Gauquelin de votre part, comme si vous l'aviez dit à M. Gauquelin même, et ce que M. Gauquelin a prié M. l'abbé Le Camus de vous répondre de sa part, comme s'il vous l'avoit dit à vous-même : il est si absurde, nous le répétons encore, de prendre cela pour une imposture, qu'on ne peut le faire sans donner sujet aux impies de trouver des faussetés dans les paroles mêmes de la vérité, puisque nous voyons que saint Matthieu rapporte, comme dit par le Centenier à Jésus-Christ, ce que saint Luc témoigne qu'il fit dire à Jésus-Christ par ses amis, ne s'étant pas jugé digne de venir le trouver lui-même. La seule différence qu'il y a, est que saint Matthieu, sachant bien que le Centenier n'avoit pas été lui-même trouver Jésus-Christ, n'a pas laissé de dire qu'il étoit allé le trouver, *Accessit ad eum Centurio*, parce que cette manière de parler, comme remarque saint Augustin, a sa vérité dans le langage des hommes, et qu'on peut dire véritablement qu'un homme a fait ou dit, ce qu'il a fait ou dit par un autre. Au lieu que c'est par surprise, et pour ne pas avoir été entièrement bien informés de cette circonstance de nulle importance, que nous avons parlé de la sorte : ce qui nous éloigne encore davantage de l'imposture dont vous nous accusez en des termes si injurieux, puisque, pour être imposteur, il faut déguiser la vérité en la connoissant.

Mais n'avons-nous pas plus de sujet, mon

révérend père, de vous accuser vous-même d'un
déguisement peu digne d'un homme sincère?
Car, si vous aviez voulu agir de bonne foi, ne
deviez-vous pas rapporter tout ce qui s'est passé
en cette rencontre, afin que le lecteur jugeât
en quoi le récit que nous avions fait s'éloignoit
de la vérité? Mais vous n'avez eu garde de le
faire, parce que votre dessein a été, en attaquant
cette circonstance, de faire croire que tout ce
récit n'étoit qu'une fable, au lieu que si vous
eussiez rapporté la vérité du fait qui vous étoit
connue, le lecteur, qui auroit appris de vous-
même que toutes les propositions faites de part
et d'autre sur le sujet de cette conférence étoient
véritables, et qu'il n'y avoit rien d'omis dans
notre journal que l'entremetteur par qui elles
avoient été faites, se seroit moqué de l'omission
d'une circonstance qui ne touche en rien le fond
de l'affaire, et auroit été surpris de la hardiesse
avec laquelle vous donnez des démentis à tous
les curés de Paris sur une bagatelle de cette
nature.

VIIe Objection du père Annat.

Nous joignons à l'objection précédente, touchant M. l'évêque de Rodez, celle qui regarde
M. le nonce, parce qu'elle est de même espèce.
Nous avons dit, dans notre journal, « qu'une
» certaine déclaration sur l'Apologie avoit été
» portée par le provincial des jésuites et le père
» de Lingendes à M. le chancelier, qui étoit alors

» avec M. le nonce. » Vous ne désavouez pas que cette déclaration n'ait été portée par vos pères à M. le chancelier, qui est la seule chose en ce récit qui soit importante, et qui regarde notre différend. Mais, vous attachant à ce qui est dit en passant, que M. le chancelier étoit alors avec M. le nonce, vous en avez tiré une lettre où il témoigne qu'il n'a jamais vu le provincial de la compagnie, ni le père de Lingendes, chez M. le chancelier. Permettez-nous, mon révérend père, de vous dire que vous abusez un peu de la bonté de ces messieurs, de leur donner la peine d'écrire des lettres sur de si petites choses, et qui vous sont si inutiles. Car, premièrement, il pourroit se faire que M. le nonce eût été avec M. le chancelier, lorsque vos pères y arrivèrent, quoiqu'il ne les eût pas vus, parce qu'ils n'auroient eu leur audience qu'après son départ. Mais, de plus, qu'importe que M. le nonce fût ou ne fût pas chez M. le chancelier, lorsque vos pères allèrent y porter votre déclaration ? Quel avantage pouvions-nous tirer de cette circonstance ? et pourquoi l'aurions-nous insérée dans notre récit, si elle ne nous avoit été rapportée ? Mais puisque M. le nonce témoigne qu'il n'y étoit pas, nous l'effacerons de notre écrit avec la plus grande indifférence du monde. Nous n'y perdrons rien, et vous n'y gagnerez rien. Mais les reproches injurieux que vous faites aux curés de Paris sur un sujet si frivole, ne laisseront pas de passer pour un effet très-injuste de la passion qui vous anime.

Quant à ce que vous nous attribuez, d'avoir dit que cet écrit a été porté en Sorbonne, comme venant de la part de M. le chancelier et de M. le nonce, vous devriez avoir mieux considéré nos paroles que voici : « Quelques-uns prétendoient » que cette déclaration, bien que défectueuse, » devoit être considérée, et qu'il falloit en faire » cas, venant de M. le chancelier et de M. le » nonce. » En quoi nous ne faisons que rapporter ce qui fut dit par quelques docteurs, et encore de vos amis, des paroles desquelles nous ne sommes point garants. Et pour vous montrer que nous ne nous y sommes point arrêtés, c'est que dans la même page, parlant de nous-mêmes de cette déclaration, nous disons simplement que *vous l'avez fait bailler à la Faculté par M. le chancelier*, sans rien dire de M. le nonce. Ainsi l'éclaircissement que vous avez tiré de lui sur ce sujet ne regarde que ces docteurs, et non pas nous.

VIIIe Objection du père Annat.

Cette déclaration vous fournit encore un autre sujet de nous accuser d'imposture, que vous exprimez en ces termes : « Les journalistes » disent que cette déclaration ayant été lue en » Sorbonne, on avoit assez reconnu qu'elle » ne satisfaisoit pas; mais ils en content. Ce » ne fut pas là la raison pour laquelle la Fa- » culté la rejeta. » Nous ne disons pas, mon révérend père, que ce fut l'unique raison; car

voici nos paroles : « La Faculté députa à M. le
» chancelier pour lui dire que cette déclaration
» n'étoit pas suffisante ; parce qu'elle n'étoit
» point signée, et de plus, parce que, l'ayant
» lue, on avoit assez reconnu qu'elle ne satis-
» faisoit pas à ce que l'on trouvoit à redire dans
» l'Apologie. » Or, pour savoir si vous avez eu
raison de dire que *nous en contons*, et que cette
dernière raison ne fut pas une des deux pour
lesquelles on la rejeta, il ne faut que vous représenter les paroles mêmes du registre de la Faculté : « 12 *junii* 1658, *honorab. D. Messier dixit*
» *se et syndicum ab amplissimo et illustrissimo*
» *Franciæ cancellario accersitum, et ab eo acce-*
» *pisse declarationem quamdam sine nomine et*
» *subscriptione ; cujus lectione auditâ visum est*
» *renuntiandum esse dicto domino cancellario per*
» *eosdem decanum et syndicum ; illam insufficien-*
» *tem, quia sine nomine ; nec satis per eam appa-*
» *ret quod autor satisfaciat.* »

Il n'est donc pas vrai, mon révérend père,
que la seule raison pour laquelle votre déclaration fut rejetée par la Faculté, est qu'elle étoit
sans nom, comme vous avez osé l'assurer ; et il
est vrai au contraire qu'elle fut rejetée pour
toutes les deux raisons marquées dans notre
journal, ce que vous avez osé nier. Sur quoi
vous nous permettrez de vous avertir charita-
blement, qu'il est ordinaire aux personnes les
plus sages de se tromper quelquefois, en rapportant simplement ce qu'ils ne savent que par

le rapport des autres ; mais que c'est une faute
très-considérable, et devant Dieu et devant les
hommes, d'accuser publiquement des personnes
de fausseté, sur des choses dont on est soi-
même mal informé, comme vous avez fait en
cette rencontre.

IXe Objection du père Annat.

Le respect que nous portons à la dignité et
au mérite de M. le chancelier, nous auroit fermé
la bouche, sur le reproche que vous nous faites
de n'avoir pas bien rapporté quelques-unes de
ses paroles, si la lettre que vous avez tirée de
M. de Chaumont contenoit un désaveu formel
de ce que nous en avons dit en notre journal.
Car nous aimerions mieux nous persuader que
ceux d'entre nous qui pensent les avoir ouïes se
sont trompés, que de douter le moins du monde
de la sincérité d'une personne si illustre. Mais
comme vous ne tirez ce désaveu que par des conséquences qui ne nous paroissent pas justes, le
respect même que nous avons pour M. le chancelier, nous oblige de vous représenter ici, que
ce que M. de Chaumont dit dans sa lettre ne
nous paroît pas contraire à notre journal ; car
voici le tour que vous donnez à cette affaire.
N'y ayant autre chose dans notre journal, sinon
que M. le chancelier avoit dit, « que la publica-
» tion de la censure feroit trop de bruit parmi
» les peuples qui ont aversion de cette méchante
» doctrine et de ses auteurs : » vous voulez faire

croire que nous avons voulu dire par là que *M. le chancelier condamnoit les jésuites comme auteurs d'une méchante doctrine ;* et sur cela vous rapportez une lettre de M. de Chaumont, qui ne désavoue point proprement les paroles du journal, mais qui désavoue le sens dans lequel vous prétendez que nous les avons prises, en témoignant qu'il *a eu charge de M. le chancelier de faire connoître à votre révérence qu'il a trop bonne opinion de la compagnie pour en parler de la sorte.* Nous n'avons point dit aussi qu'il ait parlé de la compagnie des jésuites ; mais si vous et vos amis prenez comme dit contre vous tout ce qui est dit contre l'Apologie, vous nous donnerez lieu d'ajouter cette preuve à tant d'autres qui nous assurent que vous en êtes les auteurs.

Après tout, quand il plaira à M. le chancelier de nous faire dire en quoi nous nous sommes pu tromper en rapportant ses paroles, nous espérons qu'il demeurera très satisfait, et de la sincérité avec laquelle nous avons dit ce que nous avons cru être véritable, et de la soumission avec laquelle nous recevrons ce qu'il daignera nous en apprendre de plus certain.

Xe Objection du père Annat.

Nous en disons de même de M. Le Tellier. Nous avons une déférence entière pour ce qu'il nous déclare de ses sentiments. Mais nous le supplions de considérer que ce qui nous rend excusables d'avoir cru ce que des personnes

dignes de foi, et qui sans doute n'étoient pas
assez informées, nous avoient rapporté de ses
paroles, est qu'ils ne lui faisoient rien dire touchant les jésuites, qui ne fût alors dans la bouche de tout le monde, et principalement de ceux
qui avoient plus d'affection pour leur société,
qui se plaignoient tous, comme on nous avoit
dit qu'il avoit fait, de l'imprudence avec laquelle ils avoient publié l'Apologie, après le
bruit que les propositions de leurs auteurs, présentées par les curés, avoient fait dans le clergé.
Le père de Lingendes même a témoigné à M. le
doyen de Notre-Dame être du même sentiment,
en reconnoissant, comme on voit dans notre
journal, *qu'il étoit fâché du bruit que ce livre
causoit* : de sorte que les paroles que nous avons
cru avoir été dites par M. Le Tellier, ne contiennent que le sentiment de ceux qui vous sont
les plus favorables. Et quant à ce qui est dit
contre l'Apologie en particulier, sa lettre ne
dit pas expressément qu'il n'en ait point parlé;
et il nous semble, mon révérend père, que vous
prenez un peu trop à la rigueur quelques termes
d'humilité dont il se sert, en avouant *qu'il
n'entend pas les matières dont il s'agit.* Car ayant
exercé, comme il a fait avec tant d'intégrité, les
premiers emplois de la justice, il ne peut pas
ne point condamner les excès de votre morale,
qui sont, pour la plupart, aussi contraires aux
lois civiles et humaines, qu'aux ecclésiastiques
et divines. Et ce seroit bien abuser de la bonté

qu'il témoigne pour votre compagnie, que de vouloir vous en servir pour persuader à toute la France, qu'un homme de son rang et de son mérite ne désapprouve point les pernicieuses maximes que les évêques ont censurées dans votre Apologie; qu'il ne trouve pas mauvais qu'on enseigne, par exemple, qu'un gentil-homme chrétien peut en conscience tuer un homme pour éviter un soufflet, et se venger d'un démenti; et qu'il n'y a point de crime à imposer de faux crimes à ceux qui nuisent injustement à notre réputation. C'est pourquoi, mon révérend père, nous ne craignons point de vous dire que vous lui imposez en voulant faire croire qu'il est dans ce sentiment; et nous n'appréhendons point qu'il nous désavoue pour l'avoir défendu contre un soupçon si injurieux.

XIᵉ Objection du père Annat.

Nous souhaiterions, mon révérend père, de pouvoir nous contenter de dire, à l'égard de M. l'évêque d'Amiens, ce que nous venons de dire à l'égard de M. Le Tellier; et nous serions tout disposés à rejeter les Mémoires que l'on nous a donnés sur ce sujet, et à croire simple-ment le désaveu de ce prélat que vous rapportez, si nous pouvions le faire sans être suspects d'une basse flatterie, dont ceux qui nous ont fourni ces Mémoires pourroient nous convaincre par écrit. C'est pourquoi, ne pouvant pas demeurer dans cette retenue, nous espérons de faire voir

par cet exemple que le public auroit été plus
satisfait de votre conduite, si, au lieu des désa-
veux généraux que vous avez tirés de trois ou
quatre personnes, vous leur aviez demandé un
récit sincère de ce qui s'est passé dans les faits
qui sont rapportés dans notre journal. Car, en
ne lisant que la lettre de M. l'évêque d'Amiens,
on doit en conclure que tout notre récit est une
pure fiction, et qu'il n'a rien dit de tout ce que
nous lui faisons dire. Et c'est aussi la conclusion que vous en tirez, en disant que « M. l'évê-
» que d'Amiens, étant à Rouen, désavoua sur-le-
» champ cette relation comme fausse, et qu'il
» écrivit aux curés de Paris que l'on lui imposoit
» des discours qu'il n'avoit jamais tenus. » Cependant parce que ce prélat s'est expliqué plus
particulièrement, et qu'il a même envoyé le
journal apostillé de sa main, et signé de son
nom, en marquant en détail tout ce qu'il avouoit
avoir dit, et tout ce qu'il prétendoit n'avoir pas
dit, il nous a donné moyen de justifier, dans
une occasion signalée, la sincérité avec laquelle
nous avons fait ce journal. C'est pour cela que
nous représenterons ici ses apostilles, telles que
nous les avons, écrites et signées de sa main.

Notre journal ne contient que cinq articles
sur son sujet, dont voici le premier : « M. l'évê-
» que d'Amiens ayant reçu la requête et le fac-
» tum, ne se contenta pas de témoigner aux
» curés, par le bon accueil qu'il leur fit, com-
» bien il approuvoit leur zèle et leur piété; mais

» il leur dit positivement qu'il n'avoit jamais
» pu approuver et qu'il n'approuveroit jamais la
» doctrine des jésuites; qu'il en avoit dit très-
» librement ses sentiments jusques dans le
» Louvre en des occasions importantes; et que
» c'étoit une chose étrange combien ces maximes
» se répandoient. » M. l'évêque d'Amiens avoue
tout cet article, excepté qu'il change le mot de
jésuites en celui d'*Apologie*.

Le second article est celui-ci : « Il leur rap-
» porta sur ce sujet que, faisant ses visites dans
» Abbeville, il s'enquit des prêtres qui servent
» aux paroisses, ce qu'ils répondoient aux ser-
» viteurs et servantes qui ne se contentoient pas
» de leurs gages, et qui, sur ce prétexte, se ré-
» compensent en cachette du bien de leurs maî-
» tres; et qu'il s'en trouva plusieurs qui approu-
» voient ces compensations, parce, disoient-
» ils, qu'ils avoient appris cette doctrine des
» jésuites. » M. l'évêque d'Amiens avoue encore
tout cet article, hormis qu'il change le mot de
jésuites en celui de *casuistes*.

Le troisième article est : « Il ajouta encore,
» sur ce que quelques curés témoignèrent s'é-
» tonner que les jésuites enseignassent de si
» étranges choses dans Amiens, que ce qu'ils
» trouvoient étrange ne le surprenoit pas. Je
» suis assuré, dit-il en propres termes, que le
» père Poignant ne débite point sa doctrine par-
» ticulière : sachez qu'autant qu'ils ont de pères
» qui enseignent les cas de conscience en France,

» en Italie, en Espagne, en Allemagne et partout
» ailleurs, ils parlent tous le même langage. »
M. l'évêque d'Amiens désavoue tout cet article,
et il dit que ce ne fut pas lui qui dit aux curés,
mais les curés qui lui dirent que partout où il
y avoit des jésuites, on enseignoit les mêmes
propositions.

Le quatrième article contient une lettre fort
obligeante, que M. l'évêque d'Amiens écrivit à
ses curés qui lui avoient envoyé leur factum ;
dans laquelle il dit, entre autres choses, qu'a-
près avoir examiné le tout, il est fort convaincu
de la nécessité de travailler à l'examen de cette
morale, etc. M. d'Amiens ne dit rien sur cet
article, comme étant incontestable.

Le cinquième est : « La contestation s'étant
» émue entre les curés et les jésuites d'Amiens,
» sur le sujet des écrits de leurs professeurs,
» dont les curés s'étoient plaints, M. d'Amiens
» condamna les jésuites par contumace aux dé-
» pens envers les curés, et ordonna qu'ils seroient
» réassignés pour se voir condamner à révoquer
» publiquement leurs méchantes propositions. »

M. l'évêque d'Amiens désavoue tout cet article
en ces termes : « Il n'est pas vrai que j'aie con-
» damné les jésuites aux dépens par contumace,
» et je n'ordonnai point qu'ils fussent réassignés :
» car ils n'avoient pas encore été assignés. J'avois
» seulement répondu à la requête des curés, et
» mis au bas : soient les parties appelées. Et le
» jour assigné pour la conférence que j'avois

» trouvé à propos de faire, les jésuites se trou-
» vèrent à l'heure marquée, et les curés ne vou-
» lurent pas s'y trouver. En quoi il paroît que
» celui qui a fait imprimer ces extraits, a eu de
» fort mauvais Mémoires. *Signé* FRANÇOIS, *évêque*
» *d'Amiens.* »

Sur cela, mon révérend père, vous remar-
querez, premièrement, combien il y a de différence entre la modération d'un évêque et l'emportement d'un jésuite. Ce prélat étoit persuadé
que nous nous étions trompés en rapportant de
lui un fait important, qui est qu'il eût rendu
une sentence contre votre société, laquelle il
croyoit n'avoir point rendue. Et cependant il
n'a pas seulement eu la pensée de nous traiter
de *fourbes* et d'*imposteurs*; mais il se contente
de dire qu'*il faut que nous ayons eu de mauvais
Mémoires.* Voilà, mon révérend père, comme
parlent tous les gens d'honneur. Mais ce n'est
pas là le style de la compagnie, qui a pour
maxime aussi-bien de sa conduite que de sa
théologie, *detrahentis autoritatem sibi noxiam
falso crimine elidere.*

En second lieu, il est bon de remarquer que
des quatre faits que M. l'évêque d'Amiens désavoue, ou en tout, ou en partie, il y en a trois
qui ne consistent que dans des paroles qui,
n'ayant pas été écrites, ne peuvent se prouver
que par des témoins vivants; et un quatrième
qui peut se prouver par écrit. Pour les paroles
de vive voix, il est vrai, d'une part, que M. l'évê-

que d'Amiens croit ne pas les avoir toutes dites.
Mais il est vrai, de l'autre, que MM. les curés
d'Amiens croient les avoir toutes entendues. Car
ce prélat étant retourné à Amiens depuis ses
apostilles qu'il écrivit à Rouen, et ayant fait
quelque reproche à ses curés, dans la pensée
qu'il eut que c'étoient eux qui avoient mandé
ces choses, ils lui soutinrent, avec tout le respect qui lui étoit dû, qu'il leur avoit dit positivement tout ce qui se trouve dans le journal, et
afin de lui aider à rappeler sa mémoire par les
choses qui ont accoutumé de la réveiller, ils lui
marquèrent les temps et les lieux où ils croyoient
qu'il leur avoit dit toutes ces paroles, et en particulier le mot de *jésuites*, au lieu de celui de
casuistes et d'*Apologie*.

Nous n'entrons point, mon révérend père,
dans ce différend : il est de peu d'importance.
Un défaut de mémoire qui est ordinaire à tous
les hommes, n'intéresse en rien, ni la sincérité
de M. l'évêque d'Amiens, ni celle de MM. les
curés. Mais ce qu'il y a de certain, est que l'accusation d'*imposteurs* que vous formez contre nous
sur ce sujet, est pleine d'injustice et de calomnie ; puisqu'il est clair que nous avons dit de
bonne foi ce qui avoit été rapporté par des personnes dignes de foi.

Ce qui donne néanmoins un peu plus de sujet
de s'assurer sur la mémoire de MM. les curés
que sur celle de l'évêque d'Amiens, c'est qu'outre
qu'il est plus facile qu'un seul se trompe que

plusieurs, et qu'il est plus aisé d'oublier ce qu'on a dit, que de croire avoir oui ce qu'on n'a point oui, nous n'avons aucune preuve que la mémoire ait manqué à ces curés, et nous en avons une certaine qu'elle a manqué à M. l'évêque d'Amiens, dans l'unique fait qui pouvoit se justifier certainement, et duquel il est plus étonnant qu'il ne se soit pas ressouvenu. Car il est sans comparaison plus ordinaire d'oublier des paroles qu'on a dites sans beaucoup de réflexion, que d'oublier qu'on ait rendu une sentence. Cependant il faut bien que M. d'Amiens l'ait oublié; puisque nous avons en bonne forme la sentence qu'il nous a mandé si positivement ne point avoir rendue. En voici la copie telle qu'elle est au greffe, et qu'elle a été signée et délivrée par son greffier.

A tous ceux qui ces présentes lettres verront, salut : François, par la grâce de Dieu et du saint-siége apostolique, évêque d'Amiens, conseiller du Roi en ses conseils, et maître de l'oratoire de Sa Majesté, vu la requête à nous présentée par frère Pierre Boucher, curé de Saint-Firmin-au-Val; Pierre Matissar, l'un des curés de Saint-Firmin-le-Confesseur; frère Antoine Woignet, curé de Saint-Pierre; Pierre Coulon, curé de Saint-Remi; Louis Desaleux, curé de Saint-Sulpice; Jacques Avisse, curé de Saint-Jacques; Jean du Menil, aussi curé de Saint-Firmin-le-Confesseur; et Pierre de Flesselles, curé de Saint-Martin, demandeurs sur requête, et le promoteur de notre cour spirituelle joint, contre pères Longuet, Simon de Lessau et Poignant, tous jésuites de cette ville, défendeurs : ladite requête du 5 juillet dernier, au bas de laquelle est notre permission de faire assigner lesdits défendeurs, pour, après avoir exa-

miné l'Extrait des propositions qui s'enseignent publiquement dans le collége de cette ville, et l'Apologie où elles
sont plus au long reprises et défendues, faire défense d'enseigner cette doctrine pernicieuse, de débiter ou retenir
ladite Apologie, et voir condamner les propositions contenues dans lesdits Extrait et Apologie, au bas de laquelle
est l'adjonction et réquisitoire dudit promoteur, et notre
ordonnance pour faire assigner lesdits défendeurs; et ensuite est l'exploit d'assignation à eux faite par Rouveroy,
sergent, le 3 octobre dernier, à laquelle requête sont attachés lesdits Extrait et Apologie, notre règlement portant
ordonnance auxdits défendeurs de défendre à la huitaine,
en date du 5 dudit mois; l'assignation faite auxdits défendeurs au domicile de Me Jean Bucquet, leur procureur,
le 14 dudit mois d'octobre, pour voir dire que lesdits demandeurs auroient défaut, faute d'avoir par iceux défendeurs déduit moyens de défenses, le défaut accordé auxdits
demandeurs, sauf trois jours, à quoi ils n'ont satisfait:
Nous, en adjugeant le profit dudit défaut, privons et dé-
boutons lesdits défendeurs de toutes exceptions et défenses,
et pour voir condamner lesdites propositions, et par lesdits
défendeurs les révoquer publiquement, ordonnons qu'ils
seront réajournés, o intimation; et les condamnons ès
dépens desdits défauts et jugement. Donné à Amiens, le
12 novembre 1658. *Signé* PICARD.

Cette sentence est énoncée dans une autre,
rendue peu après par le même M. d'Amiens dans
la même affaire, le 19 du même mois, en ces
termes : « Vu par nous la requête, etc., notre
» sentence du 12 des présents mois et an, au
» bas de laquelle est le réajournement fait aux-
» dits défendeurs. »

Vous voyez, mon révérend père, que nous
n'avons pas eu tort de dire, dans notre journal,

que M. l'évêque d'Amiens avoit rendu une sentence, où il vous avoit condamnés, par contumace, aux dépens envers MM. les curés. Et vous
jugez assez que c'est un étrange préjugé pour la
vérité des autres faits qui demeurent contestés.
Mais pour nous, après avoir justifié notre bonne
foi, vous trouverez bon que, laissant à part ce
que M. l'évêque d'Amiens revoque en doute,
nous prenions droit sur ce qu'il avoue, et que
nous y fassions deux réflexions, dont la première est, que tous ces changements que M. l'évêque d'Amiens a cru devoir être faits dans notre
journal, ne vous sont nullement avantageux.

Il veut qu'au lieu de dire qu'il *n'avoit jamais approuvé*, *et qu'il n'approuveroit jamais
la doctrine des jésuites*, il ait seulement dit, *la
doctrine de l'Apologie*. Quel avantage pouvez-
vous en tirer ; puisqu'il est constant que l'Apologie étant un ouvrage des jésuites, et soutenu
par toute la société, désapprouver la doctrine de
l'Apologie, c'est désapprouver la doctrine des
jésuites ?

Il ne change de même dans le second article,
que le mot de *jésuites*, en celui de *casuistes*. Et
ainsi il avoue qu'il a dit, pour montrer combien
ces maximes se répandoient, que « faisant ses
» visites dans Abbeville, il trouva plusieurs prê-
» tres qui approuvoient que les serviteurs et ser-
» vantes qui ne se contentoient pas de leurs
» gages, se récompensassent en cachette du bien
» de leurs maîtres ; parce, disoient-ils, qu'ils

» avoient appris cette doctrine des casuistes. » Il
est donc constant, mon révérend père, par un
témoignage si authentique, que cette méchante
doctrine qui apprend aux serviteurs à voler leurs
maîtres, qui corrompt leur fidélité, qui trouble
la paix et la sûreté des familles, selon les termes
des censures contre votre Apologie, ne s'enseigne pas seulement dans des livres, mais se pratique encore dans la conduite des consciences,
et qu'elle empoisonne également les serviteurs
qui la suivent, et les confesseurs qui l'approuvent.

Voilà ce qu'il nous étoit important de prouver
par le témoignage de cet évêque, et qu'il étoit
utile que toute l'Église sût, afin que l'on connoisse combien il est nécessaire de s'opposer au
progrès de cette méchante morale. Mais que
M. d'Amiens ait attribué cette doctrine aux casuistes, ou aux jésuites, cela nous est fort indif-
férent : puisque nous n'avons pas besoin du
témoignage de personne, mais seulement de
nos propres yeux, pour savoir que ces casuistes
sont des jésuites ; que c'est le père Bauny qui l'a
publiée dans un livre françois, qui est entre les
mains de tout le monde, et qui a été condamné
sur ce point aussi-bien que sur beaucoup d'autres, par la Faculté de Paris ; et que votre apologiste l'ayant voulu défendre, a encore attiré sur
lui les censures de l'Église.

La seconde réflexion que nous avons à faire
sur le sujet de M. l'évêque d'Amiens, est que

son procédé nous fait voir, avec douleur, ce
que peut la violence de votre société sur les personnes mêmes qui paraissent les mieux inten-
tionnées. Car ce prélat reconnoît de bonne foi,
qu'il n'approuve point, et qu'il n'approuvera ja-
mais la doctrine de l'Apologie; qu'il est convaincu
de la nécessité de travailler à l'examen de cette
morale; et enfin que son diocèse en est actuellement infecté. Ainsi on ne peut attribuer le
retardement qu'il a apporté jusqu'ici à censurer
ce livre, à aucun doute qu'il ait, ou que la doctrine n'en soit pas mauvaise, ou que ce ne soit
pas le temps de travailler à l'examen de cette
morale, et à en empêcher le cours, qu'il a reconnu être si grand dans son propre diocèse.
Qui pourroit donc l'avoir retenu tant de temps,
que l'appréhension d'attirer sur lui les persécutions, ou publiques, ou secrètes de votre société,
et tout le crédit du père Annat? Et il n'est pas
étrange que ces terreurs aient quelque pouvoir
sur des personnes d'ailleurs estimables : puisque, sans avoir égard à aucune considération
temporelle, ils peuvent en avoir de spirituelles,
qui leur font douter s'il est de la prudence de se
commettre avec un corps qui a pour première
maxime de sa politique, de travailler de toutes
ses forces à perdre d'honneur tous ceux qui s'opposent à ses intérêts, et à les rendre, s'ils peuvent, inutiles à l'Église, de peur qu'ils ne nuisent à la grandeur de la compagnie.

C'est sans doute pour imprimer davantage

cette terreur dans les esprits, que vous avez cru devoir nous traiter d'une manière si outrageuse, et si disproportionnée aux reproches frivoles que vous nous faites. Vous n'avez pu ignorer qu'ils ne servoient de rien pour appuyer votre morale, et pour arrêter l'horreur que tout le monde en a conçue. Mais vous vous êtes persuadés qu'en foulant ainsi aux pieds un corps qui est de quelque considération dans l'Église, vous vous rendriez par là redoutables à tout le monde ; et que si vous ne pouviez pas empêcher qu'on ne détestât dans le cœur vos maximes pernicieuses, vous empêcheriez au moins, par la crainte d'un semblable traitement, qu'on vous les reprochât en public.

Il ne faut donc pas s'étonner qu'il y ait des personnes que ces appréhensions ébranlent : mais il faut plutôt s'étonner qu'il s'en soit tant trouvé qui n'en aient point été ébranlées, et qui, méprisant, par une générosité épiscopale, tout ce qui pouvoit leur arriver de la part d'une société si vindicative, ont rendu à la vérité les témoignages qu'ils lui devoient.

Pour nous, mon révérend père, que vous regardez aujourd'hui comme le principal objet de votre animosité, bien loin de nous repentir de l'engagement où Dieu nous a mis, nous nous sentons obligés de lui rendre grâces de ce qu'il a fortifié notre foiblesse contre ces craintes. Et peut-être aussi que la postérité nous saura gré d'avoir mieux aimé nous exposer à tous les ressentiments d'une haine aussi obstinée et aussi puissante qu'est la vôtre, que d'abandonner la défense de la morale de Jésus-Christ.

A Paris, le 25 juin 1659.

HUITIÈME FACTUM

Des Curés de Paris, ou seconde partie de la Réponse au père François Annat, jésuite, contenant les plaintes qu'il leur a donné sujet de lui faire par son écrit intitulé : *Recueil de plusieurs faussetés*, etc.

Nous croyons, mon révérend père, que vous serez plus que satisfait sur tous les chefs d'accusation que votre révérence a proposés contre nous. Mais il est raisonnable que vous preniez à votre tour la peine de satisfaire à nos plaintes ; et qu'après nous avoir attaqués si injustement, vous vous défendiez vous-même des justes reproches que nous avons à vous faire. Nous espérons qu'ils seront plus considérables que les vôtres, et plus utiles à ceux qui voudront s'instruire de nos différends ; parce que nous rentrerons souvent par là dans l'examen de votre morale, dont vous essayez de nous retirer, en vous attachant à nos personnes ; et que nous ferons voir, par votre conduite, non-seulement que vous enseignez aux autres, mais que

vous pratiquez vous-mêmes les maximes corrompues de vos casuistes.

Ire Plainte des Curés contre le père Annat.

Notre première plainte est fondée sur ces
paroles de la fin de votre recueil, qui sont
comme la conclusion de toutes les injures dont
vous nous avez déchirés : « Je ne dis pas, dites-
» vous, que les journalistes sont menteurs, im-
» posteurs et faussaires ; mais j'espère que le
» sage lecteur se persuadera que je l'ai bien
» prouvé. »

Vous ne le dites pas, mon révérend père ?
Qui a donc écrit dès la seconde page de votre
recueil, que *vous avez résolu d'y faire voir
que les auteurs et les distributeurs de ces écrits
sont extrêmement menteurs?* Qui a donc dit en la
quatrième page, que *ce sont des fourbes découverts?* Et, au même lieu, que *les journalistes
montrent qu'ils ont aussi peu de jugement que
de bonne foi?* Et en la sixième, que *ce sont les
plus grands menteurs de tous?* Et en la septième,
que *les journalistes ont bien le courage de pa-
roitre plus imposteurs que les jansénistes?* Et en
la neuvième, qu'*ils sont généreux en leurs mensonges?* Comment peut-on excuser une fausseté
si visible, qu'en l'attribuant à un défaut de
mémoire, qui fait voir qu'on peut bien oublier
et désavouer ce qu'on auroit dit il y auroit
quelque temps : puisque le père Annat a oublié,

à la fin d'un libelle de trois feuilles, ce qu'il a dit auparavant sept ou huit fois ?

Il est donc certain, mon révérend père, que vous vous êtes emporté à cet excès, que d'appeler tous les curés de Paris, *des menteurs*, *des imposteurs et des fourbes*. Et si quelque reste de honte vous a porté à dissimuler à la fin que vous leur ayez donné ces noms outrageux, c'est pour leur faire en même temps un plus grand outrage, en ajoutant que si vous ne l'avez pas dit, on jugera que vous l'avez bien prouvé.

Ce n'est pas ici une accusation de peu d'importance. Le crime d'un *imposteur* et d'un *faussaire*, étant du nombre de ceux qui *ferment le royaume de Dieu*, comme parle saint Augustin, que les canons punissent des peines les plus rigoureuses, et que les hommes détestent davantage : dire que *vous avez bien prouvé que nous sommes des faussaires et des imposteurs*, c'est assurer que nous sommes des prêtres criminels, indignes de notre ministère, qui devrions en être séparés par le jugement de l'Église, et qui devons être en horreur à tout le monde, et à ceux mêmes qui nous sont soumis.

Voilà ce qu'enferme le reproche que vous nous faites. Si vous l'avez bien prouvé, comme vous le dites, il ne nous reste qu'à en faire pénitence. Mais si vous ne l'avez point trouvé, et si c'est sans raison que vous nous imposez ces crimes, vous en êtes vous-même coupable : puisque la calomnie est en cela différente des autres péchés,

qu'on n'est point, par exemple, homicide pour
accuser faussement un autre d'avoir fait un
meurtre ; au lieu qu'on est nécessairement ca-
lomniateur, quand on accuse faussement un
autre de l'être. De sorte que si votre accusation
est sans fondement, il ne vous reste aucune voie
pour vous réconcilier avec Dieu, que la réparation publique d'un excès si public et si scandaleux.

Voyons donc quelles sont les preuves par lesquelles vous prétendez avoir *bien prouvé que
nous sommes des menteurs, des imposteurs et des
faussaires.* C'est, dites-vous, *par des témoins les
plus irréprochables qu'on puisse jamais trouver.*
Nous avons fait voir par l'exemple de celui seul
qui a particularisé son désaveu, que la mémoire manque aussi souvent à ceux qui croient
n'avoir pas dit des choses, qu'à ceux qui croient
les avoir ouies. Mais supposons que tout ce que
disent ces témoins illustres soit indubitable,
qu'en pouvez-vous conclure autre chose dans
toute la rigueur, sinon, comme a fait M. l'évêque d'Amiens, que nous avons eu de mauvais
mémoires dans quelques faits de notre journal;
qui ne sont de nulle importance ? Est-ce là, mon
révérend père, avoir bien prouvé que *nous sommes des menteurs, des imposteurs et des faussaires?*
Êtes-vous donc si peu instruit dans les règles les
plus communes de la morale, non-seulement chrétienne, mais humaine, que vous ne sachiez pas
que ce qui fait un homme *menteur, imposteur et*

faussaire, n'est pas simplement d'avoir dit des choses qui ne se trouvent pas vraies ; mais de les avoir dites contre sa conscience, et sachant qu'elles étoient fausses ; et que c'est proprement le manquement de sincérité et de bonne foi qui fait ces crimes ? *Nul ne doit être jugé menteur*, dit saint Augustin, *pour dire une chose fausse, la croyant vraie : Nemo sanè mentiens judicandus est, qui dicit falsum quod putat verum*, in Ench. c. 18. Et cette maxime est si certaine, qu'on en a fait une règle du droit canonique, 22 q. 2. Or, vos témoins prouvent-ils que nous ayons manqué de sincérité, et que nous ayons parlé contre notre conscience ? Y a-t-il un seul mot dans toutes les Lettres que vous produisez, par lequel il paroisse que nous ayons avancé des choses comme véritables, lesquelles nous savions bien être fausses ? Y a-t-il même la moindre couleur et la moindre vraisemblance en cette prétention ? Car y a-t-il homme de bon sens qui puisse s'imaginer, que sachant bien, par exemple, que c'étoit à M. l'abbé Le Camus, et non à M. Gauquelin, à qui M. l'évêque de Rodez et le père Annat avoient parlé, nous ayons pris plaisir à dire, contre notre conscience, que c'étoit à M. Gauquelin ? Y a-t-il apparence de croire que nous ayons inventé à dessein, que M. le nonce étoit avec M. le chancelier, lorsque le père de Lingendes lui porta votre déclaration, quoique nous sussions bien qu'il n'y étoit pas ? Quel avantage pouvions-nous tirer de ces cir-

III.   17

constances ? Et qui est l'homme qui, ayant assez
peu de conscience pour mentir, a eu jamais assez
peu d'esprit pour en choisir des sujets si inutiles
et si ridicules ? Il est donc clair, mon révérend
père, que vous n'avez point *prouvé que nous
fussions des menteurs, des imposteurs et des faussaires;* et qu'ainsi vous demeurez vous-même
convaincu de nous avoir fait une injure, dont
vous ne sauriez obtenir le pardon de Dieu, que
par une reconnoissance publique de nous avoir
injustement calomniés.

Mais il est encore nécessaire de considérer que
les choses sur lesquelles vous nous traitez si injurieusement, sont de si peu d'importance,
qu'il est infiniment plus honteux d'en prendre
des sujets de reproche et d'accusation, comme
vous faites, que d'en avoir été mal informé,
comme vous prétendez que nous l'avons été.
Car il n'y a personne qui ne sache que dans les
choses que l'on dit sur le rapport d'autrui, il
faut mettre grande différence entre celles qui
sont importantes, et celles qui ne le sont pas.
Dans les choses importantes, quoiqu'il suffise
d'être sincère pour n'être pas menteur, cela ne
suffit pas pour être exempt de toute faute ; et il
y en a même que l'on ne peut publier, à moins
que d'en avoir des preuves certaines, sans une
témérité criminelle. Mais dans les choses qui ne
sont de nulle conséquence, comme nous avons
montré qu'étoient celles que vous nous reprochez, la sincérité suffit non-seulement pour

éviter le mensonge, mais même pour éviter toute autre faute ; parce que ce seroit détruire la société humaine, que de vouloir obliger les hommes à s'informer des moindres faits avec autant de soin et de diligence, que s'il s'agissoit des plus grandes choses. Et c'est pourquoi saint Augustin, dans son exactitude ordinaire, dit que « Celui qui tient pour vraies des choses fausses » qu'il a crues trop légèrement, ne peut jamais » être accusé de mensonge, mais quelquefois de » témérité. *Non itaque mendacii, sed aliquandò » temeritatis arguendus est ; qui falsa incautiùs » credita pro veris habet,* Enchirid. c. 18. » Il ne dit pas qu'on puisse toujours l'accuser de témérité, mais seulement quelquefois. Or, quand peut-on moins l'en accuser, que lorsque les faits où il se trompe sont de si peu de conséquence, qu'ils ne méritent pas qu'on s'en informe avec plus de soin ? Il y a donc des choses sur lesquelles ont peut se contenter d'un ouï-dire, selon les règles mêmes de la prudence chrétienne ; et ainsi nous avons pu déférer, sans une plus grande enquête, à ce qu'on nous avoit dit, que M. le nonce étoit chez M. le chancelier lorsque le père de Lingendes y alla. Et comme c'étoit une chose qui étoit dans l'esprit et dans la bouche de tout le monde, et de vos plus grands amis, que vous aviez fait une grande imprudence de publier l'Apologie, nous avons encore pu croire que M. Le Tellier vous avoit déclaré librement un sentiment si commun, si juste, si charitable, et dont il ne peut se faire que vous ne soyez vous-mêmes convaincus par l'événement.

Mais il y a des choses que l'on ne peut sans crime publier sur un ouï-dire ; et sans aller bien loin en chercher des exemples, vous nous en fournissez un bien considérable dans la douzième page de votre recueil, qui sera le sujet de notre seconde plainte.

IIe Plainte des Curés contre le père Annat.

Vous y parlez ainsi : « Je ne puis que je n'ad-
» mire l'esprit et la conscience des ennemis des
» jésuites, qui font un lieu commun d'invectives
» contre leur doctrine sur la direction d'inten-
» tion. Je les défie de pouvoir jamais trouver un
» jésuite qui ait enseigné que l'usage d'un moyen
» reconnu pour mauvais, devienne bon par la
» direction d'intention ; ou, ce qu'on dit être
» arrivé dans une paroisse de Paris il y a dix ou
» douze ans, que pour ôter un curé qui empêche
» la sainte intention qu'on a de faire honorer de
» nouveaux saints dans son église, et d'y rétablir
» l'ancienne discipline, on puisse mêler dans son
» bouillon je ne sais quoi qui l'aide à aller en
» paradis devant le temps. »

Ce sont vos paroles, mon révérend père. Il ne s'agit pas ici si M. de Rodez a parlé à M. Gauquelin, il s'agit d'un empoisonnement, qui est l'un des plus horribles crimes devant Dieu et devant les hommes. Ceux qui ne jugeront de ceci que par votre recueil, ne pourront croire autre chose sinon que vous avez voulu faire retomber sur quelqu'un de nous l'infamie de cette accusation : en quoi vous nous faites une injure signalée, de nous faire passer sur un ouï-dire pour des empoisonneurs de curés. Nous vous soutenons, mon révérend père, que ce ne sont point là des choses qu'on puisse sans crime publier sur un ouï-dire. Il faut, pour pouvoir ainsi les avancer, ou qu'elles soient notoires à tout le monde, ou qu'on les autorise au moins en les publiant par des preuves claires et convaincantes. A moins que cela, selon toutes les lois et civiles et canoniques, on mérite le même châtiment que mériteroit le crime dont on accuse les autres : *Qui non probaverit quod objecit*, dit le pape Adrien, *pœnam quam intulit ipse patiatur.* Où sont donc vos preuves, mon révérend père ? où sont ceux qui vous ont dit que *la sainte intention de faire honorer de nouveaux saints, a fait empoisonner un curé ?* Et s'il y en a qui vous l'aient dit, ce qui n'est nullement croyable, quelles assurances en avez-vous tirées pour le croire, et pour en prendre la hardiesse de le publier ? Si vous en avez, produisez-les à la face de toute l'Église ; mais si vous ne pouvez en produire aucune, souffrez que nous vous disions que la plus favorable interprétation qu'on puisse donner à ce reproche calomnieux, aussi-bien qu'à toutes les injures que vous nous dites, est que vous avez voulu y pratiquer la doctrine de Dicastillus, qui exempte de crime la ca-

lomnie, lorsqu'on s'en sert pour repousser ceux
qui nuisent injustement à notre réputation,
comme vous croyez que font à votre égard tous
ceux qui décrient votre morale. L'usage de cette
doctrine sur la calomnie vous est maintenant
devenu plus facile que jamais ; et nous ne voyons
pas ce qui pourroit empêcher les plus scrupu-
leux jésuites de s'en servir dans toutes les occasions où ils croiront en avoir besoin ; car votre
Dicastillus, qui avoit ôté à la calomnie, dans ces
rencontres, la malice du péché mortel, y avoit
laissé au moins une offense vénielle, n'ayant
pas trouvé le moyen d'en séparer le mensonge.
Mais votre père Tambourin, si hautement loué
et approuvé par votre général, vient de donner
la naissance à une opinion qui mettra bientôt
toutes ces sortes de calomnies, et toutes leurs
suites entre les actions tout-à-fait permises.

Vous trouverez bon, mon révérend père, que
nous vous représentions ici ses paroles, et que
nous profitions de cette occasion pour continuer d'instruire le monde des principes de votre
morale.

Ce nouveau théologien, dans son explication
du Décalogue, imprimée cette année même à
Lyon, avec les éloges et approbations de plusieurs de votre société, *lib.* 9, *c.* 2, §. 2, *n.* 4,
propose cette question : « S'il est permis d'im-
» poser à un témoin injuste d'aussi grands crimes
» qu'il est nécessaire pour notre juste défense,
» lorsque l'on ne peut s'en défendre autrement. »

Sur ce cas il divise sa réponse en deux parties : la première est, qu'*il lui est probable qu'on ne pèche point en cela contre la justice.* Sur quoi il cite Dicastillus, et quelques autres casuistes, et c'est où vous en étiez demeurés. Mais la seconde réponse contient les nouvelles lumières de ce jésuite. « Il m'est incertain, dit-il, si cela ne » peut point se faire sans aucune faute, *sine ullâ* » *culpâ* : de Lugo croit que non, parce que ce » seroit au moins un mensonge, ce qui n'est ja- » mais permis ; et de plus, que s'il falloit prou- » ver ce faux crime par témoins, il faudroit les » engager à un parjure, ce qui seroit un péché » mortel. J'entends tout cela, dit Tambourin ; » mais comme tout le péché se rejette sur le » mensonge et le parjure, il s'ensuit, première- » ment, que si c'étoit un mensonge sans ser- » ment, ce ne seroit pas un péché mortel, ce » qu'accordent aussi expressément Hurtadus et » Bannez dans Diana, p. 9, tr. 8, resol. 43. En » second lieu, lorsqu'on seroit obligé de faire » serment on pourroit user d'équivoque, et ainsi » éviter le parjure et le mensonge, ce qui seul » fait que Lugo et les autres docteurs nient l'opi- » nion qui exempte cela de péché. Et par con- » séquent le mensonge étant ôté par l'équivoque, » ils ne se trouveront plus contraires à cette » opinion. »

Vous voyez, mon révérend père, que, selon cette nouvelle invention d'ajouter l'équivoque à la calomnie, elle se trouvera entièrement purgée,

tant d'injustice et de péché mortel par le prétexte de repousser un injuste accusateur, que
de mensonge et de péché véniel par l'artifice
d'ajouter une équivoque. Néanmoins comme
cette opinion ne fait que de naître, et n'est pas
encore assez affermie, Tambourin en témoigne
quelque défiance, surtout à cause des inconvé-
nients et des suites qu'il ne rejette pas, mais
qu'il dit seulement être dures à digérer. Voici
comme il en parle : « Je dis néanmoins que cela
» m'est encore incertain. Car quoi? s'il falloit
» prouver que ce témoin qu'on veut décrier est
» un abominable, un excommunié, un hérétique;
» que ce faux témoin, dira-t-on, s'en prenne à
» lui-même. J'entends bien ; mais je suis encore
» en peine. Car quoi? s'il falloit falsifier pour
» cela des pièces publiques, pourroit-on porter
» un notaire public qui seroit certain de mon
» innocence, à les falsifier pour servir de preuves
» aux crimes qu'on supposeroit à ce faux té-
» moin? Pourquoi non, dira-t-on? *Quidni?* Car
» ce n'est pas être infidèle envers la république,
» mais extrêmement fidèle ; puisque c'est pour
» défendre les personnes innocentes de la répu-
» blique. Mais si on ouvre cette porte que devien-
» dront les jugements publics? Qu'on trouve,
» dira-t-on, de bons témoins, comme les de-
» mandent les tribunaux où la justice est bien
» rendue : car quand on repousse de faux té-
» moins par quelque artifice que ce soit, ce n'est
» pas affoiblir, mais fortifier les jugements pu-

» blics. J'entends bien. Je le dis encore une fois.
» Mais parce que cela me semble encore dur à
» digérer, je réserve volontiers à un autre temps
» à démêler ce nœud. »

Que vous en semble, mon révérend père, la
question est si, étant injustement accusé, l'on
peut, sans aucun péché, *sine ullá culpá*, imposer de faux crimes, comme l'hérésie et le péché
abominable, à celui qui nous accuseroit injustement : les soutenir même avec serment devant
les juges, en se servant d'équivoques : suborner
des témoins qui fassent les mêmes serments, et
aposter un notaire qui falsifie des pièces publiques pour appuyer ces calomnies.

Sur cela un jésuite, qui écrit par l'ordre de
son général, comme il paroît par ce qu'il dit,
p. 1, avec l'approbation de sa compagnie, dit
simplement qu'*il lui est incertain si cela n'est
point permis*. Et après avoir apporté toutes les
raisons qu'il a pu trouver pour montrer que cela
est permis, et n'en avoir opposé aucune au contraire, il se contente de dire que *cela est dur,
et qu'il réserve à un autre temps à démêler ce
nœud*.

Quelle théologie est-ce là, mon révérend père,
que votre société répand dans le monde ! En
est-on donc quitte après avoir proposé les plus
horribles renversements de la loi de Dieu, pour
dire qu'on en est en doute, qu'on en est incertain, que cela est dur ? Eh quoi ! le doute en matière de vérités si clairement établies par l'Écri

ture et par le consentement de toute l'Église,
n'est-il point impie et hérétique? N'est-ce point
une hérésie, non-seulement de dire que Jésus-
Christ n'est point dans l'Eucharistie, mais même
de dire que l'on est en doute s'il y est présent;
puisque le doute aussi-bien que l'erreur expresse détruit la certitude, sans laquelle il n'y a
point de foi? Pourquoi donc ne seroit-ce point
une hérésie de douter si une chose si expressément défendue par un précepte du Décalogue,
comme est le faux témoignage, n'est point défendue?

Mais nous vous disons plus, mon révérend
père. Ce doute, dans les écrits de Tambourin,
donne sujet à tous les autres de conclure, selon
les principes de la probabilité, qu'on peut faire
des actions si damnables, avec une entière sûreté de conscience. Car puisqu'il doute si l'on ne
peut point les faire, il ne croit donc pas qu'il
soit évident que l'Écriture les condamne, ni
qu'il y ait aucune raison convaincante qui fasse
voir qu'elles sont mauvaises : et cela ne suffit-il
pas pour conclure que l'opinion qui permet ces
actions, est probable au jugement de ceux qui
soutiennent qu'une opinion est probable, lorsqu'elle n'est pas évidemment fausse? *Quid requi-
ritur ut sententia sit probabilis à ratione? ut non
sit evidenter falsa*, dit Caramuel. Puisqu'il apporte des raisons pour l'appuyer, qui lui paroissent si considérables, qu'il n'y répond point,
peut-elle manquer d'être sûre en conscience au

jugement de ceux qui enseignent, comme fait Tambourin lui-même, *lib.* 1, *c.* 3, §. 3 : « Que la » moindre probabilité, soit d'autorité, soit de » raison, suffit pour bien agir : *Sufficit probabi-* » *litas sive intrinseca, sive extrinseca, quantumvis* » *tenuis;* » et qui veulent même qu'il ne soit pas nécessaire qu'une opinion soit évidemment pro-bable, mais que c'est assez qu'elle le soit proba-blement : *Satis est in omnibus casibus constare probabiliter opinionem esse probabilem*, comme dit encore le même auteur, *ibid. n.* 8 ?

Qu'il vous sera donc aisé, mon révérend père, de réduire en opinion probable et très-sûre en conscience, ce doute de Tambourin ? et après cela qu'on juge combien il est dangereux d'atta-quer les jésuites, puisqu'ils ont tant de moyens de s'en venger; car leur amour-propre leur per-suadant toujours que tous ceux qui décrient leurs méchantes opinions et leur mauvaise con-duite, sont de faux et d'injustes accusateurs qui calomnient leur société, il leur est aisé de con-clure ensuite, par leur morale même, qu'il leur est permis de les faire passer pour hérétiques, pour empoisonneurs, pour imposteurs et faus-saires. Si cela ne suffit, ils pourront y ajouter la subornation des témoins et la falsification des pièces publiques, pour les convaincre de ces crimes supposés. Et enfin si cela n'est pas encore suffisant, leur père L'Amy leur fournira de plus fortes armes pour se défendre contre ces pré-tendus faux accusateurs, *defensione occisivâ,*

comme parle la Faculté de Louvain, en censu-
rant la doctrine de ce jésuite.

Nous ne nous expliquons pas davantage sur
ce sujet; mais nous ajoutons que vous avez encore un moyen qui peut vous rendre redoutable
à ceux qui voudroient décrier votre compagnie.
Nous ne l'avons appris que depuis peu; et il est
bon que le public en soit informé. C'est qu'il
vous est encore permis de les voler, pour vous
récompenser du tort qu'ils feroient à votre réputation, selon cette maxime de Dicastillus,
de Just. et Jure, *l.* 2, *tr.* 2, *disp.* 9, *n.* 130, et de
Tambourin, *l.* 1, *c.* 3, §. 5. *Probabile est ablatio-
nem famæ pecuniá compensari* : Il est probable,
c'est-à-dire, sûr en conscience, qu'on peut se
récompenser en argent du tort qu'on fait à notre
réputation. Ce qu'il explique plus clairement,
ibid. §. 3, *n.* 25, où il résout, après de Lugo,
« Qu'il est probable que celui que l'on a diffamé,
» peut retenir l'argent de ceux qui l'ont diffamé,
» s'ils ne veulent pas, ou qu'ils ne puissent pas
» réparer le dommage qu'ils lui ont fait en sa
» réputation. » Et cela sans aucune crainte des
juges; parce que, selon le même Tambourin,
l. 8, *tr.* 1, *c.* 5, §. 1, lorsque la compensation
secrète a été juste, « il est aujourd'hui certain,
» parmi tous les casuistes, qu'on peut jurer de-
» vant les juges que l'on n'a rien pris, en sous-
» entendant qui ne nous fût dû : *Non esse in con-
» scientiâ furem, qui per occultam acceptionem
» compensat id quod sibi debetur; et posse jurare*

» *etiam coram judice se nihil accepisse, intelli-*
» *gendo quod sibi non deberetur, certum jam hodiè*
» *est apud omnes.* »

IIIᵉ Plainte des curés contre le père Annat.

Ce n'est pas sans raison, mon révérend père, que nous nous sommes un peu étendus sur ce sujet. Car cela nous donne moyen de répondre au défi que vous nous faites, « de pouvoir trouver » un jésuite qui ait jamais enseigné que l'usage » d'un moyen reconnu pour mauvais, devienne » bon par la direction d'une bonne intention », et de nous plaindre en même temps du reproche que vous nous faites ensuite, de pratiquer la doctrine que nous vous attribuons. Vous dites que *vous admirez en cela l'esprit et la conscience des ennemis des jésuites.* Mais nous avons bien plus de sujet d'admirer votre imprudence, de nous engager, par ces défis si mal concertés, à renouveler dans l'esprit du monde la mémoire de vos maximes, que vous auriez tant d'intérêt qu'on eût oubliées.

Eh quoi, mon révérend père ! n'est-ce donc pas employer de mauvais moyens sous prétexte d'une bonne fin, que d'employer, pour con-server sa réputation, la calomnie, la suborna-tion des témoins et la falsification des pièces publiques ? Dites-nous si c'est un moyen légi-time de conserver son bien, son honneur ou sa vie, contre l'injustice d'un accusateur, que de le prévenir en l'assassinant ? Or c'est ce que votre père Dicastillus permet formellement, non-seulement dans la spéculation, mais aussi dans la pratique, *lib. 2, tr.* 1, *disp.* 10, *d.* 10, où il dit que les raisons de ceux qui l'approuvent dans la spéculation, et le désapprouvent dans la pratique, *lui déplaisent extrémement* : *Hæ rationes mihi omninò displicent* : comme en effet il ne les réfute pas mal selon vos principes.

Dites-nous si ce n'est point un mauvais moyen à un religieux qui a abusé d'une fille, de s'en défaire, de peur qu'elle ne le diffame? Et cependant vous avez pu voir dans nos extraits, qu'un habile homme de votre société, au rapport de Caramuel, décidoit que ce religieux pouvoit, en ce cas, se servir de la doctrine de votre père L'Amy, et tuer cette femme pour conserver son honneur : *Inquiris an homo religiosus qui fragilitati cedens feminam vilem cognovit, quæ honori ducens se prostituisse tanto viro, rem enarrat et eundem infamat, possit illam occidere? Quid scio? At audivi ab eximio patre N. S. theologiæ doctore, magni ingenii et doctrinæ viro : potuisset Amicus hanc resolutionem omisisse : at semel impressam debet illam tueri, et nos eamdem defendere. Doctrina quidem est probabilis, sed quâ posset uti religiosus, et pellicem occidere, ne se infamaret.* Caramuel, *Theol. Fund. p.* 551.

Dites-nous si l'avortement n'est pas un mauvais moyen à une fille pour empêcher qu'on ne connoisse son péché? Cependant nous apprenons de Diana et de Tambourin même, *l.* 6, *c.* 2,

§. 4, *n.* 5, « qu'un très-savant théologien de votre société croyoit ce moyen permis, quand le
» fruit n'est pas encore animé : « *Teste Dianâ*
» *quidam doctissimus è societate Jesu id concedit*
» *ut probabile.* » Ce que votre père Héreau ayant
enseigné à Paris dans votre collège de Clermont
en 1641, quoiqu'il témoignât ne le permettre
que dans le cas qu'une fille eût été forcée ; il
excita contre vous l'indignation de tout Paris,
et eut votre collège pour prison par arrêt du
conseil du roi, du 3 mai 1644.

Tous ces exemples et beaucoup d'autres, vous
ayant déjà été proposés, vous deviez les avoir
prévus avant que de nous faire ce défi. Il n'est
pas difficile de vous en trouver encore de nouveaux ; et nous en avons lu depuis peu d'assez
rares dans Tambourin. Car, que diriez-vous de
ce cas, mon révérend père ? Un hôtelier sait
certainement qu'un homme ne peut souper sans
rompre le jeûne que l'Église l'oblige de garder :
peut-il l'inviter de soi-même à souper ? Toutes
les personnes de piété jugeroient que non ; mais
votre père Tambourin est d'un autre avis, et sait
bien purifier l'action de cet hôtelier, par la direction d'intention à son gain et à son intérêt.
« Que doit-on dire, dit-il, *l.* 4, *c.* 5, *a.* 96, *n.* 7 ;
» quand on sait certainement qu'un autre vio-
» lera le jeûne ? Il est difficile de permettre d'in-
» viter à manger en ces occasions : nous le per-
» mettons néanmoins assez probablement avec
» Sanchez et Diana. Et la raison de cette per-

«» mission est, que cet hôtellier, en invitant ainsi
» à manger ceux qui par là violeront le com-
» mandement de jeûner, a pour but de gagner
» de l'argent, et non pas de porter directement
» à rompre le jeûne et à pêcher : *Concessu est*
» *difficilius ; concedimus tamen satis probabiliter...*
» *quia ministratio illa , imò ultranea invitatio ,*
» *non fit à caupone directè alliciendo ad non je-*
» *junandum , atque adeò ad peccandum , sed ad*
» *lucrum expiscandum.* » Voyez-vous, mon révérend père, comme cette bonne intention d'at-
traper de l'argent, *ad lucrum expiscandum*, justifie une action qui, sans cela, seroit criminelle ?

En voici un autre exemple du même père
Tambourin, *lib.* 8, *tr.* 1, *c.* 5, §. 4, sur lequel
on vous supplie de consulter le Parlement, pour
voir s'il approuvera la doctrine de vos casuistes.
« Si votre débiteur a mis en dépôt chez son ami
» un vase d'argent, vous pouvez le prendre en
» cachette dans la maison du dépositaire, en
» prenant garde néanmoins que la justice ne
» l'oblige pas de le payer à celui qui le lui a mis
» en dépôt. Mais si vous ne pouvez éviter ce
» péril du dépositaire sans perdre votre dette,
» je réponds que je ne puis vous condamner,
» puisque vous ne prenez que ce qui vous appar-
» tient, et que la nécessité vous excuse de l'obli-
» gation de charité que vous auriez d'empêcher
» le dommage du dépositaire : *Si periculum im-*
» *mineat* (nempè depositario) *tu verò illud ca-*

» *vere non possis sine jacturá tui debiti, respon-*
» *deo : te tunc non possum condemnare , si tuum*
» *accipias ; quia tua necessitas te excusat ab obli-*
» *gatione charitatis , quâ deberes illud damnum à*
» *te indirectè solùm causatum à Petro avertere.* »
Tous les juges du monde prendroient cette action pour un vol , et la puniroient comme un
vol ; mais la direction d'intention à ravoir son
bien , fait , selon vous , que ce n'est que causer
indirectement le dommage du prochain.

Et cette direction ne va pas seulement à faire
perdre innocemment le bien au prochain , mais
aussi à lui faire perdre la vie, comme nous avons
déjà vu en plusieurs cas , et comme vous pouvez
encore voir par celui-ci proposé par Tambourin ,
l. 6 , *c.* 4 , §. 4. « J'ai mêlé, dit-il , du poison dans
» du vin , pour le faire boire à mon ennemi :
» mais par hasard mon ami est survenu , qui a
» bu ce vin , moi le voyant, et n'en disant mot,
» pour ne pas découvrir mon crime. » Qu'en dites-vous , mon révérend père ? n'est-ce pas un
mauvais moyen de cacher son crime, que de
tuer son ami en le laissant boire du poison que
l'on auroit préparé soi-même ? Tout le monde le
croiroit ainsi.

Mais Tambourin en juge autrement ; car voici
sa réponse : « Suis-je meurtrier de cet ami , et
» par conséquent irrégulier ? *Sum-ne hujus amici*
» *occisor , et ideò irregularis ?* Je réponds que non :
» *Respondeo , nequaquam* ». Cela est fort net. Et
voici encore l'autorité d'un de vos pères, dont

il s'appuie : « *Sic de Lugo* : Parce que sa mort est
» arrivée contre mon intention : et d'autre part,
» je n'en ai pas été une cause injuste ; parce que
» je n'étois pas obligé, avec tant de danger pour
» moi, de l'avertir qu'il y avoit du poison dans
» ce breuvage. » Et par ce moyen cet empoison-
neur n'est, selon Tambourin, ni irrégulier, ni
meurtrier ; la bonne intention qu'il avoit de
cacher son crime, et d'éviter son propre péril,
lui donnant droit d'user d'un silence qui causoit
la mort à son ami.

Cet exemple nous donne lieu de découvrir ici
une équivoque subtile, qui est cachée dans les
termes dont vous vous servez. Vous ne dites pas
que « jamais jésuite n'a enseigné qu'on peut se
» servir de mauvais moyens pour une bonne
» fin, *mais* de moyens reconnus pour mauvais. »
C'est où est le mystère, et ce qui nous mettra
aisément d'accord ; car il est très-vrai, comme
nous l'avons fait voir, que par la direction
d'intention, vous permettez aux hommes de se
servir de moyens qui sont en effet très-mauvais.
Mais il est vrai aussi que ce ne sont pas *des
moyens reconnus pour mauvais* par les jésuites :
parce que c'est un des plus grands artifices de
votre morale, de changer le nom des choses, et
de permettre le mal, pourvu qu'on ne l'appelle
pas mal. C'est ainsi que Tambourin ne justifie
pas un meurtrier, et ne dit pas aussi qu'un meurtrier ne soit pas irrégulier : à Dieu ne plaise. Mais
il dit que celui qui prépare un poison, et le

laisse prendre en sa présence à son ami qui en meurt, ayant une aussi bonne fin que celle de cacher son crime, ne doit pas être appelé meurtrier : *Non est occisor*.

Voilà, mon révérend père, le moyen d'excuser, non votre morale, mais votre défi. Car, ne reconnoissant point pour mauvais moyens les actions les plus criminelles ; et tout ce que les autres hommes appellent parjures, falsifications, calomnies et assassinats, ne l'étant point dans votre langage : il est certain que l'on ne trouvera jamais que les jésuites enseignent à se servir de moyens qu'ils reconnoissent mauvais pour de bonnes intentions. Mais comme nous n'avons, grâces à Dieu, ni votre sentiment ni votre langage, nous vous défions à notre tour de prouver cette calomnie que vous avancez contre nous, en disant « que la doctrine *que vous prétendez* être faussement attribuée aux » jésuites, se trouve aujourd'hui pratiquée par » ceux qui la leur imputent. Il faut, disent-ils, *ce sont vos paroles*, réformer la morale des ca-» suistes qui est corrompue, et qui est cause de » tous les maux qui font gémir l'Église. Voilà » leur bonne intention. Mais quel moyen pren-» drons-nous pour arriver à une si bonne fin ? » Il faut supposer une lettre de l'assemblée du » clergé : il faut tromper tous les évêques aux-» quels elle est envoyée ; il faut falsifier un » procès-verbal de la même assemblée. Tout cela » n'est rien. L'intention de purger la morale des

» jésuites est si sainte, que les moyens d'y par-
» venir, pour mauvais qu'ils soient, en devien-
» nent bons. »

Voilà les paroles que vous nous mettez dans
la bouche; et nous avouons que si ce que vous
nous imputez étoit vrai, nous aurions parfaitement pratiqué la direction d'intention que nous
avons condamnée dans vos casuistes. Mais s'il
n'y eut jamais de fausseté plus évidente, comme
nous l'avons déjà montré dans la première partie de cette réponse, que celle par laquelle vous
nous accusez d'avoir supposé une lettre à l'assemblée, et d'en avoir falsifié le procès-verbal,
apprenez-nous par quelle règle de morale vous
pouvez être dispensé de nous en faire satisfaction, et de lever le scandale que vous avez causé
parmi nos peuples, en y publiant que nous
sommes des gens qui pratiquons nous-mêmes ce
que nous condamnons dans les autres. Ce n'est
point ici un jeu, mon révérend père; vous êtes
vieux, et vous ne pouvez être beaucoup éloigné
du temps où vous paroîtrez devant Dieu, abandonné de tout ce qui vous flatte maintenant,
et qui vous donne la liberté d'avancer contre
nous des faussetés qu'on puniroit en tout autre.
Prévenez donc la rigueur de sa justice; et choisissez plutôt de souffrir la confusion salutaire
du désaveu que vous nous devez, que de vous
exposer à la confusion qui est préparée à ceux
qui noircissent injustement la réputation de
leurs frères.

IVe Plainte des curés contre le père Annat.

Ce conseil ne vous est pas moins utile que celui que vous nous donnez à la fin de votre écrit nous est injurieux. Après nous avoir déchirés par toutes sortes d'outrages, vous prétendez nous avoir ôté tout sujet *de nous en plaindre*, en nous disant qu'*il nous est libre de publier qu'on a supposé nos noms à la fin du journal.* Croyez-vous donc, mon révérend père, qu'il soit *libre* de mentir et de blesser la vérité par des faussetés si manifestes? Sont-ce là vos avis de conscience? Mais si vous êtes capable de les donner, ne vous imaginez pas que les curés de Paris soient capables de les suivre. S'ils avoient connu de véritables fautes dans leur journal, ils seroient tout prêts de les réparer par la voie que l'Évangile leur prescrit, qui est celle d'une confession sincère ; et ils ne seroient pas si malheureux que de les augmenter encore en voulant les couvrir par un aussi grand mensonge que seroit celui de désavouer une pièce qu'ils ont avouée en tant de manières. Car non-seulement ce journal est signé des huit députés, mais il est de plus autorisé aussi-bien que tous nos autres écrits, par tous les corps des curés, comme il se voit par cette sentence synodale du lundi 21 avril 1659.

Extrait du registre des Synodes de MM. les Curés de la ville et banlieue.

Aujourd'hui lundi 21 avril 1659, en présence de nous Nicolas Porcher, docteur en théologie de la maison et société de Sorbonne, vice-gérent en l'Officialité de Paris, président en l'assemblée synodale de ladite Officialité, tenue en la manière accoutumée; M. Jean Rousse, docteur de ladite société de Sorbonne, curé de Saint-Roch, et messire Pierre Marlin, aussi docteur en théologie, curé de Saint-Eustache, syndics de MM. les curés de Paris, ont représenté, par l'organe dudit sieur Rousse, l'ancien d'iceux :

Qu'il étoit de l'honneur de la compagnie, autant que de celui de leur charge, que l'assemblée approuvât et ratifiât tout ce qui auroit été par eux géré et exécuté, tant pour les affaires communes que celles concernant spécialement le livre de l'Apologie des Casuistes, et tout ce qui avoit été fait, écrit et publié sur ce sujet.

Ce qui comprend en général tous les écrits qui avoient été publiés dont le journal est le septième (*), qui est même particulièrement nommé dans la suite de la proposition de M. de Saint-Roch, et reconnu pour souscrit par les huit députés. Sur quoi voici ce qui a été ordonné :

Après avoir ouï et pris l'avis et délibération de l'assemblée sur les choses proposées par lesdits sieurs syndics, et ouï ledit promoteur en son réquisitoire sur le tout, avons ordonné et ordonnons, sur le premier chef, que tout ce qui a été géré, écrit et publié par lesdits sieurs syndics durant

---

(*) Ci-dessus le sixième.

la présente année de leur syndicat, particulièrement sur le sujet de l'Apologie des Casuistes, demeurera pour ratifié et approuvé.

C'est pourquoi, mon révérend père, il est bien étrange que notre journal, portant pour titre *septième Écrit des Curés de Paris*, et étant signé par huit de nous, vous ayez obtenu un arrêt du conseil d'état pour le faire supprimer, en faisant entendre que c'étoit *un libelle sans nom d'auteur*, ce qui est répété par deux diverses fois dans cet arrêt. D'où il s'ensuit, ou qu'il est donné contre un autre journal que le nôtre, ou qu'il est notoirement subreptice. Il est de même hors d'apparence que, si le roi avoit été informé que le journal dont on lui demandoit la suppression, n'étoit point un libelle sans nom d'auteur, mais une pièce autorisée par tous les curés de Paris, servant à la poursuite qu'ils ont intentée, par la permission de sa majesté, pardevant les vicaires-généraux de M. l'archevêque, son official et la Faculté de théologie de Paris, contre les corrupteurs de la morale chrétienne, elle eût trouvé à redire qu'on l'eût imprimé sans permission par lettres-patentes; puisqu'il est sans exemple qu'on ait jamais étendu ce qui est réglé par les ordonnances sur ce sujet, à des pièces et écritures d'un procès, autorisées par tout un corps.

Que si sa majesté, en nous faisant l'honneur de nous mander, daigne s'informer par elle-même, et des faussetés qu'on dit être dans notre

journal, et des plaintes que nous avons formées
contre vous, nous espérons, mon révérend père,
de lui faire voir clairement que vos accusations
sont aussi vaines que les nôtres sont importantes, et vous convainquent manifestement de
calomnie; et que sa majesté est trop juste pour
nous ôter la liberté de nous défendre en une
cause où nous ne faisons que soutenir le jugement de tant de prélats, pendant que vous prétendez avoir droit de nous calomnier, et de fouler
aux pieds les censures des évêques.

Il est bien croyable, mon révérend père, que
vous êtes vous-même le promoteur de cet arrêt,
puisque vous nous conseillez d'appuyer, par un
mensonge, ce que vous y avez fait supposer que
le journal n'est point de nous. Mais ce qui diminue pourtant l'injure que vous nous faites en
nous proposant un parti si honteux, c'est qu'il
y a de l'apparence que vous agissez de bonne
foi, puisque vous ne nous conseillez rien qui
ne soit conforme à vos exemples et à vos
maximes.

Car l'art des équivoques et des restrictions
mentales vous donne moyen d'avouer et de désavouer une même chose, sans croire blesser votre
conscience. On sait le désaveu que votre père
Coton fit à Henri-le-Grand, du livre intitulé
l'*Amphithéâtre d'honneur*. Comme il étoit très-
injurieux à la puissance des rois, il assura ce
prince qu'il ne venoit point de la compagnie. Et
cependant, peu de temps après, Ribadeneira,

jésuite, reconnut, dans son Catalogue des Écrivains de votre société, que ce livre étoit du jésuite *Carolus Scribanius*, qui avoit caché son nom sous l'anagrame de *Clarus Bonarscius*.

Mais il n'y a point d'exemple plus remarquable sur ce sujet, que celui qui est arrivé de notre temps, touchant les livres de vos confrères d'Angleterre, pleins d'erreurs et d'hérésies contre la hiérarchie et le sacrement de confirmation. Car les évêques de France et la Faculté de théologie, ayant censuré ces livres, et le jésuite Jean Floide ayant combattu ces censures par des libelles très-injurieux, pour satisfaire les évêques vous ne fîtes pas de difficulté de leur donner une déclaration, signée de quatre des principaux de vos pères, où vous les assuriez que, ni les livres censurés, ni ceux qui avoient été faits contre les censures, n'avoient point été composés par aucun religieux de votre compagnie. Et cependant, peu d'années après, votre père Alegambe, dans un nouveau Catalogue de vos Écrivains, approuvé par votre général, reconnut de bonne foi que tous ces livres généralement avoient été composés par des jésuites, qu'il nomme par nom et par surnom. Et, pour comble de hardiesse, il ose dire qu'ils avoient été faits contre les novateurs, *contra novatores;* c'est le nom qu'il donne aux évêques de France et à la Faculté de théologie de Paris.

Voilà, mon révérend père, comment vous en usez dans les rencontres fâcheuses pour le bien

de la société ; et comme vous le pratiquez vous-
même, vous ne faites pas de difficulté de le conseiller aux autres pour le même intérêt de la
compagnie. C'est ainsi que lorsque l'université,
en 1643, vous eut prouvé, par des contrats
passés par-devant notaires, que vous étiez asso-
ciés au trafic du Canada, vous ne laissâtes pas
de trouver assez de complaisance dans quelques
personnes pour en tirer un désaveu. Mais si les
jésuites sont capables de pratiquer et de conseiller ces déguisements, n'espérez pas, mon
père, que les curés de Paris les imitent jamais
en cela. Et ainsi nous vous supplions de ne plus
nous donner de tels conseils, qui ne nous offensent pas moins que vos injures.

Ve Plainte des Curés contre le père Annat.

Nous finirons cette réponse, mon révérend
père, par la plainte que nous avons à vous faire,
touchant la lettre de l'évêque d'Angélopolis, qui
vous a fourni de la matière au commencement
et à la fin de votre recueil, pour ajouter aux
autres accusations d'imposture que vous nous
y faites, celle d'avoir fabriqué cette lettre que
vous prétendez être supposée. Sur quoi nous
vous dirons premièrement que votre injustice
est toute visible, puisque, quelle que soit cette
lettre, nous n'y avons aucune part. Ce n'est
point nous qui l'avons fait imprimer ; ce n'est
point nous qui l'avons publiée ; et vous êtes
entièrement inexcusable de mêler dans un dif-

férend que les curés de Paris ont avec votre compagnie touchant la morale, des incidents et des faits qui ne nous regardent point. Mais nous disons de plus que vous prouvez si mal que cette lettre est supposée, qu'il n'y a personne raisonnable qui voyant, et votre premier écrit que nous réfutons, et celui que vous avez fait depuis contre cette lettre, n'en conclue tout le contraire.

Vous n'apportez dans le premier, que trois arguments pour en montrer la supposition, qui sont tous trois pitoyables. Le premier est : le journal des curés de Paris est plein de mensonges ; donc la lettre d'Angélopolis est supposée. C'est un étrange argument, mon révérend père, qui tire d'une supposition fausse une conséquence très-absurde : car il est très-faux que notre journal soit plein de mensonges, comme nous l'avons montré ; mais quand il en seroit plein, comment pourroit-on en conclure que la lettre d'Angélopolis, où nous n'avons aucune part, et de laquelle il n'est fait aucune mention dans notre journal, est une pièce fabriquée ?

Votre second argument n'est pas meilleur. Ceux, dites-vous, qui ont publié la lettre d'Angélopolis, ne revinrent jamais du Mexique : donc cette lettre est fausse. Jusqu'ici, mon révérend père, on n'avoit jamais ouï dire que pour recevoir une lettre de Constantinople, ou pour publier une lettre de Constantinople, il fallût en être revenu. Cette manière de raisonner vous

étoit réservée, mon père; et vous êtes le premier qui ayez prétendu pouvoir persuader qu'il
ne pouvoit se faire qu'une lettre du Mexique à
Rome, tombât entre les mains de ceux qui ne
sont jamais revenus du Mexique. Comme s'il
y avoit rien de plus facile, qu'une lettre portée
du Mexique à Rome par un agent exprès, ou
ait été envoyée de Rome à Paris, ou même y
ait été apportée par des personnes qui étoient
alors à Rome!

Mais trouvez bon, mon révérend père, que
nous vous disions que la plupart du monde ne
raisonne pas comme vous, et tire une conclusion toute contraire à la vôtre, de ce que ceux
qui ont publié cette lettre n'ont point été au
Mexique; car on pourroit peut-être, disent-ils,
soupçonner des personnes qui seroient revenues
du Mexique, d'avoir feint une lettre conforme
à ce qui se passe dans ce pays-là, la connoissance qu'ils en auroient leur donnant moyen
de mêler les noms des personnes et des lieux,
et y insérer des incidents et des événements
qu'ils auroient appris dans le pays, pour rendre
la chose croyable; au lieu qu'il paroît, au contraire, moralement impossible qu'une lettre qui
contient tant de circonstances de lieux, de noms
et de qualités de personnes, qui ne peuvent être
connues que par ceux du pays, ait été faite par
des gens qui n'en revinrent jamais, et qui en
sont éloignés de plus de trois mille lieues. En
vérité, mon révérend père, ce raisonnement

paroît plus concluant que le vôtre, et nous serions bien aises de savoir ce que vous avez à y répondre.

Votre troisième argument concluroit un peu mieux, s'il n'étoit point fondé sur une fausseté visible ; car pour rendre cette lettre suspecte de faux, vous dites que ceux qui en sont les auteurs : « trouvent dans leur carte que la co-
» lonie appelée des Anges, est la plus proche de
» la Chine, et celle qui reçoit plus facilement
» les nouvelles de ce qui s'y passe. » Mais nous n'avons pas trouvé que cela fût ainsi dans cette lettre. Voici tout ce qui y est dit sur ce sujet au nombre 134. « Comme je suis l'un des pré-
» lats les plus proches de ces peuples (de la
» Chine), je n'ai pas seulement reçu des lettres
» de ceux qui les instruisent dans la foi, mais
» je sais au vrai tout ce qui s'est passé dans cette
» dispute. » Et au nombre 143 : « Étant l'un des
» évêques, tant de l'Amérique, que de l'Europe,
» les plus proches de la Chine, j'avoue, etc. »
Vous voyez qu'il ne dit point que *la colonie des Anges est la plus proche de la Chine*, comme vous lui faites dire ; mais qu'il est *l'un des pré-lats des plus proches de la Chine* : et, en second lieu, qu'il ne se compare pas même avec tous les prélats du monde en ce qui regarde la proxi-mité de la Chine, et la facilité d'en avoir des nouvelles ; mais seulement avec ceux *de l'Amé-rique et de l'Europe*, comme il dit expressé-ment. Or, mon révérend père, vous êtes vous-

même un fort mauvais géographe, si vous ne savez pas que cela est exactement vrai ; car consultez mieux votre carte, et vous trouverez que l'Amérique étant plus proche de la Chine que l'Europe, surtout pour ce qui est d'en recevoir des nouvelles, il n'y a point de lieu dans l'Amérique, possédé par les catholiques, qui soit plus proche de la Chine, et qui entretienne un commerce plus ordinaire avec ce royaume, que la ville et le port d'Acapulco sur la mer Pacifique, qui est sur les confins de l'évêché d'Angélopolis, et plus près même de cette ville-là, que de celle de Mexique : de sorte que ce prélat a eu raison de dire qu'*il étoit un des évêques, tant de l'Amérique, que de l'Europe, les plus proches de la Chine, et qui pouvoit plus facilement en avoir des nouvelles.* Ainsi la preuve de supposition que vous avez voulu fonder sur cette prétendue faute de géographie, est une pure illusion ; et vous ferez bien à l'avenir de mieux choisir vos sujets de railleries, ou de vous en abstenir entièrement ; car elles ne vous réussissent pas.

Voilà tout ce que vous avez dit sur ce sujet dans votre premier écrit. Dans le second, qui porte pour titre : *Faussetés et impostures, etc.*, vous y ajoutez deux autres preuves : l'une que l'on n'a pas fait imprimer le latin ; ce qui est très-foible. Car outre que peut-être ceux qui ont fait imprimer cette lettre, et qui nous sont inconnus, vous satisferont sur ce point : si c'étoit une supposition, il n'étoit pas plus difficile de la faire en latin qu'en françois.

La seconde est, que des personnes qui ont été à Rome *avoient des copistes qu'ils payoient libéralement* pour faire copier semblables pièces; ce qui nous semble fort mal prouver qu'elle ait été fabriquée à Paris; car pour cela il est clair qu'il n'est pas besoin d'avoir des copistes à Rome.

Ce sont, mon révérend père, toutes les preuves que vous alléguez pour persuader une chose aussi incroyable qu'est la supposition d'une lettre si remplie de faits qui sont entièrement inconnus en France, et sur lesquels il seroit impossible qu'on ne fût tombé en une infinité de contradictions que vous auriez bien su remarquer, puisque vous êtes si bien informé du détail de cette affaire, et que vous en avez toutes les pièces entre les mains, comme vous le dites vous-même.

Mais on trouve étrange qu'ayant tant d'intérêt de détruire cette lettre, au lieu de vous amuser à de si foibles raisonnements, vous n'ayez pas eu recours à une voie naturelle, qui étoit de tirer un désaveu de cet évêque même, qui, selon que vous nous l'apprenez, est maintenant en Espagne, où le roi catholique lui a donné un autre évêché. Il n'y avoit rien de plus facile que d'en écrire à vos pères en Espagne, afin qu'ils obtinssent une déclaration de ce prélat, qu'il n'a jamais écrit cette lettre au pape Innocent X, et que tous les faits qui y sont rapportés sont

faux et inventés à plaisir. Il n'y a nulle apparence qu'un évêque à qui on auroit fait une
telle injure que de lui supposer une lettre remplie de faussetés et de mensonges, comme vous
le prétendez, refusât une chose aussi juste que
seroit celle de la désavouer publiquement, vu
même que vous auriez droit de l'y contraindre
par justice : et il est encore moins croyable que,
pouvant tirer de lui cette déclaration, vous ayez
négligé de le faire, puisqu'elle seroit, sans
comparaison, plus importante pour l'honneur
de votre société que celle que vous avez obtenue
de M. le nonce, pour montrer qu'il n'étoit pas
chez M. le chancelier, lorsque le père de Lingendes y alla, ou de M. de Rodez, pour faire voir
qu'il n'avoit point parlé à M. Gauquelin.

Vous paroissez donc fort mal fondé dans cette
accusation de faux. Aussi, mon révérend père,
ceux qui entendent votre langage ont assez jugé,
par votre dernier écrit, que si, d'une part, vous
désiriez fort de persuader que cette pièce étoit
fausse, vous craigniez aussi beaucoup de l'autre
qu'on ne vous convainquît de mauvaise foi, en
vous prouvant qu'elle est véritable, et que c'est
ce qui vous a obligé d'user de tant d'alternatives,
*si elle a été écrite, si elle n'a pas été écrite ; si
elle a été reçue, si elle n'a pas été reçue ; si on
impose à cet évêque, si on ne lui impose point ;*
comme pour vous préparer à toutes sortes d'événements, et pour trouver dans ces termes équivoques quelques excuses au dessein que vous avez

eu de faire passer cette pièce pour fabriquée à plaisir.

Mais nous doutons, mon révérend père, que cet artifice diminue beaucoup l'aversion que toutes les personnes sincères auront de la duplicité de votre compagnie, quand ils sauront ce que nous avons appris depuis peu, qui est que cette lettre que les jésuites feignent leur être entièrement inconnue, et qu'ils veulent faire passer pour supposée, leur est tellement connue, qu'ils en ont fait des plaintes publiques dans des écrits imprimés adressés au roi d'Espagne. C'est ce qu'on nous a fait voir dans un livre espagnol, qui contient, entre autres pièces, une réponse pour l'évêque d'Angélopolis, au Mémorial des religieux de la compagnie du nom de Jésus de la Nouvelle-Espagne, dans laquelle réponse ce Mémorial des jésuites est inséré par divers articles, en plusieurs desquels, comme dans le 5, le 13 et le 37, ils parlent de cette lettre et s'en plaignent, marquant divers points comme y étant contenus, qui se trouvent tous dans celle qui est imprimée à Paris : de sorte, mon révérend père, que c'est une chose assez surprenante, qu'après que vos confrères d'Espagne ont objecté plusieurs fois à l'évêque d'Angélopolis d'avoir écrit cette lettre, vous qui témoignez avoir lu tous les écrits qui se sont faits sur ce sujet, ayez néanmoins entrepris de persuader à toute la France que cette lettre est une pièce supposée, et qui a été faite à Paris.

Mais on ne doit pas s'étonner de ce procédé, puisque, vous déclarant plus ouvertement, et attaquant cet évêque même, vous osez dire, dans votre second écrit, qu'il n'y a rien dans le bref du pape que cet évêque a obtenu contre vous, *qui montre que les jésuites fussent coupables, et que les résolutions de la congrégation des cardinaux qui y sont insérées sont toutes en faveur des jésuites.* Pour juger, mon révérend père, quelle foi on doit ajouter à ce que vous assurez le plus, il ne faut que le titre même de ce bref, tel qu'il a été imprimé à Rome en 1653. Le voici : *Breve S. D. N. Innocentii X, continens nonnullas resolutiones* ad favorem *illustrissimi et reverendissimi domini episcopi Angelopolitani* contra *RR. PP. societatis Jesu provinciæ Mexicanæ in quatuor congregationibus habitis obtentas ; necnon intimationem ejusdem reverendissimo generali jesuitarum, unà cum responsione pro illius observatione. Romæ, ex typographia reverendæ cameræ apostolicæ,* 1653.

Croyez-vous, mon père, que cela veuille dire que les résolutions contenues dans ce bref *sont toutes en faveur des jésuites ?* Pour nous, nous croyons que cela doit se traduire ainsi : « Bref » de notre très-saint-père Innocent X, contenant » quelques résolutions *en faveur* de l'illustrissime » et révérendissime évêque d'Angélopolis, contre » les révérends pères de la société de Jésus de la » province de Mexique, obtenues en quatre con- » grégations, et la signification qui en a été faite

» au révérendissime général des jésuites, avec
» sa réponse pour le faire observer. »

Mais de plus, mon père, si les résolutions de
la congrégation étoient toutes en votre faveur,
pourquoi se trouve-t-il, comme il est porté par
le bref même, que c'est l'évêque d'Angélopolis
qui en a demandé la confirmation au pape ?
Pourquoi avez-vous refusé si long-temps d'y
obéir ? pourquoi l'a-t-il fallu renouveler en 1653,
à l'instance de l'évêque d'Angélopolis ? pourquoi,
à l'instance du même évêque, a-t-il fallu se servir
d'un moyen nouveau, et qui seul a été capable
de vous réduire, qui est de le faire signifier à
votre général, en lui ordonnant de le faire exécuter, sous peine de mille ducats d'amende, *sub*
pœná ducatorum mille auri de camera ipsi cameræ
apostolicæ applicandorum ?

N'est-ce pas la chose du monde la plus étrange,
qu'après avoir résisté pendant cinq ans, par tout
le crédit de votre compagnie, à la réception d'un
bref, et n'avoir pu être forcés à le recevoir que
par la crainte qu'eut votre général de perdre ses
ducats, vous vouliez nous persuader aujourd'hui
que ce bref étoit tout en votre faveur ?

Mais nous vous laissons, mon révérend père,
ces prétentions imaginaires : elles ne nous regardent pas. C'est aux évêques qui ont fait traduire
et imprimer ce bref comme leur étant favorable,
à voir s'ils ont fait imprimer des décisions qui
leur sont contraires. Pour nous, comme nous
ne prenons intérêt que dans ce qui regarde plus

particulièrement votre politique et votre morale, nous eussions été bien aises de voir dans votre nouvel écrit l'éclaircissement de trois points importants qui sont marqués dans cette lettre de l'évêque d'Angélopolis, et qui découvrent parfaitement l'esprit de votre compagnie.

Le premier est la mascarade que l'on vous reproche d'avoir fait faire par vos écoliers le jour de la fête de saint Ignace en 1647, que cet évêque décrit en ces termes :

« Sous prétexte de solenniser la fête de saint
» Ignace, leur fondateur, ils assemblèrent leurs
» écoliers pour rendre méprisable ma dignité,
» ma personne et tous les prêtres de mon dio-
» cèse, par des danses criminelles, que les Espa-
» gnols appellent mascarades. Ces écoliers étant
» masqués, et sortant de la maison même des
» jésuites, coururent dans toute la ville en repré-
» sentant les personnes sacrées vêtues d'une
» manière honteuse. Quelques-uns d'entre eux
» mêlant des chansons infâmes avec l'oraison
» du Seigneur, au lieu de la finir en disant,
» *délivrez-nous du mal*, ils disoient, *délivrez-*
» *nous de Palafox*. Ils profanèrent aussi de la
» même sorte la salutation angélique. D'autres
» faisoient sur eux, à la vue de tout le monde,
» comme des signes de croix avec des cornes de
» bœuf, en criant : *Voilà les armes d'un véritable*
» *et parfait chrétien*. Un autre portoit une crosse
» pendante à la queue de son cheval, et aux
» étriers une mitre peinte, pour marquer comme

» ils la fouloient aux pieds. Ils répandirent en-
» suite parmi le peuple, contre le clergé et les
» évêques, des vers satiriques, et plusieurs épi-
» grammes espagnoles, dont voici l'une : *Vois la*
» *société choisie s'opposer courageusement à cette*
» *formelle hérésie.* »

Il faut vous pardonner, mon révérend père,
si vous tâchez de persuader que cette lettre est
supposée, quand ce ne seroit que pour empêcher qu'on ne croie de votre société une action
si indigne de religieux, et qui nous donne
entre autres choses un exemple signalé du procédé ordinaire de votre compagnie contre tous
ceux qui s'opposent à ses désordres, qui est de
les traiter d'hérétiques, comme vous fîtes ce
prélat, parce qu'il n'avoit pu souffrir vos prétentions sacriléges contre la puissance épiscopale, de pouvoir confesser et prêcher sans l'approbation des évêques, et l'attentat horrible que
vous aviez commis contre sa personne, en le faisant excommunier par vos prétendus conservateurs. Il vous seroit donc fort avantageux de faire
passer une histoire si peu honorable à votre
société, et qui en fait si bien connoître l'esprit,
pour une fable inventée à Paris par ceux que
vous prétendez avoir fabriqué la lettre où elle
est représentée. Mais ce seroit une entreprise
bien difficile; car on nous a encore fait voir un
livre imprimé en espagnol, intitulé : *Defensa*
canonica, dedicada al rey N. segnor, por la digni-
dad episcopal de la puebla de los Angeles, qui

contient diverses pièces touchant cette affaire,
et entre autres deux lettres, l'une de votre Provincial de la nouvelle Espagne à l'évêque d'Angélopolis ; et l'autre, la réponse de cet évêque à
votre Provincial, dans laquelle cette histoire
étant rapportée tout de même que dans sa lettre
au pape, il est impossible que vous puissiez la
faire passer pour un conte fait à plaisir *par ceux
qui ne revinrent jamais du Mexique*, comme vous
dites dans votre recueil. Voici les paroles de cet
évêque tirées de la p. 329, n. 29, avec la traduction françoise.

*V. P. R. se quexa, de que algunos de sus disci-
pulos, que acuden a sus estudios, no los he que-
rido ordenar : es verdad; pero ha sido alos que
hizieron aquella infame mascara, que saliò de sus
colegios el dia de san Ignacio anno* 1647 *en la qual
en estatua infamaron la dignidad episcopal, con
tan feas y abominables circunstantias, que tal no se
havisto en provincias catolicas, ni aun hereticas,
llevando a la colade los cavallos un vaculo pastoral, y la mitra en los estrivos ; y adulterando la
Oracion dominica, y angelica : cantando infames
coplas contra mi persona y dignidad : esparciendo
satiricos motes, y tan escandalosos, como lla-
marme herege, y dezir que era formal heregia el
defender el santo Concilio de Trento : diziendo las
palabras siguientes en papeles, que leyeron con
gran dolor, y guardaron los zelosos del servicio de
Dios, para que bolviesse por su Iglesia, con espe-
rança constante que no la avia de desamparar :*

Oy con gallardo denuedo se opone la compagna
à la formal heregia.

    « Votre révérence se plaint de ce que je n'ai
» pas voulu conférer les ordres sacrés à quelques-
» uns de vos écoliers. J'en demeure d'accord :
» mais c'est à ceux qui firent cette infâme mas-
» carade, qui sortit de votre collége le jour de
» saint Ignace de l'année 1647, dans laquelle,
» par une honteuse représentation, ils désho-
» norèrent d'une manière si abominable la
» dignité épiscopale, qu'il ne s'est jamais rien vu
» de pareil, ni dans les provinces catholiques,
» ni même dans celles des hérétiques. Car on y
» voyoit une crosse pendue à la queue des che-
» vaux, et la mitre aux étriers. L'Oraison domi-
» nicale et la Salutation angélique y furent pro-
» fanées par un mélange impie. On y chanta des
» chansons infamantes contre ma personne et
» ma dignité. On répandit contre moi des vers
» satiriques si scandaleux, que j'y étois appelé
» hérétique, et qu'on y faisoit passer pour une
» hérésie formelle de défendre le saint Concile
» de Trente. C'est ce qu'ils firent par les paroles
» suivantes, écrites dans des billets que ceux qui
» avoient quelque zèle pour le service de Dieu
» lurent avec grande douleur, et conservèrent
» avec soin, ayant toujours une ferme espérance
» que Dieu n'abandonneroit pas son Église, mais
» qu'il prendroit enfin sa défense : *Aujourd'hui*
» *la compagnie s'oppose avec une vigoureuse ré-*
» *solution à la formelle hérésie.* »

Le second fait, qui est rapporté dans la lettre de l'évêque d'Angélopolis au pape, n'est pas de moindre importance. C'est ce qu'il dit au nombre 121 :

« Toute la grande et populeuse ville de Séville
» est en pleurs, très-saint père. Les veuves de
» ce pays, les pupilles, les orphelins, les vier-
» ges abandonnées de tout le monde, les bons
» prêtres et les séculiers se plaignent avec cris
» et avec larmes d'avoir été trompés misérable-
» ment par les jésuites, qui, après avoir tiré
» d'eux plus de quatre cent mille ducats, et les
» avoir dépensés pour leurs usages particuliers,
» ne les ont payés que d'une honteuse banque-
» route. Mais ayant été appelés en justice et con-
» vaincus, au grand scandale de toute l'Espagne,
» d'une action si infâme, et qui seroit capitale
» dans la personne de quelque particulier que
» ce pût être, ils firent tous leurs efforts pour
» se soustraire à la juridiction séculière par le
» privilége de l'exemption de l'Église, et nom-
» mèrent pour leurs juges des conservateurs,
» jusqu'à ce que l'affaire ayant enfin été portée
» au conseil royal de Castille, il ordonna que,
» puisque les jésuites exerçoient le commerce
» qui se pratique entre les laïques, ils devoient
» être traités comme laïques, et renvoyés par-
» devant les juges séculiers. Ainsi cette grande
» multitude de personnes qui sont réduites à
» l'aumône, demande aujourd'hui, avec larmes,
» devant les tribunaux séculiers, l'argent qu'ils

» ont prêté aux jésuites, qui étoit aux uns tout
» leur bien, aux autres leur dot, aux autres ce
» qu'ils avoient en réserve, aux autres ce qui
» leur restoit pour vivre; et ils déclament en
» même temps contre la perfidie de ces religieux,
» et les couvrent de confusion et de déshonneur
» dans le public. »

Il n'y a rien, mon révérend père, de plus scandaleux pour vous dans toute cette lettre, et qui puisse mettre votre compagnie en plus mauvaise odeur. On n'aime point les banqueroutes; mais des religieux banqueroutiers ont encore je ne sais quoi de plus odieux. Cependant il ne vous sera pas aisé de montrer qu'une si honteuse affaire n'est pas véritable, puisque nous en avons entre les mains les pièces bien imprimées en espagnol, et non-seulement les plaintes des créanciers, mais la sentence même rendue contre vous, que ce bon évêque n'avoit pas encore vue. En voici le titre : *Traslado de la sentencia de revista, que dio toto el conseio supremo de justicia, en el pleito de accreedores de la quiebra que hizo el colegio de la compagnia de Jesus de san Hermenegildo de la ciudad de Sevilla.* Ce qui signifie mot à mot : « Copie de la sentence de
» révision rendue par tout le conseil suprême
» de la justice, dans le procès des créanciers de
» la banqueroute faite par le collége de la compagnie de Jésus de saint Hermenigilde, en la
» ville de Séville. »

En vérité, cela est fort surprenant, et l'on

n'auroit jamais cru que vous eussiez quelque
intérêt dans les maximes de vos casuistes , en
faveur des banqueroutiers, pour lesquels vous
avez tant travaillé. Mais l'on voit à présent que
vous avez grand besoin pour vous-mêmes de
cette maxime de votre père Tambourin, *l.* 8,
tr. 4, *c.* 1, §. 9, *n.* 9 : « Les femmes et les enfants
» dont les maris et les pères ont mal fait leurs
» affaires (il vous sera facile de mettre en ce
» même rang les religieux que les supérieurs ont
» endettés), s'ils se trouvent après leur mort
» n'avoir pas de quoi payer, ils peuvent sous-
» traire et cacher des biens laissés, autant qu'il
» sera jugé nécessaire pour conserver leur vie et
» leur état honnêtement : *Possunt ex bonis re-*
» *lictis tantum subtrahere atque occultare, quan-*
» *tum satis judicetur ad vitam suumque statum*
» *honestè conservandum.* Que, si on les appelle
» en justice, ils peuvent jurer, avec une équi-
» voque convenable, *æquivocatione congruá*,
» qu'ils n'ont rien caché, en sous-entendant qui
» ne leur fût dû ; et, pour la même raison, ils
» n'encourront point l'excommunication qui
» pourroit être fulminée contre ceux qui au-
» roient caché ces biens. »

Cette banqueroute de Séville étoit l'un de
ces faits sur lesquels nous aurions désiré d'être
éclaircis, et il sembloit assez considérable pour
vous obliger d'en dire un mot. Cependant nous
le voyons éclipsé dans un grand dénombrement
que vous faites des autres, qui tient trois ou

quatre pages : ce qui a donné sujet de croire que vous avez eu peur qu'en le contestant, vous ne donnassiez la curiosité à tant de personnes qui peuvent bientôt aller en Espagne de s'en informer plus particulièrement.

Le dernier point est ce qui est dit dans la même lettre touchant la conduite de vos pères de la Chine dans l'Instruction des néophytes, dont cet évêque parle ainsi, *n.* 133 :

« Toute l'Église de la Chine gémit et se plaint » publiquement, très-saint père, de ce qu'elle » n'a pas été tant instruite que séduite par les » instructions que les jésuites lui ont données » touchant la pureté de notre croyance ; de ce » qu'ils l'ont privée de toute la juridiction ecclé-» siastique ; de ce qu'ils ont caché la croix de » notre Sauveur, et autorisé des coutumes toutes » païennes ; de ce qu'ils ont plutôt corrompu » qu'ils n'ont introduit celles qui sont vérita-» blement chrétiennes ; de ce qu'en faisant, si » l'on peut parler ainsi, christianiser les idolâ-» tres, ils ont fait idolâtrer les chrétiens ; de ce » qu'ils ont uni Dieu et Bélial en même table, » en mêmes temples, en mêmes autels et en » mêmes sacrifices. Et enfin cette nation voit, » avec une douleur inconcevable, que, sous le » masque du christianisme, on révère les idoles, » ou, pour mieux dire, que sous le masque du » paganisme on souille la pureté de notre sainte » religion.

» J'ai, très-saint père, un volume tout entier

» des Apologies des jésuites, par lesquelles non-
» seulement ils confessent avec ingénuité cette
» très-pernicieuse manière de catéchiser et d'in-
» struire les néophytes chinois, dont les reli-
» gieux de Saint-Dominique et de Saint-François
» les ont accusés devant le saint-siége ; mais
» même Didaque de Moralez, recteur de leur
» collége de Saint-Joseph de la ville de Manille,
» qui est métropolitaine des Philippines, sou-
» tient opiniâtrément, par un ouvrage de trois
» cents feuilles, presque toutes les choses que
» votre sainteté a très-justement condamnées le
» 12 septembre 1645, par dix-sept décrets de la
» congrégation *de Propagandâ Fide*; et s'efforce,
» par des arguments qu'il pousse autant qu'il
» peut, mais qui ne sont en effet que de fausses
» subtilités, de renverser la très-sainte doctrine
» contenue dans tous ces décrets. J'ai donné,
» très-saint père, une copie de ce traité au ré-
» vérend père Jean-Baptiste de Moralez, domi-
» nicain, homme savant, fort zélé pour l'avan-
» cement de la foi dans la Chine, et qui, à
» l'exemple des premiers martyrs, a été cruelle-
» ment battu, et a souffert plusieurs mauvais
» traitements pour la religion, afin qu'il répon-
» dît, ainsi qu'il a fait, doctement, sincèrement
» et en peu de paroles, aux faits contenus dans
» l'écrit de ce jésuite. J'ai l'un et l'autre entre
» mes mains. »

Ce récit, mon révérend père, est merveilleu-
sement circonstancié ; et il est difficile qu'il ait

été fait à Paris, où l'on ne sait pas seulement s'il y eut jamais un jésuite nommé Moralez, ou si vous avez un collége en la ville de Manille. Mais, pour le fond de l'accusation, il s'accorde parfaitement avec d'autres pièces bien imprimées, et particulièrement avec le livre d'un religieux espagnol, nommé Thomas Hurtado, docteur et professeur en théologie, intitulé : *Resolutiones orthodoxo-morales,* imprimé à Cologne en 1655.

On voit dans ce livre un grand traité pour expliquer le décret de la congrégation *de Propagandá Fide,* du 12 septembre 1645, qui fut donné sur la requête que le père Moralez, dominicain, présenta à cette congrégation au nom des ordres de Saint-Dominique et de Saint-François contre la mauvaise doctrine de vos pères de la Chine. Dans ce décret, tout ce que ces religieux reprochoient à vos pères, et que l'évêque d'Angélopolis marque dans sa lettre, est expressément condamné; et Thomas Hurtado fait voir sur chaque article, par un mémorial présenté au roi d'Espagne par les religieux déchaussés de Saint-François des îles Philippines, *dont j'ai,* dit-il page 427, *un exemplaire authentique,* que vos pères ont véritablement pratiqué dans la Chine tous ces abus, et particulièrement celui d'avoir caché la croix de notre Sauveur, et d'autoriser des coutumes toutes païennes. Voyez, s'il vous plaît, mon révérend père, les pag. 427, 475, 480, 486, 488. Pour éviter la longueur,

nous n'en rapporterons qu'un seul cas qui regarde l'idolâtrie, et qui est dans la page 488.
« Il a été demandé, dit la congrégation dans
» son décret, article 9, si la coutume des Chi-
» nois, introduite par le philosophe appelé
» Keumphuco, doit être observée, qui est qu'ils
» érigent des temples à leurs pères, aïeux, bis-
» aïeux ; qu'ils leur font des sacrifices de diverses
» choses, comme de chair, de vin, de fleurs, de
» parfums; lesquels sacrifices ont pour fin, parmi
» ces nations, de leur rendre grâces, honneurs
» et respect, pour les bienfaits qu'ils ont reçus
» d'eux. La sacrée congrégation a répondu à cette
» demande, qu'il n'étoit nullement permis aux
» chrétiens chinois d'assister, par feinte et exté-
» rieurement, aux sacrifices de leurs ancêtres,
» ni à leurs prières, ni à toute autre cérémonie
» superstitieuse des païens, et encore moins
» sera-t-il permis d'exercer quelque ministère
» au regard de ces choses.

　　» Sur quoi Thomas Hurtado fait cette réflexion :
» Il paroît, par le quatrième point du Mémorial
» présenté au roi Philippe IV, que les mission-
» naires dont il a parlé auparavant, *c'est-à-dire*,
» *les jésuites*, enseignoient aux chrétiens de la
» Chine cette doctrine condamnée par la con-
» grégation. C'est pourquoi l'article 3 de ces mis-
» sionnaires porte que ce n'est pas un péché
» mortel de servir ou d'assister à ces sortes de
» sacrifices faits pour ses ancêtres, ni de prendre
» et d'apporter avec soi de ces viandes sacrifiées;

» et les religieux qui envoyèrent ce Mémorial au
» roi catholique, avec une information faite ju-
» ridiquement, le prouvent par cette informa-
» tion et par les lettres mêmes de ces mission-
» naires, *c'est-à-dire, des jésuites.* »

Il eût été important, mon révérend père, que
vous eussiez bien éclairci ces points qui sont de
grande conséquence, et qui semblent être assez
bien liés avec votre doctrine des équivoques.
Mais parce que vous paroissez être disposé à
donner de temps en temps quelque nouvelle
pièce au public, ainsi qu'il paroît par votre
privilége général, nous vous avertissons chari-
tablement qu'il y a un livre à Paris sur lequel
il seroit bon que vous préparassiez quelque réponse. Vous ne pourrez pas dire qu'il a été fait
en France; car il est très-bien imprimé en Espagne, et il pourroit bien prendre envie à quelqu'un de le traduire. C'est la plus belle histoire
du monde, et la plus propre pour confirmer
celle d'Angélopolis; car elle fait paroître les
jésuites du Mexique fort modérés, en comparaison de ceux du Paraguay, qui est encore une
autre province du Nouveau-Monde; et les persécutions de M. de Palafox très-médiocres, en
comparaison de celles de l'évêque de la ville de
l'Assomption, capitale du Paraguay. C'étoit un
bon religieux de l'ordre de Saint-François, nommé Benardino de Cardenas, grand prédicateur
de l'Évangile, et qui avoit fait des merveilles
pour la conversion des Indiens. Le roi d'Espagne

le choisit pour cet évêché, lorsqu'il avoit déjà
près de cinquante années de profession. Vos
pères vécurent près de trois ans en fort bonne
intelligence avec lui, et lui donnèrent de grands
éloges : car vous n'en êtes pas avares envers ceux
qui ne vous incommodent point. Mais ayant
voulu visiter quelques provinces où ils domi-
nent absolument, et où sont leurs plus grandes
richesses, ce qu'ils ne veulent pas que l'on connoisse, il n'est pas imaginable quelles persécutions ils lui ont faites, et quelles cruautés ils ont
exercées contre lui. On y voit qu'ils l'ont chassé
plusieurs fois de sa ville épiscopale, qu'ils ont
usurpé son autorité, qu'ils ont transféré son
siége dans leur église, qu'ils ont planté des po-
tences à la porte pour y pendre ceux qui ne voudroient pas reconnoître cet autel schismatique.
Mais ce qui doit en plaire davantage à ceux
d'entre vous qui ont l'humeur martiale, c'est
qu'on y voit de merveilleux faits d'armes de vos
pères : on les voit à la tête des bataillons d'Indiens levés à leurs dépens, leur apprendre l'exercice, faire des harangues militaires, donner des
batailles, saccager des villes, mettre les ecclésiastiques à la chaîne, assiéger l'évêque dans
son église, le réduire à se rendre pour ne pas
mourir de faim, lui arracher le Saint-Sacrement
d'entre les mains, l'enfermer ensuite dans un
cachot, et l'envoyer sur une méchante barque
à deux cents lieues de là, où il fut reçu par tout
le pays comme un martyr et un apôtre ; ce qui

in mit vos pères si fort en colère contre le peuple
et plusieurs bons religieux qui soutenoient la
cause de ce saint prélat, que, comme vous avez
des poètes en tout pays, il y en eut qui firent
contre eux des vers pleins de vanité, où ils
relevoient la force de leur compagnie, et traitoient de canaille les ecclésiastiques et les religieux qui suivoient l'évêque, qu'ils appellent
une fourmi. Voici ces vers espagnols qui se
trouvent au feuillet 55 de ce livre, avec la traduction françoise :

> *Vulgo loco, y desatento,*
> *Ya te pagas de mentiras?*
> *Pues con mas afecto miras*
> *Lo que menos te està à cuento,*
> *La ensegnança, y documento*
> *Nos deves, si, que es tu guia;*
> *Porque, aunque toto à porfia*
> *Te acude de polo à polo,*
> *Vas ciego, perdido, y solo,*
> *Quando vas sin compagnia.*
> *Totos nos han menester,*
> *Frailes, cabildos, y audiencia,*
> *Y totos en competentia*
> *Tiemblan de nuestro poder:*
> *Y pues hemos de vencer*
> *Esta canalla enemiga,*
> *Toto este pueblo nos siga,*
> *Y no quieran inconstantes*
> *Perder amigos gigantes*
> *Por un obispo hormiga.*

> Peuple fou et étourdi,
> Est-ce ainsi que tu te payes de mensonges ?
> Puisque tu fais plus d'état
> De ce qui t'est un moindre appui.

Nous sommes tes maîtres et tes docteurs,
Et c'est par nous que tu dois te conduire.
Quand d'un bout de l'univers à l'autre
Chacun seroit de ton parti,
Tu es aveugle, perdu et abandonné,
Si tu es sans la compagnie.
Tout le monde a besoin de nous,
Moines, chanoines, parlements;
Et tous, sans exception,
Tremblent sous notre pouvoir.
Puis donc que nous sommes assurés
De vaincre cette canaille ennemie,
Tout ce peuple ne doit-il pas nous suivre?
Et n'y auroit-il pas de l'imprudence
De perdre l'amitié des géants
Pour une fourmi d'évêque?

C'est un petit abrégé de cette histoire, qui est fort étrange, et en même temps fort autorisée; car elle est comprise dans un Mémorial présenté au roi d'Espagne par un religieux de Saint-François, agent de cet évêque, qui contient des informations fort juridiques, et dont quelques-unes sont signées par plus de deux cents témoins. Et ce qui est remarquable, c'est qu'il est dit dans ce livre que c'est le troisième évêque du Paraguay que vous traitez de la sorte.

Nous savons néanmoins que vous avez une réponse générale à tout ce qu'on peut alléguer contre vous, qui est qu'on ne doit pas croire que votre société soit coupable de rien, parce que l'on ne voit point qu'on la punisse. Et il est certain que, si l'impunité étoit une preuve d'innocence, on devroit vous tenir pour les plus innocents du monde. Mais, mon révérend père,

ne vous flattez pas de vous voir en cet état : car
Dieu n'est jamais plus en colère que quand il
pardonne de la sorte, *magis irascitur cùm parcit;*
et le dernier degré de son abandonnement est
quand il laisse sans punition ceux qui la méritent davantage. Ainsi, si vos attentats contre
la morale de Jésus-Christ demeurent impunis,
nous ne vous en croirons que plus misérables ;
mais nous n'en perdrons pas le courage d'en
poursuivre la condamnation par toutes les voies
ecclésiastiques et canoniques.

A Paris, le 25 juin 1659.

NEUVIÈME FACTUM

Des curés de Paris, présenté le 10 d'octobre de l'année 1659 à
MM. les Vicaires-généraux de M. l'éminentissime cardinal
de Retz, archevêque de Paris, pour demander la condamnation du livre du père Thomas Tambourin, jésuite.

*A MM. les Vicaires-généraux de M. l'éminentissime
cardinal de Retz, archevêque de Paris.*

SUPPLIENT humblement les curés de Paris, disant que le jugement solennel rendu par vous
sur notre requête, contre l'Apologie des casuistes, et tout ce grand nombre de censures juridiques de tant d'illustres archevêques et évêques,
et de la Faculté de théologie de Paris, et même

le décret de nôtre saint père le pape , contre les pernicieuses maximes de ce méchant livre, seroient entièrement inutiles à l'Église, et au bien des âmes dont Dieu nous a commis la conduite, s'il est permis de publier et de produire ces mêmes maximes avec la même hardiesse, en changeant seulement le nom de l'auteur. C'est néanmoins ce que les jésuites ont prétendu faire, par l'impression toute récente qu'ils ont procurée à Lyon du livre d'un de leurs pères, nommé Thomas Tambourin; dont il est déjà venu à Paris plusieurs exemplaires, où l'on ne voit pas seulement les erreurs de l'Apologie soutenues et autorisées, mais où l'on en rencontre un grand nombre d'autres encore plus étranges et plus criminelles : de sorte qu'il semble que cet auteur a entrepris de faire voir jusques à quel excès l'esprit humain étoit capable de se porter, lorsque ayant quitté les lumières de la foi et de la tradition, il s'abandonne à ses vains raisonnements. Vous verrez, messieurs, par l'extrait attaché à cette requète, qu'il n'attaque pas seulement quelque partie de la religion; mais qu'il la ruine tout entière dans l'intérieur, qui en est comme l'esprit, et dans l'extérieur qui en est comme le corps, dans tous les devoirs de piété envers Dieu, et dans tous les offices de charité, de justice et de fidélité envers le prochain; qu'il ne reconnoît aucun vrai précepte de croire en Dieu, d'espérer en Dieu, de prier Dieu, ni d'adorer Dieu; qu'il réduit celui de

l'aimer qui forme l'essence de la loi nouvelle,
et le culte spirituel qui fait les chrétiens adorateurs de Dieu en esprit et en vérité, à un cas si
extraordinaire, que presque tous les fidèles sont
par là dispensés, durant toute leur vie, de l'a-
mour de Dieu, c'est-à-dire, du plus saint, du
plus heureux et du plus indispensable de tous
leurs devoirs. Vous verrez, messieurs, que tout
l'ordre de la justice civile, que tous les liens
de la société humaine, que toute la paix, tout
l'honneur et toute la sûreté des familles sont
absolument renversés par les homicides, les
calomnies, les infidélités, les vols, les usures,
les mariages déréglés et scandaleux, que cet
auteur soutient comme licites, sous divers
prétextes et sous divers noms; qu'il se joue
de toutes les lois ecclésiastiques, et particulièrement de celle du jeûne, par des chicaneries honteuses et ridicules; et qu'enfin les principes généraux qu'il établit pour autoriser ces
corruptions sont si vastes et si étendus, qu'il n'y
a point de désordres et de déréglements si horribles qu'on ne puisse introduire et défendre en
les suivant. Ainsi nous pourrons dire, en demeurant dans les bornes d'une exacte vérité,
que cette étrange morale que l'on s'efforce de
répandre en notre temps, n'est point chrétienne,
puisqu'elle anéantit l'esprit du christianisme;
qu'elle n'est pas seulement judaïque et phari-
saïque, puisqu'elle renverse la lettre de la loi et
les préceptes extérieurs; qu'elle n'est pas même

humaine et philosophique, puisqu'elle ruine la
justice, l'équité naturelle, la sincérité, la bonne
foi et le sens commun; qu'elle n'est point civile
et politique, puisqu'elle détruit tellement tous
les fondements sur lesquels la société humaine
est établie, que, si on en suivoit les maximes,
les états et les républiques ne seroient que des
assemblées pleines de confusion, sans foi, sans
loi, sans ordre, sans sûreté; où l'on ne feroit
que se tromper, se piller et se massacrer les uns
les autres; mais que c'est proprement cette
fausse sagesse dont l'apôtre saint Jacques dit :
*Non est ista sapientia sursum descendens, sed
terrena, animalis, diabolica.* Quand il ne s'agiroit ici, messieurs, que de l'honneur de l'Église
qui est si blessée par cette mauvaise doctrine
qu'on lui attribue, ce motif ne seroit que trop
suffisant pour obliger ceux qui ont entre leurs
mains son autorité, à s'opposer à l'outrage qu'on
lui fait : mais il s'agit de plus du salut d'une infinité de chrétiens que l'on infecte et que l'on
corrompt, dont Dieu demandera compte à ceux
qui n'auront pas fait tous leurs efforts pour
bannir de l'Église ce poison mortel que l'on y
répand. Il est d'autant plus nécessaire de le faire
maintenant, et de s'animer d'un nouveau zèle
pour réprimer cette licence, que l'on voit que
ceux qui s'en sont déclarés les protecteurs, s'a-
niment et se fortifient tous dans la résolution
de les soutenir avec une hardiesse encore plus
grande qu'auparavant. Car au lieu de s'humilier

o sous tant de jugements que l'Église a rendus contre eux, au lieu de se corriger au moins en quelque chose dans les nouveaux livres de morale qu'ils produisent; pour faire paroître, au contraire, à tout le monde combien ils méprisent l'autorité des évêques, le jugement des facultés de théologie, et même celui de sa sainteté, et combien ils sont fermes dans le dessein de n'abandonner jamais aucune de ces opinions condamnées, ils ont fait imprimer aux yeux de toute la France, dans une des principales villes du royaume, avec approbation de leur compagnie, et le nom de l'auteur, l'un des plus pernicieux et des plus abandonnés de leurs casuistes, comme pour dire à tous les évêques, à tous les docteurs, à tous les curés de France, et même à sa sainteté : voilà la doctrine que nous soutenons et que nous soutiendrons toujours, malgré toutes vos censures et tous vos efforts. C'est ainsi, messieurs, qu'ils ont véritablement justifié leur apologie, mais en la manière que l'Écriture dit que Jérusalem a justifié Sodome et Samarie, en surpassant leurs iniquités : *Non fecit Sodoma sicut tu, et Samaria dimidium peccatorum tuorum non peccavit; vicisti eas sceleribus tuis, et justificasti sorores tuas.* Que s'ils ne trouvoient dans les ministres de l'Église autant de zèle et de fermeté pour s'opposer à l'établissement de leur méchante morale, qu'ils ont d'opiniâtreté et de hardiesse à la publier et à la défendre, qui ne voit, messieurs, qu'ils viendroient à bout de cette malheureuse entreprise ; que vos jugements seroient anéantis et abolis ; que ces corruptions cesseroient de passer pour condamnées, et qu'ainsi elles serviroient de piéges à un grand nombre d'âmes, à qui ils ne manqueroient pas de les inspirer ? C'est pourquoi, messieurs, encore que les poursuites que nous avons été obligés de faire auprès de vous sur le sujet de l'Apologie, aient attiré sur nous une infinité d'outrages et de calomnies scandaleuses de la part de ceux qui l'ont soutenue, dont il nous est impossible de tirer aucune satisfaction, nous avons cru néanmoins qu'il n'étoit pas temps, dans un si grand péril de l'Église, de penser à nos intérêts particuliers, et que la crainte de leur violence, de leurs calomnies et de leur injustice ne devoit pas nous empêcher de rendre à l'Église ce que nous lui devons en une occasion si importante, qui est de nous rendre dénonciateurs contre le livre de Tambourin, comme nous avons fait contre l'Apologie des casuites. Nous espérons, messieurs, que nos poursuites auront le même succès, et qu'après avoir vu que les maximes dont nous vous demandons la condamnation, sont encore plus détestables que celles que vous avez déjà censurées, vous jugerez sans doute qu'il est encore plus nécessaire de les condamner par une censure juridique. Ce considéré, messieurs, et vu l'extrait ci-attaché, il vous plaise de procéder à l'examen et condamnation dudit livre de Thomas Tambourin, jésuite, qui contient en soi plusieurs ouvrages séparés ; savoir : un grand traité sur le Décalogue, intitulé : *Explicatio Decalogi, in quâ omnes ferè conscientiæ casus mirâ brevitate, claritate, et quantùm licet benignitate declarantur;* un autre sur la confession, intitulé : *Methodus expeditæ Confessionis;* un autre sur la communion, intitulé : *De sacratissimâ Communione* expeditè *peragendâ;* et le dernier : *De Sacrificio Missæ* expeditè *celebrando; Lugduni, sumptibus Joan. Ant. Huguetan, et Mar. Ant. Ravaud, M. DC. LIX :* comme contenant plusieurs propositions fausses, erronées, scandaleuses, contraires aux lois divines, ecclésiastiques et civiles ; exposant la religion catholique aux insultes des hérétiques et aux blasphèmes des impies ; et détruisant l'Évangile, les bonnes mœurs et même la société humaine : Faire défenses à toutes personnes du diocèse de Paris de le vendre, de l'acheter, de le débiter, de le lire, ni de le retenir, sous telles peines et censures canoniques qu'il vous plaira ordonner. Et vous ferez bien.

CONCLUSION

De MM. les *Curés* de Paris, pour la publication de la Censure du livre de l'Apologie pour les Casuistes, faite par MM. les Vicaires-généraux de M. le cardinal de Retz.

Du lundi 22 novembre 1658.

En l'assemblée extraordinaire de MM. les curés de Paris, tenue en la salle presbytérale de Saint-Côme le 22 novembre 1658, M. le curé de Saint-Roch, ancien des syndics en charge, a référé et donné avis à la compagnie, qu'enfin on a imprimé la censure du livre d'un auteur anonyme, intitulé : *Apologie pour les Casuistes, contre les calomnies des Jansénistes, etc.*, imprimée en l'année 1657 ; faite par messire Jean-Baptiste de Contes, prêtre, doyen de l'Église archiépiscopale et métropolitaine de Paris, conseiller ordinaire du roi en ses conseils d'état et privé, et par messire Alexandre de Hodencq, aussi prêtre, docteur de la société de Sorbonne, curé et archiprêtre de Saint-Severin, conseiller du roi en sesdits conseils : vicaires-généraux de M. le cardinal de Retz, archevêque de Paris ; contenant la condamnation spéciale de trente des plus pernicieuses maximes dudit livre, avec cette clause expresse et générale, *sans approbation de plusieurs autres propositions et discours contenus audit livre :* arrêtée au conseil

dé mondit seigneur archevêque, le vingt-troisième jour d'août 1658 ; mais qu'on n'avoit pu
imprimer, ni publier jusqu'à présent, à cause
des empêchements notoires apportés par l'auteur anonyme et par les défenseurs de ladite
Apologie à la publication de la censure sus-
dite, et de celle de la sacrée Faculté de théologie de Paris ; et l'exemplaire de la censure
desdits sieurs vicaires-généraux mis sur le
bureau, et lu le mandement et préface d'icelle ;
d'autant qu'elle ne contient aucun mandement
spécial, ni exprès aux curés de Paris de la publier aux prônes des messes paroissiales ; mais
seulement, en général, qu'elle sera publiée
partout où besoin sera : ledit syndic a proposé
s'il n'est pas bon et nécessaire de demander,
de la part de la compagnie, à MM. les vicaires-
généraux, un mandement spécial adressé aux
curés de Paris, comme de coutume, à ce qu'ils
aient à publier ladite censure aux prônes de
leurs messes paroissiales.

Après lesquelles relation et proposition, ledit
syndic a requis et pris les fins et conclusions
qui suivent :

La première, que MM. les grands-vicaires
seront très-humblement remerciés, de la part
de la compagnie, par les députés et syndics
d'icelle, de la peine qu'ils ont prise, suivant la
requête des curés de Paris du douzième jour de
janvier 1658, d'examiner très-soigneusement
et très-exactement ledit très-méchant livre, et

de le condamner par une si ample et si excellente censure, laquelle sera toujours suivie par
tous les amateurs de la justice chrétienne avec
une extrême joie et un très-profond respect,
comme très-juridique en son autorité, très-mé-
thodique en son ordre, très-judicieuse au choix
des plus pernicieuses maximes, et très-juste en
la qualification et condamnation de chaque proposition.

La seconde, que la censure sera lue présentement en l'assemblée, et reçue avec le respect
qui est dû à M. l'archevêque de Paris, lequel
seul peut, dans son diocèse, par lui ou par ses
grands-vicaires, juger de la doctrine des mœurs
comme de celle de la foi : et que plusieurs exemplaires seront mis au trésor, pour servir à
l'avenir de règle juridique dans la décision des
cas de conscience, et en l'administration du sacrement de pénitence, quand il se présentera
des matières qui auront été jugées par cette
censure.

La troisième, que MM. les vicaires-généraux
seront suppliés de donner et d'envoyer, selon
la coutume, aux curés, un mandement spécial
de publier aux prônes leur censure, selon sa
forme et teneur, et ce fait, qu'elle sera publiée
au prône du premier dimanche de l'Avent prochain.

La quatrième, que MM. de la compagnie,
dans les conférences qu'ils font avec les prêtres
habitués de leurs paroisses, prendront soin de

conférer avec eux de la censure de MM. les vicaires-généraux, et de leur expliquer plus amplement non-seulement la vérité, la justice et
l'équité des résolutions qui y sont contenues ;
mais aussi l'impiété, la fausseté, et les dangereuses conséquences des maximes opposées tant
dans l'Apologie dont est question, que généralement de la méchante morale des nouveaux
casuistes, afin que les prêtres et les confesseurs
des paroisses soient toujours prêts, et plus capables de répondre de la bonne et saine doctrine des mœurs, et de garantir du venin de la
fausse et méchante, les âmes auxquelles ils ad-
ministreront le sacrement de pénitence, et dont
ils auront la direction en la voie du salut : et
tiendront la main lesdits sieurs curés, à ce que
les prêtres et les confesseurs de leurs paroisses
ne suivent et n'enseignent rien de contraire à
la doctrine de ladite censure.

Oui laquelle relation, proposition et réqui-
sition, et l'affaire mise en délibération : il a été
conclu qu'il sera fait selon les réquisitions et
conclusions dudit sieur syndic : et ont été députés MM. les curés de Saint-Côme, de Saint-
André-des-Arts, de Saint-Barthélemi, de Saint-
Christophe, avec les syndics, pour remercier,
de la part de la compagnie, MM. les vicaires-
généraux, de la censure par eux faite, et pour
leur témoigner et les assurer qu'elle a été reçue
par la compagnie avec une grande joie, un sincère respect et une entière soumission aux

décisions qu'elle contient, et pour les supplier d'envoyer aux curés un mandement plus spécial, d'en faire la publication aux prônes des messes paroissiales.

Par conclusion desdits jour et an.

Signés., ROUSSE, *curé de Saint-Roch, syndic.*

   MARLIN, *curé de Saint-Eustache, syndic.*

FACTUM

Pour les Curés de Rouen, contre un livre intitulé : *Apologie pour les Casuistes, contre les calomnies des Jansénistes* : à Paris, 1657 ; et contre ceux qui, l'ayant composé, imprimé et publié, osent encore le défendre.

Nous continuons (*) de combattre pour la morale chrétienne, contre ceux qui ne cessent point de la corrompre, et qui sont assez téméraires pour en défendre publiquement toute la corruption. Le même Dieu qui nous a mis les armes en main, et de qui nous avons reçu la grâce de nous déclarer les premiers entre tous les curés de France, pour soutenir la cause de son Évangile contre les nouvelles opinions des

(*) Les curés de Rouen avoient déjà publié contre les jésuites deux requêtes, adressées, l'une à leur archevêque, l'autre à l'official.

casuistes, qui ne tendent qu'à l'anéantir, nous engage tout de nouveau dans une milice dont nous ne saurions être les déserteurs que par une lâcheté criminelle. Nous implorons l'autorité de l'Église et les tribunaux des magistrats contre ces faux théologiens, qui empoisonnent, par leur doctrine contagieuse, les enfants de cette mère si sainte, et qui troublent la société des hommes, en justifiant les crimes les plus énormes. Et comme ils viennent de rassembler, dans un seul volume, toutes les erreurs qu'ils avoient répandues sur cette matière dans tout le reste de leurs écrits, nous espérons que Dieu fortifiera notre foiblesse, et nous donnera autant de zèle pour soutenir sa vérité, qu'ils ont d'opiniâtreté et d'ardeur pour défendre leurs imaginations et leurs mensonges.

Jamais l'aveuglement et l'orgueil des hommes ne montèrent à un plus haut point. Il y a un an et demi que nous nous trouvâmes réduits à une pressante nécessité de porter nos plaintes devant le tribunal ecclésiastique de M. l'archevêque de Rouen, et d'implorer la plus grande et la plus sacrée autorité de ce diocèse, pour nous opposer aux nouveautés dangereuses de ces casuistes. Ce grand prélat, qui a autant de zèle pour conserver la pureté de la morale évangélique dans toute sa primatie, que Dieu lui a donné de science et d'efficace pour la prêcher dans les chaires qu'il remplit si dignement, nous reçut avec toute la bonté qui règne au fond de son cœur, et qui

reluit sur son visage. Mais comme sa modestie
est égale à sa sagesse., il considéra que cette matière étant de la dernière importance pour toute
l'Église, elle seroit digne de la piété de tout le
clergé de France, qui étoit assemblé à Paris
depuis plusieurs mois ; et ce fut ce qui le porta
à envoyer nos plaintes à cette assemblée générale, afin que tant de prélats, dont elle étoit
composée, joignissent leurs lumières et leur
zèle pour découvrir ces erreurs pernicieuses, et
pour prononcer sur ce sujet un jugement plus
solennel.

Mais nous reconnûmes en cette rencontre,
que ceux qui altèrent la loi de Dieu et de son
Église par des inventions humaines, n'ignorent
rien de la science du siècle', et savent éluder,
par leurs intrigues, les plus justes châtiments
qu'ils ont mérités. Ils eurent l'adresse de faire
former des incidents artificieux qui consumèrent
le temps, et empêchèrent le principal effet de
la délibération : de sorte que le clergé étant enfin
convaincu de l'innocence de notre conduite et
de la justice de nos plaintes, ne put presque faire
autre chose, sinon de laisser à toute la postérité
des marques publiques, et un monument éternel du déplaisir qu'il ressentoit de ne pas avoir
tout le loisir qui lui étoit nécessaire pour porter
son jugement sur les extraits qui lui avoient été
présentés par l'un des vicaires-généraux de monsieur notre prélat. Le clergé donc, pour ne pas
autoriser, par son silence, les entreprises de

ceux qui croient que l'impunité les rend innocents, jugea que le moyen le plus court, et le
remède le plus prompt dont on pouvoit se servir
dans une occasion de cette importance, étoit
d'opposer le nom vénérable de saint Charles
Borromée à cette licence prodigieuse de tant de
nouveaux écrivains, qui empoisonnent les sources publiques des vérités chrétiennes et morales,
par les inventions et les songes de leur esprit.
Ce fut pour cela que cette assemblée ordonna
que l'on imprimeroit tout de nouveau les Instructions de ce saint archevêque de Milan aux
confesseurs de sa ville et de son diocèse, avec
la manière d'administrer le sacrement de pénitence ; et un recueil que ce grand cardinal avoit
dressé des canons pénitenciaux, suivant l'ordre
du Décalogue. Car, comme une des plus pernicieuses maximes de ces théologiens humains, est
« qu'il ne faut consulter les anciens pères que
» sur les matières de la foi, et qu'il faut puiser
» la science des mœurs dans les ouvrages des
» docteurs modernes, » on ne sauroit détruire
cette fausse opinion par des preuves plus claires
et plus convaincantes, que par la conduite de
saint Charles, qui n'auroit pas obligé ses confesseurs de s'instruire des anciens canons de la pénitence, s'il n'eût jugé que l'Église conserve toujours au fond de son cœur la révérence et l'amour
de ces règles salutaires, et que ceux qu'elle a
établis pour être les dispensateurs des saints
mystères de notre religion, doivent les connoître

III. 21

exactement, non pas, à la vérité, pour les observer dans toute l'étendue de leur première sévérité ; mais pour se conduire dans ces terribles
fonctions, par la considération continuelle des
véritables désirs de leur mère sainte, et par la
vue de la foiblesse de ses enfants.

Nous avons sujet de louer Dieu de ce que nosseigneurs du clergé de France, qui ont ordonné
cette nouvelle édition des Instructions de saint
Charles pour l'usage de tout le royaume, l'ont
publiée avec une sage et judicieuse préface, qui
approuve d'une part nos justes plaintes, et qui
déplore de l'autre les funestes égarements de ces
casuistes charnels, qui sont autant de guides
trompeurs, et de malheureux corrupteurs de la
conscience des peuples. Car, après que ces prélats ont parlé avec une vigueur véritablement
épiscopale, contre une science « qui apprend à
» tenir toutes choses problématiques, qui jus-
» tifie les mauvaises habitudes des hommes, au
» lieu de les exterminer, et qui accommode les
» préceptes et les règles de Jésus-Christ aux in-
» térêts, aux plaisirs et aux passions des hommes,
» pour flatter leur ambition et leur avarice, et
» pour leur prescrire des moyens de commettre
» les plus grands crimes en sûreté de con-
» science, » ils brisent le front d'airain de ces
lâches approbateurs de toutes les passions humaines, par ces paroles éclatantes qui confondent leurs vaines subtilités. « Autrefois, disent
ces archevêques et ces évêques, le Fils de Dieu

» disoit : Bienheureux les pauvres d'esprit, parce
» que le royaume du ciel est à eux. Mais aujour-
» d'hui, par la subtilité de ces nouveaux doc-
» teurs, il n'y a plus que des gens d'esprit qui
» puissent prétendre d'entrer en ce royaume :
» suffisant, pour ne pas pécher, si on veut les
» croire, de bien dresser son intention, et de ne
» pas se proposer certaines fins mauvaises, que
» tout homme de bon sens n'a garde d'avoir,
» quand, sans cela, il peut faire en conscience
» ce qu'il a envie de faire. »

Et parce que ces vaines spéculations des casuistes, qui ont fait dégénérer les règles des
mœurs en probabilités, en problèmes, en di-
rections frivoles d'intention, ne tendent qu'à la
destruction générale de la discipline de l'Église,
et à rendre entièrement inutile la fréquenta-
tion du tribunal de la pénitence et l'approche
de nos autels : le clergé de France a cru devoir
déclarer son ressentiment sur un abus si public
et si déplorable. « Outre cette corruption de doc-
» trine, disent ces prélats, qui se glissera aisé-
» ment dans tous les esprits, si on n'en arrête le
» cours, nous avons été sensiblement touchés
» de douleur, voyant la facilité malheureuse de
» la plupart des confesseurs à donner l'absolu-
» tion à leurs pénitents, sous les prétextes pieux
» de les retirer peu à peu du péché par cette dou-
» ceur, et de ne pas les porter dans le désespoir,
» ou dans un entier mépris de la religion. Car
» nous ne voulons pas croire qu'il y en ait d'assez

» méchants pour considérer leur intérêt parti-
» culier, ou celui de leurs communautés en la
» conduite de certaines personnes qui s'appro-
» chent souvent du bain de la pénitence, et ne
» s'y lavent jamais; et qui, au lieu de se forti-
» fier par la fréquente manducation de la chair
» de Jésus-Christ, en deviennent plus foibles; et
» paroissent toujours autant remplis de l'amour
» du monde et d'eux-mêmes, que s'ils étoient
» encore assis à la table des idoles. »

Il y avoit sujet d'espérer que cette conduite
du clergé qui a approuvé nos plaintes, et qui a
laissé au public des marques sensibles du re-
doublement de sa douleur après les avoir reçues,
seroit une digue et une barrière puissante pour
arrêter la témérité de ces écrivains, qui n'ont
évité la censure particulière des évêques qu'à
cause du grand nombre des erreurs dont leurs
livres sont remplis, et du peu de loisir de l'assemblée. Mais ils viennent de faire voir aux yeux
de l'Église et de l'État, que rien n'est capable de
retenir leur insolence, et que ceux qui veulent
épargner leur honte par une indulgence plus
que paternelle, leur inspirent, sans y penser,
une nouvelle témérité. On en a vu depuis quelques mois un exemple scandaleux, qui doit faire
avouer à tout le monde que les remèdes les plus
doux ne servent qu'à irriter les plus grands
maux, et qu'il faut employer quelque chose de
plus fort que les exhortations et les remon-
trances, pour guérir ceux qui ne se contentent

pas de périr s'ils n'entraînent avec eux plusieurs personnes dans la ruine et le précipice.
L'impudence n'est pas capable de rougir quand
elle est parvenue jusqu'aux dernières extrémités;
et lorsque la présomption des hommes superbes
est autorisée par la licence, il n'y a rien où ils
ne portent l'élévation de leur science ruineuse.

Ces écrivains, qui traitoient autrefois d'imposteurs et de calomniateurs des auteurs très-
catholiques, et des universités entières qui les
accusoient de ces sentiments abominables, traitent maintenant *d'ignorants* les pasteurs qui ont
découvert de si grands emportements, et qui
ont été obligés, par la sainteté de leur ministère, de s'en rendre les dénonciateurs devant
les prélats et devant les juges. Il ne reste plus
aucune question du fait à examiner. Ce qui étoit
détestable par leur propre confession est devenu
en peu d'années très-innocent et très-légitime,
à mesure qu'ils ont fait de nouveaux progrès
dans la doctrine de la probabilité : ils font passer pour la règle de toute l'Église des opinions
qui étoient la juste horreur de tous les fidèles;
et ajoutant des erreurs nouvelles à celles dont
on les avoit accusés très-justement, ils ont con-
sommé tous leurs excès par la plus insolente et
la plus insoutenable de toutes les apologies.

Ce libelle, qu'ils ont écrit avec du fiel et du
sang, et qu'ils ont intitulé, *Apologie pour les
Casuistes contre les calomnies des Jansénistes*, a
été reçu avec une aversion générale par tous

ceux qui ont encore dans le cœur quelque instinct de religion et quelque sentiment d'humanité. Mais s'il y a eu quelque ville en France qui ait dû ouvrir les yeux pour se défendre d'un poison si pernicieux et si mortel, c'est sans doute notre ville de Rouen qui a été obligée plus que nulle autre de se garantir de ce venin qu'on lui a offert avec un extrême empressement. Car nous savons qu'il a été ici exposé en vente chez Richard Lallemand, libraire; qu'il a été distribué à des personnes qualifiées de la ville et de la province, par le père Brisacier, recteur du collége des jésuites; que dans le réfectoire de sa maison, où on ne doit lire que des livres saints et remplis d'édification et de piété, il a fait lire publiquement ce code infâme des nouvelles maximes de leurs casuistes, et qu'il n'a pas eu de honte de s'adresser à un des principaux magistrats pour obtenir la permission de le réimprimer. Quoique nous sussions toutes ces circonstances particulières dès que nous présentâmes notre requête, nous eûmes assez de modération et de retenue pour l'épargner encore sur ce point; mais au lieu de rentrer en lui-même par la considération de notre manière d'agir, qui nous a fait renoncer à nos propres avantages pour le gagner par cette douceur chrétienne et ecclésiastique, il n'en a été que plus ardent et plus emporté dans les sollicitations qu'il a faites ouvertement auprès des juges pour soutenir cet ouvrage de ténèbres, et pour en empêcher la condamnation : ce qui nous a réduits à ne pouvoir plus taire sans crime ce que nous n'avions supprimé que par l'esprit de charité.

Certes, comme un des plus anciens auteurs de l'Église a dit autrefois, que c'est savoir toutes choses que de ne rien savoir contre la règle de l'Évangile, aussi nosseigneurs les prélats ont eu très-grande raison d'écrire en cette rencontre, qu'*une profonde ignorance seroit beaucoup plus souhaitable qu'une telle science, qui apprend à tenir toutes choses problématiques*. Mais quand ils verront que ces problèmes et ces opinions probables sont devenues des règles constantes et des aphorismes indubitables dans ce nouveau livre, qui est comme la sentine et l'égoût de toutes les saletés et les ordures des autres productions de ceux qui le soutiennent, peut-être qu'ils auront regret d'avoir usé de trop de clémence envers ces docteurs corrompus, et qu'ils prendront à l'avenir la résolution de réprimer leur témérité par quelque chose de plus ferme et de plus humiliant que ne sont des instructions et des préfaces.

Personne ne pourroit croire un si grand renversement de tous les principes de notre religion pour la conduite des mœurs, si cette monstrueuse Apologie n'étoit répandue par toute la France. Après que le clergé de France a parlé si nettement dans sa préface contre la science de ces théologiens modernes, qui apprend à tenir

toutes choses problématiques , cet écrivain ne
laisse pas de soutenir le principe ruineux de la
probabilité, depuis la page 80 jusqu'à la 86, et de
condamner comme jansénistes ceux qui soutiennent le contraire après saint Thomas. Il emploie
même six pages entières, depuis la 75 jusqu'à la
81, pour prouver que les papes, les empereurs,
les rois, les juges, les avocats, et enfin l'Église
et l'État doivent prendre la protection des probabilités, avec lesquelles les casuistes renversent les plus saintes et les plus certaines règles
des mœurs des chrétiens, et exterminer ceux
qui les combattent; parce que dans la conduite
des choses humaines, et dans les jugements des
particuliers, on est souvent obligé de se contenter de raisons probables. Ainsi les puissances
ecclésiastiques et séculières seront obligées, selon cet auteur, d'embrasser la protection de
cette théologie pyrrhonienne; la répréhension
du clergé passera pour une plainte sans fondement; comme si MM. nos confrères de Paris
n'avoient pas reconnu dans les extraits qu'ils
ont présentés à l'assemblée, « que la question
» n'est pas s'il y a des opinions probables dans
» la morale, personne ne doutant qu'il n'y en
» ait, quoique le nombre en soit infiniment plus
» petit que ne s'imaginent ces théologiens pro-
» blématiques d'*est et non est, licet et non licet,*
» *peccat et non peccat, tenetur et non tenetur,*
» *sufficit et non sufficit.* »

Sans considérer que la vérité incarnée nous a

obligés d'arracher l'œil qui nous scandalise, ce lâche flatteur de la cupidité des hommes dit en la page 87 : « Que les théologiens enseignent » que l'on n'est pas obligé de renoncer à une » profession où l'on est en danger d'offenser » souvent Dieu, et même où l'on court risque » de se perdre, si on ne peut pas facilement » s'en défaire. » Et pour prouver une si horrible fausseté, il ajoute aussitôt après ces paroles : « La pratique de l'Église sert de preuve à ma » proposition. Car non-seulement l'Église souf- » fre ; mais elle approuve des ordres militaires » qui font vœu de pauvreté, chasteté et obéis- » sance, encore que les occasions fassent suc- » comber plusieurs de ces religieux. La même » Église oblige au célibat ceux qui s'engagent » aux ordres sacrés, quoiqu'elle n'ignore pas » que ces ordres servent à plusieurs d'occasion » d'offenser Dieu. »

Le clergé de France s'étant plaint de la faci- lité malheureuse de la plupart des confesseurs à donner l'absolution à leurs pénitents, *sous des prétextes pieux de les retirer peu à peu du péché par cette douceur, et de ne pas les porter dans le désespoir;* cet écrivain téméraire accuse ceux qui gardent quelque discipline dans le sacrement de pénitence, de suivre *une doctrine qui tend au désespoir, et qui ruine le sacrement de la confes- sion;* comme si toute la pénitence étoit réduite à la confession seule, et que le sacrement de la réconciliation des pécheurs n'eût que cette seule

partie! « Le prêtre, dit-il, p. 288, doit absoudre
» le pénitent, quoiqu'il suppose qu'il retournera
» à son péché. Les théologiens vont plus avant,
» et disent que quand même le pénitent jugeroit
» qu'il est pour retomber bientôt en sa faute, il
» est toutefois en état de recevoir l'absolution,
» pourvu que le péché lui déplaise au temps de
» la confession. » Il approuve, en la page 279, le
sentiment du père Bauny, qui enseigne que
hors de certaines occasions qui n'arrivent que
rarement, le confesseur n'a pas droit de demander si le péché dont on s'accuse, est un
péché d'habitude ; et toute la restriction qu'il y
apporte est, que « le confesseur peut interroger
» le pénitent sur l'habitude, jusqu'à ce qu'il
» témoigne de la répugnance à répondre ; mais
» après il ne faut pas le presser, beaucoup moins
» refuser l'absolution. » Enfin pour détruire entièrement l'obligation que nous avons de nous
convertir à Dieu par amour, il veut que la crainte
des châtiments temporels soit capable de nous
justifier d'elle-même dans le tribunal de la pénitence. « Il est vrai, dit-il, p. 289, que quelques
» casuistes et jésuites ont enseigné que la crainte
» des châtiments temporels dont Dieu nous me-
» nace si souvent dans l'ancien et nouveau Tes-
» tament, suffit pour recevoir l'absolution,
» quand le pécheur est résolu de se corriger de
» ses crimes ; et vous auriez bien de la peine à
» montrer pourquoi la crainte des peines de
» l'enfer dont Dieu menace, suffit pour le sacre-

» ment, et la crainte des pestes, des guerres et
» pertes de biens dont Dieu nous menace pour
» châtier les péchés, n'est pas suffisante. »

Mais, outre ces principes généraux, il n'y a
presque point de crime qu'il ne justifie en particulier, et il ne tient pas à lui que les hommes
ne s'apprivoisent aux meurtres comme à des
actions innocentes ; car il emploie douze pages,
depuis la 158 jusqu'à la 170, pour soutenir au
moins comme probables les maximes dont on
s'étoit plaint dans les extraits qui ont été fournis
au clergé, comme : « Qu'on peut tuer une per-
» sonne pour éviter un soufflet ou un coup de
» bâton ; qu'il est permis, selon les uns, dans la
» spéculation, et, selon les autres, dans la pra-
» tique, de blesser et tuer celui qui a donné un
» soufflet, quoiqu'il s'enfuie. » Tout le monde
ayant vu avec horreur les extraits de cette damnable théologie, qui met les épées entre les
mains de ceux dont le cœur ne respire que la
vengeance, nosseigneurs les prélats ont condamné ces excès, en avertissant, dans leur préface, de fuir ces auteurs nouveaux, « qui se
» montrent ingénieux à donner des ouvertures
» aux hommes pour se venger de leurs enne-
» mis, et pour conserver le faux honneur que
» le monde a établi, par des voies toutes san-
» glantes. » Mais ce qui a été détesté par tous
ceux qui ont quelque sentiment d'humanité,
paroît raisonnable à cet apologiste. Il dit généralement de tous ces chefs, p. 162 : « En toute

» cette doctrine qui regarde l'homicide, un
» homme de bon sens jugera qu'il n'y a rien qui
» choque la raison. » Et en la page 151 : « Si
» l'on parle de l'actuelle violence qu'on fait ou
» qu'on veut faire pour ravir les biens, l'hon-
» neur ou la réputation, le père jésuite vous a
» prouvé que les lois civiles et canoniques per-
» mettent de tuer l'agresseur, lorsqu'on ne peut
» autrement conserver son bien (ce qu'il étend
» aussi à l'honneur et à la réputation), quoique
» la personne qui tue ne soit pas en danger de
» sa vie. » Et en la page 162 : « Plusieurs de ces
» théologiens jugent autrement de l'honneur
» que du bien ; car ils croient qu'on peut tuer
» un homme qui s'enfuit après avoir donné un
» soufflet ou un coup de bâton, parce que,
» selon leur sentiment, l'honneur ne se soutient
» que par cette voie. » Et afin que cette doctrine
sanguinaire, qui ne peut avoir de fondement
dans l'Écriture et dans les saints pères de l'Église,
soit aussi commune qu'elle lui paroît probable
et tout-à-fait sûre en conscience, il veut que la
seule raison naturelle soit capable de faire voir
à tous les particuliers en quel cas il est permis
quelquefois d'ôter la vie à un homme : « Si c'est,
» dit-il, p. 153, la seule lumière de la raison qui
» a conduit les grandes monarchies qui ont gou-
» verné tout le monde dans la punition des mal-
» faiteurs, souffrez que nous nous servions de
» la même raison naturelle pour juger si une
» personne particulière peut tuer celui qui l'at-

» taqué, non-seulement en sa vie, mais encore
» en son honneur et en ses biens. » Ainsi il veut
que la raison naturelle nous soit une règle suffisante pour en faire le discernement, comme si
elle n'avoit jamais reçu aucune blessure. Mais il
continue encore de cette sorte : « Vous exceptez
» de ce commandement fait à Noé ceux qui veu-
» lent nous tuer ou nous ravir la pudicité; et nous
» croyons aussi avoir raison d'exempter de ce
» précepte ceux qui tuent pour conserver leur
» honneur, leur réputation et leur bien. » Et
pour comble d'abomination, il porte ce raisonnement pernicieux jusqu'à dire : « Faites-nous
» voir que Dieu veut qu'on épargne la vie des
» voleurs et des insolents, qui outragent indi-
» gnement un homme d'honneur; faites-nous
» voir que cette défense de tuer n'est pas un
» précepte qui est né avec nous, et que nous ne
» devons pas nous conduire par la lumière na-
» turelle pour discerner quand il est permis ou
» quand il est défendu de tuer son prochain. Il
» faut un texte exprès pour cela. Celui dont vous
» vous êtes servi ne défend autre chose, sinon
» de ne point tuer sans cause légitime. » Qui
pourroit se dispenser, en conscience, de s'élever
contre des maximes si dangereuses, et qui tendent à détruire généralement toute la loi de
Dieu, toute la tradition de l'Église, le consentement universel de tous les conciles et de tous
les pères, et tout ce qu'il y a de plus clair et
de plus indubitable dans notre religion, pour

donner à tous les particuliers le droit de discerner, par la lumière de la raison, s'il leur est
permis de tuer leurs ennemis ? Qui pourroit
souffrir que l'on abolisse ainsi la loi nouvelle,
qui est une loi d'amour, un esprit de croix et
une école de souffrances, pour approuver le
ressentiment des injures, flatter la haine et la
fureur des hommes vindicatifs, et leur faire
trouver, dans la dépravation de leurs esprits et
de leurs cœurs, le tempérament et la règle de
la vengeance et de l'homicide ? Qui pourroit lire
sans indignation, dans leurs ouvrages sanglants,
ces principes diaboliques qui auroient été en
exécration à des philosophes païens ? Et depuis
quand les chrétiens, qui sont arrosés du sang
de l'Agneau, ont-ils appris ces abominables leçons qui leur enseignent à verser le sang de leurs
frères ? Nous espérons que les lois civiles ne
dormiront pas en cette rencontre, et que les
magistrats useront de toute leur autorité pour
arrêter l'insolence et la fureur de ces docteurs
de meurtres et d'homicides, qui confondent les
juges avec les moindres particuliers, et qui
égalent les particuliers aux juges, pour donner
indifféremment à tout le monde la malheureuse
licence de répandre le sang de ceux pour qui
le Sauveur du monde a donné jusques à la dernière goutte du sien. Certes, comme nous faisons gloire d'une part, avec saint Paul, *de ne
pas avoir d'autre science que celle de Jésus-Christ
crucifié*, aussi d'un autre côté avons-nous appris

de cet apôtre, que « ceux qui sont élevés en au-
» torité et en puissance n'ont pas inutilement
» en leurs mains l'épée qu'ils portent ; et qu'étant
» les ministres de Dieu même, ils ont droit de
» faire ressentir les effets de leur colère et de
» leur juste vengeance à ceux qui commettent
» des crimes. » Mais ces nouveaux apôtres ne se
mettent pas en peine des sentiments de l'apôtre
des nations, pourvu qu'ils flattent les passions
des hommes furieux et sanguinaires. Et c'est ici
où les juges doivent particulièrement ouvrir les
yeux, puisque les personnes les plus sacrées ne
seront pas en sûreté, si ces dogmes inhumains
s'enseignent impunément, une triste et funeste
expérience n'ayant déjà fait voir que trop souvent que les plus horribles parricides n'ont été
commis que par des hommes à qui la raison
avoit fait juger qu'ils avoient une cause légitime
de tremper leurs mains dans le sang des personnes les plus augustes.

Nous n'osons faire de plus particulières réflexions sur une matière si horrible ; mais nous
espérons que les magistrats en découvriront
toutes les suites, et qu'étant les conservateurs
des lois, ils étoufferont dès leur naissance ces
sentiments si barbares et si monstrueux. L'État
y est trop visiblement intéressé, comme l'Église
l'est aussi à ne pas souffrir que la simonie ayant
été appelée une hérésie par les conciles et par
les pères, cet apologiste du père Bauny ne reconnoisse plus pour simoniaques, que ceux qui

seroient assez stupides pour ne pas bien diriger
leur intention ; puisque, selon ces auteurs de
relâchement, on peut, sans commettre de vraie
simonie, entrer dans toutes les charges de l'Église,
en promettant et donnant de l'argent, pourvu
qu'on le donne comme motif et non comme prix.
Où en sommes-nous réduits par les vaines subtilités des hommes ! Et n'est-il pas déplorable
que, selon ces distinctions frivoles, Simon-le-
Magicien, qui est le chef malheureux de tous les
simoniaques, auroit été innocent quand il offrit
de l'argent à saint Pierre, étant certain qu'il ne
l'offroit que comme un motif qui le portât à lui
donner la puissance de conférer le Saint-Esprit ?
On voit par là combien nosseigneurs les prélats
ont eu de raison de condamner particulièrement
dans ces nouveaux auteurs, *le dessein qu'ils paroissent avoir de flatter l'avarice et l'ambition des
hommes en leur donnant des ouvertures pour entrer dans les dignités ecclésiastiques par toutes
sortes de voies.* Et la connoissance qu'ils ont de
tous les ridicules retranchements de la subtilité
de tous ces écrivains, a porté ces mêmes prélats à remarquer expressément dans leur préface, *combien c'est une chose éloignée de l'esprit
du fils de Dieu, de prétendre qu'il suffit, pour ne
pas pécher, de bien dresser son intention.* Mais
l'autorité du clergé de France n'a pas eu la force
d'arrêter l'impétuosité de cet écrivain, ni de
l'empêcher d'entreprendre la défense de cette
méchante doctrine, comme il fait depuis la

p. 109, jusqu'à la 116. Et surtout ses paroles sont remarquables, p. 109, où il répond d'une manière insupportable à l'objection qu'il se fait, qu'il n'y aura plus de simonie. « Il n'y aura donc » plus de simonie, dit-il ; car qui sera assez mal-» heureux que de vouloir contracter pour une » messe, pour une profession, pour un béné-» fice, sous cette formalité de marchandise et » de prix ? Je réponds que tout homme qui » seroit actuellement dans cette disposition (je » n'ai garde de vouloir jamais égaler une chose » spirituelle à une temporelle, ni de croire » qu'une chose temporelle puisse être le prix » d'une spirituelle) ne commettroit pas une si-» monie contre le droit divin, en donnant quel-» que chose spirituelle en reconnoissance d'une » temporelle qu'il auroit reçue. Je dis plus, que » la disposition habituelle suffit pour empêcher » qu'on ne tombe dans le péché de simonie. » Ainsi tous les canons que les conciles ont ful-minés contre les simoniaques, n'ont frappé que des hommes imaginaires ; et quand les papes et les pères ont usé de si nettes et si fortes expres-sions pour condamner le trafic des choses saintes, et cette entrée criminelle dans la maison du Sei-gneur, ils n'ont condamné que ceux qui n'avoient pas assez d'esprit pour faire cette distinction de prix et de motif !

Après avoir corrompu le sanctuaire de l'Église par ces palliations de la simonie, il viole celui de la justice, en prétendant qu'un juge peut retenir en conscience, comme bien acquis, ce qu'il a reçu pour rendre une sentence injuste. « Il est vrai, dit-il, p. 123, que ce juge n'est pas » obligé à rendre ce qu'il a reçu de l'une des » parties pour donner une sentence injuste en » sa faveur. Lessius a de bonnes raisons contre » Cajétan, que vous deviez réfuter, si vous pré- » tendez que ce juge soit obligé à restituer ce » qu'il a reçu de la partie qui a profité de son » injustice. »

Nous n'avons pas pu lire aussi sans rougir, ce que ce théologien charnel a écrit en faveur du plaisir des sens; et comme s'il avoit oublié ce que saint Paul a dit : « Que ceux qui sont à » Jésus-Christ, ont crucifié leur chair avec tous » ses vices et tous ses mauvais désirs » : il sou- tient que la volupté corporelle peut être recher- chée pour elle-même, et condamne d'ignorance ceux qui trouvent à redire à cette maxime bru- tale rapportée en la p. 239, savoir : « Qu'il est » permis de manger tout son saoul sans néces- » sité et pour la seule volupté, pourvu que cela » ne nuise point à la santé. » A quoi il répond ainsi en la p. 240 : « Je dirai que plusieurs bons » théologiens enseignent qu'il n'y a pas plus de » mal à rechercher sans nécessité le plaisir du » goût, qu'à procurer la satisfaction de la vue, » de l'ouïe et de l'odorat : et plusieurs, tant phi- » losophes que théologiens, tiennent que ces » contentements des sens sont indifférents, et » qu'ils ne sont ni bons ni mauvais. Que si vous

» aviez la première teinture des sciences, vous
» n'auriez pas condamné ces opinions qui sont
» probables. » Voilà des paroles plus dignes
d'Apicius que d'un théologien, et qui paroissent
plutôt avoir été apprises dans la secte de Jovinien
que dans l'école d'un Dieu qui nous enseigne à
porter tous les jours notre croix, et à renoncer
à nous-mêmes. Ce n'est pas que nous ne sachions
que la volupté corporelle peut se rencontrer innocemment dans nos actions; mais si elle les
accompagne, elle ne doit jamais en être le motif;
et ce mélange importun qui se glisse sous le voile
des plus naturelles nécessités, est une matière
de gémissement pour les justes, et ne peut être
un sujet de joie que pour les âmes brutales.

Cet apologiste juge si bassement de la sainteté
du sacrifice de la messe, qu'il approuve, en la
page 271, l'opinion des casuistes, qui enseignent
qu'on satisfait au commandement d'entendre la
messe, lorsqu'on l'entend avec un respect extérieur, quoiqu'en même temps on considère une
femme avec de mauvais désirs. Et comme le sentiment d'Escobar, qui estime que c'est entendre
la messe, que d'en entendre quatre quarts en
même temps à quatre divers autels, a paru ridicule à tout le monde, ce défenseur de toutes les
faussetés rapporte l'opinion d'Escobar comme
véritable, quoiqu'il la reconnoisse inutile; et
comparant le plus ridicule de tous les auteurs à
saint Augustin, qu'il prétend avoir proposé quelquefois des questions inutiles, il fait voir, par

cette comparaison, que sa seule crainte a été de voir diminuer la réputation d'Escobar, qui est son oracle.

Il n'a pas moins de zèle pour la doctrine du père Bauny, qui autorise le vol domestique, en approuvant les compensations secrètes des valets qui se plaignent de leurs gages, quoiqu'on les paye comme on est convenu avec eux ; et il est même assez téméraire pour vouloir rendre saint Ambroise et saint Augustin les complices de ces maximes préjudiciables à la sûreté et au repos des familles chrétiennes. Il soutient aussi l'opinion du même père Bauny, qui avoit écrit que *les femmes peuvent prendre à leurs maris de quoi jouer;* et toute la modération qu'il y apporte, est seulement en disant que *la femme doit être de telle condition que le jeu honnête puisse être mis au rang des aliments et de l'entretien.* Il approuve aussi ce qu'a écrit ce casuiste en la page 184 de la Somme des péchés, que « lorsqu'une » fille, qui est en la puissance de son père et » de sa mère, se laisse corrompre, ni elle, ni » celui à qui elle se prostitue, ne font aucun » tort au père et à la mère, et ne violent point » la justice pour leur égard, parce qu'elle est en » possession de sa virginité, aussi-bien que de » son corps, dont elle peut faire ce que bon lui » semble, à l'exclusion de la mort ou du retran- » chement de ses membres. » Et cet apologiste, page 249, soutient, par une insigne fausseté, que *cette opinion est véritable et commune.* Et,

quoique le père Bauny ne soit pas plus corrompu en quelque matière que ce soit que dans
celle de l'usure, il le défend néanmoins sur ce
sujet, avec tant d'artifice et tant de chaleur,
depuis la page 173 jusqu'à la page 211, que les
lois ecclésiastiques et les ordonnances de nos
rois, ne condamnent que des usuriers chimé-
riques, si ces nouvelles subtilités sont rece-
vables.

Ce même zèle de l'injustice porte cet auteur à
montrer, depuis la page 225 jusqu'à la page 231,
que l'on a eu tort de se plaindre de la doctrine
de Caramuel et de celle des jésuites Hurtado et
Dicastillus, qui disent que ce n'est point violer
le Décalogue, mais au plus un péché véniel, que
d'imposer de faux crimes à ceux qui nuisent à
notre réputation, soit en nous calomniant, soit
en nous reprochant de véritables crimes, dont
ils n'ont pas droit de nous accuser; et il prétend qu'il n'y a rien en cela qui ne soit au moins
probable. « Tout homme de bon sens, dit-il,
» trouvera que Dicastillus est bien plus doux et
» plus humain envers les calomniateurs, et ceux
» qui perdent injustement la renommée de leur
» prochain, que beaucoup d'excellents théolo-
» giens, qui, dans les circonstances où Dicas-
» tillus permet de médire et détracter, disent
» qu'on peut les tuer. »

Voilà une partie des excès de cet avocat des
casuistes corrompus, qui est l'ennemi le plus
déclaré que l'on ait jamais vu s'élever, sans

retenue et sans honte, contre toutes les importantes vérités de la morale chrétienne. Mais
entre toutes ses prétentions, il n'en est pas de
moins juste, ni de plus insoutenable que ce
qu'il avance en plusieurs pages de son livre,
comme une chose indubitable : Que les bulles
des papes contre les cinq propositions, sont une
approbation générale de la doctrine des casuistes. Car il est malaisé de dire s'il y a plus
de témérité que d'impertinence dans cette prétention ; et nous ne croyons pas que l'on puisse
jamais commettre une plus grande indignité
que d'attribuer au saint-siége l'approbation publique de ces maximes pernicieuses, sous prétexte que cinq propositions, que tout le monde
condamne et que personne ne soutient, ont été
censurées par les constitutions de deux papes.
Cependant c'est sur ce fondement ruineux qu'il
déchire, comme jansénistes, ceux qui ne peuvent souffrir que les règles de nos mœurs soient
corrompues par des nouveautés, qui seroient
même en horreur aux peuples les plus barbares ;
comme si, par exemple, il étoit permis de tuer
un détracteur, ou d'acheter un bénéfice, parce
que le feu pape Innocent X, et celui qui est
maintenant assis sur le siége de saint Pierre,
ont condamné cinq propositions qui n'ont nul
rapport avec ces opinions monstrueuses, et qui
sont entièrement détachées de toutes les autres
matières dans la morale, dont l'étrange corruption nous touche sensiblement, aussi-bien qu'une

infinité d'autres ecclésiastiques du royaume, et même plusieurs qui n'ont jamais examiné les questions de la grâce. Quoi donc! les plus pernicieux sentiments, que les jésuites rejetoient en apparence comme d'horribles calomnies, seront devenus des vérités toutes constantes, depuis que les papes nous ont envoyé deux bulles que nous avons reçues avec respect; et ceux qui auront quelque reste de fidélité dans le cœur, pour ne pouvoir souffrir, sur tous les points de la morale chrétienne, une corruption universelle des vérités de l'Évangile, seront décriés par des prêtres, seront déchirés par des religieux, sous des noms odieux de parti et de faction! Certes, quand nous serions assez lâches et assez indifférents à notre réputation pour souffrir une injure si atroce, nous avons trop de zèle envers le saint-siége pour pouvoir souffrir que ceux qui s'en disent, en toutes rencontres, les plus véritables défenseurs, le déshonorent par une imposture également noire et insolente, et qu'ils donnent occasion aux ennemis de l'Église de concevoir une opinion si désavantageuse du père de tous les fidèles. Comme l'Église romaine est une fidèle dépositaire de la pureté de la foi, qui lui est venue par une succession apostolique, aussi sera-t-elle à jamais la conservatrice des maximes de l'Évangile, qui sont les règles des mœurs. Et, puisque c'est une vérité catholique que les œuvres ne sont pas moins nécessaires pour le salut, que la foi, nous espérons que le saint-siége n'aura pas moins de soin de conserver la pureté de la doctrine dans la conduite des actions des chrétiens, qu'il a toujours eu de zèle pour maintenir les principes spéculatifs de notre religion. Et, afin que ces faiseurs d'Apologies ne croient pas pouvoir éblouir, ou épouvanter les simples par leurs imaginations et par leurs spectres, nous avons su que l'ordre très-célèbre des dominicains a ordonné à tous les particuliers qui se sont trouvés dans le chapitre général qui se tint à Rome l'an 1656, de faire savoir à leurs provinces que notre saint-père ne pouvoit souffrir qu'on eût introduit, depuis quelques années, dans la théologie morale, une nouveauté d'opinions licencieuses qui ne tendent qu'au relâchement de la discipline chrétienne et ecclésiastique, et que, pour y apporter un prompt remède, sa sainteté jugeoit nécessaire que les théologiens de cet ordre dressassent au plus tôt des sommes de cas de conscience sur les plus certains et les plus sûrs principes de la doctrine de saint Thomas. Nous avons entre nos mains les certificats qu'en ont donnés depuis peu deux définiteurs de l'ordre, qui sont supérieurs de deux célèbres maisons dans ce royaume. De sorte que ceux qui imposent au saint-siége l'approbation publique de leurs plus grands relâchements, se déclarent, par cet attentat, les ennemis publics de la dignité du saint-siége.

Nous laissons néanmoins de très-bon cœur aux défenseurs de l'Apologie l'avantage de cette malheureuse impunité dont ils se flattent, et qui leur fait croire que le pape approuve positivement en leur personne tout ce qu'il n'y censure pas, à cause qu'ils ont peut-être eu l'adresse d'empêcher jusqu'ici que sa sainteté en ait été avertie. Mais s'il reste encore quelque équité dans ces personnes qui ne flattent les plus signalés pécheurs que pour se donner plus de licence d'outrager les prêtres et les pasteurs de l'Église, nous leur demandons, comme une grâce, la permission de considérer que nous avons à rendre compte à Jésus-Christ, le souverain prêtre et le premier de tous les pasteurs, des âmes qu'il a acquises par le prix inestimable de son sang, et qu'il nous a confiées. Dieu nous oblige, par un prophète, de *crier sans cesse, d'élever hautement notre voix, d'annoncer à Israël les crimes qu'il a commis, et à la maison de Jacob les péchés dont elle est coupable.* Et parce que nous ne sommes pas des *chiens muets qui n'ont pas la force d'aboyer,* ces personnes, en la page 311, nous traitent d'*ignorants, qui ne méritent pas d'être mis au nombre des chiens qui gardent le troupeau de l'Église, qui sont pris de plusieurs pour les vrais pasteurs, et sont suivis par les brebis qui se laissent conduire par ces loups.* Si les hommes ne nous font pas raison de ces injures, qui blessent moins nos personnes que la sainteté de notre ministère et les intérêts de toute l'Église, du moins nos ennemis ne nous arracheront pas du fond du cœur la consolation secrète de vouloir imiter la

douceur de notre Maître commun, qui, selon
saint Augustin, *est un agneau que les loups ont
fait mourir, et qui a changé en agneaux ces loups
mêmes qui l'ont fait mourir.* Ils n'effaceront pas
de l'Évangile les marques du discernement des
loups d'avec les brebis ; et leurs artifices n'em-
pêcheront pas l'effet des paroles de celui qui a
averti les peuples de se *donner de garde des faux
prophètes qui se présentent à eux avec des peaux
de brebis,* c'est-à-dire, sous le voile et la couver-
ture d'une doctrine accommodante, *quoiqu'au
fond du cœur ce soient des loups ravisseurs, comme
on peut connoître par leurs fruits,* et par la suite
de leurs actions. Ils souffriront que nous nous
plaignions publiquement à M. notre archevêque
et aux magistrats séculiers, de ce qu'au même
temps que notre auguste monarque fait observer
avec une piété véritablement royale les ordonnances que sa majesté a faites sur le sujet des
duels, il se trouve des religieux qui parlent du
faux honneur, comme les amateurs du monde
qui en sont les esclaves et les idolâtres, et permettent d'accepter ces combats sanglants et inhumains qui perdent l'âme avec le corps, sous
prétexte de conserver une vaine réputation.

Mais, quoi qu'il en soit à leur égard, il nous
suffira de nous être rendus, comme nous faisons, les dénonciateurs publics de leurs excès,
dont nous ne saurions être complices, sans
nous perdre d'honneur et de conscience devant
Dieu et devant les hommes. Nous n'avons ou-

...vert la bouche que pour faire ouvrir les yeux aux puissances ecclésiastiques et séculières qui y ont le principal intérêt. Nous nous en déchargeons sur leur prudence, et nous attendons toutes choses de leur justice. Nous les prions seulement de considérer que la dernière inondation qui a fait tant de ravage par tout le royaume, et particulièrement en cette ville, n'est que l'image de l'inondation de toutes sortes de vices qu'il faut attendre de cette corruption publique des règles des mœurs; car si lorsqu'il ne se forme qu'un seul torrent d'une infinité de torrents, il ne faut attendre de son impétuosité que le renversement et la rupture des plus fortes digues, la désolation des villes, la stérilité des campagnes et la submersion des peuples : ainsi lorsqu'un seul auteur, qui fait l'Apologie des auteurs de sa faction, et qui est autorisé par une conspiration générale, ramasse dans un seul ouvrage toute l'écume de Bauny, de Sanchez, de Molina, d'Escobar, et d'une infinité d'autres casuistes, il n'y a point d'impiété contraire à ce qu'il y a de plus sacré dans l'Écriture, de plus saint dans les conciles, de plus solidement établi dans les ouvrages des saints pères, et de plus inviolable dans toute notre religion, que cet apologiste ne publie avec insolence, ne justifie par le torrent de la coutume, ne soutienne comme une vérité constante, et n'appuie sur le grand nombre de ceux qui ne l'ayant avancé d'abord qu'en tremblant, sont intrépides dans leurs erreurs, quand ils y ont apprivoisé les esprits intéressés et corrompus.

A Rouen, le 15 février 1658.

FACTUM

Des Curés de Nevers, présenté à M. leur Évêque en son hôtel épiscopal, contre le livre intitulé : *Apologie pour les Casuistes, etc.*, imprimé à Paris l'an 1657.

COMME les deux principaux intérêts de l'Église sont de conserver les fidèles dans la piété, et de rappeler les hérétiques à la vérité qu'ils ont quittée, nous avons été touchés d'une douleur bien sensible, en voyant le méchant livre de l'*Apologie des Casuistes* se répandre dans l'Église; parce que nous avons reconnu qu'il n'y avoit rien de plus capable de retirer les fidèles de la sainteté des mœurs, et de confirmer les hérétiques dans leur obstination et dans leur schisme. Et il ne faut pas douter que nous n'en eussions vu d'étranges effets, si la providence de Dieu, qui veille incessamment sur son Église, n'avoit suscité la puissante opposition des pasteurs ordinaires à l'entreprise si dangereuse des casuistes corrompus.

Nous les avons vus ces généreux pasteurs s'élever de tous côtés, et surtout ceux de la ville de

Paris, pour défendre l'Église en ces deux parties où elle étoit attaquée. Et nous avons béni Dieu, de ce que leur zèle a été conduit avec tant de lumière et de prudence, qu'ils ont pris un soin tout particulier de porter les remèdes à ces deux maux qu'on devoit principalement appréhender.

Car ils ont fait voir, par leurs premiers écrits, combien les fidèles seroient coupables de se laisser séduire par ces molles douceurs dont on vouloit les corrompre, puisque les casuistes ne pourroient pas les excuser devant Dieu par leur autorité; mais que les saints pères et docteurs de l'Église les condamneroient par une doctrine toute contraire. Et ils ont fait voir ensuite dans leur cinquième écrit, que les hérétiques n'ont aucun fondement dans les calomnies dont ils entreprennent de noircir l'Église, en lui imputant des erreurs qui n'appartiennent qu'aux casuistes et aux jésuites.

Ainsi on a vu l'Église affermie par leurs écrits contre tous les desseins et des casuistes, et des hérétiques, dont nous avons une joie particulière, parce que nous voyons de plus près la nécessité qu'il y avoit de bien établir ces deux chefs, tant à cause du relâchement qui prenoit à nos yeux de nouvelles forces de jour en jour par les entreprises des casuistes, qu'à cause de l'insolence avec laquelle les hérétiques, dont nous sommes environnés, triomphoient déjà par les avantages qu'ils tiroient de ces pernicieuses doctrines, qui semblent n'être sorties de

l'enfer que pour affoiblir les fidèles et fortifier
les hérétiques.

Car qu'y a-t-il de plus capable de retirer les
peuples du respect de nos saints Mystères, e
d'exciter le mépris qu'en font les calvinistes, que
d'en parler avec l'irrévérence et l'extravagance
que font ces auteurs? comme quand ils disent
page 153 : « Qu'en entendant la messe avec un
» respect extérieur, accompagné de désirs im
» purs, on satisfait par là au précepte de l'Église
» selon plusieurs théologiens; » sur quoi Esco
bar, enchérissant par-dessus les autres, dit
« Que si on trouve quatre messes si bien ajustées
» que les quatre quarts de ces messes en fassent
» une entière, en entendant ces quatre quarts
» tous ensemble de différents prêtres, on enten
» dra une messe entière. » Que peuvent dire les
hérétiques, qui ne cherchent que l'occasion de
tourner en raillerie ce saint sacrifice, en voyant
que les catholiques mêmes leur en donnent un
si grand sujet, et parlent en cette manière de ce
mystère qui est appelé terrible par les saints
pères, et de cette action toute sainte, révérée
des anges mêmes, où Jésus-Christ est présent
pour s'immoler à Dieu pour nous, et où nous
sommes obligés d'assister pour nous y immoler
avec lui?

Est-ce porter à cette action la révérence que
l'on doit, de croire que nous aurons satisfait à
ce que l'Église nous en ordonne, en entendant
quatre quarts de ces messes ainsi ajustées, avec

une contenance extérieurement respectueuse, ayant le cœur cependant occupé de désirs infâmes et criminels? Que ne diroient les ennemis de la religion, de voir des prêtres et des religieux qui veulent passer pour des docteurs graves proposer cette doctrine au peuple de Dieu, si nous ne nous opposions à ces impiétés avec tant de force et tant de vigueur, que nous fermassions la bouche à ceux qui nous imputeroient ces égarements?

Ces casuistes ne causent-ils pas de même un pareil scandale sur le sujet des ordres sacrés, qui sont encore l'objet et de la vénération des fidèles, et du mépris des hérétiques; lorsque, pour justifier qu'on n'est pas obligé de quitter les occasions prochaines de pécher, ils osent dire, page 49 : « Que les ordres sacrés sont une occasion de pécher, et que puisque l'Église y engage ainsi les prêtres, c'est une preuve qu'on n'est pas obligé de renoncer à une profession où l'on court risque d'offenser souvent Dieu et de se perdre? » Que ne diroit-on point contre des hérétiques qui parleroient de cette sorte? Et que peut-on penser de voir des prêtres écrire en ces termes sur le sujet d'un sacrement par lequel les hommes sont élevés à la plus haute dignité où ils puissent arriver en cette vie, et qui les unit à Jésus-Christ pour être participants de sa puissance sacerdotale, et pour ne pas être seulement les plus chastes des hommes; mais encore le soutien de la chasteté du reste des hommes, et un exemple de pureté pour toutes sortes de conditions, et pour les religieux mêmes?

Car s'ils parlent des prêtres bien appelés c'est une fausseté horrible, et une injure insupportable au sacrement de l'ordre, de dire que l'obligation au célibat leur soit une occasion prochaine de pécher : au lieu que ce sacrement même leur communique une grâce toute particulière pour vivre dans une pureté digne d'un état si sublime. Et s'ils parlent des prêtres mal appelés, et qui s'ingèrent dans ce ministère sans avoir consulté Dieu et éprouvé leurs forces, c'est encore une aussi grande fausseté de dire que l'Église les y engage, ou qu'elle approuve en aucune sorte que ceux qui se sentiroient dans cette foiblesse, s'exposent à un aussi grand sacrilége qu'est la profanation d'un ministère si divin, par une vie impure et souillée de crimes.

Mais il n'y a rien de si saint que ces nouveaux auteurs ne profanent de cette sorte ; et quand on a vu en quels termes ils osent parler des sacrements de Pénitence et d'Eucharistie, on a un juste sujet de rendre grâces à Dieu de tout ce que les pasteurs font aujourd'hui contre ces impiétés, puisqu'on voit assez que l'Église étoit par là attaquée au cœur, et que la plaie qu'on lui faisoit fût devenue bientôt incurable. Certainement on ne peut avoir assez d'horreur de la manière toute profane dont ils portent à user des sacrements sans changement de vie, sans amour de Dieu et sans regret de ses péchés, sinon pour le mal temporel qu'on en ressent. On n'a qu'à voir sur ce sujet les extraits qui sont publiés de ce livre, ou le livre même; et on dira sans doute après cela qu'il étoit temps ou jamais qu'il se fît une opposition générale à la faction générale qu'on avoit faite au milieu de l'Église, pour la destruction de tout ce qu'elle a de plus saint et de plus inviolable.

Nous n'aurions jamais fait si nous voulions rapporter toutes les prises que ces casuistes donnent aux hérétiques, soit par le mépris qu'ils font des pasteurs de l'Église, lesquels ils outragent injurieusement dans cette Apologie; soit par la manière dont ils déchirent des maisons de vierges religieuses, dont ils parlent comme d'un sérail; soit par les abus et les faussetés qu'ils mêlent à leurs indulgences, comme nous les en avons convaincus en cette ville; soit par tout le reste de leurs actions et de leur conduite, qui est telle qu'on ne peut avoir trop de zèle pour les réprimer, et qu'on a bien sujet de dire avec MM. les curés de Paris, nos confrères, que l'Église s'est vue dangereusement attaquée et au dehors, et au dedans, c'est-à-dire, tant par les hérétiques qui veulent abolir les sacrements, qui sont les canaux de la grâce, que par les faux casuistes, qui portent à profaner les sacrements; en sorte qu'on n'y trouve que sa condamnation; et qu'ainsi il n'y a nul salut à espérer, ni en suivant le schisme hérétique des uns, ni en suivant les méchantes doctrines des autres.

C'est ce que nous sommes obligés en conscience de publier de notre part, et de crier incessamment que l'on se garde de ce levain contagieux, qui infecteroit la masse entière des meilleures actions. Et si ce que nous disons ne sert pas à ramener ces personnes égarées, nous espérons qu'il servira à empêcher que nos peuples ne se laissent égarer avec eux, et à porter les puissances de l'Église à interposer l'autorité que Dieu leur a donnée à cette fin : pour le moins cela servira à notre décharge, et à la satisfaction du devoir que Dieu nous a imposé, d'instruire nos peuples de la sainte et salutaire doctrine de l'Évangile, et de ne pas souffrir qu'on leur en donne une fausse, pernicieuse, abominable, pire en une infinité de points, que celle non-seulement des hérétiques, mais encore des païens et des Turcs, étant certain que l'Alcoran défend et l'homicide, et la vengeance, et le vol, et la calomnie, que ces misérables casuistes permettent. De sorte que comme Jésus-Christ, parlant des excès des juifs et des pharisiens, qui, ayant ouï sa parole, suivoient néanmoins leurs traditions humaines, dit d'eux qu'ils seront jugés non pas par lui-même, ni par ceux qui ont été envoyés avec autorité de sa part, comme Moïse et les prophètes, mais par des personnes étrangères, et qui n'étoient pas du peuple de Dieu : ainsi on peut dire que pour condamner ces maximes détestables, *qu'on n'est pas obligé d'aimer Dieu; qu'on peut tuer son prochain par la lumière naturelle de sa raison; et qu'on peut le calomnier sans crime s'il médit de nous;* il ne sera pas nécessaire que la parole de Dieu, qui doit juger le commun des chrétiens, se présente; elle est trop disproportionnée à leurs égarements; mais que Mahomet et les infidèles, ennemis de Jésus-Christ et de sa croix, s'élèveront en jugement, et condamneront, par la seule raison humaine, les sentiments que ces auteurs ont voulu nous donner pour être conformes à la religion chrétienne, de laquelle ils sont les ministres. C'est ce qui rend leurs excès si dangereux; car si ceux qui parlent de cette sorte faisoient profession publique de libertinage, il y auroit peu à craindre qu'on prît croyance en eux; mais que des gens qui font profession de piété et de science, publient de telles doctrines, c'est en cela qu'est le péril. Et c'est en effet ce qui auroit pu corrompre une infinité de monde, si on n'eût pas vu en même temps des personnes bien plus autorisées, et par leur réputation, et par leur dignité, les confondre et les condamner. Mais grâces à Dieu il ne reste plus aujourd'hui aucun prétexte de suivre leur lâche et pernicieuse conduite, après qu'elle a été publiquement décriée et condamnée, et par les prélats, et par les docteurs, et par tous les pasteurs ordinaires; après que ceux de Rouen, qui ont commencé glorieusement cette poursuite, ont été admirablement soutenus par ceux de Paris, qui ont été suivis incontinent de ceux de tant de diocèses; après que trois cents curés du diocèse de Beauvais ont signé la requète où ils en demandent la condamnation; après que M. l'évèque d'Orléans en a depuis peu fait publier sa censure dans toutes ses paroisses; après que la Sorbonne (qui ne peut leur être suspecte) l'a censurée, et qu'on voit les ministres de l'Église s'élever de tous côtés pour la purifier de ce venin que le démon y avoit jeté pour la corrompre.

Nous nous trouvons bien heureux d'être au nombre de ceux qui travaillent à un dessein si glorieux à l'Église. Nous demandons à Dieu la grâce de nous y soutenir, et d'incliner les cœurs des peuples qu'il a commis à notre garde, à éviter ces corruptions, et à préférer les lumières de l'Évangile aux ténèbres de l'esprit humain.

A Nevers, le 15 juillet 1658.

FACTUM

Pour les Curés d'Amiens, présenté à M. leur Évêque étant en
son hôtel épiscopal de Montiers, le 27 juillet 1658, contenant
les raisons qu'ils ont eues de lui demander la condamnation
des erreurs enseignées par l'*Apologie des Casuites*, et dictées
par trois professeurs jésuites dans le collége de la même ville.

Lorsque MM. les curés de Paris et de Rouen,
nos confrères, se sont élevés publiquement
contre l'Apologie pour les casuistes, et qu'ils
ont entrepris de faire condamner un livre qui
sera le déshonneur éternel de notre siècle, nous
avons cru qu'il suffisoit de demander à Dieu
l'abondance de ses lumières et la force de son
esprit, pour ces généreux défenseurs de la morale chrétienne. Comme ils combattent pour
nous, en prenant les armes pour toute l'Église,
nous avons tâché de ne pas être d'inutiles spectateurs de cette guerre spirituelle, dont le succès est de la dernière importance ; et nous aurions manqué à nous-mêmes, si nous n'avions
accompagné leurs travaux de nos souhaits et
de nos vœux.

Mais, outre ces devoirs généraux dont nous
ne pouvions nous dispenser en qualité de prêtres et de pasteurs, nous sommes maintenant
réduits à une pressante nécessité de rompre

notre silence. Car l'embrasement funeste qui
menaçoit toute l'Église, est passé jusqu'à nous ;
et nous nous rendrions coupables devant Dieu
et devant les hommes, si nous n'élevions nos
voix pour demander du secours, et si nous
ne cherchions nous-mêmes de l'eau pour éteindre cet incendie. Les plus grands excès de l'Apologie des casuistes s'enseignent publiquement
par les jésuites dans leur collége de cette ville.
Les plaintes qu'on en a portées depuis deux
ans devant plusieurs tribunaux ecclésiastiques,
n'ont pas empêché le père Poignant d'établir
dans ses leçons de théologie morale, les plus
dangereuses erreurs dont on tâchoit de procurer la censure. Pendant la dernière assemblée
générale du clergé de France, il dictoit hautement à ses disciples les plus horribles propositions dont on accusoit ses confrères ; et pour
insulter à l'autorité des prélats, il enchérissoit
en plusieurs points sur les plus étranges relâ-
chemens des casuistes les plus corrompus.

Nous étions en disposition de nous plaindre
d'une hardiesse si insupportable, aussitôt que
nous en eûmes quelque connoissance ; et nous
l'aurions fait dès ce temps-là, si ces pères
n'avoient employé toutes sortes d'artifices, pour
nous ôter les moyens de les convaincre. Mais
comme ils exercent une domination absolue sur
leurs disciples, ils ont fait tous leurs efforts
pour retirer de leurs mains les écrits qu'ils
avoient dictés, et pour empêcher ces ouvrages

de ténèbres d'être confondus par la présence de la lumière. Ils voyoient que l'Apologie des casuistes étoit détestée par toutes les personnes raisonnables ; et dans la plupart des conversations l'instinct de notre religion, et les principes du christianisme obligeoient quelques-uns de leurs amis à leur reprocher l'énormité de l'excès que leurs confrères sont accusés d'avoir commis, par la publication d'un livre si scandaleux et si infâme. On les condamnoit sans y penser, en la personne de leurs confrères, dont ils suivoient les égarements dans leurs leçons ; et pour se défendre sous le nom de leurs complices, ils disoient partout qu'il ne s'agit en cela que des mœurs, et non pas de la foi ; tâchant par là de donner au peuple cette fausse idée, qu'on ne doit se mettre en peine que des opinions qui sont contre l'intégrité de la foi, et non pas de celles qui ne sont que contre la pureté de la morale.

Enfin toutes leurs précautions politiques ont été vaines, et ces écrits monstrueux nous étant tombés entre les mains, nous avons cru qu'il n'étoit plus temps de nous taire, puisque la providence de Dieu nous obligeoit à la défense de sa vérité, que ces pères veulent opprimer par la conspiration universelle d'une société si puissante et si nombreuse.

Comme les prêtres qui travaillent dans nos paroisses, pour y administrer les sacrements, ont souvent écouté ces maîtres, et assisté aux

leçons qu'ils leur ont faites dans la chaire de
pestilence : nous avons sujet de craindre que ce
venin ne se communique jusqu'au cœur de nos paroissiens, et qu'il ne corrompe des âmes dont le
souverain pasteur nous a confié la conduite. Nous
savons de plus avec quel empressement ces pères
assiégent les riches et les puissants du siècle,
pour leur imprimer ces maximes abominables.
Nous ne connoissons que trop, par une continuelle expérience, le soin qu'ils prennent de
s'insinuer chez les personnes qualifiées, pour
les assister dans leurs maladies, sans même y
être mandés. Enfin nous croirions participer à
tous leurs excès, si nous n'arrêtions, autant
qu'il nous est possible, le cours de cette doctrine pernicieuse, qui flatte si agréablement la
cupidité des hommes.

C'est ce qui nous a contraints d'implorer la
justice de M. d'Amiens, qui s'étant déclaré si
hautement, en tant d'occasions, contre l'Apologie des Casuistes, ne souffrira pas sans doute
que l'on enseigne impunément dans sa ville et
en sa présence, des dogmes qui ne tendent qu'au
renversement général des vérités de l'Évangile.
Nous lui avons porté nos justes plaintes par
une requête que nous lui avons présentée, et
nous y avons joint un extrait des plus grossières
erreurs que nous avions remarquées dans les
écrits du père Poignant : ceux du père Simon de
Lessau, qui avoit occupé ici devant lui la chaire
de théologie morale, et ceux du père Longuet,

prédécesseur immédiat du père de Lessau dans la profession des cas de conscience à Amiens, ne nous étant tombés entre les mains que depuis fort peu de jours.

Après avoir conféré ces écrits l'un avec l'autre, nous avons remarqué, plus que jamais, que les erreurs de ces pères sont une conspiration ; qu'ayant partout les mêmes sentiments, ils parlent aussi partout le même langage ; qu'ils sont de concert pour donner des inventions de commettre innocemment toutes sortes de simonies et d'usures ; qu'ils autorisent également en tous lieux les occasions prochaines du péché, comme des engagements innocents ; qu'ici comme ailleurs ils permettent le larcin et l'homicide ; et qu'ils ne se sont jamais expliqués plus nettement qu'en cette ville sur le sujet de leur doctrine de la probabilité, qui est le principe le plus ruineux dont on puisse se servir pour renverser la solidité de toute la doctrine chrétienne. Que s'il suffit d'avoir des yeux pour être pleinement convaincu de la conformité de leurs erreurs, aussi est-ce assez d'avoir les premières teintures de la religion, pour avouer qu'il n'y a rien de plus opposé à ces principes, ni de plus digne d'être réprimé par les anathèmes de l'Église, que cette malheureuse excuse qu'ils allèguent, en prétendant que cette contestation est une chose de peu de conséquence, puisqu'il ne s'y agit pas de la foi, mais seulement de la morale.

Certes nous n'ignorons pas, et le rang que

nous tenons dans l'Église nous oblige de le prêcher au peuple, qu'il n'y a pas de justice chrétienne dont la foi ne soit le principe, puisqu'elle
est la vie du juste, et que sans elle il est impossible de plaire à Dieu. Mais il n'y a point de catholique qui ne soit obligé de savoir que cette
foi doit agir par charité, et que tant s'en faut
qu'il faille lui attribuer, et non pas à la charité
et aux bonnes œuvres, la dernière fin de notre
justification; qu'au contraire la foi n'en est que
le moyen, et la charité et les bonnes œuvres en
sont la fin : la foi et la grâce même n'étant données que pour nous faire vivre d'une vie sainte.
Qui peut donc souffrir que des hommes de cette
condition entreprennent de diviser Jésus-Christ,
qui s'est appelé lui-même la Vérité, et qu'ils aient
la hardiesse de vouloir se justifier par cette
maxime détestable, que les seules questions de
la foi des mystères sont d'importance dans l'É-
glise, et que les nouveautés qui tendent à la
corruption de la doctrine des mœurs, ne sont
nullement considérables ! Qui peut souffrir que
l'on se contente de dire que c'est une horrible
cruauté de crever les yeux des fidèles, en leur
faisant perdre la foi par l'hérésie, et que l'on
soutienne en même temps que c'est presque une
action indifférente de corrompre le cœur des
chrétiens par le poison mortel d'une morale pernicieuse ! Enfin, qui peut souffrir qu'au lieu
que le Fils de Dieu, en venant au monde, a
voulu faire autant d'images vivantes de sa divi-

nité sainte, qu'il devoit avoir d'adorateurs et de disciples, il ne tienne pas à ceux qui font gloire de porter son nom, que les chrétiens ne deviennent semblables aux démons qui croient et tremblent, comme dit l'apôtre saint Jacques; étant certain que toute la doctrine et toute la foi sans les œuvres est morte, et ne sert qu'à nous rendre plus coupables !

Notre divin Maître, qui n'a enseigné aux hommes que la doctrine qu'il a tirée de toute éternité du sein adorable de son père, n'est pas seulement l'auteur et le consommateur de la foi, selon la parole de l'apôtre des nations; mais il est aussi le principe et le modèle de la sainteté de ses membres. Il s'est fait voir sur la terre plein de grâce et de vérité, pour ruiner la tyrannie du diable, qui régnoit dans toute l'étendue de la terre, ou par les ténèbres de l'idolâtrie, ou par le déluge de toutes sortes de vices. Ce docteur céleste n'a commencé à ouvrir la bouche, après un silence de trente ans, que pour rétablir d'abord la véritable morale, qui est comprise dans le merveilleux sermon qu'il a fait sur la montagne. Et quoique le témoignage qu'il a rendu depuis ce temps-là à sa divinité, ait été la cause de sa mort sanglante, néanmoins il a voulu commencer son ministère par la prédication de la pénitence, et par un discours qui renferme l'intelligence de la loi et la doctrine des mœurs, que la malice des hommes et la subtilité des pharisiens avoient obscurcie. Quand il a

voulu donner des règles pour connoître ceux qui
sont à lui, il nous avertit d'en considérer les œuvres : un bon arbre ne pouvant produire de mauvais fruits, comme un mauvais arbre n'en peut
produire de bons. Quand il parle de ce jugement
dernier, qui sera le jour de sa gloire, et la décision terrible de la félicité éternelle, ou du malheur de tous les hommes, il déclare qu'il se fera
sur les œuvres. Et pour nous servir de la réflexion de saint Augustin, le même Jésus-Christ
qui a dit dans l'Évangile, celui qui n'aura pas
reçu une seconde naissance de l'eau et de l'esprit, n'entrera pas dans le royaume des cieux,
a aussi dit dans l'Évangile, si votre justice n'est
plus grande que celle des scribes et des pharisiens, vous n'entrerez pas dans le royaume des
cieux.

N'est-ce donc pas un attentat inouï, de vouloir séparer deux choses que le Sauveur de tous
les hommes a unies si étroitement ? Et quel véritable zèle peut-on avoir pour les vérités de la foi,
quand on a une si malheureuse indifférence
pour celles de la morale ?

Aussi ses apôtres, qui avoient été instruits
dans son école et dans celle de son esprit saint,
n'ont jamais fait cette nouvelle distinction. Ils
ont également prêché les maximes de la foi et
celles de la justice chrétienne ; et ils ont été
obligés de combattre en même temps contre
l'orgueil de la sagesse du monde et contre la
corruption universelle des hommes sensuels et

voluptueux. Mais comme leur divin Maître ne leur avoit enseigné que ce qu'il avoit puisé du sein de son père, aussi ont-ils fait profession de ne rien avancer d'eux-mêmes, et de prêcher les dogmes de son Évangile dans toute son étendue. Et celui d'entre eux qui a travaillé plus que tous les autres pour l'établissement de l'empire spirituel, est si éloigné d'inventer des nouveautés, qu'au contraire il déclare hautemeut, en écrivant aux Galates, que si un ange descendoit du ciel, et leur enseignoit le contraire de ce qu'il leur a prêché; ou que si lui-même venoit leur prêcher une doctrine différente de celle qu'ils ont reçue par son ministère, il les oblige de l'avoir en exécration, et de le tenir pour anathème. Ce qui porte Vincent de Lérins à tirer cette juste conclusion, que comme d'un côté il n'a jamais été permis à ceux qui sont chrétiens et catholiques, qu'il ne l'est en nulle rencontre et ne le sera jamais, de rien enseigner de contraire aux choses qu'ils ont apprises : aussi d'une autre part il a toujours été nécessaire, il l'est encore en toutes occasions, et il le sera toujours à l'avenir, de prononcer anathème contre ceux qui enseignent quelque chose de contraire à celles qu'ils ont apprises.

Si cela est, comme c'est un principe indubitable, quelle horreur ne doit-on pas avoir du principe ruineux de ces personnes qui veulent soutenir une infinité d'erreurs par cette erreur capitale? Où ont-ils appris que l'on peut cor-

rompre toute la morale, sans blesser la religion ?
Est-ce dans l'école du saint des saints, qui ne
donne point d'autre modèle de perfection à ses
disciples, que celle de son père céleste ? Est-ce
dans les épîtres des apôtres, qui sont les règles
inviolables de la pureté des mœurs, comme elles
sont les premiers commentaires de l'Évangile ?
Est-ce dans la conduite de l'Église, qui ne s'est
pas moins opposée au relâchement et à la dépravation des mœurs, qu'elle a toujours eu de zèle
pour conserver l'autorité des oracles de la foi ?
Ne voit-on pas que cette mère des fidèles ne s'est
pas moins élevée contre les hérétiques, qui ont
voulu empoisonner la source des bonnes œuvres,
en autorisant des actions criminelles et abominables, pour attirer des sectateurs par le charme
de la volupté : qu'elle s'est animée contre ceux
qui ont voulu substituer leurs imaginations et
leurs songes en la place des articles fondamen-
taux de notre religion ? Quand elle a condamné
les gnostiques, les manichéens, les priscillia-
nistes, et une infinité d'autres monstres que
l'enfer a fait sortir de temps en temps du plus
profond de son abîme, ne s'est-elle déclarée que
contre les nouveautés spéculatives de ces esprits
déréglés ? et s'est-elle tenue dans le silence sur
le sujet des impuretés et des abominations
dont ils vouloient faire des règles et des principes ?

Certes, ces pères, qui veulent éblouir les esprits simples par ces vaines distinctions de ques-

...tions de la foi et de la morale, continuent de
plus en plus à faire voir qu'ils ne se mettent
nullement en peine de se conduire par l'exemple des saints pères de l'Église ; car s'ils les
avoient choisis pour leurs conducteurs et pour
leurs maîtres, ils ne seroient pas tombés dans
un si funeste égarement ; et saint Bernard seul
suffiroit pour leur apprendre que ceux qui aiment sincèrement Jésus-Christ, ne s'excitent
pas d'un moindre zèle contre les nouveautés qui
tendent à détruire l'innocence de ses membres,
que contre celles qui vont à ruiner les fondements de la foi. Ce saint abbé, le rare ornement
de notre France et de son siècle, ne se fût pas
armé avec tant de force et tant de ferveur d'esprit contre Abailard, s'il n'eût considéré que les
vaines subtilités de ce philosophe n'étoient pas
moins funestes aux mœurs des chrétiens, qu'elles
étoient préjudiciables aux vérités primitives de
la foi que l'Église garde en dépôt Que n'a-t-il pas
écrit sur ce sujet au pape Innocent II ? Plût à
Dieu que les défenseurs de l'apologie y eussent
fait une réflexion sérieuse ! « Ses livres, disoit
saint Bernard, continuant de parler d'Abailard, volent maintenant de tous côtés ; on fait
avaler à tout le monde du poison au lieu de
miel ; ou plutôt on le présente à boire dans du
miel. On forge un nouvel évangile pour les
peuples et les nations : on propose une foi
nouvelle : on établit un autre fondement que
celui qui a été établi : on ne parle pas des

» vertus et des vices selon la morale chrétienne,
» ni des sacrements de l'Église selon la foi catho-
» lique, ni des secrets de la sainte Trinité selon
» la simplicité et la retenue des anciens ; mais
» on altère toute la doctrine : on en fait une nou-
» velle et différente de celle que nous avons re-
» çue par la tradition de nos ancêtres. »

N'est-il pas visible, par ces paroles de saint
Bernard, qu'il étoit aussi vivement touché des
nouveautés qu'Abailard vouloit introduire dans
la morale chrétienne, que de ses rêveries et de
ses erreurs sur le mystère de la sainte Trinité?
Il commence même par les désordres de ce so-
phiste sur la matière de la morale, plutôt que
par ses égarements sur ses questions de la sainte
Trinité, parce que toutes sortes de personnes
étoient capables de se corrompre facilement par
la doctrine des choses qu'il enseignoit touchant
les mœurs et les sacrements ; au lieu qu'il n'y
avoit que les curieux et les doctes qui pouvoient
se laisser surprendre par les nouveautés qu'il
avançoit sur le plus incompréhensible de tous
nos mystères. Et cela seul ne nous fait-il pas
assez paroître que, quand Abailard n'auroit jamais été répréhensible sur les matières de la foi,
comme il l'étoit au jugement de saint Bernard,
ce saint n'auroit pas laissé de se déclarer contre
lui avec toute la générosité chrétienne et ecclésiastique, dont on voit encore dans ses lettres
des étincelles si vives et si embrasées? Que ne
diroit-il donc pas maintenant, s'il voyoit une

corruption si publique dans tout le corps de la morale, une destruction si téméraire de l'Évangile du fils de Dieu, une justification si insolente de toutes les iniquités des hommes, une manière si criminelle de soutenir les plus grands excès par un principe si dangereux?

Aussi tant s'en faut qu'il soit vrai qu'une erreur ne soit considérable, que quand elle est contre la foi; que c'est au contraire une grande erreur contre la foi, de dire qu'il n'y ait que celles-là de considérables, si ce n'est peut-être que l'on puisse détruire tout le Décalogue sans blesser la religion; et que ce ne soit pas une entreprise contre la foi, que de vouloir anéantir, par des ouvrages de cette nature, toute l'autorité des livres saints.

L'Écriture sainte, selon la remarque très-solide et très-spirituelle de saint Augustin, ne commande que la charité, et ne blâme que la cupidité; et c'est la manière dont elle se sert pour former les mœurs des hommes : *Non præcipit Scriptura, nisi charitatem ; nec culpat, nisi cupiditatem ; et eo modo informat mores hominum.* Mais comme si les oracles du saint Esprit devoient céder aux rêveries de ces écrivains modernes, on soutient publiquement un livre qui n'a été écrit que pour dispenser les hommes des effets de la charité, et pour flatter la cupidité des pécheurs, en leur promettant toute sorte d'impunité dans la recherche criminelle des biens temporels, des honneurs et des plaisirs. N'est-ce donc pas une chose insupportable, que ceux qui avouent avec tout le reste des catholiques, que c'est un attentat contre la foi et contre la religion, d'altérer ou de corrompre l'Écriture dans le moindre article, soient assez aveugles et assez téméraires, pour vouloir dire que l'on puisse innocemment prescrire aux hommes des règles trompeuses, qui ruinent toute la fin et tout le corps des Écritures, en autorisant la cupidité qui est condamnée par ce livre auguste et adorable, dont il n'y a que Dieu seul qui soit l'auteur?

Quoi donc, ce n'est pas blesser la religion que d'enseigner, comme a fait le père Longuet en cette ville, imité en cela par son successeur le père de Lessau : « Qu'il est permis de tuer pour
» défendre son honneur, et se garantir de l'in-
» famie : Qu'un gentilhomme, pour s'empêcher
» d'avoir des coups de bâton, peut tuer son en-
» nemi, s'il ne peut s'en défendre d'une autre
» manière, parce que cela est infâme à un gen-
» tilhomme : Que si un homme étant attaqué par
» un autre, ne peut fuir sans déshonneur, il n'y
» est pas obligé; et que s'il ne peut éviter d'être
» blessé, il peut tuer celui de qui il est sur le
» point de recevoir une blessure : Qu'enfin il est
» permis de tuer pour la conservation de son
» bien. »

Si ce que ces deux jésuites enseignent ne peut être ouï sans horreur par des oreilles chrétiennes, que deviendra cette parole de Jésus-Christ, qui oblige ses disciples d'être dans cette préparation de cœur, que *si on leur donne un soufflet sur la joue droite, ils présenteront encore la gauche?* Et ne faut-il pas effacer des œuvres de saint Grégoire de Nazianze cette généreuse et charitable expression, que si un chrétien avoit une troisième joue, il la présenteroit encore très-volontiers, pour enseigner la patience à celui qui lui feroit cet outrage, et pour lui persuader par ses actions ce qu'il ne pourroit pas lui apprendre par ses paroles? N'est-il pas étrange qu'après que notre divin Sauveur nous a obligés, dans l'Évangile, à cette préparation de cœur, de donner notre manteau à celui qui nous fait un procès pour nous ôter notre robe, le père de Lessau ait osé avancer cette proposition : « Qu'il est permis de » tuer un voleur pour la défense de son propre » bien, si ce bien est une chose de grande im- » portance, et qu'il n'y ait pas d'apparence pro- » bable de pouvoir le recouvrer autrement ? »

Notre roi très-chrétien n'a-t-il pas armé son autorité royale pour la défense de la religion, aussi-bien que pour la conservation de son état, quand il a renouvelé la sévérité de ses ordonnances contre la manie des duels, qui sont autant de sacrifices sanglants que les hommes vindicatifs et superbes offrent au démon? Et M. d'Amiens n'en a-t-il pas jugé le crime si abominable, qu'il a réservé à sa seule personne d'en absoudre? nonobstant tout cela, les pères Longuet et de Lessau n'ont-ils pas flatté la passion de ces malheureux gladiateurs, en enseignant :

« Qu'un homme qui est injustement attaqué
» peut tuer son ennemi en duel, et qu'il est per-
» mis d'offrir ou d'accepter le duel, quand il est
» absolument nécessaire pour conserver ou pour
» recouvrer des biens de grande importance? »
Et quoique la justice des édits du roi condamne
aussi-bien les rencontres préméditées, que les
combats singuliers qui se font avec une conspiration réciproque, néanmoins le père de Lessau
prescrit lui-même ces malheureuses défaites et
ces vaines palliations. « On peut, dit-il, refuser
» le duel sans perdre l'honneur, 1°. Si celui qui
» est attaqué répond en ces termes : Je ne veux
» rien faire contre les édits du roi, et contre les
» commandements de l'Église ; mais si vous m'at-
» taquez devant tout le monde, et sans trahison,
» vous trouverez que je suis homme de cœur.
» 2°. Si ce même homme à qui on présente le
» cartel répond : Je me mettrai demain en che-
» min, et passerai par tel lieu ; que si vous m'y
» rencontrez je ne me détournerai pas de mon
» chemin pour vous. »

La religion n'a-t-elle rien à souffrir, quand des
auteurs marquent les moyens de commettre la
simonie en sûreté de conscience ? Hé! qui a jamais été plus hardi pour autoriser ce crime,
que le père Longuet, et le père Poignant, son
successeur ?

Le père Longuet a enseigné dans ses écrits :
« Que ce n'est pas un péché de simonie, de don-
» ner un office spirituel, lorsqu'on a pour prin-

» cipale intention d'en tirer quelque profit ;
» parce que l'on suppose qu'on ne regarde point
» ce profit comme un prix fait ; ce qui est, dit-
» il, nécessaire pour commettre une simonie. »
Il a établi en général ce faux principe : « Que
» toute sorte de don d'une chose sacrée pour une
» temporelle, n'est pas simonie ; mais que ce
» nom ne doit être donné qu'au don que l'on fait
» d'une chose temporelle pour une spirituelle par
» manière de prix, de pact et de récompense. » Et
il a même ajouté : « Que toute sorte de condition,
» même par manière de convention et de pact,
» ne fait pas la simonie ; mais qu'une condition,
» pour être simoniaque, doit tenir lieu de prix
» et de récompense, et apporter avec elle une
» nouvelle charge, et une obligation qui tienne
» de la justice commutative. »

Le père de Lessau s'est servi de la même invention, pour autoriser le trafic des choses saintes ; et les ecclésiastiques qui ont étudié sous lui,
ont appris dans son école cette subtile et solide
distinction : « Que ceux qui vendent des reliques,
» et les exposent pour en tirer quelque profit, de
» telle sorte qu'ils ont pour but et pour intention
» ce profit, en le considérant comme prix d'une
» chose spirituelle, commettent un grand péché ;
» mais qu'il n'y a pas d'offense d'avoir l'inten-
» tion de ce profit, en le regardant comme une
» chose qui est due pour l'entretien et la subsis-
» tance temporelle, ou en qualité d'aumône. »

Mais le père Poignant, qui est monté après

eux dans la chaire de théologie morale, n'a pas
voulu dégénérer de la hardiesse de ses deux prédé-
cesseurs, et il a dicté à ses disciples : « Qu'il est
» de la nature de la simonie, que l'on égale en
» valeur une chose temporelle avec une spiri-
» tuelle : que ce n'est pas simonie de donner une
» chose temporelle pour une spirituelle par quel-
» que motif que ce puisse être, pourvu que ce
» ne soit pas comme un prix de cette même
» chose spirituelle : que pourvu qu'un homme
» ait quelque motif honnête, il ne commet pas
» de simonie, quoiqu'en donnant de l'argent,
» il ait pour intention immédiate et prochaine
» de recevoir un bénéfice, voire même que cette
» vue soit sa principale intention, pourvu qu'il
» n'y ajoute pas celle de donner cet argent comme
» un prix : que ce n'est pas un péché de simo-
» nie, d'exprimer, en donnant quelque chose
» de temporel, le désir que l'on a que celui à
» qui on fait ce présent, témoigne sa reconnois-
» sance en donnant quelque autre chose spi-
» rituelle, pourvu que l'on ait précisément l'in-
» tention que cette personne s'acquitte de l'obli-
» gation qu'elle a de faire un don pour un autre. »

La religion chrétienne étant une confirmation
du Décalogue, elle établit l'autorité paternelle,
et commande à tous les enfants de rendre aux
auteurs de leur naissance l'honneur et l'obéissance qui leur sont dus. Mais le père de Lessau
est un nouveau législateur, qui abolit tout d'un
coup les plus étroites obligations de la loi de la

nature, et de celle de Jésus - Christ. Car pour flatter la révolte et la dureté des enfants, il soutient : « Qu'un père ne peut pas obliger son fils » de le servir et de demeurer avec lui. »

Ce n'est pas dans l'école de ce père que la sanctification des fêtes consiste en partie à s'abstenir des œuvres serviles, puisqu'il déclare : « Que ceux-là ne pèchent point, qui, aux jours » de fêtes solennelles, travaillent toute la nuit » jusqu'à six heures, voire même jusqu'à neuf » du matin, pour faire des habits et des souliers » dont on a besoin, lorsqu'ils n'ont pu les ache- » ver le jour précédent. »

Ce jésuite fait presqu'un jeu de la récitation de l'office, et il veut qu'une occupation tempo- relle soit une raison légitime à un ecclésiastique pour pouvoir s'en dispenser. « Un prêtre, dit-il, » qui est occupé en des affaires publiques, même » séculières, de grande importance, est excusé » de l'office qu'il seroit obligé de réciter, s'il ne » peut le faire commodément et sans quelque » préjudice. » Et sans avoir même recours à ces excuses particulières, il décharge de l'obligation de restituer, tous les ecclésiastiques qui ne veu- lent pas se donner la peine de prier Dieu. Voici ses paroles : « Les bénéficiers qui ne récitent » pas leur office, ne sont pas tenus à la resti- » tution des fruits par la nature de la chose, et » en vertu de leurs bénéfices; parce que, ni » l'Église, ni les fondateurs n'ont aucun droit » sur cela. Les fondateurs n'en ont point, puis-

» qu'une seule récitation de la prière du Sei-
» gneur est plus que suffisante, pour s'acquitter
» envers eux de tout le droit qu'ils pourroient
» s'attribuer : cette prière ne pouvant entrer en
» compensation avec nul prix temporel. L'Église
» n'a pas aussi ce droit, quand même elle don-
» neroit ce bénéfice à condition que l'on récite-
» roit l'office, parce qu'il n'y a point d'égalité
» entre l'office, qui n'est pas une chose que l'on
» puisse estimer à prix d'argent, et le prix du
» même office. » Ceux qui ont ces sentiments ne
se jouent-ils pas de la piété et de la religion des
fidèles ?

Comme la charité est l'âme de la religion et la
fin des commandements de Dieu, n'est-il pas
visible que cette divine vertu est ruinée par
l'usure, qui est en même temps la destruction de
l'humanité et de la justice ? Mais si on en croit
le père Longuet, l'usure n'est plus un péché que
pour ceux qui ne savent pas dresser leurs intentions. Car, selon lui, « il est permis de tirer
» profit de quelque prêt par le moyen de la bien-
» veillance et de la gratitude ; et on peut, en
» cette rencontre, avoir ce motif devant ses
» yeux, non-seulement comme une seconde fin
» et un accessoire, mais comme la première et
» principale fin de son action. Il est aussi permis
» de recevoir effectivement cette sorte de profit.
» Un homme peut prêter à un autre, à condition
» qu'il achètera en sa boutique, qu'il moudra à
» son moulin, ou qu'il lui rendra quelque autre

» service, s'il est pressé de le faire par le droit de
» la bienveillance et de l'amitié. Je ne commets
» pas d'usure, si je vous fais quelque prêt, à
» condition que vous donnerez un office tempo-
» rel, ou à moi, ou à quelque autre personne,
» par un motif d'amitié, selon le pact que nous
» en avons fait l'un avec l'autre. La compensa-
» tion d'un prêt qui se fait par quelque service
» temporel, que l'on peut estimer à prix d'ar-
» gent, n'est pas usure, si ce n'est que cet argent
» se donne par une espèce d'échange pour satis-
» faire à la justice commutative. Ce n'est, ni
» usure, ni simonie, si je vous prête de l'argent,
» à condition que vous me donnerez un béné-
» fice ecclésiastique par un pact et un traité
» d'amitié. Quand il y a danger de perdre le sort
» principal, il est permis d'exiger quelque chose
» au-delà de sa juste valeur. Il est permis de tirer
» profit d'un prêt, à raison de quelque peine
» dont on est convenu : par exemple, si au bout
» d'un certain temps limité, vous ne me rendez
» pas ce que je vous prête, vous me payerez une
» certaine somme d'argent, qui vous tiendra
» lieu de peine : ou si au bout d'un temps pré-
» fix, vous ne me rendez pas ce que je vous ai
» prêté, après cela vous m'en payerez l'intérêt. »
Ce sont les palliations de ce père pour couvrir l'usure, ou plutôt les subtilités qu'il in-
vente pour l'anéantir, en l'introduisant comme
une pratique innocente dans le commerce du
monde.

Ceux qui justifient le larcin ne sont-ils pas ennemis de la religion chrétienne, aussi-bien que perturbateurs de la société civile? Et n'est-ce pas ce que fait le père Longuet, quand il permet aux enfants de dérober le bien de leurs pères, en enseignant: « Que si les enfants sont
» grands, et qu'ayant travaillé pour leurs parents,
» ou aux champs, ou en leurs boutiques, ils
» n'en reçoivent pas la satisfaction qui leur est
» due, après avoir déduit la dépense que font
» leurs parents pour les nourrir, ils peuvent, à
» raison de leur travail et de leur industrie,
» prendre autant de leur argent qu'ils en donne-
» roient à une personne étrangère? » Pouvoit-il porter plus loin cette dangereuse maxime, qu'en disant: « Que si les enfants, après avoir souvent
» prié et sollicité leurs parents de leur donner
» de quoi se divertir, ne peuvent rien gagner
» sur eux, il leur est permis d'en prendre en
» cachette autant que la coutume le souffre, et
» selon leur condition? » Enfin pouvoit-il favo-riser plus clairement la mauvaise foi, qu'en en-seignant: « Que ceux qui font banqueroute, ne
» sont pas obligés à restitution: qu'en ces ren-
» contres ils peuvent garder pour eux-mêmes et
» pour les leurs les choses qui leur sont néces-
» saires pour conserver leur état avec quelque
» sorte de modération: que leurs femmes et leurs
» enfants peuvent faire la même chose, et ne
» sont pas obligés à restituer avec une si grande
» perte? »

Le père de Lessau étoit revêtu de son esprit, quand il a pris sa place pour prononcer les mêmes oracles du haut de sa chaire. Car il a dit nettement : « Que les enfants ne sont pas obligés » à la restitution du bien qu'ils ont pris à leurs » pères et à leurs mères, lorsqu'ils jugent de » bonne foi que leurs pères et leurs mères le leur » donneroient s'ils avoient la hardiesse de le leur » demander. » Il a établi pour principe : « Qu'une » femme peut, comme il lui plaît, faire des au- » mônes et des dons, quelque défense que lui » en fasse son mari, quand la coutume est telle » parmi les autres personnes de son état; qu'il » est de l'honnêteté de sa subsistance qu'elle » puisse faire les aumônes que les autres ont » accoutumé de faire, et qu'elle peut faire de la » dépense pour jouer, se divertir et se parer. » Enfin il a enseigné : « Que les domestiques ou » autres personnes ne commettent aucun péché » s'ils prennent quelque chose à leur maître, » en présumant qu'il le veut bien, parce qu'ils » se persuadent raisonnablement que leur maî- » tre n'en sera pas fâché quand il le saura. » Ce qui est ouvrir la porte à toutes sortes de vols, approuver le libertinage des enfants, l'infidélité des femmes et le larcin des domestiques.

Que si c'est détruire la religion que de ruiner l'amour de Dieu et la pénitence, il semble que les pères de Lessau et Poignant aient eu ce des- sein quand ils ont enseigné l'un après l'autre les mêmes maximes; car le père de Lessau a avancé :

« Qu'un homme qui sent sa conscience chargée
» d'un péché mortel à la mort, est obligé, à la
» vérité, d'en avoir de la contrition; mais il n'y
» est tenu qu'en vertu du commandement qui
» l'oblige de s'aimer soi-même, et non pas en
» vertu d'aucun amour qu'il doive porter à
» Dieu. » Ce qui est renverser tous les principes
de la justification des pécheurs, détruire le fondement des conversions véritables, ruiner la
doctrine du saint concile de Trente, et éteindre
la piété des fidèles. Et pour abolir entièrement
l'obligation d'aimer Dieu, ce même jésuite assure encore dans ses écrits : « Qu'un homme
» n'est tenu d'aimer Dieu en vertu du premier
» commandement, ni tous les jours de fêtes, ni
» à l'article de la mort, ni lorsqu'il a reçu de
» Dieu quelque bienfait particulier, ni quand il
» est obligé de faire un acte de contrition, ni
» quand il entend blasphémer le nom de Dieu,
» ni quand il faut souffrir le martyre, ni quand
» il est parvenu à l'usage de la raison; mais qu'il
» y est seulement obligé lorsqu'il est pressé de
» si fortes tentations, qu'il est en danger d'y suc-
» comber, s'il ne fait un acte d'amour de Dieu. »

Le père Poignant, son successeur, l'a secondé
dans cette entreprise, qui tend à ruiner d'un
même effort le grand commandement de la loi
nouvelle et le sacrement de pénitence. Car il dit:
« Que l'attrition qui suffit avec le sacrement,
» est la douleur d'un péché que l'on a commis
» avec résolution de ne plus le commettre à

» l'avenir; douleur qui procède, à la vérité, d'un
» motif honnête et surnaturel, mais autre que
» celui de la charité, qui est Dieu même en tant
» que souverain bien. » Et pour donner encore
une plus grande confiance aux pécheurs impé-
nitents, il ajoute : « Qu'un homme qui, sans
» avoir en lui-même cette attrition, s'approche
» de bonne foi du sacrement de Pénitence,
» tandis que cette bonne foi subsiste, n'est pas
» obligé à recommencer sa confession; vu prin-
» cipalement que les péchés qu'il a déclarés dans
» cette confession, peuvent être remis indirec-
» tement par les bonnes confessions qu'il fera
» ensuite. »

N'est-ce rien faire contre la religion que de
permettre aux hommes de demeurer dans les
occasions des plus grands crimes, et de dire,
comme le père Poignant a donné pour règle à
ses disciples : « Qu'un pécheur peut recevoir
» l'absolution quand même il demeureroit dans
» l'occasion prochaine du péché, pourvu qu'il y
» ait une cause notable qui empêche cette sépa-
» ration, comme le scandale, l'infamie, ou quel-
» que grande incommodité qui pourroit en ar-
» river? » Certes ce père, qui renvoie ses écoliers
au père Bauny pour s'instruire plus au long
de cette détestable maxime, devroit lui-même
avoir recours aux lumières du christianisme,
qui, dans ses premières notions, nous apprend
à faire moins d'état de la subsistance temporelle
que de la grâce de Dieu, et de la nourriture du

corps que du pain de l'âme. « La foi, dit Tertul-
» lien, *de Idol. c.* 12, ne craint pas la faim. Elle
» se sent obligée de la mépriser pour l'amour
» de Dieu, aussi-bien que tout autre genre de
» mort. Comme elle a appris à ne pas considé-
» rer la vie même, seroit-il possible qu'elle eût
» égard au vivre et à la subsistance temporelle ?
» *Fides famem non timet. Scit etiam famem non*
» *minùs sibi contemnendam propter Deum, quàm*
» *omne mortis genus. Didicit non respicere vitam :*
» *quantò magis victum.*

Mais le père de Lessau, prédécesseur du père
Poignant, avoit sans doute devant les yeux
d'autres principes que ceux de la religion et de
l'Évangile, quand il soutenoit dans ses écrits :
« Que les taverniers et cabaretiers ne pèchent
» pas en donnant du vin à ceux qui viennent
» chez eux pour s'enivrer, quand ils ne peuvent
» agir autrement sans se causer à eux-mêmes un
» notable préjudice, tel que seroit celui d'être
» abandonnés par leurs hôtes, et de ne rien
» vendre dans les lieux où l'ivrognerie est un
» vice ordinaire ; qu'ils peuvent servir de la
» viande aux jours défendus dans les lieux où
» il y a grand nombre d'hérétiques ; qu'il leur
» est aussi permis, aux jours de jeûne, de don-
» ner à manger à tous ceux qui leur en deman-
» dent, à quelque heure du jour que ce puisse
» être ; que même ils ne pèchent pas en donnant
» à souper à ceux qui rompent le jeûne, quand
» ils pourroient en trouver ailleurs. »

Et au lieu que le Fils de Dieu, qui se nomme la Vérité dans l'Évangile, prononce de si effroyables malédictions contre ceux qui donnent aux autres quelque occasion de péché et de scandale; ce jésuite n'apporte point d'autre règle, ni d'autre décision que celle de la coutume pour justifier les personnes dont le diable se sert tous les jours pour faire tomber les autres dans ses piéges. Certainement la complaisance de ce père envers les femmes mondaines ne pouvoit le porter à de plus grands relâchements et de plus déplorables excès, qu'en lui faisant dire : « Que » les femmes ne pèchent pas mortellement quand » elles s'exposent à la vue des jeunes gens, en- » core qu'elles sachent bien qu'ils les regarde- » ront avec des yeux impudiques, si elles le font » par nécessité, ou utilité, ou pour ne pas per- » dre leur liberté, ou le droit de sortir de leur » maison, ou de ne pas se tenir à leurs portes » ou à leurs fenêtres ; qu'elles ne pèchent pas » aussi mortellement quand elles se parent d'or- » nements superflus, ou qu'elles se servent d'ha- » bits si déliés qu'on voit leur sein, ou quand » même elles découvrent leur sein, si elles le » font selon la coutume du pays, et non par au- » cune mauvaise intention. » On ne sauroit, sans rougir, transcrire ces maximes licencieuses. Cependant ces pères veulent que ce soient des choses de très-petite conséquence, et qui n'importent nullement à la plus pure et à la plus sainte de toutes les religions.

Saint Augustin, ayant entrepris de répondre
à quelques mauvais politiques qui parloient de
l'Évangile comme d'une chose préjudiciable aux
intérêts de l'État, se sert de ces excellentes paroles dans la cinquième de ses lettres qu'il écrit
à un officier de l'Empire : « Que ceux, dit-il,
» qui estiment que la doctrine de Jésus-Christ
» est contraire à la république, nous donnent
» une armée qui soit composée de soldats de la
» qualité de ceux que la doctrine de Jésus-Christ
» demande aux personnes qui vivent dans les
» armées ; qu'ils nous donnent de tels officiers
» de provinces, de tels maris, de telles femmes,
» de tels pères, de telles mères et de tels enfants ;
» de tels serviteurs, de tels maîtres, de tels rois,
» de tels juges, de tels financiers et de tels
» payeurs de tributs que la doctrine de Jésus-
» Christ veut qu'ils soient. Mais si cela ne leur
» est pas possible, ils ne doivent pas aussi se
» donner la hardiesse de dire que cette doctrine
» sainte est contraire à la république ; ou plutôt
» ils ne doivent pas faire difficulté d'avouer que
» ses maximes sont le salut des états, et leur
» plus visible conservation. » Cependant la religion chrétienne perd tous ces avantages si glorieux par les nouveautés des casuistes corrompus, et de leurs apologistes encore plus corrompus. Les valets qui s'instruisent en leur école,
y apprennent à se payer de leurs gages par leurs
propres mains ; les juges à recevoir des présents
devant et après le procès jugé, et à tenir pour

constant qu'ils ne sont pas obligés de rendre ce qu'ils ont reçu de ceux en faveur desquels ils ont rendu une sentence ou arrêt injuste : les filles à disposer de leur virginité contre le gré de leurs parents : les femmes de condition à dérober à leurs maris de quoi jouer ; les riches à ne pas faire l'aumône de leur superflu ; et à traiter de séditieux, de perturbateurs du repos public et suspects d'être possédés par l'esprit de Judas, ceux qui les y tiennent obligés sous peine de péché mortel ou véniel. Y a-t-il donc rien de plus contraire à notre religion que l'entreprise de ces corrupteurs publics de la fidélité des domestiques, de l'intégrité des juges, de la pureté des filles, de la charité des personnes opulentes, et de la conscience de tous les chrétiens?

Enfin un des avantages de notre religion, au-dessus de toutes les sectes du monde, c'est d'être ferme, constante et invariable. Et c'est ce qui a fait dire au grand saint Basile, en sa lettre 82 : « Que les commandements de l'Évangile ne se » changent, ni par la considération des temps, » ni par les différentes circonstances des choses » humaines, et qu'ils demeurent toujours dans » la même solidité, et dans l'immutabilité toute » constante qu'ils ont tirée de la bouche bien- » heureuse et infaillible de celui qui les a pro- » noncés : au lieu que les hommes sont sembla- » bles aux nuées qui s'emportent deçà et delà » par les différentes agitations de l'air et du » vent. » Mais dans cette théologie des casuistes,

III. 25

et de ceux qui composent des Apologies pour
les défendre, toutes choses sont douteuses ; et
il n'y a rien de si douteux, qui n'y soit très-
constant et très-assuré. L'Évangile n'a plus de
force dans ses plus indubitables sentiments, depuis que les subtilités de quelque auteur grave
lui ont fait perdre cette ancienne possession
d'être consulté comme la règle de la vérité. Les
probabilités de ces écrivains sont les uniques
décisions de l'Église.

Mais cette doctrine de la probabilité n'a jamais
été enseignée avec plus de particularités et plus
d'étendue, que par le père Poignant. Car, après
avoir dit qu'une opinion probable est celle qui
est appuyée sur l'opinion d'un homme docte,
ce professeur se rend l'arbitre souverain de toute
la morale chrétienne, en concluant : « Que les
» écoliers peuvent suivre comme probable l'opi-
» nion de leur maître. » Il soutient que « l'on
» peut suivre une opinion qui est la moins pro-
» bable et la moins sûre, en abandonnant celle
» qui est la plus probable : et que dans les
» choses douteuses, nous ne sommes pas obligés
» de suivre le sentiment le plus sûr. » Ce qu'il
ne dit qu'après avoir supposé, que dans cette
opinion moins sûre, il y a, ou danger de mal,
ou plus de mal que dans la plus sûre ; car voici
la définition qu'il en apporte : « L'opinion la
» plus sûre est celle dans laquelle il n'y a aucun
» péril de péché, ou dans laquelle il y a moins
» de mal. »

Ce même jésuite enseigne : « Qu'un confesseur » étant consulté sur un contrat qu'il estime être » usuraire, peut répondre qu'il ne l'est pas, » selon l'opinion probable des autres ; et qu'en » cette occasion, il peut condamner l'usurier à » la restitution, selon son propre sentiment, ou » le dispenser de cette obligation, en abandon- » nant son propre sentiment, suivant celui des » autres ».

Il soutient : « Que ce même confesseur, qui » répond selon l'opinion des autres, et contre » la sienne propre, ne pèche pas, et n'agit pas » contre sa propre conscience, et ne s'expose à » aucun danger de pécher. »

Mais pour tirer d'horribles conclusions de ce grand principe de toute sorte de relâchement, il ose avancer : « Qu'un confesseur doit suivre » l'opinion de son pénitent, et s'y soumettre, » si elle est probable, quand même il la jugeroit » fausse, et qu'il estimeroit le contraire beau- » coup plus probable : Que ce confesseur ne » peut, sans péché mortel, refuser l'absolution » à un pénitent, qui suit cette opinion proba- » ble, quelque fausse qu'il l'estime. » Ce qui n'est rien moins que de changer en esclaves les dis- pensateurs de la grâce de Jésus-Christ, établir les criminels sur la tête de leurs juges, et faire, des imaginations d'un seul casuiste lâche et cor- rompu, la règle unique du gouvernement de l'Église.

Après cela on ne s'étonnera plus qu'il ait voulu

porter sa corruption jusque dans les tribunaux
séculiers , en soutenant : « Que quand des opi-
» nions sont probables de part et d'autre du côté
» du droit , un juge peut dépouiller de son droit
» celle des parties qu'il voudra ; » et en prouvant
cette erreur par la comparaison si ridicule et si
disproportionnée d'un collateur de bénéfice , à
qui deux personnes également dignes se présentent , et qui le donne à celui qu'il juge à
propos ; et il faut encore moins s'étonner qu'il
permette aux juges , *d'abandonner la plus probable opinion , pour suivre la moins probable.*

Nous avons donc estimé qu'il étoit temps de
nous opposer autrement que par des gémisse-
ments et par des prières , à une entreprise que
nous avons considérée comme la profanation
des plus saintes vérités, l'illusion des esprits cré-
dules , le renversement de l'Évangile, la ruine
de toute notre religion. Nous avons été obligés
de publier hautement, que comme la nécessité
de la doctrine de la foi n'est établie que sur la
nécessité de la foi même : ainsi il ne faut considérer la corruption de la morale que comme
la peste de la charité, et par conséquent comme
une chose pernicieuse à la foi ; puisqu'une foi
morte , et qui n'agit point par amour, ne mérite presque le nom de foi qu'en la manière que
l'on donne le nom de corps humain à un misérable cadavre.

Enfin comme nous avons appris du pape
Félix III, dans une de ses lettres à Acace, évê-

que de Constantinople : « Que c'est approuver
» l'erreur que de ne pas y résister ; et opprimer
» la vérité que de ne pas la défendre : *Error cui*
» *non resistitur, approbatur ; et veritas quæ minimè*
» *defensatur, opprimitur ;* » aussi nous ne pouvons plus nous empêcher de nous déclarer hautement contre l'Apologie des casuistes, et contre
les écrits que les jésuites ont dictés en cette
ville, pour répandre parmi nos peuples une si
pernicieuse doctrine.

Que si quelques-uns de nos paroissiens s'étant
laissés surprendre par ces nouveautés, les allèguent pour autoriser leur déréglement, nous
leur répondons, avec saint Paul : « Qu'ils ont
» appris des maximes bien contraires à celles-là
» dans l'école de Jésus-Christ, si toutefois ils ont
» prêté une fidèle attention à ses divines paroles,
» et s'ils ont été dociles aux instructions de ce
» grand Maître, qui n'étant que vérité, n'en—
» seigne aussi que la vérité. *Vos autem non ita*
» *didicistis Christum ; si tamen illum audistis et in*
» *ipso edocti estis, sicut est veritas in Jesu.* » Lorsqu'ils nous demanderont des palliations de leurs
crimes, et des complaisances pareilles à celles
que leur rendent ces casuistes, nous leur répon-
drons, après saint Augustin, serm. 34, *de Diver-*
sis : « Que nous ne saurions leur promettre ce
» que Dieu ne leur promet pas, puisque ce seroit
» nous rendre les ministres du serpent, qui
» avoit promis toutes sortes de prospérités à nos
» premiers pères au milieu de leur péché ; au

» lieu que Dieu ne les avoit menacés de rien
» moins que de la mort. *Non possum promittere*
» *quod non promittit Deus ; ero enim sic dispen-*
» *sator serpentis : serpens enim promisit bonum*
» *peccanti, Deus autem mortem minatus est.* »
Ainsi nous les conjurons d'avoir plutôt égard
aux menaces et aux tonnerres de la justice de
Dieu, qu'aux flatteries et aux caresses de ces
théologiens mondains ; et de ne pas nous obliger
à les tromper, en les assurant qu'ils ne feront
pas mourir leurs âmes, quoiqu'ils commettent
des crimes : puisque ce seroit enchérir sur la
malice du démon, qui n'a assuré nos premiers
pères que de ne pas mourir de la mort du corps.

Mais nous espérons, de la générosité épiscopale de M. notre prélat, qu'après s'être signalé
entre tous les évêques de France pour condamner aux ténèbres l'Apologie des Casuistes,
comme nous savons qu'il a fait l'hiver dernier à
Paris, il ne permettra pas que l'on enseigne
impunément dans sa ville les mêmes erreurs
qui sont comprises dans cet ouvrage monstrueux.
Et la manière obligeante avec laquelle il nous a
reçus, lorsque nous lui avons présenté notre
requête et nos extraits, nous donne lieu de nous
promettre qu'il continuera d'approuver que nous
poursuivions la condamnation d'une doctrine
qui doit exciter l'indignation de tous les curés,
comme elle mérite d'être proscrite par l'autorité
et par le zèle de tous les prélats.

A Amiens, le 15 juillet 1658.

REQUÊTE

Des Curés d'Évreux, présentée à M. leur Évêque pour demander la censure d'un livre intitulé : *Apologie pour les Casuistes.*

À Monseigneur l'illustrissime Évêque d'Évreux.

MONSEIGNEUR,

Nous nous serions contentés de lire avec satisfaction les doctes écrits de MM. les curés de Paris et de Rouen, nos confrères ; leurs extraits fidèles de la morale profane et corrompue des casuistes de ce temps ; leurs justes plaintes, et les requêtes par eux présentées à nosseigneurs les prélats en l'assemblée générale du clergé, et à nosseigneurs leurs archevêques en particulier : nous serions demeurés perpétuellement dans le silence que nous gardons depuis tant d'années, et jamais nous n'aurions voulu le rompre, afin de conserver la charité et la paix avec tout le monde, selon notre pouvoir, suivant le conseil de saint Paul ; si nous n'apprenions des saints pères, qu'il y a des temps et des rencontres dans lesquelles on est obligé de troubler son repos, et de s'élever au-dessus de toutes considérations humaines, principalement quand la vérité est

attaquée, qu'elle est combattue, et comme dé-
tenue captive. Il est vrai que nous devons empêcher le scandale de notre prochain, et divertir
l'aigreur de son esprit, si notre conscience n'y
est point intéressée : mais si le scandale vient de
la vérité persécutée, il est plus raisonnable de
souffrir le scandale que d'abandonner la vérité,
comme l'enseigne saint Grégoire, *lib.* 1, *Hom.* 7,
*in Ezech. Si autem de veritate scandalum sumi-
tur, utilius permittitur nasci scandalum, quàm veritas relinquatur.*

C'est, monseigneur, ce qui nous oblige aujourd'hui, de parler, et de nous adresser à votre
grandeur, pour vous faire connoître la justice de
notre dessein, en vous exposant les raisons qui
nous engagent à la présente requête.

La première, qui est générale et commune,
est que l'on distribue maintenant entre les catholiques tant de livres dont la morale est pernicieuse ; tant d'autres paroissent au jour, dont
les sentiments sont abominables ; tant de différents écrits se publient, dont les maximes sont
horribles et détestables ; et particulièrement on
voit un livre anonyme, imprimé sous ce titre :
*Apologie pour les casuistes, contre les calomnies
des jansénistes, par un théologien et professeur en
droit canon, etc.*

Ce livre, monseigneur, est si rempli de faussetés, que nous pouvons le nommer le poison
mortel des âmes, et la corruption entière des
bonnes mœurs. Il altère la pureté du christia-

nisme, et la sincérité des pratiques évangéliques d'une façon si étrange, que nous pouvons dire avec saint Hilaire, écrivant à l'empereur Constance : *Facta est fides temporum, potiùs quàm Evangeliorum.* Il a recherché tant de nouveaux déguisements en faveur du vice, et inventé tant d'accommodements favorables au siècle corrompu où nous vivons, qu'on peut lui approprier ces paroles d'Optat Milévitain, *lib.* 1, *adv. Parmen. Omnia pro tempore ; nihil pro veritate.* Il a tellement abandonné l'antiquité vénérable, et il s'est si fort éloigné de la tradition sainte, que nous pouvons prononcer hautement contre lui et ceux de son parti, ce que saint Augustin disoit dans une autre occasion, *l.* 3, *adv. Jul. c.* 3. *Mira sunt quæ dicitis, nova sunt quæ dicitis, falsa sunt quæ dicitis.*

Enfin il s'attache tellement à la raison naturelle, et au raisonnement humain (que tout le monde sait être corrompu par le péché, et devoir être éclairé par la foi, soutenu et redressé par l'Évangile, et fortifié par la tradition), qu'il le propose pour la règle des consciences ; qu'il apprend à tenir toutes choses problématiques, et à chercher des moyens, non pas pour exterminer les mauvaises habitudes et les désordres des vices, mais pour les justifier, en accommodant les préceptes et les règles de Jésus-Christ aux intérêts, aux plaisirs et aux passions des hommes. Invention funeste ! lâcheté criminelle ! digne de l'anathème et de la malédiction der-

nière, conformément à ces paroles de saint Jérôme, *Ep. ad Cteph. Semper habui studio au-
dientibus loqui quod publicè in Ecclesiá didice-
ram, nec philosophorum argumenta sectari, sed
apostolorum simplicitati acquiescere, sciens illud
scriptum : Perdam sapientiam sapientium, et pru-
dentiam prudentium reprobabo.*

La seconde raison, monseigneur, qui est per-
sonnelle, est que ce livre infâme combat ouvertement vos propres sentiments touchant la
pénitence : nous voulons dire l'approbation solennelle que vous avez donnée au livre de la
Fréquente Communion, que vous recommandez
à tous les fidèles, comme « un don très-particu-
» lier de la providence de ce grand père de fa-
» mille, qui sait lui donner en temps et lieu ce
» qui lui est nécessaire. »

Ce grand livre ayant opposé aux erreurs des
nouveaux casuistes la doctrine de tous les pères
et des conciles, qui nous avertissent de prendre
garde que les laïques ne soient pas trompés, et
jetés dans l'enfer par de fausses pénitences ; cet
apologiste, au contraire, ne travaille qu'à rétablir ces abus si dangereux, et à entretenir les
pécheurs dans une révolution continuelle de
confessions et de crimes. Car, sans parler des
divers relâchements touchant la sincérité de la
confession, et la vraie douleur qui est nécessaire
pour recevoir le sacrement avec fruit, il veut
qu'on absolve ceux qui sont dans les occasions
prochaines des plus horribles péchés, en les

laissant dans ces occasions malheureuses. Il prétend qu'on ne doit point refuser l'absolution à
ceux qui sont les plus engagés dans de fortes
habitudes des vices les plus énormes ; qu'on ne
doit pas même les forcer à reconnoître qu'ils
sont dans ces habitudes mauvaises ; et enfin
qu'un pécheur est en état de recevoir l'absolution , et que le confesseur fait prudemment de la
lui donner, quoique l'un et l'autre jugent probablement que le pécheur retombera bientôt dans
son péché : ces excès étant encore absolument
contraires à la loi si saintement établie dans
notre manuel, au titre de la Pénitence , parag. 1,
p. 48, n. 17. *Videat autem diligenter sacerdos ,
quandò et quibus conferenda , vel neganda , vel
differenda sit absolutio ; ne absolvat eos qui talis
beneficii sunt incapaces , quales sunt qui nulla
dant signa doloris, qui odia et inimicitias deponere,
aut aliena si possunt restituere , aut proximam
peccandi occasionem deserere , aut alio modo
peccata derelinquere , et vitam in melius emendare
nolunt.*

La troisième raison , qui est particulière , c'est,
monseigneur , que ce malheureux livre commence de paroître dans votre diocèse. Nous sommes certains que depuis six mois il a été présenté comme un livre divin à des religieux de
grande piété ; et à un célèbre prédicateur prêchant l'Avent dernier dans une maison religieuse
de cette ville. Nous savons aussi qu'une personne
ecclésiastique , dans une dignité considérable de

ce diocèse, l'a mis comme une pierre précieuse et un dépôt sacré entre les mains de quelques prêtres, qui ont la direction de la plus grande partie de nos paroissiens, auxquels ils peuvent, par ce moyen, inspirer les pernicieux sentiments de ce livre abominable. Et, en effet, pour témoigner qu'ils sont déjà préoccupés de ces dangereuses maximes, ces mêmes ecclésiastiques ont osé depuis peu insulter un de nos confrères, et traiter publiquement les curés avec des injures basses, scandaleuses, et dans les mêmes termes dont l'Apologie se sert, pag. 175 et 176.

Après toutes ces considérations, monseigneur, nous nous croirions coupables devant Dieu, et indignes de notre ministère, si nous ne suivions, dans une cause qui est commune à tous les pasteurs, l'exemple des curés des premières villes de France; et si nous ne vous présentions nos très-humbles prières, afin qu'il vous plaise employer l'autorité que Dieu vous a donnée, pour détruire ces monstrueuses erreurs par la censure et condamnation de ce pernicieux livre.

A Évreux, le 21 septembre 1658.

REQUÊTE

Des Curés des villes et doyennés du diocèse de Lisieux, à M. leur Évêque, pour le même sujet.

Du 5 février 1659.

Monseigneur,

Puisque Dieu par sa providence nous a commis sous votre autorité le soin des âmes que Jésus-Christ a rachetées de son sang, et desquelles nous serons sans doute comptables au tribunal de sa justice, si nous ne travaillons sans cesse à leur salut; il est de notre devoir de leur enseigner les maximes du ciel, et de les détromper de celles dont le livre de l'Apologie des casuistes veut les infecter.

Nous avons lu, avec une extrême douleur, le chef-d'œuvre de ces professeurs de théologie douce, où nous avons remarqué la morale chrétienne tellement corrompue, les lois de l'Évangile tellement abolies, qu'il est prêt d'empester la plupart de vos peuples, s'il n'y étoit pourvu.

Nous espérions que ces malheureux écrivains, faisant réflexion sur l'erreur de leurs maximes, se sentiroient enfin responsables de la perte des âmes auxquelles ils ouvrent le chemin et pré-

parent des expédients pour commettre les crimes
les plus noirs. Mais au lieu de désavouer ces infâmes productions qui font aujourd'hui soupirer
tous les véritables pasteurs, dans le péril évident
où ils voient leurs ouailles exposées ; ils tâchent
au contraire de leur donner plus de vigueur, et
de les imprimer plus fortement dans les esprits
foibles par cette Apologie, qui porte avec soi
sa condamnation, puisque l'on voit qu'elle lève
le bouclier pour la défense du vice et la ruine
de l'Évangile. Et quoiqu'ils se persuadent d'avoir
triomphé dans cet ouvrage, les gens de bien qui
remarquent leur égarement, en forment leurs
plaintes par les paroles de Salomon : *Relin-*
quunt iter rectum, ambulant per vias tenebrosas,
lætantur cùm malefecerint, exultant in rebus pes-
simis.

En effet, monseigneur, s'il plaît à votre grandeur d'ouvrir les yeux pour voir quel chemin
ils tracent à vos peuples pour arriver au ciel,
vous connoîtrez qu'il est si doux et si large qu'il
ne peut les y conduire, étant entièrement contraire à celui que Jésus-Christ nous a enseigné
en son Évangile, et qu'il nous marque pour le
suivre à la gloire ; puisqu'il a dit : *Arcta est via*
quæ ducit ad vitam ; et que toutes ses actions et
toutes ses paroles n'ont point eu d'autre but qu'à
nous conduire par cette voie, qui est celle de la
véritable vertu.

Néanmoins ces loups ravissants, travestis en
agneaux, montrent aujourd'hui des voies tout

opposées à celles de ce divin conducteur. Combien de fois nous a-t-il défendu les vengeances dans l'Écriture sainte, en ayant fait un coup de réserve pour sa seule justice : *Mihi vindicta, et ego retribuam !* Bien loin de la permettre il nous a commandé d'aimer nos ennemis : peut-on croire qu'il veuille nous souffrir de tremper nos mains dans le sang de ceux qui nous offensent, puisque ayant reçu un soufflet sur une joue, il veut qu'on tende l'autre pour en recevoir un second ? Ce n'est pas nous permettre de tuer celui qui nous vole, puisque après qu'il aura dérobé le manteau il veut qu'on lui quitte la tunique.

Et néanmoins ces nouveaux paraphrastes de l'Évangile permettent de tuer pour mettre son honneur à couvert, et pour la conservation d'un bien de légère importance. Et quoique nos rois très-chrétiens, divinement inspirés, aient fait publier des ordonnances autant justes que sévères pour empêcher les duels, qui sont comme des sacrifices que l'orgueil humain, la rage et le désespoir font au démon; et que l'Église lance ses foudres sur les coupables de ce crime : toutefois ces fauteurs des maximes du siècle trouvent des biais et des détours d'intention pour livrer et accepter le combat singulier, quand il s'agit d'un bien temporel, ou de se conserver une vaine réputation; et ces ingénieux radoucis ont trouvé des moyens de pallier la simonie, et autoriser le commerce des bénéfices par de vaines subtilités et souplesses d'esprit.

Ces hommes charnels, qui succombent si facilement au vice en tant de manières, enhardissent
témérairement les autres à rester dans les occasions prochaines du péché. Ils se raillent de ceux
qui prétendent qu'on ne peut, sans un péché
grief, se gorger de viande et de vin jusqu'à le
revomir. Ils suggèrent aux serviteurs des prétextes pour se hasarder à voler leurs maîtres.
Mais on ne peut lire sans horreur ce que leurs
plumes indiscrètes ont écrit, touchant un péché qui ne doit pas seulement être nommé
entre les chrétiens, si nous en croyons saint
Paul.

D'ailleurs, monseigneur, nous vous supplions
de considérer comme quoi ces corrupteurs de
l'Évangile font rouler toutes ces maximes, avec
quantité d'autres, sur deux principes qu'ils établissent de leur chef; à savoir, la probabilité et
la direction d'intention, lesquels étant supposés
et admis, il n'y a rien dans la morale chrétienne
qui ne puisse être altéré et débiaisé en sûreté de
conscience. Et c'est sur ces fondements ruineux
que ces serpents, qui n'ont que la prudence humaine et non pas la simplicité de la colombe,
séduisent les âmes, comme fit autrefois celui
qui précipita nos premiers parents dans le péché, sur l'assurance qu'ils ne mourroient point:
Nequaquam morte moriemini; car en effet c'est
le langage qu'ils tiennent à ceux qu'ils induisent
au vice, en leur ôtant la crainte des jugements
de Dieu, et de mourir de la mort du péché, que

leur théologie accommodante sépare des plus noires actions.

C'est, monseigneur, ce qui nous engage à seconder les desseins de nos confrères de divers diocèses, qui ont pris à tâche de découvrir le poison de ce funeste livre par les censures de nosseigneurs leurs évêques, qui ont flétri et déshonoré ce misérable ouvrage de telle sorte, que l'on peut dire que ces auteurs n'ont eu de prudence qu'en ce qu'ils y ont célé leur nom, parce qu'en effet la condamnation de ce monstre auroit été suivie de celle de leur personne.

L'exemple de tant de prélats qui ont censuré cette Apologie nous fait espérer la même justice de votre piété, afin qu'ayant ôté au libertinage cette protection, la pureté de l'Évangile soit désormais la règle de nos mœurs.

A Lisieux, le 5 février 1659.

MANDEMENT

Des Vicaires généraux de M. le cardinal de Retz, archevêque de
Paris, pour la publication de la censure par eux faite du livre
intitulé : *Apologie pour les Casuistes, etc.* (*).

Du 27 novembre 1658.

LES vicaires-généraux de M. l'éminentissime
cardinal de Retz, archevêque de Paris, à tous
les curés de la ville, faubourgs et diocèse de
Paris, salut en notre Seigneur. Ayant ordonné
que la censure par nous faite d'un livre intitulé : *Apologie pour les Casuistes, etc.*, seroit
publiée partout où besoin sera, en la manière
accoutumée ; et étant nécessaire d'en donner
connoissance aux peuples de vos paroisses : à
ces causes nous vous mandons de dénoncer dimanche prochain, au prône de vos messes paroissiales, que ledit livre a été par nous censuré
et condamné, ainsi que plus au long il est déclaré par notre censure du vingt-troisième jour
d'août dernier passé, que nous avons fait imprimer par Charles Savreux, imprimeur ordinaire
du chapitre de l'Église de Paris, laquelle nous
vous envoyons avec ces présentes ; et comme

(*) Ce Mandement fut donné en conséquence de la Conclusion des Curés de Paris, imprimée ci-dessus, page 314.

nous avons fait défenses à toutes personnes de cette ville et diocèse de Paris, de lire, garder, imprimer, vendre et débiter ledit livre sous les peines de droit, vous ferez entendre nosdites défenses à vos paroissiens, à ce qu'ils n'en prétendent cause d'ignorance. Fait à Paris, ce 27 novembre 1658.

Ainsi signé, DE CONTES et DE HODENCQ.

Et plus bas, BAUDOUYN.

CENSURE

D'un livre intitulé : *Apologie pour les Casuistes, etc.*, faite par M. l'Archevêque de Rouen, primat de Normandie.

Du 4 janvier 1659.

FRANÇOIS, par la permission divine, archevêque de Rouen, primat de Normandie, à tous les fidèles soumis à notre autorité, salut et bénédiction.

Ce n'est pas d'aujourd'hui que l'ennemi de notre salut tâche de semer parmi le bon grain de la doctrine évangélique, l'ivraie de l'erreur et du péché. L'Église, qui veille sans cesse par le ministère de ses pasteurs à conserver sa gloire et à se maintenir agréable à son divin époux, s'est toujours élevée avec vigueur contre les efforts de ce cruel et subtil adversaire. Cependant, quoiqu'elle soit pure et sainte dans ses mœurs, aussi-bien que dans sa foi ; quoique la discipline de sa conduite soit immaculée et incorruptible dans sa source , aussi-bien que la tradition des vérités dont Jésus-Christ l'a rendue dépositaire, elle se voit néanmoins toujours obligée de gémir dans sa douleur , de voir que quelques-uns de ses enfants , qui se sont mêlés de composer des livres de la doctrine morale , suivant plutôt les égarements d'une raison obscurcie par la corruption du péché , que les lumières et les règles des Écritures divines , des saints Canons et de la tradition sacrée , sont tombés en des excès dignes de compassion , et qui font bien voir ce que l'on doit attendre d'un esprit quand il est abandonné à lui-même et à son propre sens.

Nos pères l'ont bien reconnu dans les siècles passés , et se sont vus obligés , dans l'extrémité du mal et dans l'importance de ses suites , d'user de toute la vigueur que leur inspiroit leur zèle et leur autorité , et de faire même brûler les livres pénitentiaux que quelques auteurs avoient composés contre l'usage et les sentiments de l'Église. Mais nonobstant toutes ces ordonnances et toutes ces précautions, le désordre n'a pas laissé de continuer, et même de s'augmenter avec scandale , le monde s'étant trouvé rempli de livres qui traitent de la discipline des mœurs. A proportion de leur multitude, le nombre des fautes a crû ; et ce qui d'abord avoit été sans autorité la production d'un esprit particulier et l'effet de son égarement, a passé pour probable dans le sentiment de plusieurs qui ont eu la témérité de le soutenir. Ainsi, chacun ayant amour pour ses pensées, et ajoutant quelque chose du sien à ce qui avoit été avancé par les premiers, la corruption est venue jusqu'au dernier excès, et a même donné occasion aux hérétiques de notre temps de blasphémer contre la sainte Église, qu'ils ont voulu rendre responsable de ces erreurs, quoiqu'elle ne les ait jamais approuvées, mais qu'au contraire elle les ait condamnées, et par ses ordonnances sacrées, et par ses pratiques toujours saintes.

Mais comme nous apprenons dans le saint Évangile, que le père de famille ne voulut pas que ses serviteurs se missent en devoir d'arracher l'ivraie qui étoit dans son champ, de peur qu'ils n'arrachassent aussi le bon grain, dans le dessein qu'il avoit de la faire séparer dans le temps de la moisson, et de la jeter au feu : ainsi comme les auteurs qui se sont si misérablement trompés dans la doctrine de la théologie morale, étoient catholiques, remplis de suffisance et de piété, et que suivant la fragilité de la condition humaine, ils avoient laissé échapper ces erreurs en des ouvrages qui d'ailleurs pouvoient être utiles à l'Église et à l'instruction des fidèles : les évêques établis dans la famille de Jésus-Christ pour en être après lui les véritables pères, ne se sont pas servis de toute leur puissance, ni de l'extrême sévérité d'une discipline

rigoureuse; ils se sont contentés de donner de
temps en temps au public des preuves de l'aversion qu'ils avoient pour le relâchement de la doctrine des mœurs et de la conduite des consciences ; et ils ont attendu qu'il plût à Dieu de leur
donner des ouvertures nécessaires et des moyens
plus propres pour y mettre la dernière main. Les
plaintes en furent faites, il y a quelques années,
au clergé de France assemblé à Paris, et il ordonna que l'on travailleroit incessamment à
composer une somme de théologie morale conforme aux sentiments de l'Église, après quoi on
procéderoit à supprimer tous ces ouvrages si opposés à la sainteté de sa doctrine.

C'est dans cet esprit que nous avons différé
jusqu'à présent de déclarer nos sentiments particuliers sur ce sujet, par un acte de notre autorité pastorale ; et que la plainte en ayant été
portée devant nous, il y a deux ans, après avoir
fait faire plusieurs procédures en notre conseil
et en notre cour ecclésiastique, nous renvoyâmes
le tout à l'assemblée des prélats de France ; laquelle dans ce même esprit, et pressée de la multitude des affaires importantes qui l'occupoient,
se contenta de faire publier et de recommander
à tous ceux qui ont soin de la direction des consciences, les règles de saint Charles Borromée sur
l'administration du sacrement de pénitence:
espérant que les instructions de ce grand et saint
archevêque, pleines de l'esprit de Jésus-Christ
et de son Église, condamneroient en même

temps toutes les faussetés de la prudence de la chair, et établiroient fortement les vérités de la morale chrétienne et évangélique.

Mais nous avons vu depuis peu, avec douleur, paroître un livre anonyme, ou plutôt une espèce de monstre en la théologie morale, que nous pouvons appeler bien plus justement la condamnation des casuistes que leur apologie, ainsi que son auteur a voulu le nommer : libelle dont nous pouvons dire ce que disoient les pères du concile de Châlons de certains livres composés sur un même sujet : *Quorum sunt certi errores, incerti autores : de quibus rectè dici potest, mortificabant animas quæ moriuntur et vivificabant animas quæ non vivunt* ; et ce que le grave Tertullien reprochoit au faux évangile de Marcion : *Non agnoscendum opus, quod non erigat frontem, nullam constantiam præferat, nullam fidem repromittat de plenitudine tituli, et professione debitâ autoris* ; ouvrage dont les principes sont faux, les raisonnements trompeurs, les conséquences pernicieuses, et la doctrine opposée à celle de l'Évangile de Jésus-Christ, dans lequel en un mot se trouve ramassé, par un étrange dessein, ce qu'il y avoit de corruption et de relâchement épandu dans le grand nombre des auteurs qui ont écrit de la morale depuis plusieurs siècles.

Nous avons cru que la Providence divine, qui sait tirer le bien du mal, l'avoit ainsi permis par ses jugements toujours équitables, pour

prévenir le temps de la moisson dans une occasion si importante pour la justification de son
Église ; tant pour empêcher le dommage que
pourroient recevoir, par une si méchante doctrine, les âmes rachetées par le prix du sang de
Jésus-Christ, que pour nous donner le moyen
de brûler, pour ainsi dire, cette ivraie, et toutes
ces erreurs par le feu d'une censure également
sévère et charitable.

Nous n'avons pu nous dispenser d'un devoir
si nécessaire à la gloire du Sauveur et au salut
des fidèles qu'il a soumis à notre conduite ; et
nous avons tâché de suivre l'exemple de Dieu,
dont le pape saint Grégoire-le-Grand nous a
laissé cette observation, qu'encore qu'il eût entendu la clameur des crimes de ces deux villes
infâmes qui attirèrent sur elles les vengeances
et les feux du ciel, et que sa connoissance
infinie qui éclaire toutes choses, l'en eût suffisamment instruit : néanmoins pour s'accommoder à la foiblesse des hommes, et nous
apprendre ce que nous avons à faire en ces
occasions, le texte sacré dit qu'il voulut s'en
éclaircir une seconde fois, en descendant lui-
même sur les lieux. Nous avons, à son imitation, voulu procéder, en cette rencontre, avec
toute la circonspection qui nous a été possible.
Après avoir reçu par diverses fois les plaintes
et les requêtes des curés de notre métropolitaine, donné la communication à notre promoteur général, vu ses réquisitions, et fait

examiner ce livre par nos grands vicaires en présence de M. l'évêque d'Olonne, qui prêchoit pour lors dans notre Église cathédrale, nous avons reconnu la vérité des extraits qui nous en ont été présentés. Nous avons voulu le lire avec soin ; et après avoir attendu quelque temps que l'auteur de cette pernicieuse doctrine effaçât lui-même, par ses larmes et par une rétractation chrétienne, les funestes caractères d'un si méchant livre, nous avons cru être obligés d'y apporter le remède que Jésus-Christ nous a mis entre les mains par la communication de son autorité sacrée.

C'est en son nom que dans l'unité de son esprit, qui remplit son Église et qui anime ses pasteurs, dont plusieurs ont condamné cette même doctrine, vu la censure qui en a été faite par la Faculté de théologie de Paris, nous avons déclaré et déclarons ledit livre intitulé : *Apologie pour les Casuistes*, *contre les calomnies des Jansénistes*, *etc.*, contenir plusieurs propositions fausses, pernicieuses, erronées, scandaleuses, tendantes au libertinage, et à la corruption des mœurs et de la discipline de l'Église, et entièrement opposées aux maximes de l'Évangile : et comme tel, l'avons condamné et condamnons, faisant très-expresses défenses, sous peine d'excommunication, à tous les fidèles de notre diocèse, de le lire, de le retenir, ou d'en soutenir la doctrine : à tous curés, vicaires, prêtres, confesseurs et directeurs, de s'en servir pour la conduite des âmes ; et à tous imprimeurs et libraires de l'imprimer ou distribuer, sous les mêmes peines. Et afin que personne ne l'ignore, nous avons ordonné que ces présentes seront lues et publiées aux prônes des messes paroissiales dans toutes les églises de notre diocèse, et envoyées aux maisons religieuses à la diligence des doyens : nous réservant, selon l'usage et la pratique de l'Église, à donner en temps et lieu des canons pénitentiaux, pour servir d'instruction et de règle à la direction des consciences. Enjoignons en outre à tous ceux qui ont, sous notre autorité, la conduite des âmes, de veiller soigneusement dans ces temps périlleux sur les peuples que nous avons commis à leurs soins, et de leur remettre souvent en la mémoire cet excellent avis du saint apôtre : *Videte ne quis vos decipiat per philosophiam et inanem fallaciam secundùm traditionem hominum, secundùm elementa mundi, et non secundùm Christum.* Donné à Rouen, en notre palais archiépiscopal, le 4 janvier 1659.

Signé, FRANÇOIS, *archevêque de Rouen.*

Et plus bas, MORANGE.

CENSURE

D'un livre intitulé : *Apologie pour les Casuistes, etc.*, faite par
M. l'Évêque de Nevers.

Du 8 novembre 1658.

Eustache de Chéry, par la grâce de Dieu et
autorité apostolique, évêque de Nevers, conseiller du roi en ses conseils d'état et privé : A
tous doyens, chanoines et chapitres, abbés,
prieurs, curés, vicaires, prédicateurs, et autres
ecclésiastiques séculiers et réguliers de notre
diocèse, salut.

L'étroite obligation que Jésus-Christ a im-
posée à ceux qu'il a établis prélats et pasteurs
sur son peuple, de conserver tout ensemble
l'unité des esprits dans le sacré lien de la paix,
et sa doctrine saine dans tout le corps mystique
de son Église, nous a fait souvent gémir en sa
présence, dans la crainte de devenir prévarica-
teurs dans notre charge, soit en tolérant le mal
par une trop longue indulgence, soit en le répri-
mant par une trop prompte sévérité. Car comme
le fils de Dieu nous a prescrit d'une part de laisser croître l'ivraie jusqu'au jour de la moisson,
de peur de cueillir le bon grain en voulant l'arracher; et que d'ailleurs il traite de mercenaires
intéressés, de chiens muets, d'idoles sacriléges,

les successeurs des apôtres qui répriment aussi
peu généreusement les corrupteurs des mœurs
de son Église, qu'ils défendent lâchement la
vérité de sa doctrine : il faut croire avec le sage
qu'il y a un temps de se taire, en dissimulant
quelque temps des choses répréhensibles, pour
éviter de plus grands maux ; et un temps de
parler, lorsque, faute de contredire les impies
profanateurs de la parole de Dieu, les peuples
pourroient donner quelque croyance à leurs
sentiments opposés aux plus saintes et plus importantes maximes du christianisme. C'est pourquoi, après que nous avons jusqu'ici supporté,
avec douleur, la licence insupportable de quelques nouveaux casuistes, qui remplissent l'Église
de livres pleins de pernicieuses maximes d'une
morale pharisienne ; et entre les autres, le plus
méchant et le plus dangereux de tous ayant paru
depuis quelques mois dans notre diocèse, sans
nom, permission, ni approbation quelconque,
intitulé : *Apologie pour les Casuistes, contre les
calomnies des Jansénistes, etc.*, et qu'on nomme-
roit mieux le testament nouveau de l'amour de
la chair, puisqu'il est opposé à celui de Jésus-
Christ, qui apprend aux fidèles à vivre selon
l'esprit : nous avons cru que nous étions indis-
pensablement obligés de procéder à sa juste condamnation, et de le frapper des foudres que
Dieu nous a mis en main pour la destruction de
l'erreur. C'est un méchant livre qui détruit la
plupart des préceptes du Décalogue, introduit

la profanation des sacrements, porte à l'irrévérence de nos plus sacrés mystères : il enseigne
aux valets à voler leurs maîtres, et aux enfants
des hommes à souiller leurs mains violentes
comme des Caïns dans le sang de leurs frères : il
présente aux libertins, pour rompre les jeûnes
commandés de l'Église, des moyens les plus
honteux et les plus brutaux : il approuve la
simonie la plus manifeste, et dit qu'un bien
temporel peut servir de motif pour en donner
ou recevoir un spirituel : il permet aux personnes consacrées aux divins autels, les compagnies domestiques les plus infâmes : il permet
encore l'usure, et fournit des moyens pour en
faciliter la pratique contre l'Écriture et les Canons : il autorise les calomnies les plus noires,
et qui imposent malicieusement de faux crimes
à des innocents véritables : enfin il soutient la
pernicieuse doctrine de la probabilité fondée
sur le raisonnement purement humain, maxime
la plus impie, erreur la plus dangereuse, venin
le plus mortel de la morale chrétienne. Ces opinions détestables, et plusieurs autres qui favorisent les excès les plus honteux de l'Alcoran
des Turcs, que nous ne marquons point ici,
pour ne pas offenser les oreilles chastes et chrétiennes, nous ont fait connoître combien il étoit
nécessaire d'employer l'autorité que Dieu nous
a donnée pour arrêter et condamner ce livre
criminel. A quoi nous nous sentons particulièrement excités par la requête qui nous a été pré-

sentée à ce sujet par tous les curés de notre
diocèse, nommément par ceux de notre ville
épiscopale, qui, dans la juste crainte que cette
mauvaise doctrine, nouvellement publiée, deve-
nant contagieuse, ne cause la perte des âmes,
dont ils doivent rendre à Dieu un compte très-
exact, implorent avec instance l'autorité de
notre jugement. C'est pourquoi, pour satisfaire
à une requête si juste et si charitable, et de
notre part au devoir de notre charge; pour empêcher les impressions mauvaises que les fidèles
pourroient en prendre, pour fermer la bouche
aux hérétiques qui s'en prévalent en nous imputant ces erreurs, et pour arrêter désormais la
hardiesse de ces nouveaux casuistes : après
l'avoir vu, lu, examiné et diligemment considéré, et l'avoir fait voir, lire et examiner par
plusieurs docteurs et personnes de piété en notre
conseil, nous avons condamné et condamnons
par ces présentes ce livre, intitulé : *Apologie
pour les Casuistes, contre les calomnies des Jansénistes, etc.*, comme contenant plusieurs propositions contraires aux lois divines et humaines,
qui ouvrent la porte à toutes sortes de déréglement et de libertinage, et qui détruisent les
maximes de l'Évangile les plus saintes et les
plus nécessaires pour le salut. Avons fait et
faisons très-expresses inhibitions et défenses à
toutes personnes de notre diocèse de lire, vendre, acheter, ni distribuer ledit livre, sous peine
d'excommunication. Vous enjoignons d'enseï-

gner aux peuples, dans un esprit de paix et de charité, les vertus opposées à ces maximes condamnées, et de les conduire dans la voie du ciel selon les règles de l'Évangile et de l'Église, contraires aux relâchements épouvantables de ces nouveaux casuistes. Et à ce qu'aucun n'en ignore, nous ordonnons que ces présentes seront lues et publiées aux prônes et prédications de notre diocèse par trois dimanches consécutifs, et affichées en la manière accoutumée. Fait en notre palais épiscopal, le 8 novembre 1658.

Ainsi signé, EUSTACHE, *évêque de Nevers.*

Et plus bas, MANGEART.

PROJET

De Mandement contre l'Apologie pour les Casuistes (*).

L'AMOUR que nous avons pour nos peuples nous obligeant à une vigilance continuelle, pour prévenir tout ce qui peut leur nuire, nous nous sommes sentis obligés de la redoubler, quand le pernicieux livre intitulé : *Apologie pour les Casuistes*, a commencé à se répandre dans ce dio-

(*) Ce Projet a été trouvé parmi les papiers de Pascal, sur quelques feuilles détachées.

cèse. Et c'est pourquoi, sur la requête que nos curés nous ont incontinent présentée pour le censurer, et l'assurance que l'importance de la chose le mérite, nous avons résolu, en leur accordant une demande si juste, de travailler en même temps à fortifier les fidèles, non-seulement contre le relâchement qu'ils pourroient recevoir de ces opinions flatteuses, autorisées par ce nombre étrange de casuistes, mais encore contre une tentation bien plus importante, et qui iroit au renversement entier de la foi, si on n'étoit soutenu et confirmé par la pleine connoissance de ses principes; car il est sans doute que les impies tirent de ces abus des conséquences contre la vérité de notre religion, capables d'ébranler les foibles, en les donnant pour des marques que Dieu ne règle pas la conduite de l'Église, puisque après l'avoir assurée d'une possession éternelle de la vérité, on la voit abandonnée à des erreurs et à des égaremens si effroyables.

Voilà le plus grand des maux que ces impiétés produisent : elles servent d'armes aux ennemis de la foi pour nous combattre, et sont également utiles au démon pour corrompre les fidèles et pour fortifier les infidèles. Mais comme on ne tombe dans ces erreurs que faute d'entendre les Écritures, nous nous sentons obligés de les expliquer si clairement à ceux auxquels nous sommes redevables des instructions évangéliques, que les personnes pieuses soient désormais sans péril, et les simples sans excuse dans les conséquences qu'ils tirent des égaremens des casuistes. Car tant s'en faut que ces abus qui se glissent dans l'Église, puissent rendre suspecte la vérité des promesses de Jésus-Christ, que rien n'en prouve davantage la vérité ; et qu'elles seroient fausses au contraire, si ces abus mêmes n'arrivoient. Si Jésus-Christ en promettant à l'Église que sa vérité et son esprit reposeroient sur elle éternellement, l'avoit en même temps assurée d'une suite calme et tranquille de vérité et de paix, on auroit sujet d'être surpris de voir le mensonge et l'erreur paroître avec tant d'insolence. Mais quelle raison y a-t-il de l'être, après qu'il a déclaré que plusieurs y jetteroient le trouble, sous l'apparence néanmoins de la piété, et qu'ils viendroient en son nom pour détourner les hommes de la véritable voie : de sorte que ces désordres qui croîtroient toujours, seroient enfin si grands dans la fin des siècles, que les élus mêmes en seroient séduits, s'il étoit possible de les séduire ? Il est donc indubitable que ces scandales doivent arriver, quoiqu'à la ruine de ceux qui les causent, et de ceux qui s'y perdent. Car Dieu les souffre, non pas afin qu'on suive ces désordres, mais afin qu'on les combatte, et qu'il paroisse en cette épreuve qui sont ceux qui lui sont véritablement fidèles ; et c'est pourquoi il est si important de les éviter.

Saint Paul, qui fait la même prédiction, nous

donne en même temps la description de ces sé-
ducteurs, afin qu'on puisse mieux les connoître, quand il dit à Timothée (*II Tim.* 3, 1 *et
seqq.*) qu'il viendra dans les derniers temps des
hommes ayant l'apparence de la piété, mais qui
en rejetteront l'essence ; qui seront pleins d'ambition et d'amour-propre, superbes, calomniateurs ; qui s'introduiront dans les maisons des
particuliers, et s'assujettiront les femmes simples, en les flattant dans leurs péchés et dans
les désirs de leurs cœurs ; qui travailleront sans
cesse à devenir savants, et n'arriveront jamais
à la connoissance de la vérité. Et il finit cette
peinture, en disant qu'ils ne réussiront pas dans
leurs desseins, et qu'enfin leur foiblesse et leur
impertinence sera connue de tout le monde.

Qui ne diroit que saint Paul a vu ce qui se
passe aujourd'hui à nos yeux, où des hommes,
sous l'habit de la piété, présentent aux fidèles
une morale qui bannit l'amour de Dieu, qui est
l'essence de la piété ; autorisent la calomnie,
l'orgueil, l'ambition, par leurs préceptes et
par leurs exemples ; étudient sans cesse, et ne
peuvent arriver aux premières connoissances
du christianisme ; et sont enfin tombés dans des
excès qui les ont rendus le sujet de la risée de
tout le monde ? On ne peut douter que toutes
ces choses ne soient conduites par l'ordre de la
même Providence qui les a prédites, et qui les
permet pour éprouver ceux qui sont véritablement fidèles. Mais nous apprenons, par ces

mêmes prophéties, que ces désordres doivent aller bien plus avant.

Nous voyons, à la vérité, aujourd'hui une compagnie bien puissante qui soutient ces corruptions; mais nous en voyons en même temps une bien autrement considérable et autorisée qui s'y oppose. Et si on a sujet de gémir de voir quelques religieux relâchés et quelques casuistes corrompus qui introduisent ces relâchements, on a sujet de bénir Dieu de ce que les pasteurs ordinaires de l'Église leur résistent; et qu'ainsi le corps de la hiérarchie, en quoi consiste proprement l'Église, demeure exempt de ce relâchement, n'y ayant que quelques-unes de ces personnes égarées qui sont hors de la hiérarchie, et qui tiennent entre nous le rang que les faux prophètes tenoient entre les Juifs, qui trempent dans ces impiétés; en quoi il n'arrive rien que de conforme à ce que saint Pierre a prédit (*II Pet.* 2, 1) en cette sorte : « De la même manière qu'il y a eu de faux prophètes entre les » Juifs, aussi il s'en élèvera entre nous. »

Voilà l'état présent des choses. Quoique la licence y soit grande, elle n'est pas néanmoins sans une puissante opposition. Mais un temps doit venir, duquel il est écrit : « Malheur à » celles qui seront enceintes en ce temps-là ! » (*Matth.* 24, 19) : et croyez-vous qu'alors le » Fils de l'Homme trouve de la foi sur la terre ? » (*Luc.* 18, 8.) » Et c'est en ce temps que les prêtres mêmes et le reste des fidèles, ayant

presque tous consenti aux impiétés des faux
docteurs, la mesure étant ainsi comblée, la fin
de l'Église et de l'univers doit arriver avec la
seconde venue du Messie : de même que la destruction de l'ancien temple et de la synagogue
est arrivée dans une semblable corruption, les
faux prophètes ayant entraîné dans leur parti le
peuple et les prêtres mêmes au premier avéne-
ment du Messie. Car, comme toutes choses leur
arrivoient en figure, et que la synagogue a été
l'image de l'Église, selon saint Paul (*I Cor.* 10,
6 *et* 11), nous pouvons nous instruire, par ce
qui lui est arrivé, de ce qui doit nous arriver,
et voir, dans leur exemple, la source, le progrès
et la consommation de l'impiété. L'Écriture nous
apprend donc que c'est des faux prophètes que
l'impiété a pris son origine ; qu'elle s'est de là
répandue sur le reste des hommes, comme dit
Jérémie (*Jerem.* 23, 15). C'est des prophètes que
l'abomination est née, et c'est de là qu'elle a
rempli toute la terre ; ils ont formé une conspiration ouverte contre la vérité au milieu du
peuple de Dieu : les grands du monde ont été
les premiers suppôts de leurs doctrines flatteuses ; les peuples en ont été ensuite infectés.
Tant que les prêtres du Seigneur en sont demeurés exempts, Dieu a suspendu les effets de
sa colère ; mais quand les prêtres mêmes s'y
sont plongés, et que dès lors il n'est rien resté
pour apaiser la colère divine, les fléaux de
Dieu sont tombés sur ce peuple sans mesure, et

y sont demeurés jusqu'à ce jour. Les prophètes,
dit Jérémie (*Jerem.* 5, 31), ont annoncé de fausses
doctrines de la part de Dieu : les prêtres y ont
donné les mains, et mon peuple y a pris plaisir.
Quelle punition leur est donc préparée ? C'est
alors qu'il n'y a plus de miséricorde à attendre,
parce qu'il n'y a plus personne pour la demander. Les prêtres, dit Ézéchiel (*Ezech.* 22, 25
et seqq.), ont eux-mêmes violé ma loi. Les
princes et les peuples ont exercé leurs violences, et les prophètes les flattoient dans leurs
désordres. J'ai cherché quelqu'un qui opposât
sa justice à ma vengeance, et je n'en ai point
trouvé. Je répandrai donc sur eux le feu de mon
indignation, et je ferai retomber sur leurs têtes
le fruit de leurs impiétés.

Voilà le dernier des malheurs où, par la grâce
de Dieu, l'Église n'est pas encore, et où elle ne
tombera pas, tant qu'il plaira à Dieu de soutenir
ses pasteurs contre la corruption des faux docteurs qui les combattent ; et c'est ce qu'il importe de faire entendre à ceux qui sont sous
notre conduite, afin qu'ils ne cessent de demander à Dieu la continuation d'un zèle si important et si nécessaire, et qu'ils évitent eux-mêmes
les doctrines molles et flatteuses de ces séduc-
teurs qui ne travaillent qu'à les perdre. Car de
la même manière que la piété des saints de l'ancien Testament consistoit à s'opposer aux nouveautés des faux prophètes, qui étoient les casuistes de leur temps : de même la piété des

fidèles doit avoir maintenant pour objet de résister au relâchement des casuistes, qui sont les
faux prophètes d'aujourd'hui ; et nous ne devons cesser de faire entendre à nos peuples ce
que les vrais prophètes crioient incessamment
aux leurs, que l'autorité de ces docteurs ne les
rendra pas excusables devant Dieu, s'ils suivent
leurs fausses doctrines ; que toute la société des
casuistes ne sauroit assurer la conscience contre
la vérité éternelle ; que cette abominable doctrine de la probabilité, qui est le fondement de
toutes leurs erreurs, est la plus grande de leurs
erreurs ; que rien ne sauroit les sauver que la
vérité (*Joan.* 8, 32.); et que c'est une fausseté
horrible que de dire qu'on se sauve aussi bien
par l'une que par l'autre de deux opinions contraires, et dont il y en a une par conséquent de
fausse. C'est ce qu'ils soutiennent tous, et sans
quoi toute leur doctrine tombe par terre ; car ils
n'ont point d'autre fondement à ces horribles
maximes, qu'ils renouvellent encore dans ce
nouveau livre : « Qu'on peut discerner par la
» lumière de la raison quand il est permis ou
» défendu de tuer son prochain ; qu'on peut le
» tuer pour défendre ou réparer son honneur ;
» qu'on peut, sans crime, calomnier ceux qui
» médisent de nous ; que tous nos péchés seront
» remis, pourvu que nous les confessions sans
» quitter les occasions prochaines, sans faire pé-
» nitence en cette vie, et sans avoir d'autre regret
» d'avoir péché, sinon pour le mal temporel qui

» en vient, et encore si foible que le pécheur et
» pénitent juge qu'il est prêt à retomber en peu
» de temps. » Quand on leur demande sur quoi
ils fondent ces horribles maximes, ils n'ont
d'autre chose à répondre, sinon que leurs pères
et leurs docteurs l'ayant jugé probable, cela est
sûr en conscience, et aussi sûr que les opinions
contraires. Et c'est sur quoi nous annonçons à
tous ceux sur qui Dieu nous a donné de l'autorité, que ce sont des faussetés diaboliques, et
que tous ceux qui suivront ces maximes sur la
foi de ces faux docteurs, périront avec eux ; de
même que les prophètes de Dieu annonçoient
autrefois à leurs peuples, qui se reposoient ainsi
sur leurs faux prophètes, que Dieu extermine-
roit tout ensemble, et ces maîtres, et ces disciples, *magistros et discipulos* (*Malach.* 2, 12) ;
et que ceux qui assurent ainsi la conscience des
hommes, et ceux qui reçoivent ces assurances, seront ensemble précipités dans une pareille ruine :
Et qui beatificant, et qui beatificantur (*Isaias*, 9,
16). De sorte que tant s'en faut que cette probabilité de sentiments et cette autorité de docteurs qui les enseignent, excusent devant Dieu
ceux qui les suivent ; que cette confiance est au
contraire le plus grand sujet de la colère de Dieu
sur eux, parce qu'elle ne vient en effet que d'un
désir corrompu de chercher du repos dans ses
vices, et non pas d'une recherche pure et sincère de la vérité de Dieu, qui feroit discerner
aisément la fausseté de ces opinions, qui font

horreur à tous ceux qui ont de véritables sèntiments de Dieu ; et c'est pourquoi cette tranquillité dans les crimes les augmente si fort, que Dieu a déclaré par ses prophètes (*Ezech.* 14, 14 *et seqq.*) à la synagogue, et par elle à l'Église, que toutes les prières des justes ne sauveroient pas de sa fureur ceux qui auroient ainsi suivi ces maîtres des fausses doctrines. C'est ce qu'on voit en Jérémie, lorsqu'il demandoit miséricorde à Dieu pour les Juifs, et qu'il lui représentoit que c'étoit sur la foi de ces faux prophètes qu'ils étoient demeurés dans leurs crimes. Seigneur, dit-il (*Jerem.* 14, 13 *et seqq.*), ils ont agi de la sorte, parce que leurs prophètes les assuroient que vous approuviez leur conduite ; et que bien loin de les punir, vous les rempliriez de bonheur et de paix ; c'est-à-dire, qu'ils avoient suivi l'autorité de plusieurs grands docteurs qui étoient tenus pour prophètes. Et cependant que répond Dieu à ce saint homme ? Les prophètes ont parlé selon leur propre esprit, et non pas selon le mien, dit le Seigneur. Ce ne sont pas mes paroles, mais leurs propres paroles qu'ils ont annoncées ; et c'est pourquoi je perdrai ces docteurs ; mais j'exterminerai de même ceux qui les ont écoutés et suivis. Ne priez donc point pour ce peuple (*Jerem.* 15, 1 *et seqq.*) ; car quand Moïse et Samuel se présenteroient devant moi pour arrêter ma fureur, je ne leur ferai point miséricorde ; et s'ils vous demandent : que ferons-nous donc ? Dites-leur : que ceux qui sont destinés à la mort aillent à la mort, et que ceux qui sont réservés à la famine et au meurtre courent à la fin qui leur est destinée.

Que si Dieu a traité de cette sorte le peuple juif, dans les ombres et les ténèbres où il étoit; s'il ne leur a pas pardonné leurs crimes, quoiqu'ils s'y fussent engagés sur l'autorité de tant de docteurs graves et anciens en apparence; s'il n'a pas épargné les hommes des premiers temps, dit saint Pierre (*II Pet.* 2, 5), comment traitera-t-il un peuple qu'il a rempli de tant de lumières et de tant d'effets de son amour, s'il a assez d'aveuglement et d'ingratitude pour se dispenser de l'aimer sur la foi de quelques casuistes modernes qui l'en assurent?

Nous déclarons donc hautement que ceux qui seroient dans ces erreurs seroient absolument inexcusables de recevoir la fausseté de ces mains étrangères, qui la leur offrent au préjudice de la vérité qui leur est présentée par les mains paternelles de leurs propres pasteurs; et qu'ils seroient doublement coupables dans ces impiétés, et d'avoir reçu des opinions qu'ils ne devoient jamais admettre, et pour les avoir reçues de ceux qu'ils ne devoient jamais écouter. Car comme les personnes qui sont hors de la hiérarchie n'ont de pouvoir d'y exercer aucune fonction que sous nos ordres et selon nos règlements, tout ce qu'ils disent contre notre aveu doit être regardé comme suspect et irrecevable. Ainsi les fidèles doivent en demeurer exempts,

et demander à Dieu la persévérance des pasteurs
naturels de son Église; afin que ce malheureux
repos, et ce consentement général à l'erreur qui
doit attirer le dernier jugement de Dieu, n'arrive pas de nos jours comme il arriva à la fin de
la synagogue, lorsque les prophètes se relâchè-
rent. Les princes sont dans la corruption, les
prêtres les y accompagnent. Les prophètes les y
confirment, et tous ensemble, en cet état, se
reposent encore sur le Seigneur, en disant (*Jerem.* 7, 4 *et seqq.*): Dieu est au milieu de nous;
il ne nous arrivera aucun mal. C'est pour cette
raison, dit le Seigneur, que Jérusalem sera to-
talement détruite, et que le temple de Dieu sera
renversé et anéanti.

RÉPONSE

A un écrit publié sur le sujet des miracles qu'il a plu à Dieu de
faire à Port-Royal depuis quelque temps, par une sainte
épine de la couronne de notre Seigneur. *A Paris*, 1656.

COMME de toutes les choses extérieures rien
ne réveille tant notre foi et ne fortifie tant notre
espérance, que les œuvres miraculeuses qui nous
rendent comme visible la présence de Dieu in-
visible (*Aug. tr.* 8, *in Joan.*): toutes les personnes
de piété qui ont entendu parler des merveilles

que Jésus-Christ a faites depuis quelque temps dans l'église de Port-Royal, par une sainte épine de sa couronne, en ont reçu une sensible consolation, et se sont crues obligées de le bénir de ces marques extraordinaires de sa bonté et de son amour.

Et en effet, peut-on avoir une véritable affection pour l'Église catholique, et ne pas ressentir beaucoup de joie de ce que Dieu a voulu montrer sa puissance dans une église consacrée au saint sacrement, et par une épine de sa couronne? Ces miracles ne servent-ils pas à confondre l'hérésie calviniste, qui nous accuse d'être idolâtres parce que nous adorons Jésus-Christ comme présent réellement et substantiellement dans l'eucharistie, et d'être superstitieux parce que nous révérons les saintes reliques : puisque si ce culte de l'Église catholique n'étoit fondé sur la foi des Apôtres et des pères, et sur la tradition de tous les siècles, c'est-à-dire, sur la pierre inébranlable de la vérité divine, Dieu ne feroit pas des miracles qui l'autorisent?

Mais la parole de saint Paul (*II Cor.* 2, 16) sera toujours véritable, que *ce qui est aux uns odeur de vie pour la vie, est aux autres odeur de mort pour la mort.* Il s'est trouvé des esprits assez préoccupés contre des vierges consacrées à Jésus-Christ, pour s'opposer aux faveurs que Dieu leur faisoit, et en prendre même sujet de les déchirer comme des ennemies de Dieu. C'est ce que toutes les personnes sages viennent de voir avec étonnement dans un écrit qui a été publié depuis peu dans Paris, sous le titre de *Rabat-Joie*, ou *Observations sur ce qu'on dit être arrivé au Port-Royal, au sujet de la sainte épine* (par le père Annat). Ce seul mot de *Rabat-Joie*, dans un sujet si sérieux et si saint, leur a fait juger quel est l'esprit qui anime cet auteur.

Mais tout le corps de l'écrit leur a bien fait voir encore davantage qu'il n'y eut jamais de plus étrange aveuglement ni de plus grande malignité. Car qui auroit pu croire que la passion des hommes eût été capable de se porter jusqu'à cet excès, que de s'en prendre aux ouvrages de Dieu même? que d'oser faire aujourd'hui ce que n'osa faire autrefois un prophète corrompu par des présents, qui est de *maudire ceux que Dieu bénit* (*Num. c.* 24), et d'entreprendre de détourner les fidèles d'aller implorer son secours dans une église où lui seul les attire et les appelle par les assistances extraordinaires que plusieurs d'entre eux témoignent y avoir reçues?

Tout ce que cet auteur dit dans cet écrit peut se rapporter à ces trois points : le premier regarde ces guérisons extraordinaires, et la relique par laquelle Dieu les a faites ; le second est sur les conséquences qu'on doit en tirer ; le troisième concerne la dévotion de tant de personnes pieuses, qui viennent adorer Dieu dans cette Église, et y révérer cette sainte épine ; et c'est le point dont cet écrivain paroît si blessé, qu'il est visible que son principal but, dans la publication de ce libelle, a été de détourner cette dévotion publique, en représentant comme *un lieu très-dangereux et infecté d'hérésie*, une maison religieuse que Dieu honore si visiblement de ses bénédictions et de ses grâces.

Tout ce dessein est si éloigné de la piété chrétienne et catholique, qu'il semble que cet auteur a appréhendé lui-même qu'on n'attribuât son écrit à quelque ministre calviniste, et que c'est autant pour cette raison que pour faire croire, par la plus outrageuse des calomnies, que Port-Royal est hors de l'Église, qu'il a pris la qualité de *docteur de l'Église catholique*. Car il est vrai qu'on n'auroit dû attendre un pareil écrit que de ceux qui ont quelque raison d'être blessés des miracles que Dieu fait dans l'Église catholique pour la confusion de toutes les sectes hérétiques et schismatiques. On n'auroit pas été étonné de voir qu'un ministre de Charenton eût produit en cette rencontre un livre semblable à celui qu'un ministre de Provence mit au jour il y a quelques années, pour s'opposer aux miracles que Dieu faisoit dans Marseille, au tombeau de messire Jean-Baptiste Gault, son dernier évêque, et empêcher que les catholiques n'en pussent tirer avantage contre ceux de leur parti.

Mais qui auroit cru que des catholiques voulussent imiter ces ennemis de l'Église, et travailler si utilement pour l'intérêt de la secte de Calvin, que si les raisonnements qu'ils font sur ce sujet contre la maison religieuse où Dieu a daigné opérer ces merveilles, avoient quelque force, ils ôteroient à l'Église tout l'avantage qu'elle peut prendre des miracles dont Dieu l'honore; puisque si l'abus que cet auteur fait de cette parole de saint Paul, que *les miracles sont pour les infidèles, et non pas pour les fidèles*, devoit porter ces religieuses, comme il le prétend, à entrer en défiance de leur foi à cause des miracles que Dieu fait dans leur église, il faudroit aussi, par la même raison, que tous les miracles qui se font dans l'Église catholique, fussent des sujets aux catholiques de se défier de la vérité de notre religion, et de se regarder comme des infidèles que Dieu voudroit, par ces merveilles, convertir à la vraie foi : ce qui est seulement horrible à penser.

C'est ce qui me fait espérer que cette réponse sera reçue favorablement par tous ceux qui aiment l'Église, et qu'ils seront aussi touchés de compassion pour des vierges qu'on tâche de noircir avec tant d'emportement, que d'indignation contre ceux qui veulent leur ravir la plus grande consolation qui leur reste dans leurs peines, qui est d'avoir quelque assurance de la part de Dieu, qu'elles n'ont pas mérité des traitements si indignes de la part des hommes.

Cet auteur travaille à vouloir les en priver dès la première partie de son écrit. Au lieu que saint Paul dit : *Que lorsqu'un des membres de Jésus-Christ est glorifié, tous les autres s'en réjouissent* (*1 Cor.* 12. 26) : celui-ci, au contraire, par un

esprit de division et de schisme, s'afflige des œuvres miraculeuses qu'il plaît à Dieu de faire dans
ce monastère. Il attribue seulement *à un commun bruit* le premier miracle, dont la vérité
constante et visible a réduit quelques-uns des
huguenots mêmes à un silence d'étonnement.
Il en parle comme s'il n'étoit appuyé que sur des
*rapports de particuliers qu'on ne peut croire sans
légèreté de cœur;* au lieu qu'il l'est sur la solennelle attestation que des personnes publiques,
tels que sont des médecins et des chirurgiens, en
ont donnée par écrit, et sur l'information juridique, composée de vingt-cinq témoins tous irré-
prochables, que M. l'évêque de Toul a faite à la
requête de M. le promoteur, à laquelle il a travaillé avec un soin extraordinaire, comme il l'a
témoigné lui-même; qu'il a entièrement achevée,
et signée de sa main, et qu'il auroit confirmée il
y a long-temps par son jugement, s'il avoit continué de gouverner l'archevêché de Paris; puisqu'il a témoigné lui-même qu'il avoit écrit, et à
Rome, et à la cour, que la vérité de ce miracle
ne pouvoit être révoquée en doute.

Mais après que cet écrivain a fait ce qu'il a pu
pour donner lieu de douter d'un effet si indubitable de la toute-puissance divine, il veut encore
faire un crime à ces religieuses de la manière
dont elles ont reçu cette insigne faveur du ciel.
Il les accuse « d'avoir contrevenu aux ordon-
» nances de l'Église portées par le concile de
» Trente, en publiant par un excès de joie, et

» voulant faire croire des miracles qui n'ont point
» encore été reconnus, ni approuvés des supé-
» rieurs. » Et c'est ce qui m'oblige, pour les défendre contre une accusation si injuste, de rapporter en ce lieu quelques circonstances du
premier miracle et de leur conduite; et j'espère,
que si les lecteurs sont touchés d'admiration
pour la merveille que Dieu a opérée dans ce
monastère, ils seront édifiés de la manière chrétienne dont elles l'ont reçue.

M. de La Poterie, ecclésiastique de condition
et de piété, avoit depuis quelque temps, parmi
les autres reliques de sa chapelle, une sainte
épine de la couronne de notre Seigneur, laquelle
ayant envoyée aux religieuses carmélites, qui
avoient eu une sainte curiosité de la voir, il
l'envoya aussi à Port-Royal le vendredi 24 mars
dernier. Les religieuses la reçurent avec beaucoup de dévotion : elles la mirent au dedans de
leur chœur sur une table parée en forme d'autel ; et après avoir chanté l'antienne de la sainte
couronne, elles allèrent toutes la baiser. Une
petite pensionnaire, nommée Marguerite Périer,
qui depuis trois ans et demi avoit une fistule
lacrymale, s'approcha pour la baiser en son
rang; et la religieuse, sa maîtresse, ayant eu
plus d'horreur que jamais de l'enflure et de la
difformité de son œil, eut mouvement de faire
toucher la relique à son mal, croyant que Dieu
étoit assez bon et assez puissant pour la guérir.
Elle n'y fit pas alors d'autre attention. Mais la

petite fille s'étant retirée à sa chambre, un quart d'heure après elle s'aperçut que son mal étoit guéri : et l'ayant dit à ses compagnes, on trouva en effet qu'il n'y paroissoit plus rien ; il n'y avoit plus aucune tumeur ; son œil, que cette enflure qui avoit été perpétuelle depuis plus de trois ans, avoit rapetissé et rendu pleurant, étoit devenu aussi sec, aussi sain et aussi vif que l'autre. La source de cette boue qui couloit de quart d'heure en quart d'heure par l'œil, par le nez et par la bouche, et qui avoit encore coulé sur sa joue un moment avant le miracle, comme elle l'a déclaré dans sa déposition, se trouva toute séchée. L'os, qui étoit carié et pourri, fut rétabli en son premier état. Toute la puanteur qui en sortoit, et étoit si insupportable, qu'il avoit fallu la séparer d'avec les autres par l'ordre des médecins et des chirurgiens, se changea en une haleine aussi douce que celle d'un enfant : elle recouvra aussi au même instant l'odorat, qu'elle avoit perdu entièrement par la corruption de ce pus qui lui sortoit par le nez. Et tous ses autres maux, qui étoient une suite de celui-là, ne parurent plus : jusque-là même que son teint, qui étoit pâle et plombé, devint vif et clair autant qu'elle l'eut jamais.

Qui est la personne de piété qui pût rien trouver à redire, quand ce miracle auroit causé des éclats et des transports d'une joie spirituelle pareils à ceux que saint Augustin décrit dans la Cité de Dieu, où il rapporte la guérison de ce

III.   28

jeune homme qui avoit été maudit par sa mère, et souffroit un continuel tremblement dans tous ses membres? « L'Église étoit pleine, dit-il; elle » retentissoit de ces cris de réjouissance, gloire » à Dieu; louange à Dieu. » (*Lib.* 22, *cap.* 8.) Mais la discipline de cette maison, qui observe toujours un fort grand silence, et qui le redouble encore pendant le sacré temps de carême, où elles n'ont pas même entre elles de conférences communes, comme en un autre temps, fit que la nouvelle de cette guérison miraculeuse ne s'y répandit que peu à peu. Les unes la surent seulement le lendemain, les autres trois jours après, les autres au bout de huit, et il s'en trouva quelques-unes qui l'ignoroient encore quinze jours après.

Mais ce qui est plus remarquable, est que la mère prieure, à qui la relique avoit été adressée, laissa passer une semaine entière sans en faire rien savoir à cet ecclésiastique, son parent, qui la lui avoit envoyée. Néanmoins après ces huit jours elle pensa que le respect qu'elle lui devoit, l'obligeoit à lui en donner avis par une lettre, dont j'ai cru d'autant plus devoir rapporter ici les propres paroles, que M. de La Poterie envoyant quelque temps après la même relique aux religieuses Ursulines, il leur envoya aussi l'original de cette lettre, les priant de la lire avant que d'honorer cette sainte épine; parce que le miracle qu'elles y apprendroient, la leur feroit encore avoir en plus grande vénération.

Le lecteur jugera par ce billet, qui est du 31 de mars, *si sa joie étoit excessive*, comme le reproche cet écrivain.

MONSIEUR MON COUSIN,

Je n'ai pu encore vous remercier de la bonne pensée que vous avez eue de nous favoriser de la vue de votre sacré reliquaire. Il paroît que ç'a été par une inspiration de Dieu, qui vouloit en tirer un effet merveilleux, dont je dois vous informer, quoique nous n'ayons pas dessein de le faire savoir à personne.

Elle lui trace ensuite un abrégé de la relation du miracle, que M. Dalencé, fameux chirurgien, venoit d'en faire ce même jour. Elle finit par ces mots :

Voilà, monsieur, une attestation bien certaine de votre relique, dont il a plu à Dieu de nous consoler : et je le prends pour un présage qu'il veut guérir nos âmes, et les sanctifier par les épines des persécutions dont on nous menace.

Le lecteur jugera, par ces lignes si modestes, avec quelle disposition on a reçu cette grâce à Port-Royal. Cet ecclésiastique même approuva cette modestie dans la réponse qu'il lui fit le 2 d'avril, laquelle étoit conçue en ces propres termes :

MA RÉVÉRENDE MÈRE ET COUSINE,

La lecture de la lettre que vous m'avez fait la charité de m'écrire m'a causé une si grande consolation, que la joie m'a tiré des larmes du cœur et des yeux. Je loue l'humble retenue que vous avez de ne divulguer ce miracle, parce

qu'il est arrivé en votre monastère ; dont plusieurs, par la
malice du temps, ont une telle aversion, qu'ils ne voudroient pas le croire, mais plutôt que vous l'auriez mis en
avant pour donner quelque haute estime de votre maison,
ou pour d'autres intérêts que ces personnes se forgeroient
en l'esprit, selon leur humeur et leur fantaisie. Mais pour
moi, je crois être obligé de le faire connoître avec discrétion
dans les occasions, pour n'aller au contraire de ce que nous
apprend l'ange dans Tobie, qu'il est bon de cacher le secret
du roi, mais qu'il est honorable de révéler et confesser les
œuvres de Dieu : et agissant de la sorte, peut-être que ceux
qui entendront ce miracle si assuré arrivé en votre maison,
et non sans un trait particulier de la providence de Dieu, di-
minueront de l'aversion qu'ils y ont, et auront quelque compassion des persécutions dont vous êtes attaquées sans sujet.
Je ne fais aucun doute que notre Seigneur ne veuille sanctifier vos âmes par ces persécutions, et je le supplie de tout
mon cœur qu'il vous fortifie pour les supporter.

Certes ceux qui savent en quel état étoit alors
cette maison religieuse, jugeront aisément qu'encore que ce fût une grande consolation à ces pauvres filles, de voir que Jésus-Christ, qui est toute
leur espérance et tout leur refuge, avoit voulu
montrer si visiblement qu'il étoit avec elles en
guérissant cette enfant, comme saint Augustin
dit qu'il témoigna son affection envers Marthe
et Marie, lorsqu'il ressuscita leur frère : néanmoins l'affliction qui les avoit saisies par la
crainte des troubles dont leurs ennemis les menaçoient, les rendoit si éloignées de tout excès
de réjouissance, que cette faveur ne leur servit
que pour soulager un peu leur esprit dans le fort
de leurs peines et de leurs douleurs.

C'est donc à tort que cet écrivain les accuse *d'avoir contrevenu aux ordonnances de l'Église, en publiant par un excès de joie des miracles qui n'avoient point encore été reconnus, ni approuvés des supérieurs.* Car Port-Royal n'a pas fait la moindre avance, ni le moindre écrit pour publier même le premier, quoique si extraordinaire et si surprenant. Le bruit qui s'en est répandu n'est point venu des religieuses : elles crurent qu'elles devoient admirer en secret et en silence cette œuvre de Dieu, ainsi qu'elles avoient fait en des rencontres pareilles depuis quinze ans. Mais comme Dieu, en inspirant à ses serviteurs le désir de cacher aux yeux des hommes les grâces qu'ils reçoivent de lui, ne laisse pas souvent de les faire éclater par d'autres moyens, il a voulu en cette occasion que ce miracle fût su de tout Paris, et cru même de toute la cour, sans que les religieuses y contribuassent en rien.

Les médecins et les chirurgiens, qui étoient touchés d'une si grande merveille, se tinrent obligés en conscience de la dire à tout le monde, pour rendre gloire à celui qui leur avoit fait voir sur l'œil et le visage tout défiguré de cette petite fille les traits vénérables de sa main puissante. C'est ce que fit encore M. Périer, père de la petite, qui est un conseiller de la cour des aides de Clermont en Auvergne, d'où il avoit été mandé par une lettre écrite le 24 de mars, quatre heures avant le miracle, pour venir assister à l'incision et à l'application du bouton

de feu que M. Dalencé devoit faire à l'œil de
sa fille aussitôt qu'il seroit arrivé : il fut si surpris de la trouver parfaitement et miraculeusement guérie, lorsqu'il la vit à Port-Royal le
5 d'avril, qu'il se crut obligé, par un sentiment
de reconnoissance envers Dieu, de faire assembler les médecins et les chirurgiens, qui donnèrent tous leur attestation par écrit le jour
du Vendredi-Saint. Et ensuite il joignit sa voix
à la leur, et imita le zèle du lépreux de l'Évangile (*Marc.* 1, 44 *et* 45), qui publia partout la
grâce qu'il avoit reçue de Jésus-Christ, nonobstant la défense de Jésus-Christ même.

Cependant toute la certitude d'un effet si merveilleux, et toute l'édification qu'il a causée dans
l'Église, n'ont pu empêcher qu'il ne se soit
trouvé des personnes dans l'Église même qui
n'ont pu dissimuler qu'ils en étoient scandalisés.
Ce que les hérétiques n'auroient pu faire sans
découvrir ouvertement leur animosité contre
l'épouse de Jésus-Christ, a été fait par des
catholiques. Ils n'ont travaillé depuis cinq mois
qu'à ruiner la vérité de ce miracle dans l'esprit
du peuple, par un grand nombre de faux bruits
qu'ils ont répandus partout.

D'abord ils ont dit à plusieurs personnes,
que c'étoit une fourbe et une supposition, et
qu'on produisoit la sœur aînée de la petite fille
malade au lieu d'elle. Ce qui obligea de faire
voir à M. le promoteur et à plusieurs autres,
les deux sœurs ensemble.

Ils publièrent depuis que sa fistule lacrymale étoit revenue, et qu'elle en étoit plus malade que jamais. Ce qui porta M. Dalencé, chirurgien, qui l'avoit vue malade et parfaitement guérie, à venir à Port-Royal avec le médecin d'un prince du sang, pour le convaincre, ainsi qu'il fit par ses propres yeux, de la fausseté de ce bruit.

Ils ont dit enfin, que véritablement la guérison de son œil avoit toujours continué; mais que la malignité de l'humeur qui lui causoit cet ulcère à l'œil, étoit tombée sur les parties nobles, et l'avoit réduite aux derniers soupirs. Ce qui engagea M. Guillard, chirurgien, qui l'avoit vue malade et guérie, et avoit aussi attesté ce miracle par écrit, à venir la revoir au mois de juillet dernier, où il la trouva aussi saine que le premier jour; et depuis encore M. Félix, premier chirurgien du roi, qui l'avoit vue dès le mois d'avril, ayant eu la curiosité de la revoir le 8 d'août, et ayant trouvé sa guérison aussi entière et aussi admirable qu'elle lui parut alors, il a déclaré, par un écrit signé de sa main : *Qu'il étoit obligé de confesser que Dieu seul avoit pu produire un effet si subit et si extraordinaire.*

Cet écrivain reproche encore à ces religieuses, qu'*elles ont exposé cette nouvelle relique avant qu'elle eût été reconnue et approuvée par le supérieur*, et prétend qu'en cela elles ont aussi *contrevenu à l'ordonnance de l'Église portée par le*

concile de Trente. Mais elles ne l'ont point exposée dans leur Église comme on y expose les
reliques ordinaires : elles l'ont tenue enfermée
au dedans du monastère ; et jamais elles ne
l'en ont tirée, que lorsque plusieurs personnes
demandoient à la baiser : ce qu'elles n'ont point
fait même sans en donner avis à M. l'évêque de
Toul, qui a trouvé bon qu'elles suivissent en
ce point la dévotion du peuple et de plusieurs
personnes de condition, qui venoient et viennent encore adorer cette sainte épine, dont
Jésus-Christ même, le supérieur des supérieurs,
venoit de justifier la vérité par cette insigne
merveille qu'il avoit faite par son entremise.
Il n'y a point d'approbation pareille pour une
relique, à cette attestation du ciel. Un miracle
certain, visible, irréprochable comme est celui-
là, en est la plus forte, la plus sainte et la plus
divine preuve.

C'est ainsi qu'il fit connoître anciennement
sa véritable croix, comme l'Histoire ecclésiastique nous l'apprend : c'est ainsi qu'il a fait
reconnoître aujourd'hui cette épine de sa sainte
couronne. Aussi M. l'évêque de Toul, comme
très-instruit dans la science et dans la discipline
de l'Église, jugea qu'après un événement si
miraculeux, on ne devoit pas refuser à tant de
personnes pieuses la liberté de la révérer.

Une autre accusation de cet auteur, est que
des personnes de condition étant à l'extrémité,
lorsqu'eux ou leurs parents ont envoyé prier

les religieuses de Port-Royal de trouver bon que quelqu'un de leurs confesseurs ou quelque ecclésiastique de leur part portât cette relique chez les malades, *elles leur ont accordé cette demande contre l'ordre du concile de Trente, qui défend le transport des reliques chez les malades.*

Mais il devoit savoir, 1°. que cet ordre est principalement pour des châsses et pour des reliques attachées à des Églises particulières, que le concile a jugé à propos de ne point tirer des lieux où elles ont accoutumé d'être révérées, si ce n'est pour des cérémonies publiques ; 2°. que cet ordre n'est pas généralement observé dans l'Église de Paris, puisque tout le monde sait qu'il y a des reliques qu'on transporte assez souvent chez les malades, comme le manteau du bienheureux Pierre de Luxembourg, et une côte de sainte Opportune ; 3°. que cette accusation, quelque foible qu'elle soit, ne touche point Port-Royal, puisque la mère abbesse n'a accordé qu'on transportât cette relique que par l'ordre de M. l'évêque de Toul, en qualité de grand-vicaire ; ce que peuvent attester les religieuses du Val-de-Grâce, lesquelles ont elles-mêmes obtenu cette permission. Et M. Charton, le jeune, qui est à présent pénitencier, peut témoigner aussi que lui-même prit la peine, il y a trois ou quatre mois, d'y venir par deux fois pour la porter avec un ecclésiastique de Port-Royal chez deux personnes mourantes.

Que si ce reproche est déraisonnable en soi,

il l'est encore davantage dans la bouche de ceux qui le font, puisque eux-mêmes ont demandé qu'on voulût bien la porter chez un malade qu'ils assistoient. Le père des Déserts, jésuite, en écrivit une lettre lui-même à M. l'évêque de Toul, dont la substance étoit : « Que les reli- » gieuses de Port-Royal ayant témoigné qu'elles » ne pouvoient pas donner la sainte épine pour » être portée hors de chez elles sans sa permis- » sión, il le supplioit très-humblement de la lui » accorder en faveur d'une personne fort malade, » qui désiroit d'avoir cette consolation. » Cette lettre fut rendue à ce prélat, lorsqu'il étoit dans la sacristie de Port-Royal. Après cela le lecteur peut juger si c'est *la charité* qui porte cet écrivain, comme il dit, à former de semblables accusations, et à faire un crime à des religieuses de ce qu'elles ont fait non-seulement par l'ordre de leur supérieur, mais à la prière même de ceux qui les en reprennent.

Il n'est pas plus équitable dans sa seconde partie. Après avoir dit : « Qu'il suppose que les » miracles qu'on rapporte sont véritables ; que » cette relique est reconnue par les supérieurs » pour une relique assurée, et que tout s'est fait » à Port-Royal selon les lois de l'Église, » il ne veut pas qu'on puisse en tirer aucune conséquence qui soit favorable à cette maison religieuse.

Cette preuve si publique de la miséricorde et de la bienveillance de Dieu envers ses servantes,

n'a point adouci le cœur de cet ennemi. Il renouvelle encore une partie des calomnies que feu
M. l'archevêque étouffa par une censure (*) qui
fut publiée dans toutes les paroisses de Paris , et
que Dieu , qui les en a vu noircir de nouveau , a
voulu confondre par ces miracles. Il leur attribue encore l'*hérésie* , l'*impiété* et le *schisme*. Il les
met en parallèle avec les huguenots , comme
des personnes hérétiques avec d'*autres hérétiques*.
Il aime mieux blesser l'honneur de l'Église , et
lui ravir un privilége qu'elle a reçu de son époux,
qui est le don des miracles , que de cesser de
ravir l'honneur à ces humbles filles de l'Église.
Il aime mieux donner lieu de croire , par un horrible scandale , que le Saint-Esprit , qui n'anime
que le corps de Jésus-Christ , et qui n'est point
dans toutes les synagogues de Satan , ne laisse
pas de faire des miracles dans une maison qu'il
appelle le *siége d'une nouvelle hérésie* , que de
reconnoître par ces marques de la vraie Église ,
l'injustice criminelle de ceux qui veulent l'en
diviser.

Et enfin il veut qu'on ajoute plus de foi à de
noires médisances qui ont été ruinées par divers
écrits , qu'aux déclarations très - sincères de la
pureté de leur foi , qu'elles ont toujours données
à leur archevêque ; qu'au jugement de M. l'évêque de Toul , leur supérieur , qui a témoigné

(*) Livre du père Brisacier , jésuite , intitulé : *Le Jansénisme confondu*, censuré par feu M. l'archevêque en 1652.

une extrême satisfaction de leur conduite, après une première visite qu'il y a faite, et une seconde qu'il avoit commencée; et qu'à l'autorité de Jésus-Christ même, qui a confirmé leurs déclarations et le jugement de ce prélat par les miracles qu'il a voulu opérer chez elles, pour rendre plus accomplie la justification de leur innocence.

Est-il possible que cet écrivain ne sache pas ce que l'Évangile nous a appris, que les miracles sont d'ordinaire les fruits d'une véritable foi? Jésus-Christ ne dit-il pas au père de la fille morte, qu'*il n'avoit qu'à croire, et que sa fille seroit sauvée?* (*Luc*, 8, 50.) Ne dit-il pas au père du démoniaque : *Si vous pouvez croire, tout est possible à celui qui croit?* (*Marc.* 9, 22.) Et l'Évangile, parlant de Jésus - Christ même, ne dit-il pas : *Que l'incrédulité de ceux de Nazareth*, qui étoit son pays, *étoit cause qu'il ne pouvoit y faire aucuns miracles?* (*Marc.* 6, 5, 6.) Comment donc prendroit-il plaisir à en faire plusieurs parmi des hérétiques et des schismatiques, qui, selon l'esprit de l'Église et le sentiment des pères, sont pires même que les infidèles?

Mais, pour ne rien dire ici que ce qui est reconnu par tous les théologiens touchant les miracles, et ce que cet écrivain même ne peut pas nier, il est certain que Dieu ne fait jamais des œuvres miraculeuses, qui sont visiblement au-delà de toutes les forces de la nature, et qui ne peuvent être attribuées qu'à un coup extraor-

dinaire de sa puissance infinie; en des temps
et en des circonstances qui puissent porter les
hommes qui en jugent raisonnablement, à entrer ou à se confirmer dans l'erreur. C'est pour
cette raison que, selon saint Thomas et les théologiens après lui, les miracles sont appelés dans
l'Écriture du nom de *signes*, parce qu'ils signifient et marquent toujours quelque vérité aux
hommes, *quasi veritatis alicujus ad homines si-
gnificativa*. Et ainsi, comme ce langage est encore
plus divin que les paroles, il est impossible que
Dieu, qui est la vérité même, en fasse jamais
qui d'eux-mêmes portent les hommes à embrasser la fausseté.

Si cela n'étoit, le Sauveur n'auroit pu prendre
avantage de ses miracles pour convaincre l'infidélité des Juifs, et les obliger de le reconnoître
pour le Messie et pour le Fils de Dieu égal à son
Père. Il n'auroit pu leur dire : *Si vous ne me
croyez, croyez à mes œuvres.* (*Joan.* 10, 38.) Il
n'auroit pas eu droit de prouver la puissance
qu'il avoit de remettre les péchés par la guérison du paralytique comme par un témoignage
certain, et auquel ses ennemis mêmes devoient
se rendre. Et l'Evangile n'auroit rien dit de con-
vaincant pour la confirmation de la doctrine du
même Sauveur, lorsqu'il dit : « Que les apôtres
» prêchant, le Seigneur coopéroit avec eux, et
» confirmoit leurs paroles par les miracles qui
» les suivoient. » (*Marc.* 16, 20.)

Il est donc clair que ce principe, qui est que

les miracles marquent toujours aux hommes quelque vérité, a toujours été le fondement de la véritable religion ; et c'est ce que les apôtres nous témoignent dans les actes, lorsque après les menaces que les Juifs leur firent de les châtier s'ils prêchoient encore Jésus-Christ, ils élevèrent tous ensemble leur voix à Dieu, et lui dirent : « Seigneur, regardez leurs menaces, et » donnez la force à vos serviteurs d'annoncer » votre parole avec toute confiance, en étendant » votre main pour faire des prodiges et des mi- » racles dans la guérison des maladies au nom » de votre saint Fils Jésus ; » (*Act.* 4, 29, 30.) comme s'ils lui eussent dit : montrez que le ciel est pour nous, que nous sommes vos fidèles serviteurs, et que notre doctrine est la vôtre, puisqu'elle est soutenue de votre puissance.

L'Histoire ecclésiastique est pleine d'exemples qui confirment cette vérité. Mais pour n'en rapporter que deux, Dieu ne montra-t-il pas qu'il étoit avec les catholiques contre les ariens, lorsque saint Athanase fit venir saint Antoine à Alexandrie pour confirmer la foi de l'Église par les miracles que Dieu feroit par son entremise? Et le peuple ne conclut-il pas fort bien que Dieu étoit dans l'Église catholique, où il faisoit des miracles, et que l'esprit de la vérité étoit avec ceux parmi lesquels l'esprit de la vertu et de la puissance de Dieu, qui n'est que le même, chassoit les démons et guérissoit les malades?

Ne montra-t-il pas encore qu'il étoit avec saint

Ambroise et tout le parti catholique , lorsque ayant révélé à ce saint évêque où étoient les corps des saints martyrs Gervais et Protais, on les tira de terre , et un aveugle connu de tout Milan , s'étant fait approcher de ces deux corps saints , et ayant fait toucher un linge à leur cercueil , n'eut pas plus tôt porté ce linge à ses yeux , qu'ils s'ouvrirent à l'heure même ? « Le bruit de » ce miracle , dit saint Augustin , se répandit de » tous côtés , fit retentir partout les louanges du » Seigneur , et arrêta la fureur de la persécu- » tion. » (*Confess. c.* 7.) Et Paulin, qui a écrit la vie de saint Ambroise , ajoute encore que « parce » que Dieu faisoit des miracles dans l'Église où » furent mis les corps de ces saints martyrs , *qui* » *étoit aux catholiques,* la foi catholique en crois- » soit de jour en jour , et la perfidie arienne di- » minuoit. »

Mais il faut remarquer que Dieu ne fait pas seulement des miracles pour confirmer les vérités de la foi, et qu'il en fait encore quelquefois pour justifier l'innocence de ses serviteurs et de ses servantes, pour éclaircir des choses cachées, et pour confondre, par une voix divine et une autorité suprême, les impostures de leurs ennemis, lorsqu'ils ne peuvent les détruire par des preuves humaines et ordinaires. Ce fut ainsi qu'il se déclara autrefois pour l'innocence de saint Chrysostôme, lorsque, dès la première nuit qui suivit son premier bannissement, il ébranla un quartier de la ville de Constantinople par un tremblement de terre, qui porta l'empereur, saisi de crainte, à le faire revenir. Ce fut ainsi qu'il découvrit l'innocence de cette femme de Verceil, faussement accusée d'adultère par son mari, en faisant, au rapport de saint Jérôme, que le bourreau ne pût en sept coups entamer seulement sa peau avec son épée. Ce fut ainsi qu'il se rendit protecteur de la chasteté de sainte Cunégonde, impératrice, soupçonnée de n'avoir pas gardé la foi conjugale, en lui faisant tenir dans sa main un fer rouge ainsi qu'un bouquet de fleurs. Ce fut ainsi que par la vue qu'il rendit à un aveugle, il montra que saint Bernard n'avoit prêché la croisade que par son esprit, quoique l'armée eût été ruinée, et qu'il eût été décrié ensuite comme un faux prophète. Ce fut ainsi qu'au rapport de Césarius, religieux de Cîteaux, il décida la question qui divisoit et partageoit les théologiens et les docteurs de la Faculté de Paris touchant la justice ou l'injustice de la cause de saint Thomas de Cantorbéri, qui s'opposoit lui seul à tous les évêques catholiques d'Angleterre, en faisant un grand nombre de miracles à son tombeau.

Nous n'avons maintenant qu'à appliquer ces maximes à ce qui s'est fait à Port-Royal; et je ne doute point que ceux qui en considéreront les circonstances particulières, ne reconnoissent que Dieu n'a guère parlé plus intelligiblement pour soutenir l'innocence persécutée, qu'il l'a fait en cette rencontre.

Une maison religieuse est déchirée depuis plusieurs années par de continuelles impostures. Des personnes ennemies et violentes tâchent de la décrier partout comme infectée d'hérésie. Ils y emploient jusqu'à des calomnies aussi horribles qu'est celle de publier (*) qu'on n'y croit pas la présence réelle de Jésus-Christ dans le Saint-Sacrement, quoiqu'on l'y adore sans cesse par un institut particulier. On les traite d'excommuniées, et on tâche de faire croire à tous ceux qui ne les connoissent pas, que c'est un crime de mettre de petites filles entre leurs mains pour les élever et pour les instruire. On veut même persuader qu'on doit fuir leur Église comme une Église de schismatiques. On les menace de la dernière persécution. Il ne leur reste aucune consolation qu'en leur innocence, aucune espérance qu'en leurs prières, aucun refuge qu'en Dieu. Et dans le point même où il sembloit que tout étoit préparé pour les accabler, Dieu fait éclater parmi elles les marques les plus visibles de sa protection et de son amour. Il y fait apporter une sainte épine de sa couronne. Il s'en sert pour y signaler sa toute-puissance par l'un des miracles les plus certains et les plus sensibles qu'il ait fait depuis plusieurs siècles. Il agit lui-même dans le cœur des

---

(*) Livre du père Meynier, jésuite de Poitiers, intitulé : *Le Port-Royal et Genève d'intelligence contre le Saint-Sacrement de l'Autel*, imprimé à Poitiers en 1656.

hommes pour le faire croire à tout Paris, et le répandre partout. Il en imprime, par son esprit, une admiration religieuse dans les personnes les plus incrédules. Il donne au peuple catholique des sentiments d'une dévotion particulière pour venir l'invoquer dans cette Église; et pour montrer que lui seul les y fait venir, il scelle encore ce premier témoignage de son amour par de nouvelles grâces non moins extraordinaires que la première.

Après cela, peut-on avoir, je ne dis pas quelque lumière de piété, mais seulement quelque étincelle de raison, pour douter encore si Dieu, par cette conduite, s'est déclaré contre les religieuses de cette maison, ou pour elles? s'il les a tenues pour ses ennemies, ou pour ses servantes? s'il les a traitées comme infidèles, ou comme fidèles? s'il a conspiré avec leurs adversaires pour les perdre, ou avec ceux qui connoissent leur piété et leur innocence pour les sauver?

Lorsque après que des hommes passionnés ont écrit, ce qui est horrible à penser, que *Port-Royal est plus proche de Genève et de Charenton, que de Rome et de Notre-Dame de Paris* (*), Dieu choisit cette maison religieuse pour y faire admirer son pouvoir par des miracles, c'est-à-dire, pour lui faire le même honneur qu'il a fait en divers temps à ces deux

_____

(*) Le grand chemin du jansénisme au calvinisme.

Églises, celle de saint Pierre, prince des apôtres, et celle de la Vierge, mère de Dieu : que doit-on en conclure, sinon qu'il a voulu faire voir qu'elle est aussi éloignée de Genève et de Charenton par sa foi toute catholique et par sa piété toute chrétienne, que proche de Rome par sa très-humble soumission au saint-siége, et de Notre-Dame de Paris par sa fidèle obéissance à son archevêque ?

Lorsque après que des ecclésiastiques préoccupés ont voulu persuader à tout Paris qu'un seigneur de la cour méritoit d'être retranché de la participation des sacrements, parce qu'il refusoit de retirer mademoiselle sa petite-fille de Port-Royal, qu'ils appeloient une école d'erreur et d'hérésie pour des enfants, Dieu ne fait pas seulement des miracles en cette maison, mais veut encore que le premier et le plus éclatant paroisse en la personne d'une des petites filles qu'on y élève en sa crainte et en son amour : qu'a-t-il voulu montrer par cette guérison si merveilleuse, sinon que l'éducation qu'elles y reçoivent est aussi salutaire pour leurs âmes que pour leurs corps ; et qu'il n'y guériroit pas leurs yeux malades par des voies miraculeuses, si l'on y rendoit leurs esprits et leurs cœurs malades par des doctrines impies et corrompues ?

Et après qu'un auteur très-envenimé contre elles (le père Annat) a osé écrire sur leur sujet : « Que les religieuses mêmes sont bien loin de » leur compte, si elles se flattent de leur virgi-

» nité et de leur profession, puisque saint Au-
» gustin dit qu'il y a des vierges qui sont hors
» du temple du Roi, des religieuses hérétiques :
» qu'à la vérité elles sont vierges ; mais qu'il ne
» leur servira de rien d'être vierges, si on ne les
» conduit dans le temple du Roi, c'est-à-dire,
» dans l'Église » : peut-on juger autre chose,
sinon que Dieu a voulu le faire rougir de sa
calomnie, et montrer aux plus aveugles qu'elles
sont dans le temple du Roi, puisque le Roi
même qui habite au dedans d'elles comme dans
ses temples, selon la parole de saint Paul, a
voulu se montrer encore au dehors d'elles dans
leur propre temple, dans leur propre église, et
faire voir à tout Paris, par les merveilles qu'il
y opère, l'union étroite qu'il a avec elles comme
avec ses très-humbles filles, et l'union inséparable qu'elles ont avec son Église, comme avec
leur sainte mère ?

Et enfin pouvoit-il mieux étouffer que par ces
miracles cette maligne et vraiment diabolique
calomnie, qui, ne voyant rien que de pieux et
de catholique dans cette maison religieuse, lui
attribuoit un *venin caché* d'intentions secrètes
et criminelles ? Car peut-on appeler des jugements de celui qui, par sa lumière infinie et sa
justice inflexible, ne peut ni être trompé par
l'obscurité des replis de l'âme, ni agir en sa
faveur que lorsqu'elle est sincère et innocente
devant ses yeux ? Si Port-Royal *avoit regardé l'iniquité dans son cœur,* selon l'expression de David,

le Seigneur ne l'auroit point exaucé. (*Ps.* 65, 18.)
S'il y avoit eu de la duplicité et de la corruption
d'esprit dans son humble soumission aux constitutions et aux décrets de l'Église romaine, que
devoit-il attendre, que des châtiments de la justice de Dieu, ennemi des fourbes et des hypocrites? Et si on avoit demandé à ces écrivains
ce que cette maison religieuse devoit espérer de
lui au mois de mars dernier, lorsque tout étoit
conjuré contre elle, ils ne lui auroient promis
que les vengeances dues à des complices *d'une*
nouvelle hérésie. Mais il a paru qu'ils ont plus
de crédit sur la terre que dans le ciel, et qu'ils
gouvernent plus les hommes qui peuvent être
surpris, que le Dieu des hommes qui ne peut
l'être. Au lieu de ces châtiments et de ces vengeances dont ils menaçoient Port-Royal plus que
jamais, ce juge des vierges a répandu sur cette
maison ses bénédictions et ses faveurs les plus
singulières. *Il a trompé les trompeurs*, selon la
parole de l'Écriture, (*Prov.* 3, 34.) Il a montré
combien la témérité de leurs pensées étoit éloignée de la vérité des siennes; combien l'aveuglement de leur passion étoit contraire à la
lumière de sa sagesse; combien la cruauté de
leur haine étoit opposée à la douceur de son
amour.

Certes, s'ils avoient encore quelque reste de
modération et de retenue, ils seroient au moins
demeurés dans le silence, se sentant accablés
du poids de la main de Dieu, *oppressi pondere*

manus Dei, comme dit saint Augustin. Car
comme en cette rencontre la calomnie ne s'attachant qu'à ce qui est connu de Dieu seul, ne
pouvoit être confondue que par lui seul, il semble aussi qu'il a pris plaisir à s'en rendre juge,
et *à révéler le secret des cœurs*, comme il est dit
dans l'Évangile : (*Luc.* 2, 35.) qu'il a voulu découvrir quel étoit le *venin caché*, qui a causé tant
de troubles et tant de scandales : que ce n'étoit
pas celui de l'erreur, mais de l'envie : que l'hérésie et l'impiété n'empoisonnoient pas les âmes
de ses épouses; mais que l'animosité et la jalousie
envenimoient celles de leurs ennemis. Et ainsi
l'on peut dire maintenant de l'innocence de ces
accusées, ce que l'apôtre disoit autrefois : *Deus
qui justificat, quis est qui condemnet?* (*Rom.* 8,
33, 34.) et de la malignité de leurs accusateurs,
ce que Jésus-Christ reprochoit aux siens : *Vos
estis qui justificatis vos coram hominibus, Deus
autem novit corda vestra.* (*Luc.* 16, 15.)

Que pouvoit donc faire davantage pour la
protection de cette maison, celui qui est la charité et l'équité souveraine? Et de quelle sorte
pouvoit-il se déclarer plus hautement contre
ceux qui vouloient l'opprimer par leurs impostures et leurs violences? *Les hommes s'expliquent
en paroles*, dit saint Augustin; *mais Dieu parle
par actions.* (*Ep.* 49.) C'est pourquoi ce saint dit
excellemment : « Que ses miracles sont comme
» son éloquence, qui ne s'entend pas par les
» oreilles; mais qui se considère par les yeux et

» par l'esprit : *In opere divino quamdam Dei elo-*
» *quentiam non audire, sed considerare permisi.* »
(*De Civit. Dei,* 22, c. 8.) C'est le plus haut et
le plus divin langage de sa providence : et si
l'on veut savoir ce qu'elle veut dire, lorsqu'elle
se déclare pour l'innocence de ses serviteurs ou
de ses servantes persécutés par la calomnie, le
grand saint Grégoire, pape, nous l'enseigne,
lorsqu'il dit que : « Ces miracles sont les armes
» dont Dieu les couvre ; mais des armes toutes
» brillantes d'éclairs, qui frappent et éblouissent
» leurs persécuteurs, afin qu'ils n'osent plus les
» persécuter : *Arma miraculorum mentes perse-*
» *quentium fulgurant, ut eos persequi non præsu-*
» *mant.* » (*Lib.* 1, *in Ezech. Hom.* 5.)

Aussi Jésus-Christ a montré bien clairement
que ce n'étoit qu'à Port-Royal qu'il vouloit faire
des miracles par cette sainte relique, puisqu'il
n'en a fait aucun durant tout le temps qu'elle a
été en plusieurs autres lieux. Et cependant s'il
n'avoit voulu en faire que pour la relique même,
où sa providence eût-elle pu en faire plutôt que
parmi des religieuses aussi généralement ho-
norées pour leur piété, que le sont les carmélites
et les ursulines, qui, par leur réputation, auroient
donné de l'éclat à ces miracles, et les auroient
fait recevoir avec applaudissement de tout le
monde ? Mais il ne l'a pas voulu : parce que
n'ayant point d'ennemis qui les déchirent et les
persécutent, elles n'avoient pas besoin, comme
quelques-unes d'elles ont dit, qu'il fît un

miracle pour prouver qu'il est avec elles, puisque
cette vérité n'est révoquée en doute par qui que
ce soit.

M. de La Poterie garda encore cette sainte
épine dans sa chapelle durant plusieurs jours,
après le premier miracle qui s'étoit fait à Port-
Royal. Plusieurs personnes venoient chez lui
pour être soulagées dans leurs maladies. C'étoit
la même relique, et néanmoins Dieu ne fit aucun miracle dans ces différents lieux où elle a
été. Mais comme ce serviteur de Dieu se vit acca-
blé par le grand nombre de ceux qui venoient
dans son logis, et qui troubloient sa retraite et
son repos, il jugea que puisque Dieu n'avoit fait
aucun miracle par cette sainte épine qu'à Port-
Royal, c'étoit là où il vouloit qu'elle fût. Ce seul
mouvement tout de foi et de piété le fit résoudre à
l'y envoyer de nouveau : et parce que cet écrivain
en a parlé comme d'une *relique empruntée* par
Port-Royal, sa passion altérant partout la vérité,
et envenimant les choses les plus innocentes, je
rapporterai ici les propres paroles que cet ecclésiastique écrivit à la mère prieure sur ce sujet
le 17 d'avril.

MA RÉVÉRENDE MÈRE ET COUSINE,

J'ai une très-grande consolation et un contentement in-
dicible d'avoir appris combien notre Seigneur a été honoré
et loué par ses épouses, du miracle si grand et si évident
qu'il a opéré par cette sainte épine de sa sacrée couronne :
et je crois que comme les esprits bienheureux, inférieurs
en gloire, n'ont point de jalousie de ce que Dieu est plus

hautement loué et glorifié par ceux qui sont au-dessus d'eux, mais au contraire en ont une grande joie, je dois aussi, à leur imitation, me réjouir davantage que cette sainte épine soit plus fervemment, plus dignement et par plus de personnes honorée en votre maison qu'elle ne pouvoit l'être en ma chapelle. Dieu a voulu que je vous la laissasse, puisque par elle il a fait un si évident miracle. J'en suis tout étonné en moi-même, lorsque je considère tout ce qui s'est passé, et la conjoncture en laquelle il est arrivé, vu que je pouvois vous la faire voir il y a deux mois, et vous aussi me la demander comme ont fait les carmélites. Mais Dieu l'avoit réservé pour ce temps, auquel vous étiez menacées de plus grandes persécutions, pour relever vos esprits, et vous donner une grande confiance qu'il ne délaissera point ses épouses. Et ce qui est encore remarquable, est que ce miracle est arrivé en l'une de vos petites filles, lorsque l'on faisoit courir le bruit, comme vous savez, qu'on vouloit vous les ôter. Je trouve tant de choses si extraordinaires et si remarquables en cette faveur que Dieu vous a faite, que je ne veux entrer plus avant en ce discours. Au reste, vous avez voulu mener une vie cachée, et n'être connues que de Dieu, ne l'étant du monde, sinon par les persécutions qu'il vous faisoit; mais Dieu a voulu faire connoître au monde votre innocence, et que dorénavant on aille en votre sainte maison pour recevoir des grâces de lui.

Cette relique ne fut pas plus tôt revenue à Port-Royal, que Dieu commença d'y faire par elle de nouveaux miracles. Cette arche sainte (*II Reg.* 6, 12.) a apporté le bonheur et la bénédiction en cette maison, parce que Dieu l'a ainsi voulu, comme autrefois il voulut que l'arche d'alliance l'apportât, selon l'Écriture, dans la maison d'un pieux Israélite. Je rapporterai ici quelques-unes de ces merveilles.

Une religieuse de condition de la *Maison-Dieu* de Vernon, nommée sœur Marguerite Carré de Merçay, ayant été près de deux ans sans pouvoir marcher qu'avec de grandes difficultés, aidée d'une autre, ou soutenue d'un bâton, à cause d'une espèce de paralysie qui lui étoit tombée sur les jambes, pour laquelle elle avoit usé de plusieurs remèdes sans aucun effet, et étoit même sortie de son monastère pour prendre des eaux de Rouen, que le médecin croyoit lui être salutaires, sans en ressentir de soulagement; enfin ayant été envoyée à Paris avec une autre de ses compagnes, et sa foi l'ayant portée à avoir plutôt recours à Dieu qu'à des remèdes humains, dont elle avoit éprouvé l'inutilité durant tant de temps, elle se fit mener à Port-Royal pour adorer la sainte épine et y communier; ce qu'ayant fait, elle sentit un grand engourdissement dans les jambes, qui lui fit craindre de ne pouvoir se lever de sa place; mais sa foi et sa dévotion l'ayant portée à baiser encore une fois cette sainte relique, elle en ressentit à l'instant l'effet salutaire, s'étant trouvée aussi forte pour marcher, monter et descendre, qu'avant qu'elle fût malade; jusque-là que s'en étant retournée peu de jours après en son monastère, elle fit près d'une lieue à pied sans aucune incommodité, comme madame Le Lectier, sa prieure, l'écrivit aussitôt à M. Malet chez qui ces deux religieuses avoient demeuré étant à Paris; et depuis, la même prieure a envoyé son attestation avec celle du médecin et du chirurgien.

Madame Durand, femme de M. Durand, procureur de la cour, entre autres infirmités, en ayant une principale, qui étoit un vomissement continuel depuis deux ans dix mois, qui lui faisoit rejeter toute sorte de nourriture, elle se fit porter à Port-Royal pour demander à Dieu, par l'attouchement de la sainte épine, la guérison de ce vomissement; et elle l'obtint si entière le samedi 15 juillet, après avoir adoré et baisé la sainte épine, qu'ayant senti un changement en elle qui lui fit croire qu'elle étoit guérie, elle prit ensuite de la nourriture dans le monastère même; et au lieu qu'elle n'avoit encore pu retenir celle qu'elle avoit prise chez elle le matin, elle la retint alors sans peine, comme elle a toujours fait depuis, sans avoir eu ni vomissement, ni mal de cœur.

D'autres personnes qui étoient, ou trop malades pour pouvoir souffrir d'être portées à Port-Royal, ou trop éloignées, ou trop foibles pour entreprendre ce voyage, se sont servies des linges qui avoient touché à cette sainte épine, et les ayant mis sur elles avec foi dans le temps des neuvaines qui se faisoient pour elles à Port-Royal, elles ont été guéries avec l'admiration de tout le monde.

L'une de ces personnes est une petite fille de treize ans, nommé Angélique, fille de M. Portelot, procureur de la cour, dont les divers

maux étoient si étranges et si inconnus, que
nuls remèdes de la médecine n'ont pu les guérir
durant près de quatre ans. Elle avoit eu des
vomissements pendant six mois, puis la fièvre,
qui ne la quittoit point, avec des convulsions
horribles, et un retirement de deux vertèbres
de l'épine du dos, qui, n'étant plus en leur
place naturelle, l'empêchoient de pouvoir se
tenir en son séant, et l'obligeoient à être toujours couchée plate, ayant la tête plus basse
que les pieds, parce qu'en toute autre assiette
elle souffroit d'extrêmes douleurs, et jetoit de
grands cris : de sorte que pour la mener une fois
à Notre-Dame-des-Vertus, on fut contraint de la
faire porter toute couchée sur un petit matelas
dans une manne. Enfin n'ayant pu trouver aucune sorte de soulagement, le bruit des miracles
qui se faisoient par la sainte épine à Port-Royal,
porta sa mère à y faire faire une neuvaine ; ce
qui donna à la malade une grande confiance de
guérir. Le dernier jour de la neuvaine, qui fut
un mercredi 5 juillet, sa mère lui ayant apporté
des linges qui avoient touché la sainte épine, et
la malade les ayant mis sur elle, une demi-
heure après elle sentit un grand remuement en
tout son corps ; ses convulsions, qu'elle avoit
d'ordinaire cinq ou six fois le jour, et qu'elle
avoit encore eues trois fois ce jour-là avec de
sensibles douleurs, cessèrent entièrement ; la
fièvre la quitta, et ses vertèbres s'étant remises
en leur place, elle se mit en son séant ; ce qu'elle

n'avoit pu faire depuis trois ans et demi ; elle
se leva, marcha par la chambre, se mit à genoux
pour rendre grâce à Dieu, et deux jours après
vint à Port-Royal se portant fort bien ; ce qui
a toujours continué depuis, et a fait venir chez
son père grand nombre de personnes de condition, qui ont été les spectateurs et les témoins
de cette merveille.

Une religieuse du monastère des ursulines de
Noyers en Bourgogne, nommée sœur Claude-
Marie de Saint-Joseph, qui, depuis plus de deux
ans, étoit étique et paralytique, en telle sorte
qu'elle avoit même les pieds renversés, et que
les genoux lui trembloient sans cesse lorsqu'elle
étoit assise, s'étant fait porter à l'Église le dernier jour de la neuvaine qu'on faisoit pour elle,
entendit la messe assise, et s'étant fait mettre
sur les jambes des linges qui avoient touché la
sainte épine, elle pria qu'on lui récitât tout haut
la Passion de notre Seigneur ; et lorsque la sœur
qui la lisoit vint au couronnement d'épines, et
prononça ces mots, *Ave, Rex Judæorum*, elle
éleva son cœur à Dieu, et lui demanda qu'il lui
plût lui faire la grâce de l'adorer dans un autre
esprit que celui des Juifs, puisqu'elle le recon-
noissoit pour son Dieu, son roi et son père, de
qui elle attendoit le secours dont elle avoit besoin. Ensuite de quoi elle sentit une vertu secrète et divine qui se répandit dans ses jambes,
qui remit ses pieds dans leur état naturel, et
raffermit tellement ses genoux, qu'elle se leva

dans cet instant ; et ayant marché toute seule
jusqu'à la grille, s'y mit à genoux pour adorer
Jésus-Christ comme elle venoit de le lui demander. Sa fièvre, son vomissement continuel et
tous ses autres maux disparurent aussitôt. La
surprise d'un si grand miracle fit jeter des cris
de joie par les religieuses. Elle entendit toute
une messe à genoux ; et les ecclésiastiques et les
magistrats étant venus au bruit de cette merveille, on en chanta le *Te Deum*, durant lequel
celle qu'on avoit apportée à l'Église depuis deux
ans, se tint toujours debout, et depuis ce jour
se trouva dans une si pleine et entière santé, que
la maison en fit dresser une attestation signée
d'elles toutes, qui sont au nombre de cinquante-
cinq religieuses, et l'adressa à un ecclésiastique
qui avoit dit la messe pour elles à Port-Royal, et
leur avoit envoyé ces linges.

Une des religieuses ursulines de Pontoise,
nommée sœur Marie de l'Assomption, avoit été
tourmentée durant huit mois d'un si horrible
mal de tête, et de si violentes et si continuelles
douleurs en cette partie, qu'elle n'avoit repos
ni jour ni nuit, sans qu'elle pût tirer de sou-
lagements d'aucuns remèdes, ni même d'une
ouverture qu'on lui avoit faite à la tête jusqu'au
crâne ; enfin ayant ouï parler des merveilles
que Dieu faisoit à Port-Royal par la sainte épine,
y envoya des linges qui la touchèrent, et qu'elle
appliqua à son mal le 17 août dernier, qui fut
le premier jour de sa neuvaine ; et depuis ce

jour elle sentit une si notable diminution de
son mal, que le dernier, qui fut le vendredi 25,
toute la communauté en rendit grâce à Dieu
avec elle, et que ce fut elle-même qui entonna
le *Te Deum* qui en fut chanté ; ce qui a porté
les religieuses à envoyer à la mère abbesse de
Port-Royal une attestation de cette guérison miraculeuse, signée des officières de la maison,
et accompagnée de l'attestation des deux médecins et du chirurgien, qui déclarent que ce récit
des religieuses est très-conforme à la vérité, et
qu'ayant employé les remèdes de la médecine
environ l'espace de huit mois pour le soulagement de la malade, sans en avoir eu le succès
prétendu et espéré, ils voient et jugent que sa
guérison vient plutôt du ciel que de ces remèdes
de la médecine, et l'estiment tenir entièrement
du miracle. Ces actes sont datés du 14 du présent mois de septembre.

Mademoiselle d'Espinay, femme de M. d'Espinay, commis au contrôle-général des finances,
reconnoît que de ses trois derniers enfants, qui
ont été trois filles : la première, qui a vécu jusqu'à l'âge de cinq ans et demi ; et la seconde jusqu'à dix-huit mois, n'ont jamais pu mettre un
pied devant l'autre pour marcher, et sont mortes
dans cette impuissance : la troisième, qui est
la dernière, étant encore en ce même état à
l'âge de dix-sept mois, il lui étoit survenu une
fièvre continue avec un grand dévoiement haut
et bas, qui la mettoit en danger. Au mois d'août

dernier, sa mère envoya à Cachan, près de Paris, où elle étoit en nourrice, des linges qui avoient touché à la sainte épine de Port-Royal, et fit dire la messe pour elle en l'église de ce monastère. Sa nourrice lui ayant mis ces linges, elle s'endormit, et à son réveil se trouva sans fièvre et sans dévoiement; ce qui ayant convié sa mère à aller la voir, elle fut étonnée de trouver que non-seulement elle étoit guérie de sa fièvre, mais que même elle commençoit à marcher; et peu de jours après, étant seulement soutenue avec la lisière, elle marchoit aussi bien qu'un enfant de cet âge peut faire : ce qui a toujours continué jusqu'à présent, au grand étonnement de tout le voisinage.

Une religieuse de l'abbaye du Thrésor, de l'ordre de saint Bernard, fille de M. de La Poterie, conseiller d'état, étant malade depuis sept mois d'une fièvre continue, accompagnée de grands maux de tête et d'estomac, et tous les remèdes de la médecine lui ayant été inutiles, elle écrivit, au commencement de septembre, à M. de La Poterie l'ecclésiastique, son oncle, pour le prier de lui envoyer quelque chose qui eût touché la sainte épine, et faire faire une neuvaine pour elle par les religieuses de Port-Royal, en lui mandant le jour qu'on la commenceroit, et l'heure qu'on célébreroit la sainte messe, afin qu'on fît la même chose et au même temps au Thrésor. M. de La Poterie lui récrivit que l'on commenceroit le 11 septembre, et

qu'elle ne mît les linges qu'il lui envoyoit,
après les avoir fait toucher à la sainte épine,
que le dernier jour de la neuvaine. La malade
ayant gardé cet ordre, ne sentit point de soulagement durant les huit premiers jours, et au
contraire sa fièvre augmenta notablement, et
se trouva si mal le matin du 9, que, voulant
communier, et ayant tâché de le faire à genoux
auprès de son lit, cela lui fut impossible. Après
la communion, elle mit les linges à sa tête et à
son côté droit ; et comme nous voyons que, dans
l'Évangile, quelques-uns de ceux que notre Seigneur vouloit guérir étoient avant leur guérison
plus violemment tourmentés, elle ressentit de
grandes douleurs et une augmentation de fièvre ;
mais s'étant assoupie dans la violence de ce mal,
fort peu de temps après, entre sept et huit heures,
elle se réveilla toute guérie, se leva, s'habilla,
marcha, descendit toute seule à l'église, où les
sœurs, qui étoient au chœur, furent tellement
étonnées par une guérison si soudaine et si
merveilleuse, que, pour en témoigner à Dieu
leur reconnoissance, elles tirèrent de leur sacristie une autre sainte épine qui est dans ce
monastère, que la guérie même porta dans une
procession qui fut faite par toutes les religieuses
après la grand'messe. Elle vint ensuite au parloir
voir M. l'abbé de Lauson, chanoine de Notre-
Dame, qui se trouva alors en cette abbaye, où il
a trois sœurs religieuses, auquel elle dit qu'elle
étoit parfaitement guérie, et le pria de dire à

Paris, où il s'en retournoit, qu'elle attribuoit sa guérison aux linges qui avoient touché la sainte épine de Port-Royal, et aux prières de ces bonnes religieuses. Elle a depuis écrit la même chose à M. de La Poterie, son oncle : ajoutant « qu'elle fit maigre dès le lendemain, ce qu'elle » n'avoit point fait depuis le premier jour de » l'an, et qu'elle s'étoit sentie poussée en priant » Dieu, de le supplier d'envoyer un cierge à Port- » Royal pour brûler devant la sainte épine, et de » la recommander aux prières des religieuses, » afin qu'elles lui obtinssent la santé de son âme, » aussi-bien que celle de son corps » ; ce sont ses paroles. Elle lui a aussi envoyé l'attestation du médecin qui l'avoit traitée durant toute cette maladie, qui reconnoît qu'une guérison si prompte et si accomplie n'étoit arrivée, ni par aucun mouvement de la nature, ni par aucun secours de la médecine.

On ne rapporte point ici d'autres guérisons semblables, que ceux qui les ont obtenues, ou pour eux, ou pour leurs enfants, ont estimées surnaturelles et toutes divines, comme du père *Bernard Caignet*, prieur de Saint-Vincent de Senlis, de l'ordre des chanoines réguliers de saint Augustin, qui est venu le 28 septembre à Port-Royal dire la messe en action de grâces : de madame *de Moncheny*, demeurant près de Saint-Jacques-de-l'Hôpital : d'une fille âgée de vingt-quatre ans, nommée *Marie-Élisabeth Renard*, fille de M. Renard, de la paroisse de Saint-Laurent : d'un garçon tailleur de la communauté des tailleurs, nommé *Claude Le Roy* : d'une petite fille âgée de deux ans neuf mois, nommée *Claude Beche*, fille de maître Nicolas Beche, demeurant en la rue Saint-Antoine, et de plusieurs autres dont on n'a pas retenu les noms, qui viennent tous les jours remercier Dieu à Port-Royal des grâces qu'ils ont reçues.

Il suffit de dire que si Dieu n'y faisoit sentir ou espérer son secours, il n'y a aucune considération humaine qui pût porter tant de personnes à venir au bout de la ville adorer cette sainte épine dans l'église de Port-Royal, et y faire leurs prières tous les vendredis. Car on ne les y attire en façon quelconque ; et par la grâce de Jésus-Christ, on ne cherche que la gloire de Dieu dans une affaire toute de Dieu. C'est ce qui a donné le mouvement à M. de La Poterie de faire le don entier de ce qu'il n'avoit au commencement laissé qu'en dépôt : tant de guérisons extraordinaires lui ayant fait juger que Dieu demandoit de lui qu'il se privât de ce trésor de bénédictions et de grâces, quelque dévotion qu'il eût de le révérer dans sa chapelle avec plusieurs autres saintes reliques, pour le donner, comme il a fait, au monastère de Port-Royal, où Jésus-Christ faisoit paroître de jour en jour, par les merveilles qu'il y opère, que c'est là où il veut que cette sainte épine de sa couronne soit honorée.

Cependant cet écrivain est si aveuglé de la

passion qui l'anime, que bien loin de reconnoître le doigt de Dieu dans une si visible protection de ses servantes, il prétend, au contraire,
que toutes ces merveilles que Dieu a faites en
leur faveur et dans leur église, ne prouvent
autre chose que leur infidélité, et justifient
contre elles toutes les accusations de leurs ennemis.

Cette prétention est si étrange qu'elle suffit
toute seule pour ôter croyance à des personnes
si déraisonnables ; et les exemples qu'ils produisent pour l'appuyer, ne servent qu'à faire
voir davantage combien elle est injuste et contraire à l'esprit de l'Église.

Le premier qu'ils allèguent est une aussi
grande preuve de leur suffisance et de leur sincérité, que l'application qu'ils en font l'est de
leur équité et de leur sagesse. « Le cardinal Ba-
» ronius, dit cet écrivain, au sixième tome de
» ses Annales, en l'année quatre cent soixante
» et quatorze, rapporte qu'une femme veuve,
» Juive de nation et de religion, avoit en sa
» maison une des robes de la très-sainte Mère
» de Dieu, et que nonobstant sa fausse religion
» et son incrédulité, Dieu ne laissoit pas de
» faire plusieurs grands miracles par le moyen
» de cette précieuse relique ; de sorte qu'il y avoit
» tous les jours en ce lieu un grand concours,
» non-seulement de chrétiens, mais aussi de
» Sarrasins et autres infidèles, qui étoient mi-
» raculeusement guéris de plusieurs maladies :

» ce qui n'empêcha pas que cette misérable Juive
» ne demeurât toujours dans son infidélité. »

Mais il est très-faux que Baronius dise rien
de tout cela, ni en cette année quatre cent
soixante et quatorze, ni en aucune autre. Il ne
fait que renvoyer sur ce sujet à Métaphraste et
à Nicéphore, qu'on sait être des auteurs très-
fabuleux et de fort peu d'autorité parmi les
savants. Les cardinaux Bellarmin et Baronius
remarquent du premier, qu'il a ajouté aux vies
des saints qu'il a écrites, beaucoup de fausses
circonstances, et principalement des miracles;
et ils ne font guère plus d'estime du second,
pour la vérité de l'histoire. Et cependant cet
écrivain ne s'est pas contenté de supposer à Baronius ce qu'il n'a jamais dit; mais il altère
même par beaucoup de déguisements et de faussetés ce qui a été dit par ces deux Grecs.

1°. Il dissimule le fondement de toute cette
histoire, qui est qu'ils disent l'un et l'autre, que
la Vierge étant prête de mourir, laissa deux de
ses robes à deux veuves (ou deux vierges, selon
Métaphraste) *qui avoient eu plus d'affection pour
elle pendant sa vie*, selon les propres paroles de
Nicéphore (*Lib.* 2, *cap.* 21.), avec ordre de les
laisser toujours de main en main à des vierges
dignes de posséder un si grand trésor, comme
Métaphraste le remarque plus particulièrement.
Or, il seroit contre le sens commun, et même
contre l'honneur de la sainte Vierge, de croire
que ses deux plus grandes amies fussent des

Juives de religion, c'est-à-dire, des ennemies de son fils ; et qu'elle les eût préférées à toutes les femmes chrétiennes, en les faisant dépositaires de ses robes. Que si ces premières étoient chrétiennes, comme on ne peut pas en douter, on ne peut pas croire aussi qu'ayant eu un ordre exprès de les laisser à d'autres vierges qui eussent le même respect pour ces robes, et cet ordre ayant toujours été exécuté selon Métaphraste, elles les aient laissées à d'autres qu'à des filles qui crussent comme elles en Jésus - Christ, et qui révérassent sa sainte mère : outre que parmi les Juifs, toutes les filles se marient, et il n'y en a point qui demeurent vierges de profession.

2°. Aussi Nicéphore ne dit point, comme fait cet auteur, que cette *vierge hébreue*, entre les mains de laquelle se trouva cette robe du temps de l'empereur Léon, étoit *Juive de nation et de religion*. C'est cet auteur qui l'ajoute, ayant bien vu que le seul nom d'*hébreue* ne suffisoit pas pour cela, parce qu'il pouvoit ne marquer que la *nation*. Et quant à Métaphraste, qui semble le dire en témoignant qu'elle faisoit difficulté de manger avec des chrétiens, il se contredit si visiblement sur ce sujet, qu'il ne mérite aucune croyance ; car il fait dire ensuite à cette fille, qu'elle savoit que cette robe qu'elle gardoit étoit celle de *Marie, mère de Dieu*, ce qui marque qu'elle n'étoit point Juive de religion, puisqu'on cesse de l'être lorsqu'on reconnoît que Marie,

mère de Jésus, est mère de Dieu, et par conséquent que Jésus est Dieu.

3°. Il impose encore à ces deux auteurs, en
disant que cette femme, qu'il appelle *une misérable Juive, demeura toujours dans son infidélité,*
dont aucun d'eux ne dit pas un mot : et bien
loin que Métaphraste l'appelle *une misérable
Juive,* il dit d'elle, au contraire, qu'*elle n'eût
jamais été élevée pour être gardienne de ce trésor,
si elle n'eût été ornée de la beauté des vertus et de
la pureté de l'âme.*

4°. Aucun de ces auteurs ne parle de *ce grand
concours de Sarrasins et autres infidèles qui étoient
miraculeusement guéris.* Métaphraste parle bien
des miracles qui se faisoient chez cette fille hébreue, selon sa coutume d'en faire entrer partout, comme Bellarmin l'a remarqué : mais
outre qu'il en parle de telle sorte, qu'on ne peut
le lire sans juger que c'est une fable qu'il raconte,
il ne dit point qu'il y eût des Sarrasins et des
infidèles qui fussent guéris par cette robe. Ce
sont des faussetés de cet écrivain, qui a inventé
ces circonstances pour mieux ajuster son conte,
et pour donner lieu de comparer les religieuses
de Port-Royal *à une misérable Juive,* et ceux qui
vont y adorer la sainte épine, *à un grand concours
de Sarrasins infidèles.* Mais il n'a pas pris garde
combien son mensonge étoit ridicule ; car au
temps dont il parle, qui est l'an quatre cent
soixante et quatorze, le mot de *Sarrasins* ne se
prenoit que pour un peuple de l'Arabie appelé

Saraceni, qui n'étoit point infidèle, ayant été converti à la foi chrétienne plus de cent ans auparavant, sous la reine Maurice, du temps de l'empereur Valens, et qui étant alors renfermé dans ses limites, ne pouvoit pas faire *tous les jours un grand concours* chez une femme qui demeuroit en Galilée, à plus de deux cents lieues de là. Il faudroit donc, pour rendre cette fausseté vraisemblable, qu'on pût entendre par le mot de *Sarrasins* des infidèles répandus par la Judée; ce qui n'est arrivé que plus de cent cinquante ans depuis, lorsque Mahomet, ayant infecté ce peuple de son impiété environ l'an six cent trente, et ses successeurs s'étant rendus maîtres de la Judée, de la Syrie et de plusieurs autres provinces, on a commencé à entendre par le mot de *Sarrasins* des Mahométans infidèles. Mais quoi qu'il en soit de cette histoire, il est visible qu'on ne peut en tirer aucun avantage pour le dessein de cet auteur, puisque des miracles faits par la robe de la Vierge ne pouvoient porter des Juifs qu'à se convertir à la religion chrétienne.

Il en est de même du deuxième exemple, où cet auteur est aussi peu sincère que dans le premier. Car Baronius, en l'année huit cent soixante et quatorze, citée par cet auteur, dit seulement qu'il y avoit une chapelle où étoit une image de la Vierge qui faisoit des miracles, et que plusieurs chrétiens et Sarrasins y étoient miraculeusement guéris. Il ne dit quoi que ce soit de *ce prince sarrasin de Damas qui étoit aveugle*, et que cet écrivain dit *qui se fit porter dans cette chapelle, où il recouvra la vue ; nonobstant quoi il persista toujours dans son incrédulité.* Mais qui ne voit que cette histoire vraie ou fausse, ne peut servir qu'à confondre cet écrivain, et que la réflexion qu'il y fait est sa propre condamnation ? « Si » donc, dit-il, quelque Sarrasin adressant alors » la parole à un chrétien, lui eût dit : Puisque » Dieu a fait un miracle en faveur de notre » prince, et lui a rendu la vue miraculeusement, » c'est un témoignage par lequel il a voulu dé- » clarer que la religion des Sarrasins est bonne : » cette conséquence eût-elle été bien tirée ? et le » chrétien en fût-il demeuré d'accord ? » Voilà son raisonnement, qui suffit seul pour ruiner tout son libelle ; car qui peut douter que cette conséquence de ce Sarrasin n'eût été très-mal tirée, et que le chrétien n'eût eu une très-grande raison de s'en moquer ? Mais il ne voit pas, au contraire, que c'étoit au chrétien à en tirer une qui étoit aussi juste en elle-même, qu'avantageuse pour Port-Royal, puisqu'il n'a-voit qu'à dire à ces Sarrasins : Ne voyez-vous pas que notre religion est divine, puisque le Dieu que nous adorons dans cette chapelle, qui lui est consacrée en l'honneur de sa sainte Mère, vous y a rendu la vue ? Il n'y a que lui qui fasse de ces merveilles, et lui seul mérite d'être adoré et servi. Cette conséquence ne seroit-elle pas très-bien tirée ? Et si un huguenot aveugle étant allé prier Dieu dans l'église de Port-Royal, et ayant baisé la sainte épine, y recouvroit miraculeusement la vue, n'auroit-on pas sujet de lui dire comme à ces Sarrasins : Confessez que la religion catholique est la seule véritable, puisque Dieu vous a guéri dans une église de vierges catholiques, qui adorent Jésus-Christ comme étant sans cesse réellement présent sur nos autels, ce que vous tenez pour idolâtrie ; et par une sainte relique qu'elles révèrent, ce que vous tenez pour superstition ?

Et ce même raisonnement qu'on pourroit tirer de ce miracle pour la religion catholique contre ce calviniste que Dieu y auroit guéri, étoit celui que les premiers chrétiens tiroient autrefois contre les Juifs et les païens, lorsque ces infidèles venoient les trouver pour être délivrés, par leurs prières, de la possession des démons. Nous le voyons dans saint Justin, martyr (*Dial. cum Tryph.*), qui prouve aux Juifs que Jésus-Christ étoit le fils de Dieu, et que le Père l'avoit établi Rédempteur et Sauveur de tous les hommes ; parce que, lorsque les chrétiens invoquoient le nom de Jésus crucifié sous Ponce-Pilate, les démons qui possédoient les corps de quelques Juifs obéissoient à la puissance de Dieu, qui agissoit par l'entremise de ses disciples. Et nous le voyons encore dans Tertullien (*Ad Scapul. c. 4.*), qui prouve la divinité de la même religion chrétienne contre les païens, par les guérisons miraculeuses, soit des énergumènes, soit des autres malades, que les païens venoient chercher parmi eux. Et ne fut-ce pas aussi ce raisonnement que suivit Gabinien, idolâtre, ami de saint Augustin (*Ep.* 67.), lorsque ayant promis à Dieu de se faire baptiser, s'il guérissoit sa fille unique, qui étoit fort malade; et ayant manqué à exécuter son vœu, il fut frappé d'aveuglement; et *étant dompté par ce nouveau miracle*, comme dit ce père, il se fit chrétien? Il est donc visible que ce second exemple, même comme il est falsifié et supposé par cet écrivain, peut servir, par une très-juste conséquence, à prouver tout le contraire de ce qu'il prétend : savoir, que les miracles que Dieu fait à Port-Royal, justifient qu'il y est adoré avec pureté de foi, comme ceux qu'il faisoit dans cette chapelle de la Vierge justifioient la même chose.

Le troisième exemple qu'il allègue est véritable, étant rapporté dans les actes du septième concile œcuménique tenu à Nicée touchant les saintes images; mais il n'en sauroit aussi rien conclure de raisonnable que contre lui-même. Il est dit dans ce concile, que les Juifs ayant percé une image de Jésus-Christ par le côté, il sortit beaucoup de sang et d'eau de cette plaie, comme lorsque le côté du Sauveur fut percé d'une lance sur la croix; et que ce sang miraculeux ayant guéri plusieurs malades d'entre eux, ils se convertirent tous, et se firent chrétiens.

Qu'a de commun cette histoire avec le fait dont il s'agit ? Le sang que Jésus-Christ fit sortir d'une de ses images outragée par les Juifs, pouvoit-il les porter à autre chose qu'à concevoir de l'horreur de leur sacrilége, et à avoir du respect pour celui qu'ils outrageoient ? Et les guérisons qui furent faites ensuite par ce sang miraculeux, ne les poussoient-elles pas encore davantage à quitter, comme ils firent, leur fausse religion ? Mais qui peut en conclure que des religieuses adorant une sainte épine de la couronne du même Sauveur avec une profonde vénération, et Dieu ayant daigné en même temps regarder leur foi, et faire un miracle en leur faveur, elles ont dû inférer de là qu'*elles n'étoient pas dans la vraie foi*, et que leurs ennemis avoient eu raison de les traiter d'hérétiques et d'infidèles ?

Y eut-il jamais une pensée plus extravagante? Cependant c'est de là que cet écrivain conclut : « Qu'il y a sujet de croire que Dieu a fait ce » miracle pour la conversion de ces religieuses » qui n'avoient pas la vraie foi ; parce que les » miracles et les signes, comme dit l'apôtre, » sont pour les infidèles, et non pas pour les » fidèles. » Je ne sais ce qu'on doit admirer davantage en cette rencontre, ou l'abus que cet auteur ose faire de la parole de saint Paul, ou la malignité de son esprit contre une maison consacrée à Dieu. Car quand saint Paul dit, parlant du don des langues, ce que Tarase, patriarche de Constantinople, appliqua aux miracles, en général, dans le septième concile œcuménique, que *ces signes sont pour les infidèles, et non pas pour les fidèles*, a-t-il voulu dire que ceux parmi lesquels se font ces miracles, et qui les obtiennent par leurs prières, doivent être tenus pour suspects d'infidélité, et ont besoin de se convertir pour devenir fidèles? Si cela étoit, tant s'en faut que l'Église catholique pût jamais se servir du témoignage des miracles pour confondre les hérétiques; qu'au contraire, tous les miracles qui se font dans notre religion, pourroient servir aux hérétiques pour nous persuader que ces signes n'étant que pour les infidèles, et non pas pour les fidèles, Dieu ne les fait parmi nous que pour nous porter à changer de croyance, et à sortir de notre infidélité pour embrasser leur communion.

Que si ce raisonnement étoit ridicule, ne l'est-il pas autant en la bouche de cet écrivain? Et n'est-il pas étrange, que ces personnes ne puissent combattre la pureté de la foi de ce monastère, que par des arguments qui retomberoient sur toute l'Église catholique, s'ils ne se ruinoient d'eux-mêmes, et ne retomboient sur leurs propres auteurs?

Et en effet, lorsque Dieu fit des miracles à Milan par les corps des saints martyrs Gervais et Protais, ainsi que nous avons déjà dit, le peuple de Milan raisonna-t-il comme font aujourd'hui les ennemis de Port-Royal? Dit-il, à leur exemple, que les corps de ces martyrs pou-

voient faire des miracles parmi les hérétiques et
les infidèles, et qu'il y avoit même sujet de
croire que ceux parmi lesquels ils les faisoient
étoient de ce nombre; parce que les miracles,
selon saint Paul, sont pour les infidèles, et non
pas pour les fidèles? Jamais une pensée si folle
n'entra dans l'esprit de personne, non pas même
des ariens, dont plusieurs se convertirent, au
rapport de Paulin, et les autres en étant frap-
pés, furent au moins plus retenus à persécuter
les catholiques; car tout le monde jugea sagement, que Dieu ne faisant les miracles que par
sa volonté absolue, et lui seul agissant par les
reliques de ces martyrs, il montroit qu'il étoit
avec ceux entre les mains desquels et avec lesquels il faisoit paroître ces merveilles en un
temps où leurs ennemis s'efforçoient de les
opprimer.

Il est donc vrai que Dieu fait des miracles
principalement pour la conversion des infidèles;
mais cela n'empêche pas qu'il n'en fasse aussi
pour la consolation et la justification des fidèles;
ou plutôt tous ceux qu'il fait peuvent contribuer à ces deux fins, étant toujours propres
d'eux-mêmes à confondre la fausse religion, et
à confirmer la véritable. Mais ils ne peuvent
servir à la conversion des infidèles qu'en l'une
ou l'autre de ces deux manières. La première
est quand les miracles enferment en eux-mêmes
ou dans les circonstances des temps, des lieux
et des moyens dont Dieu se sert, des marques

sensibles qui soient contraires aux erreurs de
ceux qu'il veut convertir. Et c'est ce qu'on voit
dans les trois exemples que cet écrivain rapporte, puisque des miracles faits par la robe de
la sainte Vierge, ou dans une église de la même
Vierge, ou par du sang miraculeux sorti d'une
image de Jésus-Christ, ne pouvoient porter des
Sarrasins et des Juifs qu'à embrasser la religion
chrétienne, où la Vierge est révérée et Jésus-
Christ adoré. La seconde manière est quand les
miracles font comme partie du culte de la vraie
religion, en ce qu'ils s'obtiennent par les ado-
rations et les prières des vrais fidèles : en sorte
que tout homme qui les considère puisse être
naturellement porté à les prendre pour des témoignages de l'amour que Dieu a pour eux. Et
alors il est visible que, s'il y a des personnes
pour la conversion desquelles on peut croire
que ces miracles se font, ce n'a garde d'être ceux
parmi lesquels et en faveur desquels ils se font :
mais que ce doit être nécessairement ceux qui
leur sont opposés, soit qu'ils combattent leur
foi par une croyance contraire, comme toutes
les hérésies combattent celle de l'Église, soit
qu'ils attaquent leur vertu et leur innocence
par des faussetés et des calomnies que Dieu veut
confondre par ces miracles.

C'est pourquoi cet écrivain a raison de soutenir : « Que c'est non-seulement une fausseté,
» mais aussi un blasphème, de dire que Dieu
» fasse des miracles pour autoriser des erreurs

» condamnées par son Église, et pour justifier
» ceux qui les soutiennent avec obstination
» contre l'autorité de la même Église. » Mais
quelle est la conséquence que la lumière de la
foi, la charité du prochain et l'honneur de Dieu
même doivent en faire tirer, sinon que quand
une maison religieuse a été noircie par des
accusations sans preuve, lesquelles on a con-
vaincues de calomnie par des écrits sans ré-
plique, et que Dieu y fait ensuite des miracles
certains et visibles, on doit juger, non que Dieu
veut justifier des personnes qui soutenoient des
erreurs (ce seroit un blasphème que de le dire),
mais justifier la sincérité de leur foi contre les
impostures de ceux qui les accusoient de soutenir des erreurs ?

Et y a-t-il rien encore de moins raisonnable
que de prétendre, comme fait cet écrivain dans
près de deux pages entières, que Dieu a eu pour
but, dans ces miracles, d'apprendre aux filles
de Port-Royal que Jésus-Christ *est mort pour
tous les hommes ?* Car ne leur a-t-il pas enseigné
cette vérité par la bouche de son apôtre et par
la voix de toute l'Église ? Qu'est-ce que tous les
miracles qu'il a faits par sa vraie croix, et ceux
qu'il a faits depuis peu par cette sainte épine de
sa couronne, peuvent leur apprendre davantage
sur ce sujet ? Il est donc clair que Dieu n'a point
fait ces miracles pour donner à ces religieuses
cette instruction, dont elles n'avoient aucun
besoin, mais plutôt pour convaincre leurs enne-

mis qu'il approuve la sincérité avec laquelle elles ont toujours cru cet article de la foi chrétienne et catholique ; et qu'il condamne la calomnie de ces écrivains qui les accusent *de dénier le mérite et la vertu de son sang, et de symboliser avec les calvinistes en plusieurs de leurs erreurs.*

Aussi n'y a-t-il rien de si foible que le fondement de cette imposture, puisqu'ils n'en ont point d'autre que de ce que, dans la traduction des hymnes de l'Église, la contrainte des vers a été cause qu'on n'a pu conserver en quelques-unes l'épithète de *Rédempteur de tous.* Car, outre que les religieuses n'ont aucune part à ces ouvrages, ils dissimulent qu'en cinq endroits de ces mêmes Heures on a mis, en termes formels, que *Jésus-Christ est mort pour tous les hommes, et pour sauver tout le monde,* lorsqu'il n'étoit pas dans le latin, et que même, dans les passages de l'Écriture où l'on a choisi ceux qu'on a voulu, on a mis celui de saint Paul, où il dit plus clairement que *Jésus-Christ est mort pour tous les hommes.* Ainsi ce qu'ils objectent de l'omission de cette épithète en quelques hymnes, ne peut être qu'un effet de leur malignité ; et ils devroient considérer que le pape Urbain VIII, d'heureuse mémoire, a si peu cru que l'omission de cette épithète en vers pût apporter le moindre préjudice à la foi de l'Église, qu'il l'a lui-même ôtée avec beaucoup moins de nécessité dans sa correction des hymnes, ayant mis au lieu de ce vers de l'hymne de la Toussaint,

III. 31

Christe redemptor omnium, celui-ci, *Placare, Christe, servulis.*

Nous avons vu dans quelles absurdités cet auteur se jette, pour persuader aux hommes que les merveilles que Dieu a faites depuis quelque temps dans le monastère des religieuses de Port-Royal, non-seulement ne servent de rien pour justifier leur innocence, mais doivent même être prises pour un témoignage de leur infidélité. Et nous avons fait voir, au contraire, par les exemples mêmes qu'il a allégués, qu'il n'y eut jamais de prétention plus injuste et plus préjudiciable à l'Église catholique; puisque ce seroit donner sujet à ses ennemis de tourner contre elle tous les miracles dont Dieu daigne la favoriser. Voyons maintenant les efforts qu'emploie ce même écrivain, pour faire réussir le dessein si peu digne d'un catholique qu'il témoigne avoir, d'empêcher que les fidèles ne viennent implorer le secours du ciel dans leurs besoins temporels et spirituels, en un lieu saint consacré au saint des saints.

Il ose dire : « Que cette dévotion du peuple » est un sujet de scandale pour le prochain, s'il » est infirme dans la foi. » Et n'est-ce pas, au contraire, un sujet d'édification pour le prochain, quand même il seroit infirme en la foi, puisque l'infirmité de la foi ne peut être plus fortifiée que par les miracles qu'elle voit s'obtenir dans une maison religieuse de l'église catholique ? Et quel peut être le scandale que cet auteur veut nous faire appréhender, sinon un *scandale de Pharisiens*, comme les théologiens mêmes l'appellent *scandalum Pharisæorum*; auquel nous sommes obligés, selon l'Évangile (*Matth.* 15, 14), de n'avoir aucun égard, et de ne pas laisser de bénir Dieu dans la vue de ses merveilles, quoiqu'il se trouve des personnes assez mal disposées pour se scandaliser de ce qui donne de la joie à toute l'Église?

Il les avertit encore de « regarder le Port-» Royal comme un écueil, dont la rencontre » pourroit leur causer quelque funeste naufrage » en la foi ». Et Dieu, au contraire, leur fait connoître que c'est pour eux un port de grâce et de bénédiction, qui leur est favorable dans leurs maux.

Enfin il leur dit, par un pitoyable aveuglement, « qu'ils doivent quitter tous ces pèleri-» nages, neuvaines et dévotions; parce, dit-il, » qu'étant préjudiciables au bien spirituel du » prochain, elles ne peuvent être agréables à » Dieu. » Et Dieu, au contraire, leur montre et leur fait sentir qu'elles lui sont très-agréables, puisqu'il les approuve et les sanctifie en les exauçant.

Les anciens pères honoroient d'une révérence particulière les chapelles ou les églises dans lesquelles Dieu faisoit des miracles. Ainsi nous voyons que saint Augustin (*De Civit. Dei, lib.* 22, *cap.* 8) respectoit la petite chapelle où étoient les reliques de saint Étienne premier martyr, et où furent guéris ce frère et cette sœur qui ayant

été maudits par leur mère, trembloient toujours.
Et nous voyons encore que ce grand saint obligea
un de ses prêtres et un de ses clercs, qui avoient
un grand différend sur un fait dont il n'y avoit
point de témoins, « de s'en aller ensemble en
» pèlerinage à un lieu saint, où les œuvres terri-
» bles que Dieu faisoit pourroient découvrir plus
» facilement lequel des deux avoit conservé la
» pureté de sa conscience. » Sur quoi il dit ces
belles paroles : « Il est bien vrai que Dieu est
» partout : que celui qui a créé toutes choses,
» n'est contenu, ni enfermé dans aucun lieu ; et
» qu'il doit être adoré en esprit et en vérité par
» ses véritables adorateurs, afin que les exauçant
» en secret, il les justifie aussi et les couronne
» en secret. Mais quant aux choses secrètes qui
» doivent venir à la connoissance publique des
» hommes, qui peut sonder par quelle conduite
» de sa sagesse ces sortes de miracles extérieurs
» se font en quelques lieux saints, et ne se font
» pas dans les autres ? Il y en a plusieurs d'entre
» vous, à qui la sainteté du lieu où repose le
» corps de saint Félix de Nole est très-connue,
» et c'est là où j'ai voulu qu'ils allassent ; parce
» qu'on pourroit nous écrire de là avec plus de
» fidélité et plus de facilité ce qui auroit été
» révélé divinement touchant le point de leur
» contestation. Nous savons aussi qu'à Milan les
» démons qui possèdent des corps, font des con-
» fessions merveilleuses et terribles dans la
» basilique des martyrs. L'Afrique est pleine

» de corps de martyrs ; et néanmoins nous ne
» savons point qu'il s'y fasse aucun de ces sortes
» de miracles. D'où vient cela ? De ce qu'ainsi
» que tous les saints, selon l'apôtre, n'ont pas
» le don de guérir les maladies, ni celui de dis-
» cerner les esprits ; aussi Dieu, qui divise à
» chacun comme il veut les dons de sa grâce,
» ne veut pas que ces miracles se fassent dans
» toutes les églises où il y a des corps saints. »
(*Ep.* 13, 78.)

Qu'est-ce donc que les pères révéroient dans
ces opérations miraculeuses? Ce n'étoit pas seulement les reliques qui leur étoient vénérables ;
car il y en avoit partout, et Dieu ne produisoit
ces effets extraordinaires qu'en quelques lieux
particuliers : mais c'étoit sa main toute-puis-
sante, qui seule agit dans les anges et dans les
saints ; *ipso Deo in illis operante :* c'étoit le *choix
qu'il faisoit, par un conseil immuable, du lieu et
du temps,* où il vouloit agir d'une manière divine :
*Ubi et quando faciat, incommutabile consilium
penes ipsum est.* (*Aug. de Civit. Dei, lib.* 10,
cap. 12.)

De quel esprit sont donc animés ceux qui veulent, malgré Dieu même, donner encore à toute
la France de l'horreur et de l'exécration d'une
maison religieuse, lorsqu'il paroît visiblement
à toutes les personnes pieuses et équitables que
Dieu veut la mettre en bonne odeur dans toute
l'Église? Il y envoie lui seul le peuple fidèle et
catholique. Les grands et les petits y vont avec

révérence, parce qu'ainsi que saint Augustin dit, rien n'est plus vénérable que ces effets divins et surnaturels, *qui semblent*, dit-il, *rendre visible aux yeux des hommes l'efficace de sa puissance comme présente* (*Tr.* 9, *in Joan.*), au lieu où elle produit ses opérations miraculeuses. Et ces personnes voulant leur persuader de ne plus y aller, veulent leur ôter ce respect que l'esprit de Dieu forme dans leur cœur. Jésus–Christ agit aussi véritablement par cette sainte épine de sa couronne, qu'il faisoit étant dans le monde par l'attouchement de sa propre chair. *Celui*, dit saint Augustin, *qui a fait par sa propre chair les miracles rapportés dans l'Évangile, est celui-là même qui en fait par ses serviteurs*, ou par des reliques. (*In Psal.* 65.) Et il se trouvera encore des imitateurs des Pharisiens, qui détourneront les peuples de recourir au même Jésus, lequel paroît, aux yeux de la foi, agissant à Port-Royal, comme il paroissoit, aux yeux du corps, agissant dans les maisons de ses disciples et de ses amis, pour la guérison des maladies corporelles.

Ne peut-on pas dire ici avec saint Jérôme : Malheur sur nous, misérables, qui sommes tombés dans les vices des Pharisiens ! *Væ nobis miseris, ad quos Pharisæorum vitia transierunt !* (*Lib.* 4, *in c.* 23 *Matth.*) « Ils n'étoient pas fort
» échauffés, dit saint Chrysostôme, lorsque,
» voyant les apôtres tirer des grains de blé de
» quelques épis, un jour de sabbat, pour les
» manger, ils se contentèrent de lui dire : Vos

» disciples font là une chose qu'il n'est pas per-
» mis de faire en ce jour. Ils expriment cette
» accusation en des paroles simples et tranquilles.
» Mais quand ils le voient guérir, le même jour
» du sabbat, la main sèche et paralytique de
» l'homme qu'on lui avoit amené, ils sont em-
» brasés d'une si violente fureur, qu'ils délibè-
» rent entre eux de le tuer. Lorsqu'il ne fait rien
» de grand ni de sublime, ils sont plus paisibles;
» mais quand ils voient que, d'une seule parole,
» il rend la santé aux malades, ils deviennent
» furieux comme des bêtes farouches. Ils s'élè-
» vent contre lui avec plus de malignité et de
» rage que jamais; et étant empoisonnés du
» venin de l'envie qui les ronge et qui les dé-
» vore, ils persécutent ses miracles mêmes qu'il
» fait pour le bien des hommes. » (*Hom.* 30, *in*
Matth.)

Et le même, parlant d'eux sur le sujet de
l'Évangile où Jésus - Christ délivra un démoniaque de la possession d'un démon qui le rendoit aveugle et muet, il dit ces belles paroles :
« Ces misérables étoient plus affligés de ce mi-
» racle que le démon même; car le démon sortit
» aussitôt de cet homme, et s'enfuit sans dire
» mot : au lieu qu'eux conspirèrent contre la
» vie de Jésus. Et parce que leur volonté sangui-
» naire étoit alors impuissante, ils tâchèrent de
» ruiner, par des calomnies, la réputation que
» ces merveilles lui acquéroient dans le monde.
» Tant l'envie est une passion maligne et ar-

» dente! Lorsqu'elle voit que Dieu fait du bien
» aux hommes, et que cela retourne contre elle-
» même, elle en pâlit, elle en tremble, elle
» conspire pour empêcher la continuation de
» ces grâces en perdant celui par qui Dieu les
» fait; et néanmoins, dit-il, ce vice ne se connoît
» point, personne ne pleure d'y être tombé,
» personne n'en demande pardon à Dieu. »
(*Homil.* 49, *in Matth.*)

Mais si cet écrivain et ceux de son parti ont
pour Port-Royal une passion d'ennemis, on ne
doit pas laisser d'avoir pour eux une charité de
frères. C'est ce qui me porte à les avertir de se
garder désormais d'une si déplorable jalousie.
Ils entreprennent de décrier et de détruire les
œuvres de Dieu. Ils veulent changer l'ordre de
ses conseils, et arrêter le cours de sa providence.
Ils censurent sa conduite; ils lui disent en effet:
Cur ita facis? Qu'ils se souviennent de cet avis
que les ennemis mêmes de saint Paul prirent
dans les Actes : *Si l'Esprit de Dieu*, dirent-ils,
*ou un ange du ciel lui a parlé, ne combattons pas
contre Dieu* (*Act.* 23, 9); car l'Écriture nous
apprend qu'*il n'est pas facile de combattre contre
lui.* (*Ecclesiast.* 46, 8.) Et c'est ici combattre
directement contre Dieu, puisque c'est lui seul
qui fait ces merveilles, *et au lieu où il veut*, dit
saint Augustin. (*De Civ. Dei, lib.* 10, *c.* 12.)

Que, si leur envie s'allume de nouveau par la
durée et l'éclat de ces miracles; s'ils continuent
d'en murmurer et de s'en plaindre par des écrits,

comme d'un *scandale*; s'ils éteignent en eux-
mêmes l'esprit de la piété catholique et de la
charité chrétienne, lorsqu'ils veulent persuader
que celui de la foi est éteint dans Port-Royal:
ils doivent appréhender que Jésus-Christ, qu'on
voit agir si hautement dans cette maison, qui
est toute à lui, *ne les regarde avec colère* du haut
du ciel, *et avec tristesse de voir l'aveuglement de
leurs cœurs*, comme il regarda autrefois, selon
l'Évangile (*Marc.* 3, 5), ceux qu'ils imitent dans
leur envie.

Ils peuvent méditer utilement sur cette parole
de saint Ambroise: « Que ceux qui portent envie
» aux fruits et aux bénédictions de la vertu de
» leurs frères, attendent en vain le secours de
» la miséricorde du ciel; parce que Dieu rejette
» les envieux, et détourne les miracles de sa
» puissance de ceux qui persécutent dans les
» autres ses grâces et ses faveurs. » (*Lib.* 4, *in
c.* 46 *Lucæ.*) Qu'ils ne s'aveuglent pas tellement
eux-mêmes que de vouloir imposer silence à
Dieu, parce qu'il parle en faveur de ceux qu'ils
ont résolu de perdre, et dont lui seul soutient
la foiblesse contre leur passion et leur violence.

Que, s'ils continuent de les décrier par toutes
sortes de calomnies, et secrètes, et publiques,
qu'ils souffrent au moins qu'on interroge ces
œuvres de Dieu, et qu'on entende leur langage
qui justifie Port-Royal: *Interrogemus ipsa mira-
cula; habent enim, si intelligantur, linguam suam.*
(*Aug. tr.* 24, *in Joan.*) Qu'ils cessent de haïr une

maison religieuse qu'il paroît visiblement que Dieu ne hait pas; qu'ils cessent de la persécuter, puisque Dieu la défend et la protége; et qu'ils considèrent, avec un esprit tranquille, sage, chrétien, qu'il n'y a point de honte à craindre lorsqu'on ne cède qu'à la voix de Dieu, qu'il n'y a point de sûreté à espérer lorsqu'on s'oppose à la souveraineté de son pouvoir, et qu'il n'y a point d'honneur à attendre lorsque l'on veut étouffer l'éclat de sa gloire.

ORDONNANCE

De MM. les Vicaires généraux de M. le cardinal de Retz, archevêque de Paris, pour la signature du Formulaire de foi, dressé en exécution des Constitutions de nos saints pères les papes Innocent X et Alexandre VII.

J EAN-BAPTISTE DE CONTES, prêtre, docteur ès droits, doyen de l'Église de Paris, conseiller du roi en ses conseils d'état et privé; et Alexandre de Hodencq, aussi prêtre, docteur en théologie de la société de Sorbonne, curé et archiprêtre de Saint-Severin, conseiller du roi en sesdits conseils, vicaires-généraux de M. le cardinal de Retz, archevêque de Paris. A tous ceux qui ces présentes lettres verront, salut en notre Seigneur. Comme il est impossible de plaire à Dieu sans la foi, et de vivre de la vie d'un véritable chrétien sans cette vertu, qui est le fondement de ce qu'on espère, et la démonstration des choses qu'on ne voit pas : aussi est-il très-important que les prélats de l'Église veillent de telle sorte sur ceux que Dieu a commis à leur conduite, que cette foi, de laquelle ils sont les principaux dépositaires, ne puisse être aucunement altérée par des contentions de doctrine, qui souvent ne blessent pas moins la foi, qu'elles détruisent la charité, laquelle, comme dit saint Paul, est la fin du précepte, et procède d'un cœur pur, d'une bonne conscience et d'une foi non feinte, ajoutant que ceux qui s'en départent, s'emportent à des discours de vanité et de questions inutiles, qui ne produisent que des querelles, de l'envie, de la médisance et de mauvais soupçons : et quand il arrive de telles contentions dans l'Église, il n'est pas moins du devoir épiscopal d'en arrêter le cours de bonne heure, et de réprimer la témérité de ceux qui en sont les auteurs, ou qui entreprennent de les soutenir, qu'il est de la piété et charité chrétienne de tâcher, par tous moyens, de les réunir en un même esprit dans le centre de l'unité catholique, qui est l'Église romaine. C'est ce que le pape Innocent X, d'heureuse mémoire, a voulu faire au sujet des cinq propositions concernant la matière de la Grâce, qui lui avoient été présentées de la part de plusieurs évêques de France, par sa constitution du dernier mai 1653, après la publication de

laquelle nous espérions que chacun demeureroit dans le respect et la soumission dus au
saint-siége ; et que toutes ces contentions et
disputes touchant lesdites propositions cesseroient. Mais le malin esprit, qui envie toujours
la paix de l'Église, et s'efforce d'y entretenir la
division, a renouvelé ces disputes : et quoiqu'il
ne s'agît, du temps d'Innocent X, que de savoir
si lesdites propositions étoient véritables et catholiques, ou si elles étoient fausses et hérétiques ; et que ce pape les ayant condamnées
comme hérétiques, il n'y eût plus rien à désirer,
et que chacun dût se soumettre à la décision
qu'il en avoit faite par sadite constitution : néanmoins on a mu une autre question de fait, et prétendu que ces propositions n'étoient pas de Cornélius Jansénius, évêque d'Ypres, et n'avoient
point été condamnées au sens de cet auteur ;
ce qui ayant de nouveau troublé la tranquillité
de l'Église, a donné sujet à notre saint-père
Alexandre VII de prononcer sur cette question
par sa bulle du 16 octobre 1656, laquelle nous
avions fait publier en cette ville et diocèse de
Paris, par notre mandement du 12 avril 1657,
et ordonné de la recevoir avec tout l'honneur
et révérence qui est dû au saint-siége apostolique, et de l'observer de point en point selon
sa forme et teneur, sous les peines y portées ;
ce qui eût dû entièrement calmer les esprits.
Cependant le contraire est arrivé, et les disputes
ont continué comme auparavant ; ce qui a obligé

le roi, par sa piété accoutumée, et le zèle qu'il a pour procurer et maintenir la paix et l'union dans l'Église ainsi que dans son état, de désirer que MM. les évêques avisassent entre eux à trouver des moyens convenables pour faire cesser toutes ces divisions, et rétablir la paix en l'Église sur le sujet desdites cinq propositions. A quoi lesdits sieurs évêques ayant travaillé, et proposé à sa majesté de faire signer un formulaire de profession de foi; sa majesté l'a autorisé par arrêt de son conseil d'état du 13 du mois d'avril dernier, et nous a fait l'honneur de nous écrire le 20 du même mois, et exhorté de nous conformer à ce moyen proposé. A ces causes, désirant satisfaire aux bonnes intentions de sa majesté, et contribuer, autant qu'il nous est possible à ses pieux et louables desseins, nous avons ordonné et ordonnons par ces présentes, que ledit formulaire ci-après transcrit sera signé par tous les doyens, chanoines, chapitres, abbés, prieurs, couvents, communautés séculières et régulières, monastères de religieux et religieuses, curés, vicaires, prêtres habitués, bénéficiers, et généralement de tous ecclésiastiques, principaux des colléges, docteurs, régents, professeurs et maîtres d'école de cette ville, faubourgs et diocèse de Paris, soi-disant exempts et non exempts, ou de nul diocèse; et ceux qui composent lesdits corps ecclésiastiques séculiers ou réguliers feront mettre sur le registre notre présente ordonnance et ledit formulaire, et y

souscriront, et nous rapporteront un acte original et authentique de leurs souscriptions au
bas des présentes dans quinze jours après la
publication et signification d'icelles. Et quant
aux autres particuliers ecclésiastiques qui ne
font corps ou communauté et autres ci-dessus
exprimés, ils viendront signer dans ledit temps
au secrétariat de l'archevêché de Paris ; autrement à faute de ce faire, et ledit temps passé,
sera procédé contre eux par les voies de droit,
conformément auxdites constitutions et arrêt,
sans néanmoins que par ledit formulaire et la
signature d'icelui il soit innové auxdites constitutions. Et pour ôter tout prétexte de dispute
et de contention à l'avenir sur ces questions,
et tâcher, par toutes voies, de réunir les esprits,
nous ordonnons et enjoignons qu'à l'égard
même des faits décidés par lesdites constitutions, et contenus audit formulaire, tous demeurent dans le respect entier et sincère qui est
dû auxdites constitutions, sans prêcher, écrire
et disputer au contraire, et que la signature que
chacun fera dudit formulaire, en soit un témoignage, promesse et assurance publique et inviolable, par laquelle ils s'y engagent, comme
de leur croyance pour la décision de foi, après
laquelle signature, la foi de chacun étant reconnue, nous faisons très-expresses inhibitions
et défenses à tous les diocésains de mondit seigneur l'archevêque, sous peine d'excommunication, de se diffamer l'un l'autre du nom de

janséniste et de *semi-pélagien*, et leur enjoignons de nous avertir de ce qu'ils sauront avoir été dit ou fait au préjudice desdites constitutions et de notre présente ordonnance, pour y être pourvu ainsi que de raison. Si donnons à l'archiprêtre de Sainte-Marie Madeleine, aux doyens ruraux de ce diocèse, au premier prêtre ou appariteur sur ce requis, que ces présentes ils signifient à tous doyens, chanoines, etc., à ce qu'ils n'en prétendent cause d'ignorance, et aient à y satisfaire dans le temps y porté, sous lesdites peines, de ce faire leur donnons pouvoir. Et seront les présentes publiées au prône des messes paroissiales, et affichées aux portes des églises et ailleurs où besoin sera. Donné à Paris, sous le sceau des armes de mondit seigneur l'archevêque, le huitième jour de juin 1661. *Signé*, DE CONTES et DE HODENCQ.

Ensuit ledit Formulaire.

Je me soumets sincèrement à la constitution du pape Innocent X du 31 mai 1653, selon son véritable sens, qui a été déterminé par la constitution de notre saint-père le pape Alexandre VII du 16 octobre 1656. Je reconnois que je suis obligé en conscience d'obéir à ces constitutions : et je condamne de cœur et de bouche la doctrine des cinq propositions de Cornélius Jansénius, contenues dans son livre intitulé, *Augustinus*, que ces deux papes et

les évêques ont condamnées ; laquelle doctrine
n'est point celle de saint Augustin, que Jansénius a mal expliquée contre le vrai sens de
ce saint docteur. Et au-dessous, *signé,* BAU-
DOUYN.

DÉCLARATION

Des Curés de Paris, sur le Mandement de MM. les Grands-
Vicaires de M. le cardinal de Retz.

PARDEVANT les notaires apostoliques de la cour
archiépiscopale de Paris, soussignés, furent
présents vénérables et scientifiques personnes
Me Noël de Bry, docteur ès droits, curé de Saint-
Côme; Me Nicolas Mazuré, docteur en théologie,
curé de Saint-Paul; Me Louis Le Noir, docteur
en théologie, curé de Saint-Hilaire, et autres, etc.,
trouvés à l'issue de leur assemblée tenue en l'archevêché, lesquels ont dit et déclaré, que s'étant
aujourd'hui assemblés en la salle de l'archevêché
en la manière ordinaire et accoutumée pour les
besoins communs de leurs paroisses, sur ce
qu'ils ont représenté qu'ils avoient intérêt, pour
le dû de leurs charges, de satisfaire à la plainte
de leurs ecclésiastiques, et d'un grand nombre
de personnes de piété, lesquels ayant ouï avec
une extrême satisfaction la publication faite de

l'ordre de MM. les vicaires généraux de M. le cardinal de Retz, archevêque de Paris, en date du 8 juin dernier, touchant la signature du formulaire, ont été extrêmement surpris d'apprendre que quelques-uns de MM. les évêques ont publié que ladite ordonnance a donné du scandale aux catholiques, ce qui est inculper manifestement lesdits sieurs comparants qui l'ont tous publiée, et la plupart signée et fait signer par leurs ecclésiastiques incontinent après la publication d'icelle, et les autres étant disposés à la signer. C'est pourquoi lesdits sieurs comparants ayant une entière connoissance de l'édification que tous les fidèles en ont reçue, ils se seroient trouvés obligés d'en rendre témoignage à la vérité, et pour cet effet auroient tous unanimement déclaré dans leur assemblée tenue ce-jourd'hui, ainsi qu'ils font encore de présent pardevant nous notaires susdits, que tant s'en faut que ladite ordonnance ait scandalisé aucun des catholiques soumis à leur conduite, qu'au contraire elle les a extrêmement édifiés, aussi-bien que tous les prêtres de leurs paroisses; et que tous ceux qui ont l'amour de la paix et de l'unité gravée dans le cœur, ont regardé aussi-bien qu'eux ladite ordonnance comme le seul et unique moyen d'apaiser les contestations présentes, et d'affermir la paix, l'union et le repos parmi les fidèles de ce diocèse de Paris, dont et de laquelle déclaration lesdits sieurs comparants nous ont requis acte, pour leur servir en temps et bien ce que de raison, à eux octroyé. Fait et passé à l'issue de ladite assemblée, ce vendredi vingtième jour de juillet 1661, et ont signé en la minute des présentes, demeurée en la possession de Roger, l'un desdits notaires soussignés. Ainsi signé, TERRIER et ROGER.

AVERTISSEMENT

SUR LES VERS SUIVANTS.

On voit, par plusieurs pensées de Pascal, qu'il avoit peu de goût pour la poésie. Cependant il y a au château de Fontenay-le-Comte deux tableaux derrière lesquels sont les vers suivants, qu'on assure par tradition être écrits de sa main même. C'est ce que j'ai appris immédiatement d'un homme très-digne de foi, qui les a vus. Je n'ai pas été à portée de vérifier par moi-même si la tradition dont il s'agit est fondée : je le suis encore moins de prononcer si Pascal est réellement l'auteur de ces vers ; mais je crois devoir les insérer ici, pour compléter, autant qu'il est possible, la présente édition.

Vers écrits derrière le premier Tableau.

Les plaisirs innocents ont choisi pour asile
Ce palais, où l'art semble épuiser son pouvoir :
Si l'œil de tous côtés est charmé de le voir,
Le cœur à l'habiter goûte un bonheur tranquille.
    On y voit dans mille canaux
    Folâtrer de jeunes Naïades :
    Les dieux de la terre et des eaux
    Y choisissent leurs promenades ;
    Mais les maîtres de ces beaux lieux
Nous y font oublier et la terre et les cieux.

Vers écrits derrière le second Tableau.

De ces beaux lieux, jeune et charmante hôtesse,
Votre crayon m'a tracé le dessin :

J'aurois voulu suivre de votre main
La grâce et la délicatesse :
Mais pourquoi n'ai-je pu, peignant ces djeux dans l'air (*),
Pour rendre plus brillante une aimable déesse,
Lui donner vos traits et votre air ?

(*) Allusion à quelques figures peintes dans le ciel du tableau.

FIN DU TOME TROISIÈME.

TABLE DES MATIÈRES.

Avertissement de l'édition de 1779.......... *Page*   1

Avis de MM. les Curés de Paris à MM. les Curés des
autres diocèses de France, sur le sujet des mauvaises
maximes de quelques nouveaux casuistes........   3

Premier Factum pour les Curés de Paris, contre un livre
intitulé : *Apologie pour les Casuistes, contre les
calomnies des Jansénistes : à Paris, 1657*; et
contre ceux qui l'ont composé, imprimé et débité.   8

Second Factum des Curés de Paris, pour soutenir celui
par eux présenté à MM. les Vicaires généraux, pour
demander la censure de l'Apologie des Casuistes,
contre un écrit intitulé : *Réfutation des calomnies
nouvellement publiées par les auteurs d'un Factum
sous le nom de MM. les Curés de Paris, etc*......   27

Troisième Factum des Curés de Paris, où ils font voir
que tout ce que les jésuites ont allégué des saints-
pères et docteurs de l'Église pour autoriser leurs
pernicieuses maximes, est absolument faux et contraire à la doctrine de ces saints, et que les nouveaux
casuistes n'ont aucune autorité dans l'Église.......   44

Quatrième Factum des Curés de Paris, sur l'avantage
que les hérétiques prennent contre l'Église, de la
morale des casuistes et des jésuites.............. 109

Cinquième Factum des Curés de Paris, où l'on fait voir,
par la dernière pièce des jésuites, que leur société
entière est résolue de ne point condamner l'Apologie; et où l'on montre, par plusieurs exemples,

que c'est un principe des plus fermes de la conduite
de ces pères, de défendre en corps les sentiments de
leurs docteurs particuliers................ *Page* 127

Sixième Factum des Curés de Paris, ou Journal de tout
ce qui s'est passé, tant à Paris que dans les provinces, sur le sujet de la morale et de l'Apologie des
Casuistes, jusques à la publication des censures de
nosseigneurs les archevêques et évêques, et de la
Faculté de théologie de Paris.................. 148

Septième Factum des Curés de Paris, ou Réponse à l'écrit
du père Annat, intitulé : *Recueil de plusieurs faussetés et impostures contenues dans le Journal, etc.* 199

Huitième Factum des Curés de Paris, ou seconde partie
de la Réponse au père François Annat, jésuite, contenant les plaintes qu'il leur a donné sujet de lui
faire par son écrit intitulé : *Recueil de plusieurs
faussetés, etc*............................. 253

Neuvième Factum des Curés de Paris, présenté le 10 d'octobre de l'année 1659 à MM. les Vicaires généraux
de M. l'éminentissime cardinal de Retz, archevêque
de Paris, pour demander la condamnation du livre
du père Thomas Tambourin, jésuite............. 307

Conclusion de MM. les Curés de Paris, pour la publi-
cation de la Censure du livre de l'Apologie pour les
Casuistes, faites par MM. les Vicaires généraux de
M. le cardinal de Retz....................... 314

Factum pour les Curés de Rouen, contre un livre intitulé : *Apologie pour les Casuistes, contre les calomnies des Jansénistes : à Paris*, 1657; et contre
ceux qui, l'ayant composé, imprimé et publié,
osent encore le défendre..................... 318

Factum des Curés de Nevers, présenté à M. leur Évêque
en son hôtel épiscopal, contre le livre intitulé :

Apologie pour les Casuistes , etc. , imprimé à Paris
l'an 1657................................... *Page* 348

FACTUM pour les Curés d'Amiens , présenté à M. leur
Évêque étant en son hôtel épiscopal de Montiers ,
le 27 juillet 1658, contenant les raisons qu'ils ont
eues de lui demander la condamnation des erreurs
enseignées par l'*Apologie des Casuistes* , et dictées
par trois professeurs jésuites dans le collége de la
même ville................................... 357

REQUÊTE des Curés d'Évreux , présentée à M. leur Évêque , pour demander la censure d'un livre intitulé :
Apologie pour les Casuistes.................. 391

REQUÊTE des Curés des villes et doyennés du diocèse de
Lisieux , à M. leur Évêque , pour le même sujet.... 397

MANDEMENT des Vicaires généraux de M. le cardinal de
Retz , archevêque de Paris , pour la publication de
la censure par eux faite du livre intitulé : *Apologie
pour les Casuistes , etc.*....................... 402

CENSURE d'un livre intitulé : *Apologie pour les Casuistes , etc.* , faite par M. l'Archevêque de Rouen ,
primat de Normandie.......................... 403

CENSURE d'un livre intitulé : *Apologie pour les Casuistes , etc.* , faite par M. l'Évêque de Nevers..... 411

PROJET de Mandement contre l'*Apologie pour les Casuistes* 415

RÉPONSE à un écrit publié sur le sujet des miracles qu'il
a plu à Dieu de faire à Port-Royal depuis quelque
temps , par une sainte épine de la couronne de notre
Seigneur. A Paris , 1656...................... 426

ORDONNANCE de MM. les Vicaires généraux de M. le cardinal de Retz , archevêque de Paris , pour la signature du Formulaire de foi , dressé en exécution des

504   TABLE DES MATIÈRES.

constitutions de nos saints-pères les papes Innocent
   et Alexandre VII.......................... *Page* 490

DÉCLARATION des Curés de Paris, sur le Mandement de
   MM. les Grands-Vicaires de M. le cardinal de Retz. 496

VERS attribués à Pascal........................... 499

FIN DE LA TABLE.

...ent X
... Page 490
..... de
Re... 496
.... 499

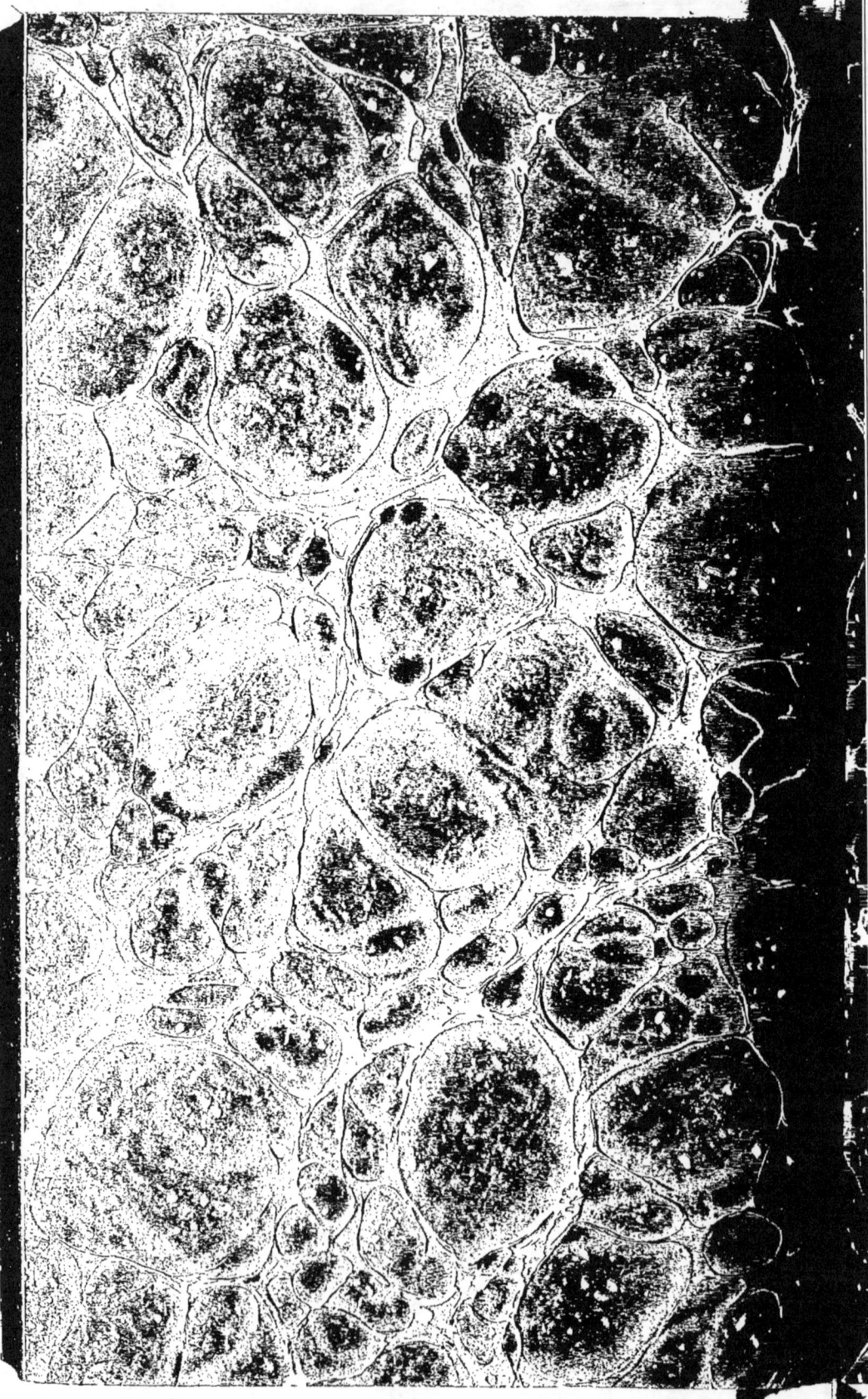

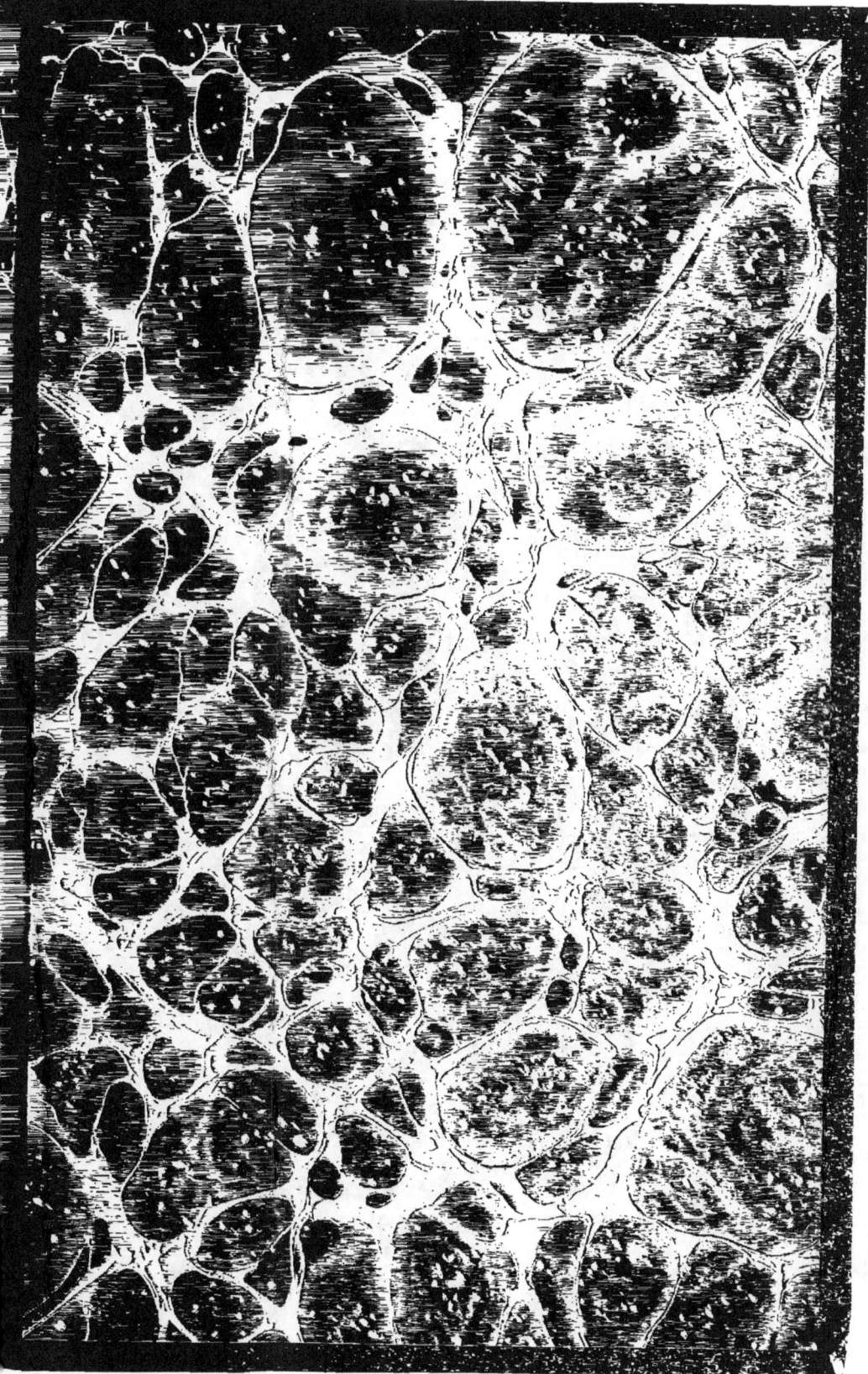